D1432893

WONDERLAND AVENUE

Harry Bosch, le célèbre inspecteur du LAPD, alors qu'il surveille l'enlèvement de deux cadavres, reçoit un appel de Mankie-
witz, le sergent de garde au commissariat du secteur d'Hollywood. Un
médecin des hauteurs de Laurel Canyon vient de signaler que sa
chienne, Calamity, lui a rapporté un ossement humain. Aucun
doute n'est possible, il s'agit d'un humérus d'enfant, qui porte des
traces de fracture très particulières. Harry Bosch se rend sur les
lieux de la découverte L'enfant semble avoir été la victime d'un
assassinat prémédité et l'enquête préliminaire fait vite apparaître
que les faits remonteraient à près d'un quart de siècle.

Désespérante au possible, cette enquête pourrait facilement
le devenir si Harry Bosch ne faisait pas alors la rencontre d'une
jeune recrue qui, non seulement est éperdue d'admiration pour
lui, mais lui rappelle que le métier qu'il exerce « change les
choses » dans la société. Pour quelqu'un qui, comme Harry Bosch,
est toujours à douter de l'utilité de sa tâche, l'encouragement est
de taille et marque peut-être, qui sait ?, les prémices de changements dans sa vie sentimentale.

Méditation sur la déchéance d'une ville et l'enfance malheu-
reuse, Michael Connelly nous livre l'image d'une cité où le
meurtre, le carnage et la guerre sont malheureusement rois...

*Michael Connelly, lauréat de l'Edgar du premier roman
policier pour* Les Égouts de Los Angeles *et de nombreux
autres prix, est notamment l'auteur de* La Glace noire, La
Blonde en béton, Le Poète, Le Cadavre dans la Rolls,
Créance de sang *et* L'Envol des anges. *Il s'est vu décerner le
prix Pulitzer pour ses reportages sur les émeutes de Los Angeles
en 1992.*

Les Égouts de Los Angeles
prix Calibre 38, 1993
Seuil, 1993
« Points », n° P 19

La Glace noire
Seuil, 1994
« Points », n° P 269

La Blonde en béton
prix Calibre 38, 1996
Seuil, 1996
« Points », n° P 390

Le Poète
prix Mystère, 1998
Seuil, 1997
« Points », n° P 534

Le Cadavre dans la Rolls
Seuil, 1998
et « Points », n° P 646

Le Dernier Coyote
Seuil, 1999
et « Points », n° P 781

Créance de sang
Grand Prix de littérature policière, 1999
Seuil, 1999
et « Points », n° P 835

La lune était noire
Seuil, 2000
et « Points », n° P 876

L'Envol des anges
Seuil, 2001
et « Points », n° P 989

L'Oiseau des ténèbres
Seuil, 2001
et « Points », n° P 1042

L. A. Darling
Seuil, 2003

Michael Connelly

WONDERLAND AVENUE

ROMAN

*Traduit de l'américain
par Robert Pépin*

Éditions du Seuil

TEXTE INTÉGRAL

TITRE ORIGINAL
City of Bones
ÉDITEUR ORIGINAL
Little, Brown and Company, New York

ISBN original : 0-316-15405-9
© 2002 by Hieronymus, Inc.

ISBN 2-02-059077-8
(ISBN 2-02-052437-6, 1re publication)

© Éditions du Seuil, avril 2002,
pour la traduction française

www.seuil.com

Cet ouvrage est dédié à John Houghton.
Merci pour l'aide l'amitié et les histoires.

1

À un moment donné, la vieille dame n'avait plus voulu mourir, mais il était trop tard. Elle avait griffé le plâtre et la peinture du mur jusqu'à ne plus avoir d'ongles. Elle avait porté les mains à son cou, luttant pour glisser ses bouts de doigts ensanglantés sous le fil électrique. Elle s'était cassé quatre orteils à force de donner des coups de pied dans les murs. Elle avait tout essayé et montré tant de détermination à rester en vie qu'Harry Bosch se demanda ce qui avait bien pu se produire avant. Où était passée sa volonté de vivre et pourquoi l'avait-elle perdue lorsqu'elle avait noué la rallonge de fil électrique autour de son cou et renversé sa chaise d'un coup de pied ? Pourquoi cette volonté s'était-elle dérobée à son esprit ?

Ce n'étaient pas les questions qu'il soulèverait dans son constat. Mais c'étaient bien celles auxquelles il ne pouvait s'empêcher de penser lorsqu'il se rassit dans sa voiture garée devant la maison de retraite « Le Splendide », sise dans Sunset Boulevard, à l'est du Hollywood Freeway. Il était 16 h 20 et c'était le premier jour de l'année. Au tirage au sort, il avait hérité du service de garde pour les vacances.

En un peu plus d'une demi-journée de travail, il avait déjà eu droit à deux suicides – le premier par balle, le second (celui qui l'occupait maintenant) par pendaison.

Les deux victimes étaient des femmes. Et dans les deux cas la dépression et le désespoir étaient manifestes. L'isolement aussi. Le premier de l'an était un jour fertile en suicides. Alors que les trois quarts des gens accueillaient l'année nouvelle avec espoir et une impression de renouveau, certains voyaient en ce jour un bon moment pour mourir, quelques-uns d'entre eux – comme la vieille dame – ne comprenant leur erreur que lorsqu'il était déjà trop tard.

Bosch leva la tête, regarda par le pare-brise et vit qu'on chargeait le corps de la dernière victime – allongé sur une civière et disparaissant déjà sous une couverture verte –, dans le van bleu des services du coroner. Il vit aussi qu'il y en avait déjà un autre dans le véhicule et comprit que c'était le cadavre de la première – l'actrice de trente-quatre ans qui s'était tiré une balle dans la tête après s'être garée dans le parking d'un belvédère de Hollywood, dans Mulholland Drive. Bosch et les ambulanciers s'étaient suivis d'un suicide à l'autre.

Il entendit sonner son portable et fut heureux de ne plus avoir à songer à ces morts sans grande importance. C'était Mankiewicz, le sergent de garde au commissariat de secteur de Hollywood.

– T'as fini ?

– Pas loin.

– Du nouveau ?

– Un suicide genre j'ai-changé-d'avis-mais-trop-tard. Et toi, t'as autre chose ?

– Oui. Et je me suis dit qu'il valait mieux ne pas passer par la radio pour t'avertir. La journée ne doit pas être géniale pour les médias : on reçoit plus d'appels de reporters qui veulent savoir ce qu'il y a de neuf que de citoyens qui réclament notre aide. Cela dit, ils veulent tous nous faire un truc sur ton numéro un, l'actrice qui s'est flinguée à Mulholland. Tu vois... dans le genre

« la fin d'un rêve hollywoodien ». Et ce dernier truc que j'ai ne devrait pas les décevoir non plus.

– C'est quoi ?

– Un type de Laurel Canyon, dans Wonderland Avenue. Il vient d'appeler pour nous dire que son chien est rentré d'une balade dans les bois avec un os dans la gueule. Et d'après lui, ce serait un os humain… d'un bras d'enfant.

Bosch faillit gémir. Des appels de ce genre, ils en recevaient quatre ou cinq par an. Grosse hystérie, puis l'explication simple : ce n'étaient que des os d'animaux. Il salua les deux assistants du coroner qui regagnaient la cabine du van.

– Je sais ce que tu penses, Harry : on ne va pas se retaper une de ces histoires. On l'a déjà fait des centaines de fois et on arrive toujours au même résultat : os de coyote, de cerf ou autre. Mais écoute-moi bien : ce type-là est médecin. Et d'après lui, il n'y a aucun doute : c'est un humérus. L'os du haut du bras. Et un humérus d'enfant, Harry. Et attends, il dit aussi…

Puis ce fut le silence. Mankiewicz devait chercher dans ses notes. Le van bleu se mêla à la circulation. Mankiewicz reprit l'appareil et se mit à lire :

– L'os est fracturé juste au-dessus de la zone coroïde, quoi que ça signifie…

Bosch serra la mâchoire et sentit une petite décharge électrique lui descendre le long de la nuque.

– Tout ça, c'est ce que j'ai noté. Je ne sais pas si j'ai tout dit comme il faut, mais l'essentiel, c'est que c'est un enfant, Harry. Et donc, on n'est pas de méchante humeur pour le méchant humérus, d'accord ?

Bosch ne réagit pas.

– Navré. J'ai pas pu m'en empêcher.

– D'accord, « pas de méchante humeur pour le méchant humérus », c'était marrant, Mank. C'est quoi, l'adresse ?

Mankiewicz la lui communiqua et ajouta qu'il y avait déjà envoyé une voiture de patrouille.

– Tu as eu raison de ne pas m'annoncer ça par radio, reprit Bosch. Essayons d'empêcher qu'on le crie sur tous les toits.

Mankiewitcz le lui promit. Bosch referma son portable et mit le contact. Il jeta un dernier coup d'œil à la maison de retraite avant de déboîter. Elle n'avait vraiment rien de splendide à ses yeux. D'après les gérants, la femme qui s'y était suicidée dans la penderie de sa minuscule chambre n'avait pas de famille. Morte, elle serait traitée de la même manière que lorsqu'elle vivait encore : on l'oublierait.

Il démarra et prit la direction de Laurel Canyon.

2

Il descendit dans le canyon et remonta par Lookout Mountain Road pour rejoindre Wonderland Avenue en écoutant la retransmission du match des Lakers. Il n'avait rien d'un passionné de basket, mais il voulait en savoir assez pour ne pas décevoir son coéquipier, Jerry Edgar, si jamais il avait besoin de lui. Si Bosch était seul à travailler ce jour-là, c'était en effet parce que Edgar avait réussi à avoir deux bonnes places pour le match. Bosch avait accepté de traiter les appels extérieurs et de ne pas le déranger à moins qu'il n'y ait un homicide ou quelque chose qu'il ne pourrait pas régler sans son aide. Seul à travailler, Bosch l'était aussi parce que le troisième membre de son équipe, Kitzim Rider, avait presque un an plus tôt été promue à la brigade des Vols et Homicides et que personne ne l'avait encore remplacée.

On en était au début du troisième quart temps et les Lakers faisaient jeu égal avec les Trailblazers. Sans être fanatique des Lakers, Bosch avait assez entendu Edgar lui en parler et le supplier de le libérer du service de garde pour savoir que le match qui les opposait à leurs plus grands rivaux était important. Il éteignit la radio dès qu'il commença à ne plus capter la station dans le canyon.

La côte était raide. Laurel Canyon coupait à travers

les montagnes de Santa Monica, les routes secondaires grimpant, elles, droit vers le haut du col. Wonderland Avenue se terminait en cul-de-sac dans un endroit reculé où les maisons à un demi-million de dollars étaient entourées par des zones très accidentées et boisées. Bosch savait d'instinct que chercher des ossements dans ce secteur serait un cauchemar logistique. Il s'arrêta derrière une voiture de patrouille déjà sur place et consulta sa montre. 4 heures 38. Il le nota sur une page blanche de son bloc-notes grand format. Dans moins d'une heure il ferait nuit.

Il ne connaissait pas l'agent qui vint lui ouvrir. D'après sa plaque, elle s'appelait Brasher. La jeune femme lui fit traverser la maison et le conduisit jusqu'à un bureau où son coéquipier, un certain Edgewood que, lui, il connaissait, était en train de parler avec un homme aux cheveux blancs assis derrière un bureau encombré. Une boîte à chaussures sans son couvercle y trônait.

Bosch s'avança et se présenta. L'homme à cheveux blancs lui dit être le Dr Paul Guyot, médecin généraliste. En se penchant en avant, Bosch s'aperçut que la boîte à chaussures contenait l'os qui les avait tous fait venir jusque-là. Il était marron foncé et ressemblait à un morceau de bois flotté très noueux.

Bosch vit aussi un chien couché aux pieds du docteur, un grand chien au pelage jaune.

– Alors, c'est ça, dit-il en regardant à nouveau dans la boîte.

– Oui, inspecteur, voilà votre os, répondit Guyot. Et comme vous pouvez le voir…

Il tendit la main vers une étagère accrochée au mur derrière le bureau et y préleva le gros volume de l'*Anatomie* de Gray. Puis il l'ouvrit à une page qu'il avait marquée à l'avance. Bosch remarqua qu'il avait enfilé des gants en latex.

Sur la page se trouvait la représentation d'un os en vues avant et arrière. Dans le coin de la page un petit croquis de squelette humain, dont les deux humérus étaient passés au surligneur.

– L'humérus, reprit Guyot en tapant sur la feuille. Et là, nous avons le spécimen retrouvé.

Il plongea la main dans la boîte à chaussures et en sortit l'os avec précaution. Puis, en le tenant au-dessus de l'illustration, il en fit une description détaillée.

– Épicondyle, trochlée, tout y est. Et comme je le disais aux deux officiers ici présents, mes os, je les connais même sans le livre. C'est un ossement humain, inspecteur. Ça ne fait aucun doute.

Bosch regarda son visage. Guyot tremblait très légèrement. Premiers signes de la maladie de Parkinson ?

– Êtes-vous à la retraite, docteur ?

– Oui, mais cela ne signifie pas que je ne sache pas reconnaître un os quand j'en vois…

– Je ne mets pas vos compétences en doute, docteur. (Il essaya de sourire.) Vous me dites que c'est un os humain, je vous crois. D'accord ? J'essaie seulement de savoir à quoi nous avons affaire. Vous pouvez le remettre dans la boîte si vous voulez.

Guyot replaça l'os dans la boîte.

– Comment s'appelle votre chien ?

– Calamity. C'est une chienne.

Bosch baissa la tête et regarda Calamity. Elle avait l'air de dormir.

– Elle était insupportable quand elle était petite.

Bosch hocha la tête.

– Bon, si ça ne vous embête pas trop de me répéter ce qui s'est passé…

Guyot se pencha en avant et ébouriffa la tête de sa chienne. Calamity releva la tête un instant, le regarda, reposa la tête par terre et referma les yeux.

15

– Cet après-midi, je l'ai donc emmenée faire un tour. D'habitude, je détache sa laisse en arrivant au cul-de-sac et je la laisse courir dans les bois. Elle adore ça.

– Quel genre de chien est-ce ?

– Un labrador jaune, répondit Brasher dans son dos.

Bosch se retourna et regarda la jeune femme. Elle comprit qu'elle avait commis une faute en s'immisçant dans la conversation et recula d'un pas, vers la porte de la pièce où se trouvait son coéquipier.

– Vous pouvez tous partir si vous avez d'autres appels à traiter, lui dit Bosch. Je me charge de celui-ci.

Edgewood acquiesça d'un signe de tête et fit signe à sa coéquipière de dégager.

– Merci, docteur, dit-il en partant.

– De rien.

Bosch pensa brusquement à quelque chose.

– Hé, vous autres ! cria-t-il.

Edgewood et Brasher se retournèrent.

– On ne parle de rien par radio, c'est entendu ?

– Pas de problème, répondit Brasher en le regardant jusqu'à ce qu'il détourne les yeux.

Après leur départ, Bosch se retourna vers le médecin et remarqua que les spasmes qui secouaient son visage étaient légèrement plus prononcés.

– Eux non plus ne m'ont pas cru au début, dit-il.

– C'est juste que ce genre d'appels, nous en recevons beaucoup, lui répliqua Bosch. Mais je vous crois, docteur, et donc… continuez.

Guyot hocha la tête.

– Bon. Comme j'étais arrivé au cul-de-sac, je lui ai enlevé sa laisse. Elle est tout de suite partie dans les bois comme elle aime faire. Elle est bien dressée. Elle revient quand je la siffle. L'ennui, c'est que je n'arrive plus à siffler très fort. Ce qui fait que si jamais elle va dans un coin où elle ne peut plus m'entendre, je suis obligé de l'attendre, vous voyez ?

16

– Que s'est-il passé quand elle a trouvé l'os ?

– Je l'avais sifflée, mais elle ne revenait pas.

– Donc, elle était assez haut dans la colline.

– Exactement. J'ai attendu. J'ai sifflé encore deux ou trois fois et pour finir, elle est ressortie du bois, juste à côté de chez M. Ulrich. Elle avait l'os. Dans sa gueule. Au début, j'ai cru que c'était un bâton, vous voyez, et qu'elle voulait que je le lui lance. Mais dès qu'elle s'est rapprochée, j'ai reconnu la forme. Je le lui ai pris – il a fallu que je me batte avec elle –, et j'ai appelé vos services après l'avoir examiné ici même et m'être assuré que je ne me trompais pas.

Vos services, pensa Bosch. C'était toujours comme ça qu'ils disaient, comme si les gens des « services de police » appartenaient à une autre espèce. Celle en bleu, celle qui porte une armure qu'aucune horreur ne peut transpercer.

– Vous avez dit au sergent de garde que l'os avait une fracture.

– Absolument.

Guyot le reprit et le tint en l'air avec précaution. Puis il le retourna et passa son doigt sur une strie verticale qui courait sur toute sa longueur.

– Là, dit-il. C'est une fracture. Une fracture qui a été réduite.

– Je vois.

Bosch lui montra la boîte et le docteur y reposa l'humérus.

– Docteur, dit-il ensuite, ça vous gênerait de mettre la laisse à votre chienne et de monter jusqu'au cul-de-sac avec moi ?

– Pas du tout. Il faut juste que je change de chaussures.

– Moi aussi, il faut que je me change. On se retrouve devant chez vous ?

– À tout de suite.

– J'emporte ça.

Bosch remit le couvercle sur la boîte à chaussures et prit celle-ci à deux mains, en veillant à ne pas la retourner ou secouer son contenu d'aucune façon.

Une fois dehors, il s'aperçut que la voiture de patrouille était toujours garée devant la maison. Les deux officiers de police étaient assis à l'intérieur, occupés, semblait-il, à rédiger un rapport. Il rejoignit sa propre voiture et posa la boîte à chaussures sur le siège passager.

Il n'avait pas mis de costume depuis qu'il avait commencé sa garde. Il portait un jean, une chemise Oxford blanche et une veste de sport. Il ôta cette dernière, la plia à l'envers et la posa sur la banquette arrière. Il remarqua que la détente de l'arme de son étui de hanche avait fini par trouer la doublure alors que le vêtement n'avait même pas un an. Bientôt elle passerait à travers la poche et tout le tissu. C'était toujours de l'intérieur que Bosch usait ses vestes.

Il enleva sa chemise, gardant le T-shirt blanc qu'il portait dessous. Il ouvrit ensuite le coffre de sa voiture pour en sortir ses grosses chaussures de la boîte de matériel pour l'analyse des scènes de crime. Il s'était appuyé au pare-chocs arrière pour changer de chaussures lorsqu'il vit Brasher descendre de la voiture de patrouille et venir vers lui.

– Ça a l'air vrai, dit-elle.

– Je crois. Mais il faudra une confirmation de la morgue.

– Vous montez voir ?

– Je vais essayer. Il n'y a plus beaucoup de lumière. Je reviendrai sans doute demain.

– À propos... je m'appelle Julia Brasher. Je viens d'être affectée au secteur.

– Moi, c'est Harry Bosch, dit-il.

– Je sais. J'ai beaucoup entendu parler de vous.

– Je nie tout.

Elle sourit de sa repartie et lui tendit la main, mais il était en train de nouer un de ses lacets. Il s'arrêta pour lui serrer la main.

– Je suis désolée, reprit-elle. On dirait que je fais tout à contretemps aujourd'hui.

– Ce n'est pas grave.

Il finit de lacer sa chaussure et se redressa.

– Quand j'ai donné la réponse là-bas, vous savez… pour la chienne, j'ai tout de suite compris que vous essayiez d'établir des rapports de sympathie avec le docteur. J'ai eu tort et je vous prie de m'excuser.

Bosch l'étudia un instant. La trentaine, elle avait noué ses cheveux noirs en une courte tresse qui retombait sur son col de chemise. Yeux marron foncé. Elle devait aimer le grand air. Son bronzage était parfaitement régulier.

– Ce n'est pas grave, je vous l'ai dit, répéta-t-il.

– Vous êtes seul ?

Il hésita.

– Mon coéquipier travaille sur autre chose pendant que je m'occupe de ce truc.

Il vit le docteur sortir de chez lui avec Calamity en laisse. Il décida de ne pas prendre sa combinaison et se retourna vers Julia Brasher qui regardait la chienne.

– Vous n'avez pas d'autres appels ? lui demanda-t-il.

– Non, c'est plutôt mou aujourd'hui.

Il chercha sa lampe MagLite dans son nécessaire. Puis il regarda de nouveau la jeune femme, plongea la main dans la boîte et y prit un chiffon graisseux qu'il jeta par-dessus sa lampe. Il sortit ensuite un appareil photo Polaroid et un rouleau de ruban jaune pour délimiter le périmètre interdit, referma le coffre et se tourna vers Julia Brasher.

– Ça vous ennuierait de me passer votre MagLite ? dit-il. J'ai… euh… j'ai dû oublier la mienne.

– Bien sûr que non.

Elle détacha sa lampe du mousqueton de son ceinturon et la lui tendit.

Le médecin et sa chienne arrivèrent.

– Nous sommes prêts.

– Bien, docteur. J'aimerais que vous me conduisiez à l'endroit où vous avez laissé partir Calamity, de façon à ce que nous puissions voir vers où elle file.

– Je ne suis pas sûr que vous puissiez la suivre.

– On verra bien, d'accord ?

– Bon. C'est par là.

Ils montèrent vers le petit rond-point où Wonderland Avenue se terminait en cul-de-sac. Brasher fit signe à son coéquipier dans la voiture et partit avec eux.

– Vous savez que nous avons eu droit à quelques frissons par ici, il y a quelques années de ça, dit Guyot. Un type qui s'était fait suivre depuis le Hollywood Bowl et a été tué au cours d'un vol.

– Oui, je me rappelle, dit Bosch.

Il savait que l'instruction était toujours ouverte, mais n'en dit rien. Ce n'était pas une de ses affaires.

Le docteur Guyot marchait avec une énergie qui démentait son âge et son état de santé apparent. Il avait laissé la chienne régler l'allure et se retrouva bientôt loin devant Bosch et Brasher.

– Et vous étiez où avant ? demanda Bosch.

– Que voulez-vous dire ?

– Vous dites que vous venez d'arriver au secteur. Où étiez-vous avant ?

– Ah… à l'Académie de police.

– Vous êtes une bleue ?

Il était tout surpris. Il la regarda de nouveau, en se demandant s'il n'allait pas devoir corriger l'âge qu'il lui avait donné.

Elle hocha la tête.

– Oui, je sais, dit-elle, je suis vieille.

Il se sentit gêné.

– Ce n'est pas ce que je voulais dire. Je pensais seulement que vous veniez d'ailleurs. Vous ne donnez pas l'impression d'être toute neuve dans le métier.

– Je ne suis entrée dans la police qu'à trente-quatre ans.

– Vraiment ? Ben, dites donc !

– Oui. J'ai attrapé le virus un peu tard.

– Que faisiez-vous avant ?

– Oh, des trucs divers. Je voyageais, surtout. J'ai mis assez longtemps à comprendre ce que j'avais envie de faire. Vous voulez savoir ce qui me plaît le plus ?

Il la regarda.

– Oui, quoi ?

– Ce que vous faites. Travailler aux Homicides.

– Eh ben, bonne chance !

Il ne savait trop s'il fallait l'encourager ou pas.

– Non parce que… vous ne trouvez pas que c'est le boulot le plus satisfaisant qui soit ? Pensez à ce que vous faites… retirer les gens les plus dangereux du bouillon.

– « Du bouillon » ?

– Oui, de la société.

– Ben, oui… peut-être. Quand on a de la chance.

Ils rattrapèrent le Dr Guyot qui s'était arrêté au rond-point avec sa chienne.

– C'est là ? demanda-t-il.

– Oui. C'est là que je l'ai laissée filer. Elle est partie de ce côté-là.

Il montra un terrain vague envahi par la végétation. D'abord au même niveau que la rue, celui-ci montait vite en pente raide vers le sommet de la colline. La présence d'un grand caniveau de drainage en ciment expliquait pourquoi l'endroit n'avait jamais été construit. Propriété de la ville, il servait à l'écoulement des eaux qui risquaient d'inonder les maisons quand il y avait de l'orage. Nombre de rues du canyon étaient d'anciens lits de ruisseaux et de rivières. Sans ce réseau de drainage, les eaux de pluie seraient vite retournées à leurs occupations d'antan.

– Vous allez monter là-haut ? demanda le docteur.

– Je vais essayer.

– Je vous accompagne, dit Brasher.

Bosch la regarda et se retourna en entendant une voiture. C'était Edgewood qui arrivait. Il arrêta son véhicule et abaissa la vitre.

– On a un truc sérieux, Brasher. Une DC.

Il montra le siège passager à la jeune femme. Brasher fronça les sourcils et regarda Bosch.

– Les disputes conjugales, je déteste ça, dit-elle.

Bosch sourit. Il n'aimait pas trop ça non plus, surtout lorsqu'elles viraient à l'homicide.

– Désolé.

– Bah, la prochaine fois peut-être.

Elle gagna l'avant de la voiture de patrouille.

– Tenez, dit Bosch en lui tendant sa MagLite.

– Non, j'en ai une autre dans le coffre, dit-elle. Vous me la rendrez plus tard.

– Vous êtes sûre ?

Il fut tenté de lui demander son numéro de téléphone, mais se ravisa.

– Oui, dit-elle. Bonne chance.

– Vous aussi. Faites attention.

Elle lui sourit, puis fit rapidement le tour de la voiture et y monta. Les deux policiers s'étant éloignés, Bosch concentra de nouveau son attention sur Guyot et sa chienne.

– Séduisante, cette dame, fit remarquer le médecin.

Bosch ignora la remarque, se demandant si le médecin l'avait faite au vu de son attitude avec la jeune femme. Il espéra ne pas s'être dévoilé à ce point.

– Bon, docteur, reprit-il, vous lâchez la chienne et je vais essayer de la suivre.

Guyot détacha la laisse en caressant la poitrine de l'animal.

– Allez, fifille, dit-il, va chercher le nonos. Allez, va ! Va !

La chienne fila dans le terrain vague et disparut avant même que Bosch ait pu faire un pas. Il en rit presque.

– Faut croire que vous aviez raison, dit-il au docteur.

Puis il se retourna pour s'assurer que la voiture de patrouille était partie et que Brasher n'avait pas vu la chienne démarrer à toute allure.

– Vous voulez que je la siffle ?

– Non. Je vais juste entrer là-dedans et jeter un coup d'œil aux alentours, histoire de voir si je ne pourrais pas la rattraper.

Il alluma la lampe torche.

3

Les bois furent plongés dans l'obscurité bien avant que le soleil ne se couche. La voûte créée par les ramures d'un grand bouquet de pins de Monterrey arrêtait les trois quarts de la lumière avant que celle-ci n'atteigne le sol. Bosch se servit de sa torche pour grimper la pente vers l'endroit où il avait entendu la chienne courir dans le sous-bois. La progression était lente et difficile. Le sol disparaissait sous une couche d'aiguilles de pins d'une trentaine de centimètres d'épaisseur qui lâchait souvent sous ses chaussures lorsqu'il essayait de trouver une prise sur la pente. Il eut vite les mains collantes de sève à force de se rattraper aux branches.

Il lui fallut presque dix minutes pour faire trente mètres. Enfin le sol parut se remettre à l'horizontale et la lumière revenir un peu à mesure que les grands arbres s'éclaircissaient. Il chercha la chienne des yeux, mais ne la trouva pas. Il appela bien qu'il ne vît plus ni le docteur ni la rue.

– Docteur ? Vous m'entendez ?

– Oui, oui, je vous entends.

– Sifflez votre chienne.

Il l'entendit alors siffler en trois temps. Un son clair mais très faible, et ayant le même mal que la lumière à franchir le rideau d'arbres et à pénétrer dans le sous-bois.

Il essaya de l'imiter et crut y arriver au bout de trois essais. Mais Calamity ne vint pas.

Il continua d'avancer en restant en terrain plat : si quelqu'un avait effectivement voulu enterrer ou abandonner un corps dans les environs, il y avait toutes les chances pour qu'il l'ait fait en terrain plat plutôt que sur une pente. En s'en tenant à cette solution de facilité, Bosch se retrouva bientôt dans un bosquet d'acacias. Et là, il tomba tout de suite sur un endroit où la terre avait été remuée. Elle avait été retournée, comme si un outil ou un animal y avait fouillé au hasard. Il écarta un peu de terre et des brindilles du bout du pied et comprit brusquement qu'en fait ce n'étaient pas des brindilles.

Il s'agenouilla et se servit de sa lampe pour examiner les petits ossements bruns qu'il avait sous les yeux. Éparpillés sur une vingtaine de centimètres carrés, ils formaient comme une main aux doigts disjoints. Petite, cette main. Une main d'enfant.

Il se releva et se rendit compte que son intérêt pour Julia Brasher l'avait distrait de son travail : il n'avait rien emporté pour collecter ces ossements. Les ramasser et les emporter comme cela aurait été une violation de toutes les règles de procédure.

Son appareil photo Polaroid était attaché autour de son cou avec un lacet. Il s'en empara et fit quelques gros plans des ossements. Puis il recula et prit une photo des lieux.

Dans le lointain il entendit faiblement le docteur siffler sa chienne et sortit son rouleau de ruban jaune pour délimiter le périmètre interdit. Il en attacha une extrémité autour d'un tronc d'acacia et déroula le ruban autour de quatre autres. En songeant à ce qu'il lui faudrait faire le lendemain, il sortit ensuite de sous les acacias et chercha quelque chose qui pourrait lui servir à signaler l'endroit. Non loin de là, il découvrit un buisson d'armoise et l'entoura lui aussi.

Il faisait presque nuit lorsqu'il termina son travail. Il regarda encore à droite et à gauche, mais comprit que sa lampe torche ne lui servirait plus à grand-chose et qu'il faudrait procéder à un examen minutieux de toute la zone dès le lendemain matin. Il détacha un petit canif de son porte-clés et se mit à couper des bandes de ruban jaune d'un bon mètre vingt de longueur.

Puis il redescendit la pente et les attacha à intervalles réguliers à des branches d'arbre et à des buissons. Il entendit des voix en se rapprochant de la rue et s'orienta sur elles. À un moment donné, la terre molle lâcha brusquement sous ses pieds et il tomba, son ventre heurtant violemment un tronc d'arbre. Sa chemise était déchirée et son flanc abîmé par de profondes éraflures.

Il fut incapable de bouger pendant plusieurs secondes et se demanda s'il ne s'était pas cassé une côte. Respirer lui faisait mal. Il grogna fort et se redressa lentement contre le tronc d'arbre afin de continuer à s'orienter sur les voix qu'il entendait.

Il ne lui fallut pas longtemps pour redescendre dans la rue, où le Dr Guyot l'attendait avec sa chienne et un inconnu. Les deux hommes eurent l'air choqués en voyant le sang qui tachait sa chemise.

– Ah, mon Dieu, mais qu'est-ce qui s'est passé ? ! s'écria Guyot.

– Rien du tout. Je suis tombé.

– Votre chemise… il y a du sang.

– Ça fait partie du boulot.

– Laissez-moi vous examiner.

Le docteur s'approcha, mais Bosch leva les mains en l'air.

– Non, dit-il, ça ira. Qui est ce monsieur ?

Ce fut l'inconnu qui répondit.

– Victor Ulrich. J'habite là, dit-il en lui montrant une maison en bordure du terrain vague.

Bosch acquiesça d'un signe de tête.

– Je suis sorti voir ce qui se passait.

– Eh bien mais… il ne se passe rien pour l'instant. Mais il y a une scène de crime, là-haut. Ou il y en aura une très bientôt. Nous ne reviendrons sans doute pas y travailler avant demain matin. Mais je ne veux pas que vous y montiez, ni l'un ni l'autre, et j'exige que vous ne parliez de cette histoire à personne. Est-ce bien entendu ?

Les deux voisins acquiescèrent d'un hochement de la tête.

– Et… docteur ? Vous tenez votre chienne en laisse pendant quelques jours. Bon, il faut que je redescende téléphoner à la voiture. Monsieur Ulrich, nous viendrons sûrement vous interroger demain. Vous serez là ?

– Oui. Quand vous voudrez. Je travaille chez moi.

– Dans quoi ?

– J'écris.

– Bon. À demain.

Il redescendit la rue avec Guyot et la chienne.

– Il faudrait vraiment que je jette un coup d'œil à votre blessure, dit Guyot.

– Non, non, ça ira.

En regardant sur sa gauche, Bosch crut voir un rideau se fermer vivement à la fenêtre d'une maison devant laquelle ils passaient.

– La façon dont vous vous tenez en marchant, insista le médecin. Vous vous êtes abîmé une côte. Vous vous en êtes peut-être même cassé une. Voire plusieurs.

Bosch pensa aux petits ossements qu'il venait de découvrir sous les acacias.

– Cassée ou pas, quand c'est une côte, on ne peut rien faire, dit-il.

– Je peux au moins vous la bander. Vous respirerez sacrément mieux. Et je peux aussi panser votre blessure.

Bosch se laissa fléchir.

– OK, docteur, dit-il, vous pouvez sortir votre trousse à outils. Je vais chercher mon autre chemise.

De retour chez lui quelques minutes plus tard, le Dr Guyot nettoya l'entaille profonde que Bosch s'était faite au côté et lui banda les côtes. Bosch se sentit effectivement mieux, bien qu'il eût encore mal. Guyot dit qu'il n'avait plus le droit de rédiger une ordonnance, mais lui suggéra de ne rien prendre de plus fort que de l'aspirine de toute façon.

Bosch se rappela avoir encore un flacon de Vicodine que lui avait prescrit son dentiste après lui avoir arraché une dent de sagesse quelques mois plus tôt. Les cachets calmeraient sa douleur s'il en ressentait le besoin.

– Ça ira, répéta-t-il. Merci de m'avoir remis en état.

– De rien.

Il enfila sa chemise et regarda Guyot refermer sa trousse d'urgence. Il se demanda depuis combien de temps le médecin n'avait pas usé de ses talents pour soigner un malade.

– Vous êtes à la retraite depuis longtemps ? lui demanda-t-il.

– Ça fera douze ans le mois prochain.

– Le travail vous manque ?

Guyot détourna les yeux de sa trousse et le regarda. Ses tremblements l'avaient quitté.

– Tous les jours, dit-il. C'est moins le travail lui-même... les cas à résoudre, vous voyez... Non, c'est plutôt que c'était un boulot qui changeait quelque chose. Et ça, oui, ça me manque.

Bosch repensa à ce que Julia Brasher lui avait dit un peu plus tôt sur le travail des inspecteurs des Homicides. Il hocha la tête pour signifier à Guyot qu'il comprenait.

– Vous avez dit qu'il y avait une scène de crime là-haut, reprit Guyot.

– Oui. J'ai trouvé d'autres ossements. Il faut que je passe un coup de fil pour voir ce qu'on va faire. Je peux me servir de votre téléphone ? Je ne crois pas que mon portable marche par ici.

– Non. Dans le canyon, aucun portable ne marche. Vous n'avez qu'à prendre le téléphone sur mon bureau. Je vais vous laisser.

Il sortit de la pièce en emportant sa trousse avec lui. Bosch passa derrière le bureau et s'assit. Calamity s'était allongée par terre, au pied du fauteuil. Elle leva la tête et parut tout étonnée de le voir assis à la place de son maître.

– Calamity, dit-il. Tu sais que t'as vraiment fait ce qu'il fallait pour mériter ton nom ?

Il se pencha en avant pour la caresser dans le cou. Elle gronda. Il recula vite la main en se demandant si c'était le dressage qu'elle avait subi ou si c'était quelque chose en lui qui avait déclenché son hostilité.

Il décrocha le téléphone et appela sa patronne, le lieutenant Grace Billets, chez elle. Il lui expliqua ce qui s'était passé dans Wonderland Avenue et lui décrivit ce qu'il avait découvert dans la colline.

– Harry, lui demanda-t-elle, quel âge ont ces ossements, à ton avis ?

Il regarda le Polaroid. La photo était mauvaise, l'éclair du flash ayant tout surexposé parce qu'il se trouvait trop près de son sujet.

– Je ne sais pas, répondit-il, mais ils n'ont pas l'air tout jeunes. Plusieurs années, au moins.

– Bon, bref, c'est pas du neuf.

– Ils sont peut-être déterrés depuis peu, mais sinon tu as raison : ça fait un bon moment qu'ils sont là.

– C'est ce que je disais. Donc, on prend note et on se prépare pour demain. Ce que tu as trouvé sur ta colline ne va pas déménager dans la nuit.

– Non, dit Bosch, je ne le pense pas, moi non plus.

Elle garda le silence un instant.

– Ces affaires-là, reprit-elle enfin…

– Quoi ?

– Ça coûte des ronds, ça exige beaucoup de personnel… et c'est ce qu'il y a de plus difficile à résoudre… quand on y arrive.

– Bon, j'ai compris. Je remonte, je recouvre tout et je demande au docteur de tenir sa chienne en laisse.

– Allons, Harry ! Tu sais bien ce que je veux dire. (Elle souffla fort.) C'est le premier jour de l'année et on commence dans le fossé.

Il garda le silence pour la laisser se débrouiller de ses frustrations d'administratrice. Elle ne mit guère de temps à se reprendre. C'était une des qualités qu'il appréciait le plus chez elle.

– Bon, autre chose aujourd'hui ?

– Pas grand-chose, non. Deux suicides, enfin… pour l'instant.

– Bien. Tu attaques à quelle heure demain ?

– J'aimerais commencer tôt. Je vais passer quelques coups de fil et voir ce que je peux mettre en route. Et demander une confirmation pour cet os, avant de démarrer quoi que ce soit.

– Tu me tiens au courant ?

Il acquiesça et raccrocha. Puis il appela Teresa Corazon, la légiste du comté, elle aussi chez elle. Il connaissait encore son numéro par cœur bien que leurs relations extraprofessionnelles aient cessé depuis bien des années. Il lui expliqua ce qu'il faisait et qu'il lui fallait la confirmation officielle qu'il s'agissait bien d'un os humain. Ensuite seulement, il mettrait d'autres choses en branle – entre autres, faire monter une équipe d'archéologues sur les lieux du crime dès que possible.

Elle le fit patienter presque cinq minutes.

– Bon, dit-elle en reprenant enfin la ligne. Je n'ai pas réussi à joindre Kathy Kohl. Elle n'est pas chez elle.

Bosch savait que Kathy Kohl était l'archéologue du service. Récupérer les ossements retrouvés dans les décharges du nord du comté – et cela se produisait toutes les semaines –, telles étaient sa tâche et la raison pour laquelle on l'avait embauchée à temps complet. Bosch savait que c'était à elle qu'on ferait appel pour diriger la fouille dans Wonderland Avenue.

– Qu'est-ce que je peux faire ? demanda-t-il. Je voudrais avoir cette confirmation dès ce soir.

– Minute, minute, Harry ! Tu es toujours d'une impatience ! On dirait un chien qui a trouvé un os, sans rigoler.

– C'est un os d'enfant, Teresa. On ne pourrait pas être un peu sérieux ?

– Tu n'as qu'à passer. J'y jetterai un coup d'œil.

– Et pour demain ?

– Je ferai le nécessaire pour enclencher le processus. J'ai laissé un message à Kathy et dès que nous aurons raccroché, j'appelle le bureau et je la fais demander. Elle montera là-haut dès le lever du soleil. Après, quand on aura récupéré les ossements, j'appellerai un légiste à l'université d'UCLA. Il est en compte chez nous et je pourrai le faire venir s'il est en ville. Et j'y serai moi aussi. Ça te va ?

Cette dernière précision le fit réfléchir.

– Teresa, dit-il, je veux la plus grande discrétion possible.

– Et ça voudrait dire ?

– Que je ne suis pas très sûr que madame la légiste en chef du comté de Los Angeles ait besoin d'être là. Et que ça fait une paie que je ne t'ai pas vue sur une scène de crime sans un cameraman dans ton sillage…

– Harry, c'est un vidéaste privé, d'accord ? Les images qu'il prendra sont pour moi et pour moi seule. Elles ne passeront pas aux nouvelles de 6 heures.

– Comme tu veux. Tout ce que je te dis, c'est qu'il faut essayer d'éviter toutes les complications possibles sur ce coup-là. Il s'agit d'un enfant et tu sais très bien comment réagissent les médias dans ce genre d'histoires.

– Ramène-toi avec ton os, c'est tout. Je dois partir dans une heure.

Elle raccrocha sèchement.

Il regretta de n'avoir pas su se montrer plus diplomate, mais fut heureux de s'être fait comprendre. Corazon était une personnalité qui apparaissait régulièrement comme expert à diverses émissions de télévision, dont celle de « Court TV ». Elle avait aussi pris l'habitude d'avoir un cameraman avec elle, de façon à ce que tout ce qu'elle faisait puisse fournir matière à documentaires susceptibles de passer à n'importe quelle émission policière ou juridique diffusée sur le réseau câblé ou satellite. Bosch, lui, ne pouvait pas se permettre, et ne le permettrait pas, de la voir parasiter son enquête s'il s'avérait que c'était bien du meurtre d'un enfant qu'il s'agissait.

Il décida d'appeler les Services spéciaux et le détachement canin dès qu'il aurait confirmation de la découverte. Puis il se leva et quitta la pièce pour partir à la recherche de Guyot.

Il était à la cuisine où, assis à une petite table, il écrivait dans un carnet de notes à spirale. Il leva la tête et regarda l'inspecteur.

– Je prenais juste quelques notes sur les soins que je vous ai administrés. J'ai des notes sur tous les patients que j'ai soignés.

Bosch se contenta de hocher la tête, bien qu'il trouvât étrange que Guyot prenne des notes sur lui.

– Je vais y aller, dit-il. Nous reviendrons demain. En force, je crois. Il se pourrait que nous ayons encore besoin de votre chienne. Vous serez ici ?

– J'y serai, et je serai très heureux de vous aider si je peux. Comment vont les côtes ?

– Elles me font mal.

– Seulement lorsque vous inspirez, c'est ça ? Ça durera environ une semaine.

– Merci de vous être occupé de moi. Vous n'avez pas besoin que je vous rende la boîte à chaussures, n'est-ce pas ?

– Non, plus maintenant.

Bosch se dirigea vers la porte, puis se retourna.

– Vous vivez seul, docteur ? lui demanda-t-il.

– Maintenant, oui. Ma femme est morte il y a deux ans. Un mois avant notre cinquantième anniversaire de mariage.

– Je suis désolé, docteur.

Guyot hocha la tête.

– Ma fille a un mari et des enfants à Seattle. Je ne les vois que dans les grandes occasions.

Bosch eut envie de lui demander pourquoi, mais n'en fit rien. Il le remercia encore une fois et s'en fut.

Il sortit du canyon et se dirigea vers Hancock Park, où habitait Teresa, en gardant la main droite sur la boîte à chaussures, de façon à ce qu'elle ne soit pas secouée ou ne tombe du siège en glissant. En lui, il le sentait, une profonde angoisse commençait à monter. Il savait que c'était parce que le sort ne lui avait pas vraiment souri ce jour-là. Il n'y avait pas pire que les affaires d'enfants assassinés.

Elles ne cessaient de vous hanter. Elles vous minaient et vous laissaient de terribles cicatrices. Aucun gilet pare-balles n'était assez épais pour qu'on n'en soit pas transpercé. Les histoires de meurtres d'enfant vous faisaient comprendre que le monde est plein de lumières perdues.

4

Teresa Corazon habitait un véritable palace de style méditerranéen avec esplanade ronde pavée et bassin à carpes koïs sur le devant. Huit ans plus tôt, à l'époque où elle était brièvement sortie avec lui, elle avait un studio dans un immeuble en copropriété. C'étaient les bienfaits de la célébrité télévisuelle qui lui payaient sa maison et le style de vie qu'elle avait maintenant adopté. Elle ne ressemblait absolument plus, même de loin, à la jeune femme qui débarquait chez lui à minuit sans prévenir, tenant dans une main une bouteille de vin bon marché achetée chez Trader Joe's et dans l'autre sa vidéo préférée. D'une ambition éhontée, elle l'était déjà à cette époque, mais ne savait pas encore se servir de sa situation pour s'enrichir.

Bosch savait qu'à ses yeux il n'était plus qu'un être qui lui rappelait ce qu'elle avait été – et ce qu'elle avait perdu afin de gagner tout ce qu'elle possédait maintenant. Il n'y avait donc rien d'étonnant à ce que leurs rencontres soient rares et, lorsqu'elles étaient inévitables, aussi tendues qu'un rendez-vous chez le dentiste.

Bosch se gara sur le terre-plein et descendit de voiture avec ses Polaroid et sa boîte à chaussures. Il jeta un coup d'œil au bassin à poissons et vit leurs formes se déplacer sous la surface. Il sourit en pensant au film *Chinatown* et au nombre de fois où ils l'avaient regardé l'année où ils étaient ensemble. Il se souvint combien le personnage du coroner lui plaisait. Vêtu d'un tablier de boucher, le bonhomme bouffait des sandwiches en autopsiant ses cadavres. Bosch doutait fort que Teresa Corazon ait toujours le même sens de l'humour.

La lampe accrochée au-dessus de la grosse porte en bois s'alluma et Corazon lui ouvrit avant même qu'il ait eu le temps de frapper. Elle portait un pantalon noir et un chemisier de couleur crème. Elle allait probablement à un réveillon. Elle regarda la voiture de police qu'il avait laissée derrière lui.

– On règle cette histoire avant que tes fuites d'huile ne me dégueulassent mes beaux pavés, lui lança-t-elle.

– Et bonjour à toi aussi, Teresa.

– C'est ce truc-là ? lui demanda-t-elle en lui montrant la boîte à chaussures.

– Oui, c'est ce truc-là.

Il lui tendit les Polaroid et se mit en devoir d'ouvrir le couvercle de la boîte. Ce ne fut manifestement pas pour lui offrir un verre de champagne pour le Nouvel An qu'elle lui demanda d'entrer.

– Quoi ? dit-il. Tu veux faire ça ici ?

– Je n'ai pas beaucoup de temps. Je pensais que tu arriverais plus tôt. Quel est le crétin qui a pris ces photos ?

– Ça doit être moi.

– Comme si je pouvais en déduire quoi que ce soit ! As-tu un gant ?

Il en sortit un de sa veste et le lui tendit. Il reprit ses photos et les remit dans une de ses poches intérieures. Elle enfila son gant d'un geste expert, plongea la main dans la boîte, en retira l'os et le tint à la lumière. Bosch garda le silence. Il sentait son parfum. Celui-ci était aussi fort que d'habitude, souvenir de l'époque où elle passait l'essentiel de son temps en salle d'autopsie.

Cinq secondes plus tard, Teresa Corazon reposait l'ossement dans sa boîte.

– Humain, dit-elle.

– Tu en es sûre ?

Elle le fusilla du regard en ôtant son gant.

– C'est un humérus. D'un enfant d'une dizaine d'années, à mon avis. Il se peut que tu ne respectes plus mon savoir, mais je ne l'ai pas perdu.

Elle laissa tomber le gant dans la boîte, par-dessus l'ossement. Il pouvait ne pas relever sa remarque mordante, mais la voir laisser tomber son gant sur l'os l'agaça profondément.

Il plongea la main dans la boîte et en ressortit le gant Puis il se rappela quelque chose et le lui rendit.

– D'après le type dont la chienne a trouvé ce truc, il y aurait une fracture. Réduite. Tu voudrais pas regarder si…

– Non. Je suis déjà en retard pour mon rendez-vous. Tout ce que tu as besoin de savoir pour l'instant, c'est que c'est effectivement un os humain. Je te le confirme. On l'examinera plus tard et comme il faut, dans les services du coroner. Bon et maintenant, il faut vraiment que j'y aille. Je passerai à la morgue demain matin.

Bosch soutint longtemps son regard.

– Naturellement, Teresa, dit-il. Amuse-toi bien.

Elle se détourna et croisa les bras sur sa poitrine. Il remit précautionneusement le couvercle sur la boîte à chaussures, lui adressa un hochement de tête et repartit vers sa voiture. Il entendit la lourde porte se refermer dans son dos.

Il repensa encore une fois à *Chinatown* en longeant le bassin à koïs et s'en répéta tout doucement la dernière repartie :

– Laisse tomber, Jake. Ici, c'est *Chinatown*.

Il monta dans sa voiture et rentra chez lui, sa main droite tenant la boîte à chaussures posée sur le siège à côté de lui.

5

Il n'était pas encore 9 heures le lendemain matin que le bout de Wonderland Avenue n'était déjà plus qu'un vaste campement d'officiers de police. Avec Harry Bosch en son centre. C'était lui qui dirigeait les patrouilles, le détachement canin, les Services d'enquête scientifique, les légistes et l'unité des Services spéciaux. Un hélicoptère de la police décrivait des cercles au-dessus de leurs têtes et une douzaine de cadets de l'Académie de police tournaient et viraient autour de lui, attendant ses ordres.

Un peu plus tôt, l'unité aérienne avait localisé le buisson d'armoise qu'il avait entouré de ruban jaune et s'en était servie comme point de repère pour constater que Wonderland Avenue était effectivement la voie d'accès la plus proche de l'endroit où il avait trouvé ses ossements. C'est alors que les Services spéciaux étaient entrés en action. En remontant la piste délimitée par les rubans jaunes, l'équipe, composée de six hommes, avait, avec cordes et marteaux, construit une rampe d'accès en bois permettant d'accéder directement au site où étaient enterrés les ossements. Y accéder et en sortir serait nettement plus facile que la veille au soir.

Il était évidemment impossible de tenir secrètes toutes ces activités policières. À 9 heures, tout le quartier était aussi devenu un véritable campement pour les envoyés des médias. Les camions s'alignaient derrière les barrières installées à une rue du rond-point. Les journalistes se rassemblaient par groupes comme pour une conférence de presse, pas moins de cinq hélicoptères des actualités télévisées tournoyant déjà au-dessus de celui de la police. Tout cela créait une cacophonie qui avait déjà poussé pas mal d'habitants du quartier à se plaindre aux services administratifs de la police de Parker Center.

Bosch était prêt à emmener le premier groupe de policiers jusqu'à la scène de crime. Mais il tint d'abord à consulter Jerry Edgar qu'on avait mis au courant de l'affaire la veille au soir.

— Bon, on commence par emmener la légiste et les types des enquêtes scientifiques, dit-il. Après, on fera monter les cadets et les chiens. Je veux que ce soit toi qui t'en charges.

— Pas de problème. T'as vu que ta copine légiste a amené son cameraman ?

— On ne peut rien y faire pour l'instant. Espérons seulement que tout ça la rase assez vite pour qu'elle décide de retourner en ville, dans son monde.

— Au point où on en est, ça pourrait très bien être des ossements d'Indiens ou n'importe quoi d'autre, tu le sais ?

— Je ne crois pas, répondit Bosch en secouant la tête. Ils sont trop à fleur de terre.

Il rejoignit le premier groupe, à savoir Teresa, son vidéaste et les quatre membres de l'équipe de fouille : l'archéologue Kathy Kohl et les trois inspecteurs qui se taperaient le boulot de creuser. Tous avaient revêtu des combinaisons blanches. Corazon, elle, portait la même tenue que la veille au soir, y compris ses chaussures à talons de six centimètres de haut. Deux criminologues de la police scientifique faisaient eux aussi partie du groupe.

Bosch leur fit signe de se mettre en cercle de façon à pouvoir parler tout bas, sans être entendu par le reste de la foule qui s'agitait dans tous les sens.

– Bon, dit-il, on va commencer les opérations de récupération. Dès que vous serez sur les lieux, on fera monter les chiens et les cadets pour fouiller les environs et – qui sait ? – peut-être élargir le périmètre interdit. Quant à vous…

Il s'arrêta pour tendre la main vers le cameraman de Corazon.

– … vous m'éteignez ce truc-là. Vous pouvez peut-être la filmer, elle, mais pas moi.

L'homme baissa sa caméra, Bosch décocha un bref regard à Corazon et reprit.

– Vous savez tous ce que vous avez à faire, je n'aurai donc pas besoin de vous briefer. Mais il y a une chose que je tiens à vous dire : monter là-haut n'est pas évident. Même avec les marches et la corde en guise de rambarde. Donc, on fait attention. On se raccroche aux cordes et on regarde où on met les pieds. On n'a pas besoin de blessés en plus. Si vous avez de l'équipement lourd, répartissez-le en plusieurs paquets et faites deux ou trois voyages. Et si ça ne suffit pas et que vous avez encore besoin d'aide, je demande aux cadets de vous porter vos affaires. Ne vous occupez pas du temps passé. Seulement de votre sécurité. Bon… tout le monde est paré ?

Tous hochèrent la tête en même temps. Bosch fit signe à Corazon de se mettre à l'écart – il avait quelque chose à lui dire.

– Tu n'es pas habillée comme il faut, remarqua-t-il.

– Écoute. Ne commence pas à me dire ce que je dois…

– Tu veux que j'enlève ma chemise pour te montrer mes côtes ? J'ai tout un côté de la poitrine qui ressemble à de la tarte aux myrtilles parce que je me suis cassé la

41

gueule ici même hier soir. Les chaussures que tu as mises ne feront jamais l'affaire. Elles font peut-être bien au cinéma, mais…

– Ça ira. Je prends le risque. Autre chose ?

Bosch secoua la tête.

– Je t'aurai avertie, dit-il. Allez, on y va.

Il se dirigea vers les marches, tous lui emboîtant le pas. Les Services spéciaux avaient construit un portail en bois qui devait servir de poste de contrôle. Un officier de patrouille s'y tenait avec une écritoire. Il notait les noms et les services de tous ceux qui avaient la permission de passer.

Bosch prit la tête du détachement. Monter était plus facile que la veille, mais sa poitrine le brûla encore tandis qu'il s'aidait des cordes et des marches pour grimper. Il ne dit rien et tenta de n'en rien laisser voir.

Arrivé aux acacias, il fit signe à tout le monde d'attendre pendant qu'il se glissait sous le ruban pour aller vérifier. Il retrouva l'endroit où la terre avait été retournée et les petits ossements qu'il avait découverts la veille au soir. Rien n'avait l'air d'avoir été dérangé.

– Bon, vous pouvez venir voir, lança-t-il.

Tout le groupe passa sous le ruban et se mit en demi-cercle autour des ossements. La caméra ayant commencé à tourner, Corazon prit la direction des opérations.

– Bien, dit-elle, la première chose à faire est de reculer et de prendre des photos. Après, on quadrille et c'est le Dr Kohl qui vous indiquera comment fouiller et récupérer les ossements. Dès que vous trouvez quelque chose, vous le photographiez sous trente-six angles différents avant de le ramasser.

Elle se tourna vers l'un des inspecteurs.

– Finch, c'est vous qui vous occuperez des croquis. Quadrillage standard. Relevez tout. Ne venez pas me dire qu'on pourra toujours se débrouiller avec les photos.

Finch ayant acquiescé d'un signe de tête, elle se tourna vers Bosch.

– Inspecteur Bosch, dit-elle, je crois que nous sommes prêts. Moins il y aura de gens ici, mieux ça vaudra.

Bosch acquiesça et lui tendit un émetteur-récepteur radio.

– Je reste dans le coin, dit-il. Si tu as besoin de moi, tu m'appelles avec ça. Les portables ne captent rien par ici. Mais tu fais très attention à ce que tu dis.

Il lui montra les hélicoptères des médias qui continuaient à tournoyer dans le ciel.

– À ce propos, dit Kohl, nous allons tendre une bâche en travers de ces arbres de façon à être tranquilles et avoir un peu moins de réverbération. Ça ne vous gêne pas, j'espère.

– La scène de crime est à vous, lui répondit Bosch. Vous pouvez y aller.

Puis, suivi d'Edgar, il redescendit les marches.

– Harry, lui dit celui-ci, ça risque de prendre des jours entiers, ce bazar !

– Peut-être même des semaines.

– De toute façon, jamais on ne voudra nous les accorder. Tu le sais, non ?

– Si, si.

– Parce que dans ces affaires-là… on aura de la chance si on arrive seulement à savoir de qui il s'agit.

– Bien sûr.

Bosch continua d'avancer. En arrivant au niveau de la rue, il s'aperçut que le lieutenant Grace Billets était déjà là avec son supérieur, le capitaine LeValley.

– Jerry, lança-t-il, va donc dire aux cadets de se tenir prêts, tu veux ? Tu n'as qu'à leur faire le topo « analyse de la scène de crime : éléments de base ». Je te rejoins dans une minute.

Il gagna l'endroit où se trouvaient Billets et LeValley et les mit au courant des derniers développements de l'affaire. Toutes les activités du matin y passèrent, jusqu'aux plaintes déposées par le voisinage à cause du raffut que faisaient les marteaux, les scies et les hélicoptères.

– Il faut qu'on donne quelque chose aux médias, dit LeValley. Ils veulent savoir si vous dirigerez les opérations d'ici ou d'en bas, au commissariat central.

– Pas question de diriger les choses d'ici, répondit Bosch. Qu'est-ce que les médias savent de cette histoire ?

– Pratiquement rien. C'est pour ça que vous devez absolument les appeler. Ils se débrouilleront pour faire un communiqué.

– Capitaine, dit Bosch, c'est que je suis plutôt occupé, moi, ici, vous savez ? Je ne pourrais pas...

– Trouvez le temps de le faire, inspecteur. C'est le meilleur moyen de ne pas les avoir tout le temps sur le dos.

Bosch s'était détourné du capitaine pour regarder les journalistes rassemblés au barrage routier une rue plus bas lorsqu'il vit Julia Brasher montrer son badge à un officier de patrouille et obtenir la permission de passer. Elle était en civil.

– Bon, d'accord, dit-il. Je passerai le coup de fil.

Il partit vers la maison du Dr Guyot. Et vers Brasher qui s'approchait en souriant.

– J'ai votre Mag, dit-il. Elle est en bas, dans ma voiture. Mais comme j'allais chez le Dr Guyot de toute façon...

– Oh, ne vous inquiétez pas, lui répliqua-t-elle. Ce n'est pas pour ça que je suis montée.

Elle changea de direction et continua de marcher avec lui. Il regarda comment elle était habillée : blue-jeans délavé, T-shirt tout droit sorti d'une course de cinq kilomètres pour une vente de charité.

– Vous n'êtes pas en service, n'est-ce pas ?

– Non, je suis de l'équipe de 3 heures de l'après-midi à 11 heures du soir. Je me disais que vous auriez peut-être besoin d'une volontaire. J'ai appris que vous aviez fait appel aux cadets.

– Vous voulez aller chercher des ossements là-haut ? C'est ça ?

– Je voudrais apprendre.

Il acquiesça et ils se dirigèrent vers la maison de Guyot. La porte s'ouvrit avant même qu'ils y arrivent et le médecin les invita à entrer. Bosch lui demanda s'il pouvait encore une fois se servir de son téléphone, Guyot lui montra le chemin bien que ce ne fût plus nécessaire. Bosch s'assit derrière le bureau.

– Comment vont les côtes ?

– Bien.

Brasher haussa les sourcils et Bosch s'en aperçut.

– J'ai eu un petit accident en grimpant là-haut, hier soir, dit-il.

– Qu'est-ce qui s'est passé ?

– Oh, je m'occupais tranquillement de mes oignons quand un tronc d'arbre a décidé de me sauter dessus sans aucune raison.

Elle grimaça et Dieu sait comment réussit à sourire en même temps.

Il composa de mémoire le numéro des Relations avec les médias et parla de l'affaire en des termes très généraux. À un moment donné, il posa la main sur l'écouteur et demanda à Guyot s'il voulait qu'on mentionne son nom dans le communiqué de presse. Le médecin refusa. Quelques minutes plus tard Bosch raccrocha. Et regarda Guyot.

– Dès que nous aurons vidé les lieux, disons… dans quelques jours, il est probable que les journalistes voudront rester dans le coin. Ils voudront voir le chien qui a découvert l'os, enfin… je crois. Bref, si vous tenez à avoir la paix, empêchez Calamity d'aller se balader dans la rue, sans quoi ils finiront par comprendre.

– Le conseil est bon, dit Guyot.

– Et vous feriez peut-être bien aussi d'appeler votre voisin, M. Ulrich, et de l'avertir de ne rien dire aux journalistes non plus.

En quittant la maison, Bosch demanda à Julia Brasher si elle voulait sa lampe torche. Elle lui répondit qu'elle n'avait aucune envie de la trimbaler pendant la fouille.

– Vous n'aurez qu'à me la rendre quand vous voudrez, lui répondit-elle.

Bosch apprécia. Cela voulait dire qu'il avait au moins encore une chance de la revoir.

De retour au rond-point, il trouva Edgar en train de haranguer les cadets.

– La règle d'or quand on se trouve devant une scène de crime est la suivante : on ne touche à rien avant que l'objet ait été examiné, photographié et répertorié.

Bosch entra dans le cercle.

– Bon, on est prêts ? demanda-t-il.

– Ils sont prêts, lui répondit Edgar.

D'un hochement de tête, il lui montra deux cadets qui tenaient des détecteurs de métaux dans les mains.

– Empruntés à la Police scientifique.

Bosch acquiesça et refit aux cadets et à Brasher le petit topo sécurité qu'il avait déjà servi à l'équipe des fouilles. Tout le monde monta jusqu'à la scène de crime, Bosch en profitant pour présenter Brasher à Edgar avant de laisser celui-ci conduire toute la troupe au poste de contrôle. Il ferma la marche, derrière Brasher.

– Nous verrons si vous avez toujours envie de travailler aux Homicides ce soir, lui lança-t-il.

– Tout vaut mieux que de courir après les appels radio et de laver le vomi sur la banquette arrière à la fin du service, lui répondit-elle.

– Je me souviens bien de cette époque.

Bosch et Edgar répartirent Brasher et les douze cadets dans les zones adjacentes au bouquet d'acacias et leur ordonnèrent de commencer à chercher les uns à côté des autres. Bosch redescendit alors chercher les chiens pour accélérer le travail.

Une fois les choses en route, il laissa Edgar avec les cadets et regagna le bouquet d'acacias pour voir si on avançait. Il y trouva Kohl assise sur une caisse, en train de superviser l'équipe chargée de planter les piquets en bois où seraient attachés les fils pour le quadrillage du terrain.

Bosch avait déjà travaillé avec elle et savait combien elle était consciencieuse et efficace dans son boulot. Presque la quarantaine, Kathy Kohl était bâtie et bronzée comme une joueuse de tennis. Un jour qu'il passait près d'un terrain de jeux de la ville, il l'avait vue disputer un match avec sa sœur jumelle. Elles avaient attiré la foule : on aurait dit une seule personne qui lançait ses balles sur un mur de miroirs.

Ses longs cheveux blonds lui tombaient devant les yeux et les cachaient tandis que, la tête penchée, elle regardait l'énorme écritoire posée sur ses genoux. Elle y portait des notations sur une feuille de papier quadrillé. Bosch regarda le graphique par-dessus son épaule. Kohl était en train d'attribuer une lettre à chacun des carrés de la grille, au fur et à mesure que les piquets correspondants étaient plantés dans le sol. En haut de la page elle avait écrit : « La cité des ossements ».

Il tendit la main en avant et tapota la feuille à l'endroit où elle avait écrit ces mots.

– Pourquoi ce terme ?

Elle haussa les épaules.

– Parce que nous dessinons les rues et les croisements de ce qui, pour nous, va devenir une ville, lui répondit-elle en faisant courir ses doigts sur quelques lignes qu'elle avait tracées. À tout le moins, parce que c'est cette impression-là que nous aurons en travaillant. Celle de nous trouver dans une petite ville.

Il acquiesça.

– Et parce que dans tout meurtre, c'est une ville qui se dit.

Elle leva la tête pour le regarder.

– C'est de qui ?

– Je ne sais pas. De quelqu'un.

Il reporta son attention sur Corazon qui s'était accroupie au-dessus des petits ossements posés à la surface du sol et les étudiait pendant que la caméra vidéo l'étudiait, elle. Il songeait à aller lui en dire un mot lorsque, quelqu'un l'ayant appelé par radio, il décrocha son appareil de sa ceinture.

– Bosch, dit-il.

– Edgar. Tu ferais bien de revenir par ici, Harry. On a déjà des trucs.

– J'arrive.

Edgar se trouvait en terrain pratiquement plat, dans le sous-bois qui s'étendait à une quarantaine de mètres du bosquet d'acacias. Brasher et une demi-douzaine de cadets s'étaient mis en cercle et regardaient quelque chose dans des buissons d'environ cinquante centimètres de hauteur. L'hélicoptère de la police décrivait un cercle plus serré au-dessus d'eux.

Bosch arriva près du cercle et regarda à son tour. À moitié enfoui dans le sol, un crâne d'enfant dépassait de la terre, ses orbites creuses tournées vers lui.

– Personne n'y a touché, dit Edgar. C'est Julia Brasher qui l'a trouvé.

Bosch jeta un bref coup d'œil à la jeune femme l'humour qui d'habitude semblait briller dans ses yeux et ourler ses lèvres avait complètement disparu. Il reporta son attention sur le crâne et approcha son émetteur radio de ses lèvres.

– Docteur Corazon ? lança-t-il.

Il attendit longtemps avant d'entendre la voix du docteur.

– Oui ? Qu'est-ce qu'il y a ?

– Il va falloir élargir le périmètre.

6

Avec Bosch dans le rôle du général surveillant la petite armée qui travaillait à l'intérieur du périmètre élargi, la journée se révéla fructueuse. Les ossements sortirent de la terre et des buissons sans difficulté, comme s'ils attendaient cet instant depuis des éternités. À midi, trois carrés de la grille étaient déjà mis en chantier par l'équipe de Kathy Kohl, des douzaines d'ossements y apparaissant peu à peu dans la terre foncée. Comme leurs collègues archéologues fouillant la terre à la recherche d'objets antiques, son équipe se servait de petits outils pour ramener très doucement ces ossements à la lumière. On utilisait aussi des détecteurs de métaux et des sondes à vapeur. Cela demandait beaucoup d'efforts, mais le travail avançait bien plus vite qu'il ne l'espérait.

C'était la découverte du crâne qui avait donné le rythme, chacun sentant aussitôt l'urgence qu'il y avait à mener l'opération à bien. Le crâne avait été extrait de la terre, son examen photographique *in situ* étant immédiatement effectué par Teresa Corazon et permettant de découvrir des fractures et des traces d'interventions chirurgicales. Ces dernières firent bientôt comprendre à tout le monde que les ossements qu'on avait entre les mains étaient relativement jeunes. À elles seules, les fractures n'auraient pu être une preuve d'homicide, mais, ajoutées à tout ce qui prouvait que le corps avait bien été enterré, elles indiquèrent clairement que c'était l'histoire d'un assassinat qui prenait forme sous leurs yeux.

À 2 heures de l'après-midi, lorsque les équipes se dispersèrent pour le déjeuner, c'était déjà presque la moitié du squelette qui avait été retrouvée dans le quadrillage. Dans les buissons avoisinants, les cadets avaient aussi découvert d'autres ossements épars. L'équipe de Kohl avait en outre déterré des fragments d'habits détériorés et des morceaux d'un sac à dos en toile assez petit pour avoir été celui d'un enfant.

Les ossements redescendaient la colline dans des boîtes en bois carrées munies de poignées en corde sur les côtés. À midi, un anthropologue en examinait déjà trois à la morgue. Les habits, aux trois quarts pourris et méconnaissables, et le sac à dos, qu'on n'avait toujours pas ouvert, avaient été transportés au labo de la police scientifique de Los Angeles pour y subir le même genre d'examens.

Un passage au détecteur de métaux de toute la zone quadrillée ne fit découvrir qu'une seule pièce de monnaie – un *quarter* frappé en 1975 et enfoui à la même profondeur que les ossements, à environ cinq centimètres de la partie gauche du pelvis de l'enfant. On émit aussitôt l'hypothèse que cette pièce se trouvait dans la poche gauche de son pantalon, le tissu finissant par pourrir avec le corps. De fait, la présence de ce *quarter* fournit à Bosch un paramètre concernant l'instant de la mort. À supposer que la pièce ait effectivement été enterrée avec l'enfant, sa mort ne pouvait être survenue avant l'année 1975.

Les Services spéciaux avaient prévu de faire monter deux camions de restauration jusqu'au site afin que la petite armée qui y travaillait puisse se nourrir. Les camions étaient arrivés tard et l'on avait faim. Dans l'un on servait des repas chauds, l'autre n'offrant que des sandwiches. Bosch prit la queue qui s'était formée devant ce dernier. Ça n'avançait pas vite, mais il s'en moquait : il était avec Julia Brasher. Ils parlèrent surtout des fouilles dans la colline et échangèrent des potins sur leur hiérarchie. On cherchait à faire connaissance. Brasher l'attirait, et plus il l'entendait lui raconter ce qu'elle avait vécu en tant que bleue, plus elle l'intriguait. Le mélange d'enthousiasme, de respect et de cynisme qu'elle éprouvait pour son travail lui rappelait tout ce qu'il avait lui-même ressenti au début de sa carrière.

Il n'en était plus qu'à six personnes du guichet où l'on passait sa commande lorsqu'il entendit un des policiers du camion poser des questions à un cadet.

– C'est des ossements de plusieurs types ?

– Je sais pas, mec. On les cherche, nous, un point, c'est tout.

Bosch étudia l'homme qui posait les questions.

– Et ils étaient tout bousillés ?

– Difficile à dire.

Bosch se sépara de Brasher et gagna l'arrière du camion. Il jeta un œil par la portière ouverte et y vit trois hommes en tablier qui travaillaient. Ou faisaient semblant. Eux ne remarquèrent pas sa présence. Deux d'entre eux confectionnaient effectivement des sandwiches et exécutaient les commandes qu'on leur passait. Celui du milieu – c'était lui qui avait interrogé le cadet – se contentait d'agiter les bras sur le comptoir où l'on préparait la nourriture, juste au-dessous du guichet. Il ne faisait rien, mais, vu de dehors, donnait l'impression du contraire. Bosch continua de l'observer et vit l'homme qui était sur sa droite couper un sandwich en deux, le poser sur une assiette en carton et lui passer le tout. L'homme s'en empara et tendit le sandwich au cadet qui le lui avait commandé.

Bosch remarqua aussi que les deux hommes qui travaillaient vraiment portaient un jeans et un T-shirt sous leur tablier, alors que celui-ci était vêtu d'un pantalon à revers et d'une chemise à col boutonné. Un carnet sortait de la poche arrière de son pantalon. Celui, long et mince, dont, il le savait, se servaient les journalistes.

Il passa sa tête à la portière et jeta un coup d'œil autour de lui. Sur une étagère il remarqua une veste de sport roulée en boule. Il la prit et s'éloigna. En fouillant les poches du vêtement, il tomba sur un badge de journaliste attaché à une chaîne. Une photo du faux confectionneur de sandwiches s'y trouvait. Il s'appelait Victor Frizbe et travaillait pour le *New Times*.

Bosch tendit la veste devant lui, juste à la porte, et frappa sur la carrosserie jusqu'à ce que les trois hommes se retournent. Alors, il fit signe à Frizbe d'approcher. Le journaliste se montra la poitrine du doigt avec l'air de demander : « Quoi ? Moi ? » Bosch acquiesça d'un hochement de tête. Le journaliste s'approcha de la portière et se pencha en avant.

– Oui ? dit-il.

Bosch l'attrapa par le haut de son tablier et le tira violemment hors du camion. Frizbe atterrit sur ses pieds, mais dut faire plusieurs pas pour ne pas tomber par terre. Il se retournait déjà pour protester lorsque Bosch lui expédia sa veste roulée en boule dans la poitrine.

Deux officiers de patrouille – c'étaient toujours eux qui mangeaient les premiers – étaient en train de jeter leurs assiettes en carton dans une poubelle proche. Bosch leur fit signe de venir.

– Vous me reconduisez ce monsieur à l'extérieur du périmètre, leur dit-il. Et si jamais vous le voyez repasser à l'intérieur, vous l'arrêtez.

Ils prirent Frizbe chacun par un bras et se mirent en devoir de lui faire redescendre la rue jusqu'au barrage.

Frizbe commença à protester, son visage devenant aussi rouge qu'une boîte de Coca, mais les deux officiers ignorèrent tout du bonhomme, sauf ses bras, et lui firent subir l'humiliation suprême de le ramener au milieu de ses collègues. Bosch observa la scène un moment, puis il sortit la carte de presse du type de sa poche revolver et la jeta dans la poubelle.

Et rejoignit Brasher dans la queue. Il n'y avait plus que deux cadets devant eux dans la file.

– C'était quoi ? lui demanda-t-elle.

– Atteinte au règlement sanitaire. Il ne s'était pas lavé les mains.

Elle se mit à rire.

– Non, je ne plaisante pas, dit-il. Pour moi, la loi, c'est la loi.

– Bigre ! J'espère bien avoir mon sandwich avant que vous ne découvriez un cafard ici ou là et ne fassiez fermer le camion !

– Ne vous inquiétez pas, lui répondit-il. Le cafard, je viens juste de m'en débarrasser.

Dix minutes plus tard, après que Bosch eut sermonné le propriétaire du camion qui avait fait monter le journaliste en fraude, ils emportèrent leurs sandwiches et leurs boissons à une des tables de pique-nique que les Services spéciaux avaient installées sur le rond-point. Elle était réservée aux enquêteurs, mais Bosch ne vit pas d'objections à ce que Brasher s'y assoie avec lui. Edgar y avait déjà pris place avec Kohl et un des membres de son équipe chargé de creuser. Bosch présenta Brasher à tous ceux et celles qui ne la connaissaient pas et mentionna que c'était elle qui avait reçu l'appel fatidique et qu'elle l'avait aidé la veille.

– Et où est passée la patronne ? demanda-t-il ensuite à Kohl.

– Oh, elle a déjà mangé. Je crois qu'elle est partie enregistrer un autre auto-interrogatoire.

Bosch hocha la tête en souriant.

– Moi, je vais prendre du rab, dit Edgar en passant par-dessus le banc et s'éloignant avec son assiette.

Bosch mordit dans son sandwich bacon-laitue et en savoura le goût. Il mourait de faim. Il avait prévu de ne rien faire d'autre que de manger pendant la pause, mais Kohl lui demanda si elle pouvait lui faire part de ses premières conclusions sur la fouille.

Bosch avait la bouche pleine. Il avala, puis lui demanda d'attendre que son coéquipier soit revenu. Ils échangèrent quelques généralités sur l'état des ossements et la manière dont, de l'avis de Kohl, le peu de profondeur de la tombe avait permis à des animaux de déterrer les ossements et de les éparpiller – depuis des années et des années, peut-être.

– Nous ne pourrons pas tous les retrouver, dit-elle. Et loin de là, même. Nous allons très vite arriver à un point où les résultats ne seront plus du tout à la hauteur des dépenses encourues et des efforts déployés.

Edgar revint avec une assiette de poulet frit. Bosch fit signe à Kohl, qui consulta un carnet de notes qu'elle avait posé à sa gauche, sur la table, avant de parler.

– Deux choses à quoi je vous demande de prêter attention, dit-elle : la profondeur de la tombe et l'endroit où elle a été creusée. À mon avis, ce sont là deux éléments clés. Ils ont forcément quelque chose à nous dire sur l'identité de ce gamin et sur ce qui lui est arrivé.

– De ce « gamin » ? répéta Bosch.

– Oui, l'écartement des os du bassin et la ceinture du sous-vêtement.

Elle expliqua que dans les vêtements pourris et décomposés on avait retrouvé la banque élastique du caleçon et que c'était d'ailleurs la seule chose qui en restait. Les liquides suintant du cadavre en décomposition avaient provoqué la détérioration des habits, mais l'élastique de la ceinture était encore pratiquement intact et semblait provenir d'un sous-vêtement masculin.

– Bon, d'accord, dit Bosch. Et la profondeur de la tombe ?

– Nous pensons que l'ensemble formé par les os du bassin et le bas de la colonne vertébrale n'a pas été modifié avant que nous le découvrions. En partant de cette hypothèse, nous pouvons dire que cette tombe n'avait pas plus de vingt-cinq à trente centimètres de profondeur. Et une tombe aussi peu profonde signifie vitesse, panique et tout un tas de choses qui traduisent un manque de préparation certain. Mais…

Elle leva un doigt en l'air.

– … mais de la même manière l'endroit où on l'a creusée, loin de tout et difficile d'accès, dit exactement le contraire. Il y a eu préparation, et sérieuse. Il semble bien qu'on ait choisi cet endroit parce que ce n'est sacrément pas facile d'y arriver, mais il semble aussi que l'enterrement proprement dit ait été fait à toute vitesse. Cet enfant n'a été recouvert que d'une mince couche de terre et d'aiguilles de pin. Je sais qu'attirer votre attention sur ces deux choses ne va pas forcément vous aider à coincer l'ordure qui a fait ça, mais je tenais absolument à ce que vous voyiez ce que moi, je vois dans tout ça · une énorme contradiction.

Bosch acquiesça.

– Tout ça est bon à savoir, dit-il, et on ne l'oubliera pas.

– Parfait. L'autre contradiction, et elle est moins importante, c'est le sac à dos. L'enterrer avec le corps était une erreur. Un cadavre se décompose nettement plus vite que le genre de toile dont sont faits ces sacs. Résultat, si on arrive à identifier le sac ou quelque chose de son contenu, on se retrouve devant une deuxième grosse faute de l'assassin. Vous êtes intelligents, je suis sûre que vous trouverez la solution.

Elle sourit à Bosch, puis elle étudia de nouveau son carnet de notes, en soulevant la première page pour regarder en dessous.

– Voilà, je crois que c'est tout. Le reste, nous en avons déjà parlé là-haut. Où je crois que tout se passe le mieux du monde. Nous devrions en avoir fini avec la tombe principale à la fin de la journée. Demain, on fera quelques échantillonnages dans les autres carrés de la grille. Mais on devrait en avoir terminé dès demain, à mon avis. Comme je vous l'ai dit, nous n'arriverons certainement pas à tout retrouver, mais nous en aurons largement assez pour pouvoir faire le nécessaire.

Bosch songea soudain à la question que Victor Frizbe avait posée au cadet et se demanda si le journaliste ne pensait pas plus vite que lui.

– Des échantillonnages ? répéta-t-il. Vous pensez qu'il y un autre cadavre d'enterré ?

Kohl secoua la tête.

– Non, rien ne l'indique. Mais nous devons nous en assurer. C'est pour ça que nous ferons quelques échantillonnages et planterons des sondes à gaz. Pure routine. Il y a toutes les chances, surtout quand on songe au peu de profondeur de la tombe, pour que nous n'ayons affaire qu'à un seul crime. Cela étant, il faut en être sûr. Aussi sûr que possible.

Bosch hocha encore une fois la tête en signe d'approbation. Il était heureux d'avoir avalé l'essentiel de son sandwich parce que, tout d'un coup, il n'avait vraiment plus faim. La perspective d'enquêter sur une affaire impliquant plusieurs victimes était peu encourageante. Il regarda l'assemblée.

– Bon, lança-t-il, ce que je vais vous dire ne sort pas d'ici. J'ai déjà coincé un journaliste qui cherchait un serial killer dans tous les coins et nous ne voulons pas d'hystérie médiatique. Même si vous leur dites que c'est de la routine et qu'on ne prend ces mesures que pour être sûr de notre affaire, ça fera la une de tous les journaux. Compris ?

Tout le monde acquiesça, Brasher y compris. Bosch était sur le point d'ajouter quelque chose lorsqu'on entendit des coups sourds monter de la rangée de sanitaires installée dans le camion des Services spéciaux garé de l'autre côté du rond-point. Il y avait quelqu'un dans un des cabinets format cabine téléphonique et ce quelqu'un cognait de toutes ses forces sur la porte en aluminium. Au bout d'un moment, Bosch entendit nettement une voix de femme. Il la reconnut et bondit de la table.

Il traversa le rond-point à toute allure, gravit les marches du camion, trouva vite de quel cabinet montaient les coups de poing et en gagna la porte. Le verrou extérieur – celui qui servait à verrouiller le cabinet pendant le transport – avait été tiré, un os de poulet ayant été glissé dans le crochet pour l'empêcher de glisser.

– Une minute ! hurla Bosch.

Il essaya de retirer l'os, mais celui-ci était couvert de graisse et lui glissait entre les doigts. De l'autre côté de la porte, on continua de hurler et de donner des coups de poing. Bosch regarda autour de lui dans l'espoir de trouver quelque chose dont il pourrait se servir, mais non : rien. Pour finir, il sortit son pistolet de son étui, vérifia la sûreté et se servit de sa crosse pour éjecter l'os de poulet, en prenant soin de tenir le canon de son arme toujours pointé vers le sol.

Lorsque l'os finit par tomber, il rangea son pistolet et tira le verrou. La porte s'ouvrit d'un coup et Teresa Corazon se rua dehors, le renversant presque. Il la rattrapa pour qu'elle ne s'étale pas par terre, mais elle le repoussa violemment.

– C'est toi qui as fait ça ! cria-t-elle.

– Quoi ? ! Absolument pas ! J'étais là-bas pendant que tu…

– Je veux savoir qui a fait ça !

Il baissa la voix. Il savait que tout le monde devait être en train de les regarder. Sans parler des médias plus bas dans la rue.

– Écoute, Teresa, dit-il, calme-toi. C'était une blague, d'accord ? Celui qui a fait ça n'y a vu qu'une plaisanterie. Je sais que tu n'aimes pas les lieux confinés, mais eux ne le savaient pas. C'est quelqu'un qui aura voulu détendre un peu l'atmosphère et comme tu étais là…

– Ils sont jaloux, c'est pour ça !

– Quoi ? !

– Ils sont jaloux de ce que je suis, de ce que j'ai réussi.

Bosch en resta interdit.

– Comme tu voudras, dit-il.

Elle se dirigea vers les marches, puis se retourna brusquement et revint sur lui.

– Je m'en vais, dit-elle. T'es content maintenant ?

Bosch secoua la tête.

– « Content » ? répéta-t-il. Ça n'a rien à voir avec ce qui se passe ici. J'essaie de mener une enquête et, si tu veux savoir, ne pas être distrait par toi et ton cameraman pourrait nous aider.

– Eh bien, t'as gagné ! Et tu sais, le numéro de téléphone où tu m'as appelée l'autre soir ?

– Oui ? dit-il en hochant la tête.

– Brûle-le.

Elle descendit les marches, d'un doigt furibond fit signe à son cameraman de la rejoindre et se dirigea vers sa voiture officielle. Bosch la regarda partir.

Lorsqu'il revint à la table de pique-nique, seuls Edgar et Brasher s'y trouvaient encore. Son coéquipier avait réduit sa deuxième portion de poulet à l'état d'os épars et restait planté là, un sourire satisfait sur la figure.

Bosch laissa tomber l'os qu'il avait dégagé du verrou dans son assiette.

– Pour aimer, elle a aimé ! dit-il en lui faisant comprendre d'un regard qu'il savait très bien que c'était lui qui avait fait le coup.

Edgar fit comme si de rien n'était.

– Plus grand est l'ego, dit-il seulement, plus dure est la chute. Je me demande si son cameraman a pu l'enregistrer.

– Tu sais que ça n'aurait pas fait de mal de la garder de notre côté ?... De la supporter juste ce qu'il fallait pour l'avoir avec nous quand on en aurait eu besoin ?

Edgar ramassa son assiette et eut bien du mal à extraire son grand corps de l'espace compris entre le banc et la table.

– On se revoit dans la colline ? dit-il.

Bosch jeta un coup d'œil à Brasher. Celle-ci haussa les sourcils d'un air interrogatif.

– Quoi ? Vous voulez dire que c'était lui ?

Bosch ne répondit pas

7

Le travail qu'il y avait à faire dans la cité des ossements ne dura que deux jours. Comme Kohl l'avait prévu, les pièces essentielles du squelette furent repérées et enlevées du site sous les acacias dès la fin du premier jour. D'autres ossements avaient été trouvés dans les buissons avoisinants, leur éparpillement suggérant que, le temps aidant, tous avaient été déterrés par divers animaux. Ce vendredi-là, de nouvelles équipes de fouille et de cadets revinrent sur les lieux, mais une longue journée de travail ne déboucha sur aucune autre découverte. Coups de sondes à vapeur et carottages dans les derniers carrés de la grille ne permirent de trouver ni ossements supplémentaires ni le moindre indice pouvant suggérer qu'il y avait d'autres corps enterrés sous les acacias.

D'après Kohl, soixante pour cent du squelette avaient été retrouvés. Sur son conseil, et avec l'approbation de Teresa Corazon, les travaux de fouille furent suspendus dès le vendredi soir et jusqu'à plus ample informé.

Bosch n'y trouva rien à redire. Il savait que leurs efforts ne rapporteraient plus grand-chose et s'en remettait à l'avis des experts. Il avait aussi hâte de commencer à enquêter et de procéder à l'identification des ossements – toutes opérations qui avaient dû attendre puisque Edgar et lui passaient tout leur temps sur le site de Wonderland, à superviser la collecte des preuves à conviction, l'enquête de voisinage et l'établissement des premiers rapports sur l'affaire. Tout cela était certes nécessaire, mais il avait envie d'avancer.

Ce samedi-là, ils se retrouvèrent dans l'entrée de la morgue et informèrent la réceptionniste qu'ils avaient rendez-vous avec le Dr William Golliher, l'anthropologue détaché de l'université de UCLA auprès de la police.

– Il vous attend dans la salle A, leur répondit-elle après avoir téléphoné pour avoir confirmation du rendez-vous. Vous connaissez le chemin ?

Bosch acquiesça et, une sonnerie ayant retenti, ils furent autorisés à franchir la porte. Ils prirent un ascenseur qui les conduisit au sous-sol, où l'odeur des salles d'autopsie les assaillit dès qu'ils sortirent de la cabine. Produits chimiques et corps en décomposition, elle était unique au monde. Edgar prit vite un masque en papier au distributeur et se l'appliqua sur la figure. Bosch ne s'en donna même pas la peine.

– Tu devrais essayer, Harry, non, vraiment, lui dit Edgar tandis qu'ils descendaient le couloir. Tu sais que toutes ces odeurs sont spécifiques, non ?

Bosch le regarda.

– Merci de me l'apprendre, Edgar, dit-il.

Ils durent s'arrêter pour laisser passer une civière qu'on sortait d'une salle d'autopsie. Avec un corps dessus. Enveloppé dans du plastique.

– Hé, Harry, t'as déjà remarqué comment qu'ils les emballent comme les *burritos* chez Taco Bell ?

Bosch fit un signe de tête à l'employé qui poussait la civière.

– C'est même pour ça que je ne mange pas de *burritos*, dit-il.

– Vraiment ?

Bosch se remit à avancer dans le couloir sans répondre.

La salle A était réservée à Teresa Corazon pour les rares fois où, délaissant ses obligations administratives de légiste en chef, elle pratiquait elle-même une autopsie. L'affaire des ossements ayant au départ retenu son attention, elle avait dû autoriser Golliher à utiliser sa salle. Elle n'était pas retournée à Wonderland Avenue depuis l'incident des sanitaires.

Ils poussèrent les doubles portes en acier de la salle et y furent accueillis par un homme en jean et chemise hawaïenne.

– Appelez-moi Bill, leur lança Golliher. Ces deux derniers jours ont dû être longs.

– Redites-nous ça, dit Edgar.

Golliher hocha la tête d'un air amical. La cinquantaine, il avait les cheveux noirs et des manières agréables. Il leur indiqua la table d'autopsie au milieu de la salle. Tous les ossements récupérés sous les acacias s'étalaient maintenant sur son plateau en acier inoxydable.

– Bien, reprit-il, permettez que je vous dise où nous en sommes. Au fur et à mesure que l'équipe de fouille nous les rapportait, nous avons examiné ces ossements, fait des radiographies et tenté de reconstituer le puzzle.

Bosch se rapprocha de la table en acier inoxydable. Disposés comme ils étaient, les ossements formaient un squelette incomplet. Les os de la mâchoire, du bras et de la jambe gauches étaient ceux dont on remarquait le plus l'absence. On en avait conclu que ceux-là avaient été depuis longtemps dispersés au loin par les animaux qui les avaient déterrés.

Chacun des ossements était coté, les plus gros à l'aide d'un petit écriteau, les plus petits d'une étiquette attachée au bout d'une ficelle. Bosch savait que les annotations renvoyaient aux emplacements où chacun d'entre eux figurait sur la grille que Kohl avait dessinée le premier jour.

– Les ossements nous disent toujours beaucoup de choses sur la façon dont quelqu'un est mort et a vécu sa vie, reprit sombrement Golliher. Dans les cas de mauvais traitements subis par des enfants, ils ne mentent pas et nous donnent toujours des preuves irréfutables.

Bosch le regarda et s'aperçut qu'il n'avait pas les yeux noirs. De fait, ceux-ci étaient bleus, mais profondément enfouis dans leurs orbites et comme hantés. Golliher contemplait toujours les ossements posés sur la table. Au bout d'un moment, il cessa de rêver et reporta son regard sur Bosch.

– Je commencerai donc par vous dire que ceux-là nous apprennent énormément de choses, reprit-il. Mais il faut que je vous dise, les gars… j'ai déjà été appelé comme expert dans pas mal d'histoires horribles, mais celle-là les dépasse toutes. J'ai commencé à prendre des notes en regardant ces ossements et tout d'un coup je me suis aperçu qu'il y avait des taches d'encre partout sur ma feuille de papier. Je m'étais mis à pleurer. Sans même m'en rendre compte…

Il regarda les ossements avec un mélange de tendresse et de pitié. Bosch comprit qu'il voyait celui auquel ils avaient appartenu un jour.

– Cette affaire-là est ignoble, les gars. Vraiment ignoble.

– Bon, d'accord, dit Bosch dans une sorte de murmure plein de respect, vous nous donnez ce que vous avez, qu'on puisse aller vite faire notre boulot ?

Golliher acquiesça et tendit la main vers un comptoir où se trouvait un carnet de notes à spirale.

– Commençons par les trucs de base. Vous en connaissez déjà certains, mais je vais quand même vous dire tout ce que j'ai trouvé, si ça ne vous gêne pas.

– Ça ne nous gêne pas, dit Bosch.

– Bien. Alors voici… Vous avez devant vous les restes d'un jeune enfant de type caucasien. En nous référant à l'échelle de croissance de Maresh, on lui donne environ dix ans d'âge. Cela dit, et nous n'allons pas tarder à en reparler, cet enfant a été victime de mauvais traitements répétés. Et d'un point de vue histologique, les victimes de mauvais traitements à répétition souffrent souvent de troubles de la croissance qui nous induisent presque toujours en erreur quant à l'évaluation de leur âge. On a ainsi très souvent affaire à des squelettes qui ont l'air plus jeunes que ce qu'ils sont en réalité. Bref, ce que je suis en train de vous dire, c'est que ce garçon semble avoir dix ans, mais en avait probablement douze ou treize.

Bosch jeta un coup d'œil à Edgar. Celui ci se tenait les bras fermement croisés sur la poitrine, comme s'il rassemblait ses forces pour la suite. Bosch sortit un carnet de la poche de sa veste et commença à prendre des notes en sténo.

– Année du décès, poursuivit Golliher. Pas facile à dire. Les examens radiologiques sont loin d'être précis sur ce point. Mais nous avons la pièce de monnaie qui nous assure que rien de tout cela ne s'est passé avant 1975 et ça aide. Pour moi, ce gamin est resté enterré entre vingt et vingt-cinq ans. Rien ne me contredit, et certains indices de nature chirurgicale dont nous parlerons dans quelques instants viennent même corroborer cette estimation.

– En gros, nous avons donc un gamin de dix à treize ans qui s'est fait tuer il y a entre vingt et vingt-cinq ans de ça, résuma Edgar, un brin de frustration dans la voix.

– Je sais que ces fourchettes sont plutôt larges, lui renvoya Golliher, mais pour le moment, c'est ce que ma science peut vous offrir de mieux.

– Ce n'est pas de votre faute, Doc.

Bosch avait tout noté. Malgré le vague de l'estimation, il était d'une importance vitale de pouvoir situer l'année du décès. D'après Golliher la mort remontait à la fin des années soixante-dix ou au début des années quatre-vingt. Un instant, Bosch songea à ce qu'était Laurel Canyon à cette époque. Enclave rustique passablement funky, on y trouvait tout à la fois des bohèmes et des gens huppés, avec dealers et consommateurs de cocaïne à tous les coins de rue, sans parler des pourvoyeurs de cassettes porno et autres jouisseurs et stars du rock sur le déclin. L'assassin aurait-il fait partie de ce milieu ?

– Cause du décès, enchaîna Golliher. Bon... on en parle à la fin. Je préfère commencer par le torse et les extrémités afin de vous donner une idée de ce que ce gamin a enduré pendant sa courte vie.

Son regard se posa un instant sur Bosch avant de revenir sur les ossements. Bosch respira profondément, une vive douleur se réveillant aussitôt dans ses côtes endommagées. Il savait qu'il allait entendre confirmées ses pires craintes depuis qu'il avait vu les premiers ossements dans la colline. C'était dès le début que l'instinct le lui avait soufflé. Il avait vite compris qu'une histoire horrible allait sortir de ce carré de terre retournée.

Il commença à griffonner dans son carnet, la pointe de son stylo bille s'enfonçant profondément dans le papier tandis que Golliher leur détaillait la suite.

– Première chose à noter, enchaîna celui-ci, nous n'avons qu'environ soixante pour cent du squelette, et cependant... nous avons déjà la preuve irréfutable d'un énorme traumatisme crânien et de violences répétées. Je ne sais pas quelles sont vos connaissances en matière d'ostéologie, mais... disons que pour vous, tout ça, c'est du nouveau et donc... les trucs de base. Les os, sachez-le, se réparent tout seuls et c'est en étudiant ce processus de régénérescence qu'on peut retracer l'historique d'une affaire de mauvais traitements. Et sur ces ossements-là, ce sont de multiples traces de lésions et de régénérescence osseuse que nous avons. Il y a là des fractures récentes et anciennes. Nous n'avons que deux extrémités sur quatre, mais toutes les deux présentent quantités de traumatismes. Bref, ce garçon a passé presque toute sa vie à se faire brutaliser et à guérir de ses blessures.

Bosch regarda le carnet de notes et le stylo qu'il serrait si fort dans ses mains que celles-ci en étaient devenues toutes blanches.

– Vous aurez un rapport écrit dès lundi, mais si vous voulez déjà un chiffre, je peux vous affirmer qu'il n'y a pas moins de quarante-quatre endroits où on remarque des traces de traumatisme à divers stades de guérison. Et il ne s'agit là que de ses os, inspecteurs. Cela ne couvre pas les blessures infligées aux tissus et aux organes vitaux. Il ne fait aucun doute que ce garçon n'a pas cessé de souffrir jour après jour.

En un geste qui ne lui parut pas avoir grand sens, Bosch écrivit ce nombre dans son carnet.

– Les blessures que j'ai cataloguées se remarquent aux lésions du périoste, reprit Golliher. Il s'agit de minces couches de tissu osseux qui repoussent sous la surface, dans la zone du saignement ou du traumatisme.

– Péri… comment ça s'épelle ? demanda Bosch.

– Aucune importance. Vous trouverez ça dans le rapport.

Bosch acquiesça.

– Regardez ça, poursuivit Golliher en allumant une boîte lumineuse accrochée au mur.

Une radiographie s'y trouvait déjà, où l'on voyait un os long et mince. Golliher fit courir son doigt le long de l'épiphyse et leur montra un léger changement de couleur.

– Ceci est le seul fémur que nous ayons retrouvé, dit-il. Et seulement sa partie supérieure. Mais cette ligne, là, à l'endroit où il y a modification de la couleur, indique une lésion. Cela signifie que cette zone – le haut de la jambe du garçon – a reçu un coup très violent quelques semaines avant qu'il meure. Le coup était dévastateur. Il n'a pas cassé l'os, mais il l'a fortement endommagé. C'est le genre de blessure qui occasionne des contusions et je suis sûr que ça a changé sa façon de marcher. Ce que je suis en train de vous dire, c'est qu'on ne pouvait pas ne pas le remarquer.

Bosch s'avança pour regarder la radio. Edgar, lui, resta en retrait. Bosch en ayant fini, Golliher accrocha trois nouveaux clichés qui couvrirent toute la boîte lumineuse.

– Nous avons aussi du périoste laminé sur ces deux membres-ci. Ce laminage du tissu osseux superficiel intervient, surtout dans les cas de mauvais traitements à enfant, lorsque le membre est frappé par un adulte qui cogne à main nue ou avec un instrument. Le modèle de régénérescence de ces os nous indique que ce type de traumatisme lui a été infligé sans arrêt pendant des années et des années.

Golliher marqua une pause pour consulter son carnet, puis il jeta un coup d'œil aux ossements disposés sur la table. Il s'empara de l'humérus et se remit à parler en le tenant devant lui et en se référant de temps à autre à ses notes. Bosch remarqua qu'il ne portait pas de gants.

– Cet humérus droit présente deux fractures réparées, reprit-il. Ce sont des fractures longitudinales et cela veut dire que le bras a été tordu avec une grande violence. Une première fois, puis une deuxième.

Il reposa l'humérus sur la table et y prit un os long d'avant-bras.

– Ce cubitus présente lui aussi une fracture longitudinale réparée. La fracture a causé une légère déviation

70

dans l'alignement de l'os. Cela est dû au fait que celui-ci s'est réparé tout seul.

– Comment ça ? L'enfant n'a pas été plâtré ? demanda Edgar. On ne l'a pas emmené aux urgences ou chez un médecin ?

– Exactement. Bien qu'on soigne tous les jours, aux urgences, ce genre de blessures, habituellement accidentelles, il peut aussi s'agir d'un geste défensif. On lève le bras pour se protéger d'une attaque, le coup venant frapper l'avant-bras. C'est là que se produit la fracture. Étant donné que rien ne signale qu'il y aurait eu des soins médicaux, je penche pour une blessure non accidentelle et faisant partie des mauvais traitements répétés.

Il remit l'os à sa place et se pencha sur la table pour regarder la cage thoracique de l'enfant. De nombreuses côtes étaient éparses et reposaient sur l'acier.

– Les côtes, reprit-il. Presque deux douzaines de fractures à divers stades de réparation. La fracture de la douzième côte remonte sans doute à la toute petite enfance. La neuvième côte, elle, montre un cal traumatique qui s'est formé à peine quelques semaines avant la mort. Ces fractures sont souvent consolidées près des angles, ce qui signifie que l'enfant a été violemment secoué lorsqu'il n'était encore qu'un nourrisson. Chez les enfants plus âgés, ces fractures indiquent des coups portés dans le dos.

Bosch songea à ses propres douleurs et se rappela la nuit impossible qu'il avait passée à cause de sa blessure aux côtes. Infliger ce genre de supplice à un enfant une année après l'autre ?

– Il faut que je me passe de l'eau sur la figure, dit-il soudain. Vous pouvez continuer.

Il se dirigea vers la porte après avoir fourré son carnet et son stylo dans les mains d'Edgar. Dans le couloir, il tourna à droite. Il connaissait bien les sous-sols de la morgue et savait qu'il y avait des toilettes au premier tournant du couloir.

Il y entra et gagna la première cabine libre. Il avait la nausée. Il attendit, mais rien ne vint. Après un long moment, son envie de vomir le quitta.

Il ressortait de sa cabine lorsque, la porte du couloir s'étant ouverte, le cameraman de Teresa Corazon entra dans les toilettes à son tour. Les deux hommes se regardèrent quelques instants d'un air méfiant.

– Sortez d'ici, lui ordonna Bosch. Vous reviendrez plus tard.

Le cameraman fit demi-tour sans rien dire et ressortit.

Bosch alla jusqu'aux lavabos et se regarda dans la glace. Son visage était rouge. Il se pencha et fit couler de l'eau froide dans ses mains en coupe pour y plonger sa figure et ses yeux. Il pensa aux baptêmes, aux secondes chances. Au renouveau. Puis il releva la tête jusqu'à se voir à nouveau dans la glace.

Je vais le coincer, ce type, se dit-il.

Presque à haute voix.

Lorsqu'il revint à la salle A, tous les regards se fixèrent sur lui. Edgar lui rendit son carnet tandis que Golliher lui demandait s'il se sentait bien.

– Très bien, oui, répondit-il.

– Si ça peut vous aider, reprit Golliher, j'ai fait des recherches sur ce genre de cas dans le monde entier. Jusques et y compris au Chili et au Kosovo. Et je dois dire…

Il hocha la tête.

– C'est difficile à comprendre. C'est le genre d'affaire où on ne peut pas ne pas se dire que le gamin est mieux là où il est. Enfin… si l'on croit en Dieu et si l'on pense que c'est mieux de l'autre côté.

Bosch s'approcha d'un comptoir, sortit une serviette en papier d'un distributeur et commença à s'essuyer encore une fois le visage.

– Et si ce n'est pas le cas ? demanda-t-il.

Golliher le rejoignit.

– Ben… c'est justement pour ça qu'il vaut mieux croire. Si cet enfant n'a pas trouvé mieux là-haut, alors… alors je crois que nous sommes perdus.

– Ça vous a aidé quand vous fouilliez dans les décombres du World Trade Center ?

Il regretta aussitôt de lui avoir parlé aussi durement. Mais Golliher n'en parut pas gêné et reprit la parole avant que Bosch ait pu s'excuser.

– Oui, ça m'a aidé, dit-il. Ma foi n'a pas été atteinte par l'horreur ou l'injustice de toutes ces morts. En bien des manières, elle en a même été renforcée. Elle m'a permis de supporter.

Bosch acquiesça d'un signe de tête et jeta sa serviette dans une poubelle à pédale. Le couvercle se referma en claquant lorsqu'il ôta son pied.

– Et la cause de la mort ? demanda-t-il en revenant à ce qui les occupait.

– Nous pouvons aller directement à la conclusion, répondit Golliher. Que nous en ayons parlé ou pas ici, toutes les blessures seront notées dans mon rapport.

Il regagna la table, y prit le crâne et l'apporta à Bosch en le tenant d'une main contre sa poitrine.

– Dans ce crâne, nous avons le pire… et peut-être le meilleur, dit-il. On y décèle trois fractures distinctes à diverses étapes de guérison. Voici la première.

Il lui indiqua une zone située dans la partie inférieure du crâne, à l'arrière.

– Celle-ci est petite et réparée. On voit ici que les lésions ont été complètement consolidées. Plus loin, sur le pariétal droit et débordant sur le frontal, nous avons un traumatisme nettement plus important. Il a nécessité une intervention chirurgicale, à peu près sûrement à cause de la formation d'un hématome hypodural.

D'un doigt il dessina un rond sur la partie antérieure du crâne de l'enfant afin de délimiter la zone du traumatisme. Puis il lui montra cinq petits trous à bords lisses qui formaient un cercle.

– Ça, c'est une marque de trépan. Le trépan est une sorte de scie de chirurgien avec laquelle on ouvre le crâne pour procéder à une opération sur le cerveau ou réduire la pression lorsqu'il y a gonflement de ce dernier. Dans le cas qui nous occupe, on s'en est sans doute servi pour réduire le gonflement dû à l'hématome. Cela dit, aussi bien la fracture que la cicatrice témoignent d'un début de soudure entre les lésions. Bref, il y a eu formation de nouvelle matière osseuse. À mon avis, la blessure et l'intervention chirurgicale qui s'en est suivie se sont produites environ six mois avant la mort du gamin.

– Quoi ? Ce n'est pas la blessure fatale ? demanda Bosch.

– Non. La blessure fatale, c'est celle-ci.

Golliher retourna encore une fois le crâne de l'enfant dans sa main et leur montra une autre fracture.

– Fracture en toile d'araignée, sans soudure ni consolidation. C'est cette blessure-là qui a causé la mort. Son caractère restreint indique un coup très violent porté avec un objet dur. Une batte de base-ball, ce n'est pas impossible. Ou quelque chose de ce genre.

Bosch hocha la tête et regarda fixement le crâne de l'enfant. Golliher l'avait tourné de façon à ce que les orbites regardent l'inspecteur.

– Il y a d'autres blessures à la tête, continua-t-il, mais aucune de fatale. Les os du nez et l'arcade zygomatique présentent des formations de tissu osseux nouveau suite à des traumatismes.

Golliher regagna la table d'autopsie et y reposa doucement le crâne du gamin.

– Je ne crois pas qu'il soit nécessaire de tout reprendre, enchaîna-t-il. En gros, quelqu'un rossait cet enfant absolument tout le temps. Et pour finir, ce quelqu'un est allé trop loin. Vous trouverez tous les détails dans mon rapport.

Il se détourna de la table et regarda les deux inspecteurs.

– Il y a une vague lueur d'espoir dans tout ça, vous savez ? Quelque chose qui pourrait vous aider.

– L'intervention chirurgicale, dit Bosch.

– Exactement. Ouvrir un crâne est une opération plus que sérieuse. Il y en a forcément des traces quelque part. Il n'est pas possible qu'il n'y ait pas eu de suivi thérapeutique. La section crânienne qui a été découpée est maintenue en place par deux pinces en métal après l'opération. Or il n'y a pas trace de ces dernières dans ce crâne. À mon avis, on a dû les enlever au cours d'une seconde opération. Et là encore, il doit y avoir des traces écrites de cette intervention. Sans compter que la cicatrice nous aide à dater les ossements. Ces trous de trépan sont bien trop grands pour être récents. Au milieu des années quatre-vingt, les instruments de chirurgie étaient déjà bien plus modernes que ça. Bien plus fins. Et les perforations nettement plus petites. J'espère que tout ça vous aidera.

Bosch acquiesça, puis il lui demanda :

– Et les dents ? Quelque chose de ce côté-là ?

Golliher lui fit signe que non.

– La mandibule manque. Les dents présentes sur le maxillaire supérieur n'indiquent pas qu'on aurait administré des soins dentaires, alors même que leur pourrissement était déjà engagé avant la mort. Ce qui, à lui tout seul, nous donne encore un autre indice. D'après moi, cet enfant appartenait aux couches sociales les plus défavorisées. Il n'allait pas chez le dentiste.

Edgar avait baissé son masque autour de son cou. Il avait l'air de souffrir.

– Et cet enfant ne pouvait pas dire aux médecins ce qu'on lui faisait quand il est entré à l'hôpital pour son traumatisme ? Et ses profs ? ses amis ?

– Vous connaissez sans doute aussi bien que moi la réponse à cette question, inspecteur, lui renvoya Golliher. Les enfants s'en remettent à leurs parents. Ils les craignent et les aiment, et ne veulent surtout pas les perdre. Il n'y a bien souvent pas d'autre explication au fait que certains enfants battus n'appellent jamais au secours.

– Et les fractures et autres ? Pourquoi les médecins n'ont-ils rien fait en les voyant ?

– C'est toute l'ironie de ce que je fais. Cette tragédie, je la vois très clairement maintenant. Mais avec un patient vivant, il se pourrait très bien qu'elle m'échappe. Si ce garçon venait voir le docteur X ou Y et lui donnait une explication plausible à la blessure que lui ont infligée ses parents, quelle raison aurait donc ce médecin X ou Y d'aller lui radiographier le bras, la jambe ou la poitrine ? Aucune. C'est toujours comme ça que ce genre de cauchemars passe inaperçu.

Peu satisfait de cette réponse, Edgar secoua la tête et gagna le coin le plus éloigné de la salle.

– Rien d'autre, docteur ? demanda Bosch.

Golliher relut ses notes et croisa les bras.

– Non, c'est tout côté scientifique... et vous aurez mon rapport. Mais sur un plan purement personnel, j'espère vraiment que vous retrouverez le type qui a fait ça. Il méritera tout ce qui pourrait lui arriver, et du rab ne ferait pas de mal.

Bosch acquiesça.

– On l'aura ! s'écria Edgar. Ne vous inquiétez pas pour ça !

Ils sortirent du bâtiment et montèrent dans la voiture de Bosch. Ce dernier resta assis un moment sans bouger avant de mettre le contact. Pour finir, il aplatit violemment la paume de la main sur le volant, son geste lui expédiant une onde de choc dans le côté de la poitrine qui lui faisait mal.

– Tu sais, moi, contrairement à lui, c'est pas ça qui me fait croire en Dieu ! s'exclama Edgar. Moi, je croirais plutôt aux petits bonshommes verts venus de l'espace.

Bosch se tourna vers lui. Edgar avait appuyé sa tête contre la vitre et regardait fixement le plancher de la voiture.

– Comment ça ? demanda-t-il.

– C'est pas possible que ce soit un humain qui ait fait ça à son gosse. C'est donc un vaisseau spatial qu'a dû atterrir et enlever le gamin pour qu'ils lui fassent toutes ces horreurs. Je vois pas d'autre explication.

– Ouais, dit Bosch, j'aimerais assez que ton truc se tienne. Comme ça, on pourrait tous rentrer chez soi.

Il enclencha la vitesse.

– J'ai besoin de boire un coup, reprit-il en commençant à sortir du parking.

– Ben pas moi, mec, lui renvoya Edgar. Moi, j'ai seulement envie d'aller voir mon gamin et de me le serrer très fort sur le cœur jusqu'à tant que ça aille mieux.

Ils ne se dirent plus un mot avant d'arriver à Parker Center.

8

Edgar et Bosch prirent l'ascenseur jusqu'au cinquième et gagnèrent le labo de la police scientifique où ils avaient rendez-vous avec Antoine Jesper, le criminologue chargé de l'affaire. Celui-ci les retrouva au portail de sécurité et les conduisit dans son bureau. C'était un jeune Noir aux yeux gris et à la peau lisse. Il portait une blouse blanche qui flottait et battait dans son dos tandis qu'il arpentait le bureau en bougeant sans arrêt les bras.

– Par ici, les gars, dit-il. Je n'ai pas grand-chose, mais tout est pour vous.

Il leur fit traverser le labo principal, où seule une poignée de criminologues travaillaient à cette heure, puis entrer dans la salle de séchage, une grande pièce climatisée où les vêtements et toutes les autres pièces à conviction étaient étalés sur des tables en acier inoxydable afin d'y être examinés. Aucune autre salle ne pouvait rivaliser en puanteurs de décomposition avec les sous-sols de la morgue.

Jesper les conduisit jusqu'à deux tables, où Bosch vit le sac à dos ouvert, ainsi que plusieurs morceaux de tissu noirs de terre et de champignons. S'y trouvait également un sac à sandwich en plastique où pourrissait aussi quelque chose de noir et de parfaitement méconnaissable.

– De l'eau et de la boue sont entrées dedans, leur expliqua Jesper. Faut croire que, le temps aidant, ce truc a fini par ne plus être étanche.

Il sortit un crayon de la poche de sa blouse et s'en servit comme d'une baguette pour illustrer ce qu'il disait.

– On a donc un sac à dos courant contenant des vêtements de rechange et ce qui, à un moment donné, a dû être un sandwich ou quelque chose d'autre à manger. Pour être plus précis, nous dirons : trois T-shirts, trois sous-vêtements, trois paires de chaussettes. Et le truc à bouffer. Il y avait aussi une enveloppe, ou ce qu'il en restait. Je ne l'ai pas ici parce que la section Documents l'a embarquée. Cela dit, n'espérez pas l'impossible, les gars. Cette enveloppe était en moins bon état que ce sandwich, enfin... si c'est bien d'un sandwich qu'il s'agit.

Bosch acquiesça. Il nota le contenu du sac dans son carnet.

– Rien qui nous identifierait des...

Jesper lui fit signe que non de la tête.

– Non, rien de personnel sur les vêtements ou dans le sac. Mais il y a deux choses à remarquer. Un, cette chemise porte une marque identifiable. « Solid Surf. » Là, en travers de la poitrine. Vous ne pouvez pas la voir, mais je l'ai repérée en lumière noire. Ça pourrait nous aider beaucoup comme ne pas nous aider du tout. Au cas où vous ne la connaîtriez pas, sachez que cette expression fait partie du vocabulaire des skateurs.

– C'est enregistré, dit Bosch.

– Vient ensuite le rabat du sac.

Il se servit de son crayon pour l'ouvrir.

– Je l'ai un peu nettoyé et suis tombé sur ceci.

Bosch se pencha sur la table pour voir. Le sac était en toile bleue. Sur le rabat, une décoloration dans le tissu formait un grand B au milieu.

– On dirait une trace laissée par de l'adhésif, reprit Jesper. Qui a disparu depuis, et je ne sais pas trop si cette disparition est intervenue avant ou après qu'on a enterré le sac. Je dirais plutôt avant. J'ai l'impression que quelqu'un l'avait décollé.

Bosch s'écarta de la table et inscrivit quelques mots dans son carnet. Puis il leva de nouveau les yeux sur Jesper.

– Très bien, tout ça, Antoine, dit-il. Autre chose ?

– Non, pas pour ce qui est là.

– On file à la section Documents.

Jesper leur fit retraverser le laboratoire central, puis entrer dans un laboratoire secondaire où l'on ne pouvait accéder qu'en ouvrant une serrure à combinaison.

Dans cette pièce se trouvaient deux rangées de bureaux tous vides. Chacun d'entre eux était équipé d'une boîte lumineuse horizontale et d'une loupe montée au bout d'un bras articulé. Jesper s'approcha du bureau du milieu, dans la deuxième rangée. La plaque d'identification posée sur le plateau indiquait : Bernadette Fornier. Bosch la connaissait. Ils avaient travaillé sur une affaire dans laquelle quelqu'un avait rédigé une fausse lettre de suicide. Il savait qu'elle faisait du bon boulot.

Jesper s'empara d'un grand sac en plastique pour pièces à conviction posé au milieu du bureau. Il l'ouvrit et en sortit deux pochettes de présentation en plastique. La première contenait une enveloppe dépliée de couleur marron et couverte de traces de moisissure noires. Dans l'autre se trouvait une feuille de papier rectangulaire en si mauvais état qu'en plus d'être, elle aussi, très décolorée par le pourrissement et la moisissure, elle s'était déchirée en trois endroits, le long des plis.

– C'est ça qui arrive quand les choses sont mouillées, dit Jesper. Bernie a mis toute la journée rien que pour séparer la lettre de l'enveloppe et la déplier. Comme vous voyez, elle s'est déchirée le long des plis. Et quant à savoir si nous serons jamais capables de lire ce qu'il y avait dedans... disons que les chances sont assez minces.

Bosch alluma la boîte lumineuse et y posa les pochettes de présentation. Puis il s'empara de la loupe et examina l'enveloppe et la lettre qu'elle avait contenue. Il ne restait absolument rien de lisible sur l'un ou l'autre document. Mais il remarqua que l'enveloppe ne semblait pas porter de timbre.

– Et merde, tiens ! s'exclama-t-il.

Il retourna les pochettes et continua de regarder. Edgar vint se placer à côté de lui comme pour lui confirmer ce qui ne faisait pas l'ombre d'un doute.

– Ç'aurait été chouette, dit-il.

– Et maintenant, qu'est-ce qu'elle va faire ? demanda Bosch.

– Elle va s'en doute essayer diverses teintures et avoir recours à d'autres éclairages. Essayer de trouver quelque chose qui réagisse à l'encre et la fasse ressortir. Mais je l'ai vue hier et elle n'était guère optimiste. Bref, c'est comme je vous ai dit : mieux vaut ne pas espérer l'impossible.

Bosch acquiesça d'un hochement de tête et éteignit la lumière.

9

À l'arrière du commissariat du secteur de Hollywood, près de l'entrée, se trouve un banc au pied duquel on a installé, de chaque côté, un grand cendrier rempli de sable. Il a été baptisé « Code 7 », du nom de la réponse radio donnée en cas d'absence ou de repos momentané de l'officier appelé. À 23 h 15, ce samedi soir-là, Bosch était le seul occupant du Code 7. Il ne fumait pas bien qu'il en eût envie. Il attendait. Le banc était faiblement éclairé par les lumières fixées au-dessus de l'entrée et donnait sur le parking que se partageaient le commissariat et le poste de pompiers situé à l'arrière du pâté d'immeubles de la ville.

Bosch regardait les patrouilles rentrer au poste à la fin du service de 15 à 23 heures et les policiers pénétrer dans le bâtiment pour se doucher, se remettre en civil et dire que ça suffisait pour la journée, quand c'était possible. Il baissa les yeux sur la MagLite qu'il tenait dans les mains et frotta son pouce sur l'embout de la torche, à l'endroit où Julia Brasher y avait imprimé son numéro de badge.

Il souleva la lampe et la tourna dans sa main. Elle était lourde. Il pensa soudain à ce que Golliher lui avait dit sur l'instrument qui avait pu servir à tuer le gamin. Une lampe torche aurait, elle aussi, très bien pu faire l'affaire.

Il regarda une voiture de patrouille entrer dans le parking et s'arrêter près du garage. Un flic, en qui il reconnut le coéquipier de Julia Brasher, Edgewood, en descendit par la portière passager et se dirigea vers la bâtisse en portant la carabine affectée au véhicule. Bosch attendit et regarda encore. Soudain il n'était plus aussi sûr de son plan et se demandait s'il n'y aurait pas moyen d'y renoncer et d'entrer dans le commissariat sans se faire remarquer.

Avant qu'il ait pu se décider, Brasher descendit de la voiture côté chauffeur et se dirigea vers la porte du bâtiment. Elle avançait tête baissée, comme quelqu'un qui n'en peut plus après une longue journée de travail. Bosch connaissait ça. Il songea aussi qu'il y avait peut-être autre chose. C'était infime, mais la façon dont Edgewood l'avait laissée lui donnait l'impression qu'il y avait un problème. Brasher étant une bleue, c'était Edgewood qui devait la guider, alors même qu'il avait cinq ans de moins qu'elle. Age et sexe, c'était peut-être ça qui était à l'origine du problème. Mais il se pouvait qu'il y ait autre chose.

Brasher n'avait pas vu Bosch assis sur le banc. Elle était presque arrivée à la porte du commissariat lorsqu'il l'appela.

– Hé, dit-il, vous avez oublié de nettoyer le vomi sur la banquette arrière !

Elle se retourna en continuant d'avancer, jusqu'au moment où elle s'aperçut que c'était lui. Alors elle s'arrêta et se dirigea vers le banc.

– Je vous ai rapporté quelque chose, dit-il.

Il lui tendit la torche. Elle la reprit en lui souriant d'un air las.

– Merci, Harry. C'était pas la peine d'attendre ici pour me…

– J'en avais envie.

Il s'ensuivit un silence embarrassé.

– Vous bossez toujours sur l'affaire du gamin ? lui demanda-t-elle enfin.

– Plus ou moins. J'ai commencé la paperasse. Et

nous avons eu les résultats de l'autopsie. Enfin… si on peut parler d'autopsie.

– Rien qu'à voir la tête que vous faites, ça ne doit pas être beau.

Il acquiesça. Il se sentait bizarre. Il était toujours assis et elle toujours debout.

– Et moi, rien qu'à voir la vôtre, je sais que la journée n'a pas dû être facile.

– C'est toujours comme ça, non ?

Avant qu'il ait pu lui répondre, deux flics qui sortaient de la douche et venaient de se remettre en civil sortirent du commissariat pour rejoindre leurs voitures.

– Bon courage, Julia ! lui lança l'un d'eux. On se retrouve là-bas.

– D'accord, Kiko, lui répondit-elle.

Puis elle se retourna et regarda Bosch. Elle souriait.

– On est quelques-uns de l'équipe à se retrouver chez Boardner, dit-elle. Vous voulez venir ?

– Euh…

– Aucune importance. Je me disais seulement qu'un petit verre ne vous ferait pas de mal.

– C'est vrai. Et même, tenez : j'en ai vraiment besoin. C'est d'ailleurs pour ça que je vous attendais. Mais je ne sais pas trop si j'ai envie de me retrouver avec tout un tas de gens.

– Et donc ? À quoi pensez-vous, au juste ?

Il consulta sa montre. Il était 23 h 30.

– Ça dépendra du temps que vous passerez au vestiaire. On pourrait peut-être attraper la dernière tournée de martinis chez Musso.

Cette fois, elle eut un large sourire.

– J'adore cet endroit, dit-elle. Donnez-moi un quart d'heure.

Elle gagna l'entrée du bâtiment sans attendre sa réponse.

– Je ne bouge pas d'ici, lui cria-t-il.

10

« Chez Musso et Frank » était une véritable institution, où depuis plus d'un siècle on servait des martinis aux citoyens, célèbres ou infâmes, de Hollywood. Dans la salle de devant, toute en boxes de cuir rouge, d'antiques serveurs en jaquette également rouge se déplaçaient lentement et les conversations se devaient d'être calmes. Dans l'arrière-salle se trouvait le bar où il n'y avait pratiquement jamais de place assise, tous les clients se disputant l'attention de barmen qui auraient pu être les pères des serveurs de la salle de devant. Bosch et Brasher venaient juste d'entrer dans la partie bar lorsque deux clients descendirent de leurs tabourets pour partir. Ils s'y installèrent sans attendre, coiffant au poteau deux bonshommes habillés de noir, du genre patrons de studios de cinéma. Un barman qui avait reconnu Bosch s'approcha d'eux aussitôt. Bosch et Brasher commandèrent tous les deux un martini-vodka plutôt costaud.

Bosch se sentait déjà à l'aise avec la jeune femme. Ils avaient déjà déjeuné deux fois ensemble aux tables de pique-nique du rond-point et elle ne s'était jamais trouvée très loin de lui pendant les fouilles sur la colline. Ils s'étaient rendus chez Musso dans sa voiture personnelle, tout cela lui donnait l'impression d'en être à son troisième ou quatrième rendez-vous avec elle. Ils papotèrent sur leurs collègues et parlèrent des détails de l'affaire dont il était prêt à discuter avec elle. Lorsque le barman posa devant eux les martinis avec leurs carafes de *side-car*[1], il avait déjà envie d'oublier tout ce qui touchait aux ossements, au sang et aux battes de base-ball.

Ils trinquèrent, Brasher s'écriant : « À la vie ! »

– C'est ça ! dit-il. À la journée dont on vient de réchapper !

– À peine, précisa-t-elle.

Il comprit que le moment était venu d'aborder ce qui semblait la troubler. Il ne la presserait pas si elle ne voulait pas en parler.

– Le type que vous avez appelé Kiko, là-bas, dans le parking de derrière… pourquoi vous a-t-il souhaité bon courage ?

Elle se tassa un peu et ne lui répondit pas tout de suite.

– Si vous ne voulez pas en par…

– Non, ce n'est pas ça. Ça serait plutôt que je ne veux même pas y penser.

– Je connais ça. Oublions.

– Non, ce n'est pas grave. Mon coéquipier a décidé de me coller un rapport et, vu que je suis à l'essai, ça pourrait me coûter cher.

– Pour quelle raison, ce rapport ?

– Franchissement de la ligne.

L'expression fait partie du vocabulaire tactique et désigne la faute qui consiste à passer dans la ligne de mire d'une carabine ou d'une arme quelconque tenue par un collègue policier.

– Que s'est-il passé ? Enfin, je veux dire… si ça ne vous gêne pas d'en parler.

1. Cocktail à base de brandy, liqueur d'orange et jus de citron *(NdT)*.

Elle haussa les épaules, tous deux avalant une grande gorgée de leur boisson.

– Oh, on avait été appelés pour une bagarre conjugale… je déteste ça… et le type s'était enfermé dans sa chambre avec un flingue. On ne savait pas s'il allait s'en servir pour se suicider, tuer sa femme ou nous flinguer, nous. On attendait des renforts et on devait entrer dès qu'ils seraient là.

Elle but encore un coup. Bosch la regarda. L'émotion qu'elle éprouvait se lisait dans ses yeux.

– Edgewood avait la carabine, Kiko le bélier et Fernel et moi, Fernel est le coéquipier de Kiko, nous tenions la porte. Et nous y sommes allés. Kiko est un grand costaud. Il a ouvert la porte d'un seul coup de pied. Fernel et moi sommes entrés. Le type s'était évanoui sur son lit. Ça n'a pas posé de problèmes, sauf pour Edgewood qui, lui, semble en avoir un gros avec moi. D'après lui, j'aurais franchi la ligne.

– Et c'est vrai ?

– Je ne crois pas. Mais si je l'ai fait, Fernel lui aussi l'a fait et il ne lui a rien dit.

– Peut-être, mais c'est vous le bleu. C'est vous qui devez faire vos preuves.

– Oui, et je commence à en avoir ma claque. Parce que… comment est-ce que je vais y arriver, Harry ? Vous, vous avez un boulot qui change des trucs. Moi, je passe mon temps à courir après les appels radio et à cavaler de salopard en salopard et j'ai l'impression de chercher à éteindre un incendie en crachant dessus. Rien n'avance et en plus j'ai droit à ce trouduc qui n'arrête pas de me dire que j'ai merdé ici ou là.

Bosch savait ce qu'elle éprouvait. Tous les flics en tenue en passaient par là. On patauge toute la journée durant dans une vraie fosse à purin et on en vient vite à croire qu'il n'y a rien d'autre sur terre. C'est le gouffre. C'était pour ça qu'il n'aurait jamais pu se remettre à patrouiller. Patrouiller, c'était comme de coller un pansement adhésif sur une blessure par balle.

– Vous pensiez que ce serait différent ? Enfin, je veux dire… quand vous étiez à l'Académie ?

– Je ne sais pas ce que je pensais. Je ne sais même pas si j'arriverai jamais au point où je pourrai me dire que ce que je fais sert à quelque chose.

– Bien sûr que si. Les premières années sont dures. Mais en s'accrochant, on commence à prendre du recul. On choisit ses batailles et son chemin. Vous vous en sortirez comme il faut.

Lui servir ce genre de baratin enthousiasmant le mettait mal à l'aise. Il avait lui-même traversé de longues périodes d'incertitude aussi bien sur lui-même que sur ses choix. Il se sentait un rien hypocrite de lui dire de tenir bon.

– Parlons d'autre chose, dit-elle.

– Ça ne me déplairait pas.

Il but un grand coup en essayant de trouver quelque chose qui mettrait la conversation sur d'autres rails. Il reposa son verre, se tourna vers elle et lui sourit.

– Et donc, lança-t-il, vous étiez en train de randonner dans les Andes et vous vous êtes dit : « Nom de Dieu, c'est flic que je veux être. »

Elle rit et sembla oublier son cafard.

– Ce n'est pas tout à fait comme ça que ça s'est passé, dit-elle. Et je ne suis jamais allée dans les Andes.

– Bon mais… c'était quoi cette vie riche et pleinement satisfaisante que vous viviez avant d'endosser la tenue ? Vous m'avez dit avoir voyagé dans le monde entier.

– Je ne connais pas l'Amérique du Sud.

– C'est là que se trouvent les Andes ? Et moi qui croyais que c'était en Floride !

Elle rit encore et Bosch fut heureux de constater qu'il avait réussi à changer de sujet. Il aimait bien voir ses

90

dents quand elle riait. Elles étaient un rien de travers, mais d'une manière qui les rendait parfaites.

– Non, sérieusement… que faisiez-vous ?

Elle se retourna sur son tabouret, ils se retrouvèrent épaule contre épaule, à se regarder dans la glace derrière les bouteilles colorées alignées derrière le bar.

– Oh, j'ai été avocate pendant un temps… inutile de vous exciter, ce n'était pas pour défendre au criminel. Je travaillais au civil. Jusqu'au jour où j'ai compris que tout ça, c'était des conneries et où j'ai tout lâché pour me mettre à voyager. Je bossais quand c'était nécessaire. J'ai fait de la poterie à Venise. Un moment, j'ai été guide à cheval dans les Alpes suisses. J'ai aussi fait la cuisine sur un bateau de croisières à la journée à Hawaï. J'ai fait d'autres trucs et j'ai vu pas mal de pays… sauf les Andes. Et je suis rentrée à la maison.

– À Los Angeles ?

– C'est là que je suis née. Et que j'ai été élevée. Et vous ?

– Même chose. Né à l'hôpital de Queen of Angels[1].

– Moi, c'est à Cedars[2].

Elle leva son verre, ils trinquèrent.

– Aux rares, aux fiers et aux braves ! dit-elle.

Bosch finit son verre et y versa son *side-car*. Il avait une avance considérable sur Brasher, mais s'en moquait. Il se sentait détendu. Il était bon de tout oublier pendant un temps. Il était bon d'être avec quelqu'un qui n'avait rien à voir avec l'enquête qu'on menait.

– Alors comme ça, reprit-il, vous êtes née au Cedars Hospital ? Où avez-vous grandi ?

– Ne riez pas. À Bel-Air[3].

---

1. Soit « la Reine des Anges » *(NdT)*.
2. Soit « Les Cèdres » *(NdT)*.
3. Un des quartiers les plus huppés de Los Angeles *(NdT)*.

– À Bel-Air ? ! Il y a donc un papa qui n'est pas très heureux que sa fille soit entrée dans la police.

– Surtout que c'est son cabinet d'avocats que la fille en question a laissé tomber pour disparaître pendant deux ans.

Bosch sourit et leva son verre. Elle trinqua avec lui.

– À la grande courageuse ! lança-t-il.

– Bon, on arrête de poser des questions, dit-elle lorsqu'ils eurent reposé leurs verres.

– D'accord… Et on fait quoi ?

– Tu me ramènes à la maison, Harry. Chez toi.

Il marqua un temps d'arrêt et regarda ses yeux bleus qui brillaient. Les choses avançaient à la vitesse de l'éclair, l'alcool ne faisant que les accélérer encore. Mais c'était souvent comme ça que ça se passait entre flics, entre gens qui avaient l'impression de faire partie d'une société fermée, qui vivaient à l'instinct et partaient tous les jours au boulot en sachant que ce qu'ils faisaient pouvait les tuer.

– Oui, répondit-il enfin. C'est justement ce que j'étais en train de me dire.

Il se pencha en avant et l'embrassa sur la bouche.

11

Debout dans son living, elle regardait les CD rangés dans un casier près de la chaîne stéréo.

– J'adore le jazz, dit-elle.

Il était à la cuisine. Il sourit en l'entendant. Il finit de secouer le shaker, versa les martinis, passa dans le living et lui tendit son verre.

– Qui aimes-tu ?

– Hmmm… depuis quelque temps Bill Evans.

Il acquiesça, s'approcha du casier à CD, en sortit *Kind of Blue* et le glissa dans le lecteur.

– Bill et Miles, dit-il. Sans oublier Coltrane et quelques autres. Il n'y a rien de mieux.

La musique ayant démarré, il prit son martini. Elle s'approcha et choqua son verre contre le sien. Puis, au lieu de boire, ils s'embrassèrent. Elle se mit à rire au milieu du baiser.

– Quoi ? dit-il.

– Rien. C'est juste que je me sens plutôt téméraire. Et heureuse.

– Oui, moi aussi.

– Je crois que c'est à cause de la lampe que tu m'as rendue.

Il la regarda d'un air interloqué.

– Quoi ?

– C'est assez phallique, tu sais ?

L'air qu'il avait la faisait rire de nouveau, elle finit par renverser du martini par terre.

Plus tard – elle était couchée sur le ventre dans son lit –, il se mit à suivre du doigt les contours du soleil flamboyant tatoué au creux de ses reins et se dit qu'il était décidément bien avec elle, mais qu'elle n'en restait pas moins une énigme. Il ne savait pratiquement rien d'elle. Comme son tatouage, il semblait y avoir une surprise partout où il posait son regard sur elle.

– À quoi penses-tu ? lui demanda-t-elle.

– À rien. Je me posais seulement des questions sur le type qui t'a tatoué ce truc dans le dos. Je regrette que ce n'ait pas été moi.

– Comment ça ?

– Parce que c'est beau. Comme toi tu es belle.

Elle se tourna de côté, révélant ses seins et son sourire. Ses cheveux s'étaient dénoués et lui tombaient sur les épaules. Ça aussi, il aimait bien. Elle tendit la main, l'attira sur elle et l'embrassa longuement. Puis elle dit :

– C'est la chose la plus gentille qu'on m'ait dite depuis bien longtemps.

Il posa la tête sur l'oreiller de la jeune femme. Il sentait l'odeur sucrée de son parfum, de l'amour et de leurs sueurs mélangées.

– Tu n'as rien mis sur tes murs, reprit-elle. Pas de photos, je veux dire.

Il haussa les épaules.

Elle lui tourna le dos. Il passa sa main sous son bras, y enferma un de ses seins et l'attira contre lui.

– Tu peux rester jusqu'au matin ?

– Ben… mon mari va sans doute se demander où je suis, mais bon, je peux peut-être l'appeler.

Il se figea. Elle se mit à rire.

– Ne me fous pas des trouilles pareilles, dit-il.

– Non, parce que c'est vrai, tu sais ? Tu ne m'as même pas demandé si j'étais avec quelqu'un.

– Toi non plus.

– Toi, ça se voyait comme le nez au milieu de la figure. L'inspecteur solitaire, tu sais…

Puis elle prit une voix d'homme et ajouta :

– Rien que les faits, madame. Je ne rigole pas avec les femmes, moi. Je ne m'occupe que de meurtres. J'ai un boulot à faire et je ne…

Il fit descendre son pouce sur les bosses de ses côtes. Elle s'arrêta de parler pour rire encore.

– C'est toi qui me l'avais prêtée, cette torche, dit-il. Une femme qui fréquente quelqu'un n'aurait jamais fait un truc pareil.

– Sauf que j'ai quand même une petite nouvelle à t'annoncer, monsieur le gros dur. Ta torche, je l'ai vue dans ton coffre. Dans ta boîte à outils… juste avant que tu la planques sous un chiffon… Tu n'as trompé personne, tu sais ?

Gêné, il reposa la tête sur son oreiller. Il se sentit rougir et leva les mains pour se cacher le visage.

– Aïe aïe aïe, dit-il. Monsieur Ça-se-voit-comme-le-nez-au-milieu-de-la-figure !

Elle roula vers lui et lui écarta les mains. Et l'embrassa sur le menton.

– J'ai trouvé ça plutôt bien, dit-elle. Ç'a été le meilleur moment de la journée et ça m'a donné un petit espoir… qui sait ?

Elle lui retourna les mains et découvrit les cicatrices qu'il avait en travers des phalanges.

– Eh mais… c'est quoi ?

– Des cicatrices.

– Ça, je le sais. Des cicatrices de quoi ?

– Moi aussi, j'avais des tatouages. Je les ai enlevés. Il y a très longtemps.

– Comment ça se fait ?

– J'ai été obligé de les faire disparaître en entrant dans l'armée.

Elle se mit à rire.

– Pourquoi ? Qu'est-ce qu'ils disaient ? « Au cul, l'armée » ?

– Non, non. Rien de tel.

– Quoi alors ? Allez, je veux savoir.

– Ça disait « T-I-E-N-S » sur une main et « F-E-R-M-E » sur l'autre.

– « Tiens ferme » ? Pourquoi ?

– C'est que… c'est une assez longue histoire.

– J'ai tout le temps. Mon mari s'en fout.

Elle sourit.

– Allez, quoi ! Je veux savoir, insista-t-elle.

– Oh, ça n'est pas grand-chose. Une des fois où je me suis barré quand j'étais jeune, j'ai fini par atterrir à San Pedro. Du côté du port de pêche. Et beaucoup de types de là-bas, des pêcheurs, ceux qui bossaient sur les thoniers, avaient ce truc-là sur les mains : « Tiens ferme ». Je leur ai demandé ce que c'était et l'un d'eux m'a dit que c'était comme qui dirait leur devise, leur philosophie. Quand ils étaient au large sur ces bateaux et que pendant des semaines et des semaines les vagues étaient si énormes que ça commençait à leur flanquer la trouille, il fallait s'accrocher à quelque chose et « tenir ferme ».

Bosch serra les poings et les tint en l'air.

– Tenir ferme… à la vie, à tout ce qu'on a.

– Et tu te l'es fait tatouer. Quel âge avais-tu ?

– Je ne sais pas… quinze-seize ans.

Il hocha la tête et sourit.

– Ce que je ne savais pas, c'est que ça leur venait de la marine de guerre. Et donc, un an plus tard, voilà que je débarque à l'armée avec « Tiens ferme » sur les mains ! La première chose que m'a dite le sergent a été de me débarrasser de ce truc-là. Il n'était pas question d'avoir un tatouage de la marine sur les mains quand on était sous ses ordres.

Elle lui prit les mains et regarda ses phalanges de près.

– Ça n'a pas l'air d'avoir été enlevé au laser.

Il lui fit signe que non de la tête.

– Il n'y en avait pas en ce temps-là.

– Qu'est-ce que t'as fait ?

– Mon sergent, il s'appelait Rosser, m'a fait sortir de la caserne et m'a conduit derrière le bâtiment de l'administration. Il y avait un mur en brique, il m'a ordonné d'y flanquer des coups de poing. Jusqu'à ce que j'aie toutes les phalanges ouvertes. Une semaine plus tard, quand tout avait cicatrisé, il m'a ordonné de recommencer.

– Putain de Dieu, mais c'est barbare !

– Non, c'est l'armée.

Il sourit en repensant à cet épisode. Ce n'avait pas été si horrible que ça. Il regarda ses mains. La musique s'étant arrêtée, il se leva et traversa la maison tout nu pour aller changer le CD. Lorsqu'il revint dans la chambre, elle reconnut le musicien.

– Clifford Brown ? demanda-t-elle.

Il acquiesça d'un signe de tête. C'était la première fois qu'il rencontrait une femme capable de reconnaître des musiciens de jazz.

– Ne bouge pas, reprit-elle.

– Quoi ?

– Laisse-moi te regarder. Et ces autres cicatrices… tu m'en parles ?

La pièce n'était que faiblement éclairée par la lumière de la salle de bains, mais il prit conscience de sa nudité. Il était en bonne santé, mais il avait quand même presque quinze ans de plus qu'elle. Il se demanda si elle était jamais sortie avec un homme aussi âgé.

– Tu es superbe, Harry, dit-elle. Tu sais que tu m'excites comme c'est pas possible ? Et alors, ces autres cicatrices, c'est quoi ?

Il effleura l'épais renflement de peau qu'il avait à la hanche gauche.

– Ça ? dit-il. C'est un coup de couteau.

– Où ça t'est arrivé ?

– Dans un tunnel.

– Et celle à l'épaule ?

– Une balle.

– Même question.

Il sourit.

– Aussi dans un tunnel.

– Tu ferais bien de les éviter.

– J'essaie.

Il monta dans le lit et tira le drap sur lui. Elle lui effleura l'épaule et passa son pouce sur le renflement de sa peau.

– Juste à l'os, dit-elle.

– Oui, j'ai eu de la chance. Il n'y a pas eu de dégâts permanents. Ça me fait mal en hiver et quand il pleut, mais c'est à peu près tout.

– Ça t'a fait quoi comme impression ? De te faire tirer dessus, je veux dire ?

Il haussa les épaules.

– Ça m'a fait un mal de chien jusqu'au moment où tout a paru s'engourdir.

– Tu as mis longtemps à t'en remettre ?

– Environ trois mois.

– Tu as eu droit à une pension d'invalidité ?

– On me l'a offerte. J'ai refusé.

– Pourquoi ?

– Je ne sais pas. Je dois trop aimer le boulot. Et je me suis dit que si je tenais ferme, un jour je rencontrerais sûrement une belle jeune femme que toutes ces cicatrices impressionneraient beaucoup.

Elle lui entra si fort les doigts dans les côtes qu'il en grimaça de douleur

– Oh, mon pauvre mignon ! minauda-t-elle.

– Ça fait mal !

Elle effleura le tatouage qu'il avait à l'épaule.

– Et là, qu'est-ce que c'est supposé être ?.. demanda-t-elle. Mickey Mouse pété à l'acide ?

– À peu près. C'est un rat de tunnel.

Elle perdit jusqu'à la moindre trace d'humour.

– Qu'est-ce qu'il y a ? lui demanda-t-il.

– Tu as fait le Vietnam, dit-elle en comprenant brusquement. J'y suis allée, moi, dans ces tunnels.

– Qu'est-ce que tu veux dire ?

– Quand je voyageais… J'ai passé six semaines au Vietnam. Ces tunnels, c'est devenu une espèce d'attraction touristique. On verse son obole et on peut y descendre. Ç'a dû être… ce que tu devais y faire était terrifiant.

– C'était encore plus terrifiant après. Quand on y repensait.

– Ils les ont entourés de cordages pour savoir à peu près où on va. Mais personne ne surveille vraiment. Ce qui fait qu'un jour je suis passée sous une corde et que j'ai continué à descendre. Qu'est-ce qu'il pouvait faire noir là-dedans !

Bosch scruta ses yeux.

– Et tu l'as vue ? lui demanda-t-il. Tu sais… la lumière perdue ?

Elle soutint son regard un instant et acquiesça de la tête.

– Oui, je l'ai vue, dit-elle. Mes yeux avaient accommodé et oui, il y avait de la lumière. On aurait dit un murmure. Mais ça m'a suffi pour retrouver mon chemin.

– La lumière « perdue ». C'était comme ça qu'on l'appelait. On ne savait jamais d'où elle venait. Mais elle y était. C'était comme de la fumée en suspension dans le noir. Certains disaient que ce n'était pas de la lumière. Pour eux, c'était les fantômes de tous ceux qui y étaient restés. Chez nous comme chez eux.

Ils ne dirent plus un mot après ça. Ils se serrèrent l'un contre l'autre et bientôt elle s'endormit.

Bosch s'aperçut que ça faisait plus de trois heures qu'il n'avait pas pensé à l'affaire. Au début, il se sentit coupable, mais il laissa filer et bientôt lui aussi s'endormit. Il rêva qu'il avançait dans un tunnel. Mais il n'était pas à quatre pattes. C'était comme s'il avait plongé sous l'eau et progressait dans le labyrinthe à la manière d'une anguille. Jusqu'au moment où il arrivait dans un cul-de-sac et là, il y avait un enfant assis dans la courbe du boyau. Il avait remonté les genoux, s'était croisé les bras et y avait enfoui son visage.

– Viens avec moi, disait-il à l'enfant.

Le gamin risquait un œil par-dessus un bras et levait la tête vers lui. Une bulle d'air lui montait de la bouche, une seule. Puis il regardait derrière Bosch, comme si quelque chose venait sur lui. Bosch se retournait, mais il n'y avait que les ténèbres du tunnel dans son dos.

Et quand il se retournait pour le regarder à nouveau, l'enfant avait disparu.

12

Tard le lendemain matin, Bosch reconduisit Julia au commissariat de Hollywood pour qu'elle puisse y reprendre sa voiture et lui son travail. Elle n'était pas de service le dimanche et le lundi. Ils décidèrent de se retrouver chez elle, à Venice, pour dîner. Il y avait plusieurs officiers dans le parking lorsqu'il la déposa à côté de sa voiture. Il savait que la rumeur selon laquelle il semblerait qu'ils aient couché ensemble ne mettrait pas longtemps à se répandre.

– Je m'excuse, lui dit-il. J'aurais dû mieux réfléchir hier soir.

– Ça m'est assez égal, Harry. À ce soir.

– Non, hé, tu ne devrais pas t'en moquer. Les collègues peuvent être très méchants.

Elle lui fit une grimace.

– Ah oui ! dit-elle. Les « brutalités policières » ! J'en ai entendu causer.

– Je ne plaisante pas. Nous avons enfreint le règlement. Enfin... moi. Je suis inspecteur, troisième catégorie. Niveau contrôleur.

Elle le regarda un instant.

– Ben, c'est à toi de voir, dit-elle. Mais en attendant, on se retrouve ce soir. J'espère.

Elle descendit de voiture et referma la portière derrière elle. Bosch alla se garer à sa place et gagna le

101

bureau des inspecteurs en essayant de ne pas penser aux complications qu'il venait de se créer.

La salle des inspecteurs était déserte, comme il l'espérait. Il voulait être seul pour réfléchir à l'affaire. Il avait encore pas mal de paperasse à liquider, mais il voulait aussi pouvoir prendre du recul et analyser tous les indices et renseignements qui s'étaient accumulés depuis la découverte des ossements. quatre jours plus tôt.

La première chose à faire était de dresser la liste des tâches à exécuter. Le « livre du meurtre », un classeur bleu contenant tous les rapports écrits ayant trait à l'affaire, devait être complété. Il allait devoir envoyer des demandes de mandats pour récupérer des archives d'opérations du cerveau dans tous les hôpitaux du coin. Ordinateur aidant, il allait devoir mener des vérifications de routine sur tous les gens de Wonderland Avenue qui habitaient autour de la scène de crime. Il allait aussi devoir éplucher tous les appels reçus suite à la couverture de l'affaire dans les médias et commencer à collationner les signalements de personnes disparues et autres procès-verbaux de fugue au cas où l'un d'entre eux aurait collé avec la victime.

Il savait qu'il en avait pour bien plus d'un jour de travail s'il s'y attaquait seul, mais il refusa de revenir sur la décision qu'il avait prise de laisser sa journée à Edgar. Celui-ci – il était père d'un enfant de treize ans – avait été bouleversé par le rapport de Golliher et Bosch voulait qu'il se repose. Les prochaines journées avaient toutes les chances d'être longues et non moins éprouvantes.

La liste une fois dressée, il sortit une tasse de son tiroir et gagna la salle de garde pour s'y servir du café. La plus petite coupure qu'il avait sur lui était un billet de cinq dollars, mais il la déposa dans la corbeille

« pour le café » sans se rendre la monnaie. Du café, il en boirait sûrement plus que sa ration habituelle ce jour-là.

– Tu sais ce qu'on dit ? lança quelqu'un dans son dos tandis qu'il remplissait sa tasse.

Bosch se retourna. C'était Mankiewicz, le sergent de garde.

– Ce qu'on dit sur quoi ?

– Sur ceux qui chassent dans les jardins de la maison.

– Non, je ne sais pas. Qu'est-ce qu'on en dit ?

– Je ne sais pas non plus. C'est pour ça que je te demandais.

Mankiewicz sourit et se dirigea vers la machine pour réchauffer sa tasse.

Ainsi donc, se dit Bosch, la rumeur avait déjà commencé à circuler. Dans les commissariats, les potins et les sous-entendus – surtout à caractère sexuel – filaient toujours comme l'incendie dans les collines au mois d'août.

– Tu me le dis dès que tu sais ? lui renvoya Bosch en se dirigeant vers la porte. Ça pourrait être utile à savoir.

– Promis. Oh et… encore un truc, Harry.

Bosch se retourna, prêt à recevoir une autre pique de Mankiewicz.

– Quoi ?

– Arrêtez de déconner et bouclez cette affaire. J'en ai assez que mes hommes soient obligés de prendre tous ces appels.

Le ton était facétieux. Mais, derrière l'humour et le sarcasme, Bosch entendit aussi la récrimination légitime des policiers de la réception, assaillis de « tuyaux » téléphoniques.

– Oui, je sais, dit Bosch. On en a reçu de bons ?

– Pas que je sache, mais plonge dans les fiches et avec ton astuce coutumière…

– Mon « astuce » coutumière ?

– Ben oui, ton « astuce », quoi. Tu ne serais plus astucieux comme le coyote ? Ah oui… CNN ne devait pas avoir grand-chose à se mettre sous la dent ce matin parce qu'elle a pris l'histoire. Jolie vidéo de vous tous en train de monter et descendre dans la colline avec votre escalier de fortune et vos petites boîtes à ossements. Résultat, on a maintenant droit aux tuyaux longue distance. Topeka et Providence pour l'instant. Ça ne s'arrêtera pas tant que tu n'auras pas résolu l'affaire, Harry. On compte tous sur toi, là-bas au fond.

Encore une fois le sourire – et le message derrière le ton badin.

– Bon, bon, j'y mets toute mon astuce. C'est promis, Mank.

– Ouais, parce qu'on y compte, tu sais ?

De retour à sa table, Bosch sirota son café en laissant les détails de l'affaire lui revenir en mémoire. Il y avait des anomalies et des choses qui n'allaient pas ensemble. Il y avait la contradiction, remarquée par Kathy Kohl, entre le choix du lieu et la façon dont on avait enterré la victime. Et les conclusions de Golliher ne faisaient qu'ajouter à la liste des questions à se poser. Golliher y voyait un cas de maltraitance d'enfant. Mais le sac à dos rempli de vêtements indiquait que la victime était peut-être un fugueur.

Bosch s'en était ouvert à Edgar la veille, avant qu'ils ne reviennent du labo. Son coéquipier n'était pas aussi sûr qu'il y ait contradiction et lui avait proposé une autre théorie : selon lui, l'enfant avait peut-être été tout à la fois victime de mauvais traitements de la part de ses parents et assassiné par quelqu'un qui n'avait rien à voir avec tout ça. Bosch savait que ça se tenait, mais n'avait pas voulu se laisser entraîner dans cette voie qui était encore plus déprimante que le scénario échafaudé par Golliher.

On l'appelait sur sa ligne directe, il décrocha en s'attendant à tomber sur Edgar ou sur le lieutenant Billets, voulant savoir où on en était. C'était un reporter du *Los Angeles Times*, un certain Josh Meyer. Bosch, qui le connaissait à peine, était certain de ne pas lui avoir donné son numéro, mais il ne laissa rien paraître de son agacement. Bien que tenté de lui raconter que la police vérifiait des pistes allant jusqu'à Providence et Topeka, il se contenta de l'informer qu'il n'y avait rien de nouveau à signaler depuis le briefing du vendredi précédent.

Après avoir raccroché, il termina sa première tasse de café et se mit au boulot. C'était les vérifications par ordinateur qui l'assommaient le plus. Chaque fois qu'il pouvait, il confiait cette tâche à ses coéquipiers. Il décida de remettre ce travail à plus tard et de consulter les « avis de tuyaux » qui s'accumulaient devant lui.

Il y en avait environ trois douzaines de plus depuis qu'il en avait épuisé la pile le vendredi d'avant. Aucun d'entre eux ne contenait de renseignements utiles ou valant la peine d'être examinés séance tenante. Ils avaient été passés par le père, la mère, le frère, la sœur ou l'ami de quelqu'un qui avait disparu. Tous ces gens s'étaient alors retrouvés dans la solitude et tous voulaient mettre un terme à l'énigme la plus oppressante de leur existence.

Il pensa brusquement à quelque chose et roula dans son fauteuil jusqu'à une antique IBM Selectrics. Il y glissa une feuille de papier et y tapa quatre questions :

Savez-vous si l'être cher qui a disparu de votre vie avait subi une intervention chirurgicale quelle qu'elle soit avant sa disparition ?
Si oui, à quel hôpital a-t-il été soigné ?
Pour quelle blessure ?
Comment s'appelait son médecin traitant ?

Il sortit la feuille du chariot, la porta au poste de garde et la confia à Mankiewicz afin qu'on s'en serve comme d'une grille de questions à poser à tous ceux et toutes celles qui téléphoneraient pour l'affaire des ossements retrouvés.

– Est-ce assez rusé pour toi ? lui demanda-t-il.

– Pas trop, non, mais c'est un début.

Puisqu'il était là, il en profita pour prendre un gobelet de plastique et le remplir de café. Puis il revint à son bureau et le versa dans sa tasse personnelle. Et se rappela de demander au lieutenant Billets, dès le lundi suivant, de trouver du personnel pour rappeler tous ceux qui avaient appelé ces derniers jours et leur poser ces quatre questions. Puis il pensa à Julia Brasher. Il savait qu'elle n'était pas de service le lundi et qu'elle se porterait volontaire si c'était nécessaire. Mais il écarta bientôt cette idée, sachant qu'à ce moment-là tout le monde serait au courant de leur liaison et que la mettre sur le dossier ne ferait qu'aggraver la situation.

Il passa ensuite aux demandes de mandats. Il était de pure routine d'avoir besoin de dossiers médicaux dans une enquête portant sur un homicide. La plupart du temps, ces dossiers provenaient de médecins et de dentistes. Cela dit, il n'était pas rare d'en demander à des hôpitaux. Bosch avait donc un classeur rempli de demandes de mandats pour les hôpitaux et la liste des vingt-neuf hôpitaux de la région de Los Angeles et de tous les conseillers juridiques qui géraient ces demandes dans chacun d'eux. Avoir tout cela sous la main lui permit d'arriver au bout de sa tâche en un peu plus d'une heure. Ses demandes concernaient tous les enfants de moins de seize ans ayant subi une opération du cerveau nécessitant l'emploi d'un trépan entre les années 1975 et 1985.

Ayant imprimé ses demandes, il les glissa dans sa mallette. S'il était normalement permis de faxer une demande de mandat au domicile d'un juge le week-end, il n'était par contre pas du tout acceptable de lui en envoyer vingt-neuf un dimanche après-midi. Sans compter que les juristes attachés aux hôpitaux ne seraient pas joignables eux non plus. Bosch décida donc de les faire signer par un juge dès le lendemain matin, de se les partager avec Edgar et de les apporter personnellement aux hôpitaux afin que tout soit réglé en première urgence. Même si tout marchait comme prévu, il ne s'attendait pourtant pas à recevoir les dossiers demandés avant le milieu de la semaine, voire plus tard.

Il tapa ensuite un résumé des actes du jour et y ajouta un récapitulatif des renseignements anthropométriques que leur avait fournis Golliher. Il mit tout cela dans le dossier, puis y ajouta un rapport détaillant les premières conclusions du labo après l'examen du sac à dos.

Ces tâches expédiées, il se renversa en arrière dans son fauteuil et songea à la lettre illisible retrouvée dans le sac. Il ne pensait pas que la section Documents réussirait à la lire. Il y avait toutes les chances pour qu'elle ne sorte jamais du mystère qui entourait l'affaire. Il avala sa dernière gorgée de café et rouvrit le dossier à la page où avait été reporté le croquis des lieux. Il l'examina et remarqua que le sac à dos avait été retrouvé juste à droite de l'endroit où, d'après Kohl, le corps avait été très probablement enterré à l'origine.

Il ne savait pas trop ce que ça pouvait vouloir dire, mais l'instinct lui souffla de toujours garder bien présentes à l'esprit les questions qu'il se posait maintenant. Elles seraient, au fur et à mesure que les détails et les nouveaux indices continueraient d'arriver, le tamis par lequel il faudrait tout faire passer.

Il remit le croquis dans le classeur et termina sa mise à jour du dossier en remplissant les dernières cases vides du suivi chronologique. Puis il glissa le tout dans sa mallette.

Il rapporta ensuite sa tasse au lavabo des toilettes et l'y lava. Il la remit dans son tiroir, s'empara de sa mallette et regagna sa voiture.

13

Les sous-sols de Parker Center – le quartier général de la police de Los Angeles – servent de centre des archives pour toutes les affaires de l'ère moderne ayant entraîné la constitution d'un dossier. Jusqu'au milieu des années quatre-vingt-dix, les documents restaient sur support papier pendant une période de huit ans, puis étaient transférés sur microfiches pour archivage définitif. On se servait maintenant d'ordinateurs pour tout archiver de manière définitive et on commençait à remonter en arrière, les pièces plus anciennes étant numérisées avant d'être classées dans des banques de données. Ce travail n'avançant pas vite, on n'en était encore qu'à la fin des années quatre-vingt.

Bosch arriva au comptoir des archives à une heure. Il avait emporté deux Thermos de café, plus deux sandwiches de « Chez Philippe » rangés dans un sac en papier. Il regarda l'employé et lui sourit.

– Vous me croirez si vous voulez, lança-t-il, mais j'ai besoin des dossiers « Personnes disparues » de 75 à 85.

L'employé – il n'était plus tout jeune et avait des pâleurs de sous-sol – siffla un grand coup.

– Attention, Christine, dit-il, les voilà qui arrivent !

Bosch sourit et hocha la tête en se demandant de quoi il pouvait bien parler. Personne d'autre ne semblait se trouver derrière le comptoir.

– La bonne nouvelle, c'est qu'ils se séparent, reprit l'employé. Enfin, pour moi, c'en est une. Vous voulez les dossiers adultes ou les dossiers ados ?

– Les ados.

– Ça en fait un peu moins.

– Merci.

– De rien.

L'employé disparut et Bosch attendit. Quatre minutes plus tard, le bonhomme était de retour avec dix petites enveloppes contenant les microfiches des années demandées. Le tout faisait au moins dix centimètres d'épaisseur.

Bosch se dirigea vers un lecteur-copieur, sortit un sandwich et ses deux Thermos de café et rapporta le deuxième sandwich au comptoir. L'employé commença par refuser, puis se laissa convaincre lorsque Bosch l'informa qu'il venait de « Chez Philippe ».

Bosch retourna à l'appareil et se mit au travail, en commençant par l'année 85. Il cherchait des procès-verbaux signalant les disparitions et fugues de jeunes gens ayant à peu près le même âge que la victime. Dès qu'il eut attrapé le coup de main, il fut à même de parcourir les dossiers en un rien de temps. Il commençait par chercher le tampon « Affaire classée » indiquant que l'individu avait été retrouvé ou était rentré chez lui. S'il n'y en avait pas, il allait directement aux cases « âge » et « sexe ». Lorsque les réponses convenaient, il lisait le résumé de l'affaire et appuyait sur le bouton « copie » pour en emporter un fac-similé avec lui.

Les fiches concernaient aussi des demandes de renseignements sur des personnes disparues envoyées à la police de Los Angeles par des sociétés spécialisées dans ce genre de recherches.

Malgré la rapidité avec laquelle il travaillait, il lui fallut plus de trois heures pour éplucher tous les dossiers des dix années qu'il avait demandées. Il était à la tête de plus de trois cents copies papier tombées dans le bac de la machine lorsqu'il acheva son travail. Et il ne savait toujours pas si les efforts qu'il avait déployés et le temps qu'il y avait passé en valaient la peine.

Il se frotta les yeux et se pinça l'arête du nez. Il avait mal à la tête à force d'avoir fixé l'écran de la machine et d'y avoir lu toutes ces histoires d'angoisses parentales et d'*angst* juvéniles. Il jeta un coup d'œil autour de lui et s'aperçut qu'en plus il n'avait même pas mangé son sandwich.

Il rendit les enveloppes de microfiches à l'employé et décida de travailler sur ordinateur à Parker Center plutôt que de retourner à Hollywood en voiture. De Parker Center, il pourrait prendre la 10 et foncer jusqu'à Venice pour y dîner avec Julia. Ce serait plus facile.

La grande salle de la section Vols et Homicides était vide. Seuls deux inspecteurs de service s'y étaient installés devant une télé pour regarder un match éliminatoire de football américain. L'un d'eux n'était autre que son ancienne coéquipière, Rider. Il ne reconnut pas l'autre. Kizmin se leva en souriant dès qu'elle le vit.

– Harry, s'écria-t-elle, qu'est-ce que tu fais là ?

– Je bosse sur une affaire. J'aimerais me servir d'un ordinateur. Je peux ?

– Quoi ? C'est l'histoire des ossements ?

Il acquiesça d'un signe de tête.

– J'en ai entendu parler aux nouvelles, reprit-elle. Harry, je te présente Rick Thornton, mon coéquipier.

Bosch lui serra la main et se présenta à son tour.

– J'espère qu'elle vous fait la part aussi belle qu'à moi dans le temps.

Thornton se contenta d'acquiescer tandis que Kizmin prenait un air embarrassé.

– Viens dans mon bureau, dit-elle. Tu pourras te servir de l'ordinateur.

Elle lui montra le chemin et l'autorisa à s'asseoir à sa place.

– On se tourne les pouces, nous, reprit-elle. Il ne se passe rien. Et comme je n'aime pas le football américain…

– Ne te plains pas trop des jours où il ne se passe rien. On ne te l'a jamais dit ?

– Si, mon ancien coéquipier. C'est même la seule chose sensée qu'il m'ait jamais dite !

– Ben voyons !

– Je peux faire quelque chose pour t'aider ? lui demanda-t-elle.

– Non, je passe juste les noms à la moulinette… comme d'habitude.

Il ouvrit sa mallette et en sortit le classeur. Il l'ouvrit à la page où il avait établi, avec adresses et dates de naissance, la liste des habitants de Wonderland Avenue interrogés au cours de l'enquête de voisinage. Contrôler au fichier le nom de tous les individus qu'on rencontrait pendant une enquête faisait partie de la routine et de la procédure nécessaire.

– Tu veux du café ? autre chose ? lui demanda Rider.

– Non, ça va. Merci, Kiz.

D'un signe de tête, il lui montra Thornton qui leur tournait le dos à l'autre bout de la pièce.

– Alors, ça marche comment avec lui ?

Elle haussa les épaules.

– Il y a même des jours où il me laisse faire du vrai boulot d'enquêteur ! lui répondit-elle dans un murmure.

– Ben… tu peux toujours revenir à Hollywood si tu veux, lui répliqua-t-il avec un sourire, en murmurant lui aussi.

Puis il commença à taper les commandes de connexion avec le Fichier central. Aussitôt elle se moqua de lui.

– Mais Harry ! s'exclama-t-elle. Tu tapes toujours avec deux doigts ?

– C'est comme ça que je sais faire, Kiz. Je n'ai pas changé de méthode depuis quasiment trente ans et tu voudrais que tout d'un coup je sache taper avec mes dix doigts ? Je ne parle toujours pas couramment l'espagnol, Kiz, et je ne sais toujours pas danser non plus. Ça ne fait quand même qu'un an que tu es partie.

– Debout, espèce de dinosaure ! Laisse-moi faire, sinon tu vas y passer la nuit.

Il leva les mains en l'air en signe de reddition et lui abandonna son siège. Elle s'y assit et se mit au travail. Dans son dos, il sourit en secret.

– Comme au bon vieux temps, dit-il.

– Inutile de me le rappeler. C'est toujours moi qui hérite des boulots de merde. Et arrête de sourire.

Elle n'avait pas levé le nez de son travail. Ses doigts n'étaient plus qu'un tourbillon sur le clavier. Bosch la regarda, stupéfait.

– Hé là ! dit-il. Ce n'est pas un coup arrangé. Je ne savais pas que tu serais là.

– Ben tiens ! Tom Sawyer non plus ne savait pas qu'il devait repeindre la clôture.

– Quoi ?

– T'occupe. Parle-moi plutôt de la bleue.

Il en resta interdit.

– Quoi ?

– C'est tout ce que tu peux dire ? Tu m'as très bien entendue, Harry. La jeunesse que tu, euh… fréquentes.

– Comment se fait-il que tu sois déjà au courant ?

– Je suis très douée dans la collecte du renseignement, Harry. Et j'ai toujours des mouchards à Hollywood.

Bosch sortit du bureau et secoua la tête.

– Alors ? Elle est bien ? insista Rider. C'est tout ce que je veux savoir. Je n'ai aucune envie de t'espionner.

Il revint vers elle.

– Oui, elle est bien, dit-il, mais je la connais à peine. On dirait même que tu en sais plus long sur elle que moi.

– Tu dînes avec elle ce soir ?

– Oui, je dîne avec elle ce soir.

– Hé, Harry !

Il n'y avait plus aucune trace d'humour dans sa voix.

– Quoi ?

– T'as décroché le gros lot.

Il se pencha en avant et regarda l'écran. Puis il digéra le renseignement et dit :

– J'ai dans l'idée que je n'arriverai pas à l'heure pour le dîner ce soir.

14

Il s'arrêta devant la maison et en étudia les fenêtres et la véranda plongées dans l'obscurité.

– Pas étonnant, dit Edgar. Le mec ne sera même pas chez lui. Il a dû filer.

Il était en colère contre Bosch qui l'avait fait sortir de chez lui. Dans son idée, ça faisait trente ans que ces ossements étaient enterrés, qu'est-ce qu'il pouvait donc y avoir de mal à attendre lundi matin pour parler à ce type ? Sauf que Bosch lui avait répondu que s'il ne venait pas il irait tout seul.

Edgar était venu.

– Non, il est chez lui, dit Bosch.

– Qu'est-ce que t'en sais ?

– Je le sais, c'est tout.

Il regarda sa montre et inscrivit l'heure et l'adresse sur une page de son petit carnet de notes. Alors seulement il lui revint que la maison devant laquelle ils se trouvaient était celle où il avait vu quelqu'un fermer un rideau le premier soir.

– Allons-y, dit-il. C'est toi qui lui as parlé la première fois, c'est toi qui prends le commandement des opérations. Je ne m'en mêlerai que lorsque je sentirai que c'est le moment.

Ils descendirent de voiture et remontèrent l'allée jusqu'à la maison. L'homme auquel ils allaient rendre visite s'appelait Nicholas Trent. Il vivait seul dans la maison de l'autre côté de la rue, à deux portes du bas de la colline où les ossements avaient été découverts. Trent était âgé de cinquante-sept ans. Lors de son premier entretien avec Edgar, il avait déclaré être décorateur pour un studio de tournage de Burbank. Il n'avait ni femme ni enfants. Il ignorait tout des ossements enterrés dans la colline et n'avait aucune idée ni suggestion susceptible d'aider l'enquête.

Edgar ayant cogné fort à la porte de devant, ils attendirent.

– Monsieur Trent ? C'est la police, cria Edgar. Ouvrez-nous, s'il vous plaît.

Il avait déjà levé le poing pour frapper de nouveau lorsque la lumière de la véranda s'alluma. La porte s'ouvrit, un Blanc aux cheveux rasés s'y encadrant à contre-jour. La lumière de la véranda lui tombait en travers de la figure.

– Monsieur Trent, je suis l'inspecteur Edgar. Je vous présente mon coéquipier, l'inspecteur Bosch. Nous avons quelques questions à reprendre avec vous. Si vous voulez bien.

Bosch hocha la tête, mais ne tendit pas la main à Trent. Celui-ci gardant le silence, Edgar fit monter la pression en posant la main sur la porte et en commençant à la pousser.

– Ça vous ennuie que nous entrions ? demanda-t-il alors qu'il avait déjà presque franchi le seuil.

– Oui, ça m'ennuie, dit Trent.

Edgar s'arrêta, l'air étonné.

– Monsieur, dit-il, nous n'avons que quelques questions de plus à vous poser.

– Des conneries, oui !

– Pardon ?

– Nous savons tous très bien ce qui est en train de se tramer ici. Et d'ailleurs, j'en ai déjà parlé à mon avocat.

Vous êtes en train de me jouer la comédie, et rien d'autre. Et pas très bien, en plus.

Bosch comprit qu'ils n'arriveraient à rien en recourant à la stratégie « Un bonbon ou un sale tour[1] ». Il s'avança et tira Edgar par le bras. Quand il eut ramené celui-ci en arrière, il regarda Trent dans les yeux.

– Monsieur Trent, dit-il, si vous saviez que nous allions revenir, vous saviez aussi que nous découvririons votre passé. Pourquoi n'en avez-vous pas parlé à l'inspecteur Edgar avant ? Ç'aurait pu nous faire gagner du temps. Là, ça ne fait que susciter nos soupçons. Je suis sûr que vous me comprenez.

– Pourquoi je n'en ai pas parlé ? Parce que le passé est le passé. Et ce n'est pas moi qui l'ai ramené sur le tapis. Ce passé, je l'ai enterré. Je vous prierai donc de le laisser où il est.

– Pas quand on y trouve des ossements, lui renvoya Edgar d'un ton accusateur.

Bosch se retourna vers Edgar et d'un coup d'œil lui signifia d'y aller plus finement.

– Vous voyez ? ! s'exclama Trent. C'est de ça que je parle. Et donc : allez-vous-en. Je n'ai rien à vous dire. Rien. Je ne sais rien de cette histoire.

– Monsieur Trent, vous vous en êtes pris à un enfant de neuf ans.

– C'était en 1966 et j'ai été puni. Sévèrement. Et tout ça, c'est du passé. Depuis, je suis un citoyen modèle. Je n'ai rien à voir avec ces ossements.

– Si ce que vous dites est vrai, je ne vois pas pourquoi vous ne voulez pas nous laisser entrer pour vous poser nos questions. Plus vite nous pourrons vous innocenter, plus vite nous pourrons passer à d'autres hypothèses.

1. Allusion à la formule, « *Trick or treat* », que répètent les enfants en faisant le tour du quartier pour récolter des bonbons le soir de Halloween *(NdT)*.

Cela dit, il faut que vous compreniez bien une chose. Le squelette d'un jeune garçon vient d'être retrouvé à une centaine de mètres de la maison d'un monsieur qui a violé un enfant en 1966. Ce monsieur, nous avons donc besoin de lui poser quelques questions et je me fous complètement de savoir le genre de citoyen qu'il est devenu. Ces questions, sachez-le, nous les lui poserons. Nous n'avons pas le choix. Que nous le fassions chez vous tout de suite ou au commissariat, certes en présence de votre avocat mais avec toutes les caméras des chaînes de télévision à l'extérieur, c'est à vous de décider.

Il marqua une pause, Trent le regardant d'un air effrayé.

– Et donc, vous comprenez la situation dans laquelle nous nous trouvons, tout comme nous comprenons la vôtre, reprit Bosch. Nous sommes tout disposés à aller vite et à faire ça discrètement, mais ce ne sera pas possible si vous refusez de coopérer.

Trent secoua la tête comme s'il savait que, quoi qu'il fasse, la vie qu'il s'était refaite était en danger et très probablement déjà bousillée pour de bon. Il finit par reculer d'un pas et leur fit signe d'entrer.

Il était pieds nus et avait enfilé un short ample qui révélait des jambes fines, blanches et dépourvues de poils. Il portait une chemise en soie, elle aussi ample et qui flottait sur son torse maigre. Il était bâti comme une échelle, tout en angles droits. Il les conduisit à une salle de séjour encombrée d'antiquités et s'assit au milieu d'un canapé. Edgar et Bosch s'installèrent dans les deux fauteuils club en cuir posés en face de lui. Bosch décida de prendre les choses en main : il n'avait pas beaucoup aimé la façon dont Edgar s'était acquitté de la partie « Ouvrez, police ».

– Afin d'être prudent, je vais vous lire vos droits constitutionnels, dit-il. Après quoi, je vous demanderai de nous signer une décharge. Comme ça, nous serons tous protégés. Je vais aussi enregistrer cette conversation, de façon à ce que personne ne puisse déformer les paroles des uns ou des autres. Si vous désirez une copie de cet enregistrement, j'en ferai mettre une à votre disposition.

Trent haussa les épaules, Bosch y vit une acceptation à contrecœur. La décharge ayant été signée, il la glissa dans sa mallette, d'où il sortit un petit magnétophone. Il le mit en route, identifia les personnes présentes, indiqua le jour et l'heure de l'enregistrement et fit signe à Edgar de reprendre la direction des opérations. Observer Trent et le cadre dans lequel il vivait avait, à ses yeux, plus d'importance que les réponses qu'il allait donner à leurs questions.

– Monsieur Trent, dit Edgar, depuis combien de temps vivez-vous dans cette maison ?

– Depuis 1984.

Trent se mit à rire.

– Qu'est-ce que ça a de drôle ? lui demanda Edgar.

– 1984, répéta Trent. Vous ne pigez pas ? George Orwell ? Big Brother ?

Et d'un geste il les désigna comme s'ils en étaient les émissaires. Edgar n'avait pas l'air de bien suivre et reprit ses questions.

– Propriétaire ou locataire ?

– Propriétaire. Euh… au début, j'ai loué. Après, j'ai acheté la maison. En 87.

– Bien. Et vous construisez des décors pour le cinéma.

– Non, je suis décorateur. Ce n'est pas pareil.

– Quelle est la différence ?

– Je ne fais que les décorer et y ajouter des détails. Je mets les petites touches. Je m'occupe des objets et des choses appartenant aux personnages. Tout ça.

– Et vous faites ça depuis combien de temps ?

– Vingt-six ans.

– Avez-vous enterré ce gamin dans la colline ?

– Absolument pas ! s'écria Trent en se levant d'un air indigné. Je n'y ai même jamais foutu les pieds, dans cette colline. Vous ferez une grosse erreur si vous décidez de vous concentrer sur moi alors que celui qui a tué ce pauvre enfant est en liberté quelque part !

Bosch se pencha en avant sur sa chaise.

– Asseyez-vous, monsieur Trent, dit-il.

La ferveur avec laquelle Trent avait nié l'accusation lui donnait à penser soit qu'il était innocent, soit qu'il était le comédien le plus doué qu'il ait jamais rencontré. Trent se rassit lentement sur son canapé.

– Vous n'êtes pas bête, reprit Bosch, décidant d'entrer dans la danse. Vous savez exactement ce que nous sommes en train de faire. Mais nous ne pouvons pas faire autrement que de vous coincer ou de vous innocenter. C'est aussi simple que ça. Alors pourquoi ne pas nous aider ? Au lieu de nous sauter à la gorge, pourquoi ne pas nous dire comment vous disculper ?

Trent écarta grand les bras.

– Parce que je ne vois pas comment ! Parce que je ne sais rien de cette histoire ! Comment voulez-vous que je vous aide alors que je ne connais strictement rien à cette affaire ?

– Eh bien, pour commencer… vous pourriez nous laisser jeter un coup d'œil chez vous. Aidez-moi à me sentir bien avec vous, monsieur Trent, et je pourrai peut-être commencer à voir les choses comme vous. Alors que pour l'instant… comme je vous l'ai dit, c'est votre casier qui m'a alerté et nous avons des ossements d'enfant juste en face de chez vous.

Il leva les mains devant lui comme si, casier judiciaire et ossements, il tenait tout dans ses mains.

– Et vu de là où je suis, ajouta-t-il, rien de tout cela ne me paraît excellent.

120

Trent se releva et montra vaguement l'intérieur de la maison d'un geste de la main.

– Bon, allez ! Faites comme chez vous et cherchez tout ce que vous voudrez. Vous ne trouverez rien parce que je n'ai rien à voir avec cette histoire. Rien !

Bosch regarda Edgar et hocha la tête pour lui demander d'occuper Trent pendant qu'il allait faire un tour dans la maison.

– Merci, monsieur Trent, dit-il en se levant.

Il s'était engagé dans un couloir qui conduisait à l'arrière de la maison lorsqu'il entendit Edgar demander à Trent s'il avait remarqué des allées et venues inhabituelles dans la colline le jour où on avait découvert les ossements.

– Je me rappelle seulement que des enfants avaient l'habitude de jouer là-haut et que…

Il s'arrêta en comprenant que parler d'enfants ne ferait qu'attirer d'autres soupçons sur lui. Bosch jeta un coup d'œil par-dessus son épaule pour s'assurer que le voyant rouge du magnétophone était toujours allumé.

– Ça vous plaisait de regarder les enfants jouer dans cette colline, monsieur Trent ? insista Edgar.

Bosch resta dans le couloir, hors de vue mais l'oreille tendue pour entendre la réponse de Trent.

– Je ne pouvais pas les voir quand ils montaient dans les bois. De temps en temps, quand j'étais en voiture ou que je promenais le chien – à l'époque où il vivait encore –, je les voyais y grimper. Il y avait la fille d'en face. Les Foster à côté. Tous les gamins du quartier. C'est une voie publique… de fait, c'est le seul terrain vague du coin. C'est pour ça qu'ils montaient y jouer. Certains voisins pensaient que les plus vieux y allaient pour fumer des cigarettes et avaient peur qu'ils foutent le feu à toute la colline.

– À quand cela remonte-t-il ?

– À l'époque où j'ai emménagé. Je ne me mêlais pas de ça. C'étaient les gens qui étaient là depuis longtemps qui s'en occupaient.

Bosch se remit à marcher dans le couloir. La maison était petite, pas beaucoup plus grande que la sienne. Le couloir aboutissait à trois portes qui ouvraient sur deux chambres et une penderie à linge entre les deux. Il commença par cette dernière, ne trouva rien d'inhabituel dans le réduit et passa à la chambre de droite, celle de Trent. Bien tenue, sauf les deux bureaux et les deux tables de chevet encombrés de babioles dont Trent devait se servir pour rendre ses décors plus réalistes.

Il examina la penderie de la chambre et découvrit plusieurs boîtes à chaussures sur l'étagère du haut. Il commença à les ouvrir, mais s'aperçut qu'elles ne contenaient que de vieilles godasses usées. Chaque fois qu'il en achetait une nouvelle paire, Trent devait mettre les vieilles dans une boîte et ranger celle-ci sur l'étagère – elles devaient aussi faire partie des objets utiles à sa profession. Dans une de ces boîtes, Bosch tomba sur une paire de gros godillots et remarqua que de la boue avait durci dans les rainures des semelles. Il songea à la terre sombre dans laquelle on avait retrouvé les ossements. On en avait pris des échantillons.

Il remit les godillots à leur place et se rappela de les inclure dans sa demande de mandat de perquisition. Pour l'heure, il ne faisait que jeter un bref coup d'œil aux alentours. Si jamais Trent devenait un suspect à part entière, Bosch devrait revenir avec un mandat de perquisition et tout foutre en l'air pour trouver ce qui pouvait lier Trent aux ossements. Commencer par ces godillots ne serait pas une mauvaise idée. L'enregistrement contenait déjà une déclaration où Trent affirmait n'être jamais monté dans la colline. Si la terre collée aux semelles cadrait avec les échantillons prélevés, ils pourraient le tenir par ce mensonge. Le gros des premières escarmouches avec les suspects tournait autour du verrouillage de l'histoire qu'ils racontaient. À partir de là, l'enquêteur pouvait commencer à chercher les mensonges.

La penderie ne contenait rien d'autre qui aurait pu retenir son attention. Même chose pour la chambre et la salle de bains attenante. Bosch savait très bien que s'il était l'assassin, Trent avait eu toutes les années nécessaires pour brouiller les pistes. Sans compter ces trois derniers jours – depuis qu'Edgar lui avait posé ses questions au cours de l'enquête de voisinage –, pendant lesquels il avait pu tout revérifier pour être fin prêt.

L'autre chambre servait de bureau et de salle de rangement pour son travail. Aux murs étaient encadrés des synopsis d'une page servant à la promotion des films auxquels Trent avait dû travailler. Bosch allait rarement au cinéma, mais en avait vu certains à la télé. Il remarqua que dans l'un de ces cadres se trouvait le synopsis d'un film intitulé *The Art of the Cape*. Quelques années auparavant, il avait enquêté sur le meurtre de son producteur et, depuis, il avait appris que les copies du synopsis de ce film étaient devenues des pièces de collection dans les milieux du cinéma d'avant-garde.

Lorsqu'il eut fini d'examiner l'arrière de la maison, il franchit une porte de la cuisine qui menait au garage. Il y avait deux places, l'une d'entre elles étant occupée par le mini-van de Trent. L'autre était encombrée de caisses portant des indications qui renvoyaient aux diverses pièces d'une maison. Bosch fut tout d'abord choqué à l'idée que Trent n'ait toujours pas fini d'emménager au bout de vingt ans, puis il comprit que ces caisses avaient à voir avec son travail et qu'il se servait de leur contenu pour ses décors.

Bosch se retourna et se trouva devant un mur entier de gueules d'animaux sauvages, dont les yeux noirs le fixaient. Il en eut un frisson qui courut tout le long de son échine. Depuis toujours, il détestait voir des trucs de ce genre. Il ne savait pas trop pourquoi.

Il passa encore quelques minutes dans le garage, à fouiller une caisse où était indiqué : « chambre de garçonnet, 9-12 ans ». Il y trouva des jouets, des modèles réduits d'avion, un skate et un ballon de football américain. Il en sortit le skate et l'examina un instant en songeant au T-shirt « Solid Surf » qu'on avait découvert dans le sac à dos. Au bout d'un moment, il remit le skate dans la caisse et la referma.

Une porte latérale permettait d'accéder à l'allée conduisant au jardin de derrière. Une piscine occupait les trois quarts de ce dernier, le terrain remontant presque tout de suite en pente raide dans la colline boisée. Il faisait trop sombre pour y voir grand-chose, Bosch décida de remettre l'examen à plus tard.

Vingt minutes s'étaient écoulées depuis qu'il avait commencé à chercher lorsqu'il revint, bredouille, dans la salle de séjour. Trent leva la tête et le regarda, plein d'espoir.

– Alors, dit-il, satisfait ?

– Pour l'instant, oui, monsieur Trent. Je vous remercie de votre…

– Vous voyez ? ! Ça n'arrête jamais. « Pour l'instant. » Vous ne me lâcherez jamais, c'est ça ? Si j'étais un dealer ou un braqueur de banques, il y a longtemps que je n'aurais plus de dette envers la société et que vous me foutriez la paix. Mais là, parce qu'il y a trente-quatre ans de ça j'ai touché un petit garçon, je suis coupable à vie.

– Je crois que vous avez fait plus que le toucher, lui lança Edgar, mais ne vous inquiétez pas : on verra ça aux archives.

Trent s'enfouit la figure dans les mains et marmonna quelque chose, comme quoi il aurait commis une bêtise en acceptant de coopérer. Bosch regarda Edgar, qui lui fit signe qu'il avait fini et qu'il était prêt à partir. Bosch s'approcha et reprit le magnéto. Il le glissa dans la poche de poitrine de sa veste, mais sans l'éteindre. L'année précédente il avait appris quelque chose qu'il n'était pas près d'oublier : il n'était pas rare que les choses les plus importantes soient dites alors qu'un interrogatoire est supposé terminé[1].

– Monsieur Trent, reprit-il, je vous remercie de votre coopération. Nous allons partir. Mais il se pourrait que nous ayons besoin de vous reparler demain. Vous travaillez ?

– Je vous en prie, ne m'appelez pas au bureau ! Ce boulot, j'en ai besoin et vous me le foutriez en l'air. Vous me foutriez absolument tout en l'air.

Il lui donna son numéro de beeper. Bosch le nota et se dirigea vers la porte. Puis il jeta un coup d'œil à Edgar.

– Tu lui as demandé pour ses voyages ? Il n'aurait pas décidé de partir quelque part, n'est-ce pas ?

Edgar se tourna vers Trent.

– Monsieur Trent, dit-il, vous travaillez pour le cinéma, vous connaissez la formule par cœur : « Vous nous appelez au cas où vous auriez l'intention de quitter la ville. Si vous ne le faites pas ct que nous sommes obligés de vous chercher partout, vous… vous le regretterez. »

Trent lui répondit d'une voix terne, les yeux fixés sur un point très éloigné.

– Je ne vais nulle part, dit-il, et maintenant, vous partez. Laissez-moi tranquille, s'il vous plaît.

Ils regagnèrent la porte, Trent la refermant violemment derrière eux. Au bout de l'allée se trouvait un grand bougainvillée en pleine floraison. À cause de lui,

1. Cf. *L'Oiseau des ténèbres*, publié dans cette même collection *(NdT)*.

Bosch ne put voir le côté gauche de la rue que lorsqu'il y arriva.

Une forte lumière lui explosa brusquement dans la figure, une journaliste accompagnée d'un cameraman se ruant aussitôt sur les deux inspecteurs. Bosch fut aveuglé quelques instants, puis ses yeux accommodèrent à nouveau.

– Bonjour, messieurs ! lança-t-elle. Judy Surtain, de la 4. Y a-t-il du nouveau dans l'affaire des ossements ?

– Sans commentaire ! aboya Edgar. Sans commentaire et on m'éteint ce truc !

Bosch réussit enfin à voir la journaliste et la reconnut. Elle faisait partie de la meute qui s'était rassemblée au barrage routier un peu plus tôt dans la semaine. Il comprit aussi que filer sur un « Sans commentaire » n'était pas ce qu'il y avait de mieux. Il fallait absolument faire baisser la tension et tenir Trent hors d'atteinte des médias.

– Non, reprit-il, on n'a rien de neuf. On s'en tient aux procédures de routine.

Judy Surtain lui colla son micro sous le nez.

– Pourquoi êtes-vous revenus ici ?

– Pour terminer l'enquête de voisinage habituelle. Nous n'avions pas pu nous entretenir avec ce riverain. On vient juste de finir.

Il parlait comme si tout cela le barbait, en espérant qu'elle veuille bien mordre à l'hameçon.

– Et donc, désolé, enchaîna-t-il. La grande nouvelle n'est pas pour ce soir.

– Bien, bien, mais… ce riverain-ci, ou d'autres, vous ont-ils donné des renseignements intéressants ?

– Tout le monde s'est montré très coopératif, mais, côté pistes à explorer, c'est plutôt maigre. La plupart des riverains actuels n'habitaient pas ici à l'époque où les ossements ont été enterrés. Ça ne nous facilite pas la tâche.

Bosch lui indiqua la maison de Trent d'un geste de la main.

– Prenez ce monsieur, par exemple. Nous venons de nous apercevoir qu'il n'a acheté sa maison qu'en 1987 et nous sommes à peu près certains que les ossements étaient déjà enterrés dans la colline à ce moment-là.

– Bref, on revient à la case départ ?

– En quelque sorte. Et c'est tout ce que je peux vous dire à l'heure qu'il est. Bonsoir.

Et il passa devant elle pour regagner sa voiture. Quelques instants plus tard, elle l'avait rejoint à la portière. Sans son cameraman.

– Inspecteur ? On aurait besoin d'avoir votre nom.

Bosch ouvrit son portefeuille et en sortit une carte de visite professionnelle. Celle où le numéro du commissariat était indiqué. Il la lui tendit et lui redit bonsoir.

– Écoutez, insista-t-elle, si jamais vous aviez des choses à me dire, vous voyez… à titre purement confidentiel, je saurais protéger mes sources. Ça se passerait comme maintenant, sans caméra. Quoi que vous vouliez me dire…

– Non, je n'ai rien de neuf, répéta-t-il en ouvrant sa portière. Bonne nuit.

Edgar se mit à jurer dès que les portières furent fermées.

– Comment a-t-elle su qu'on était là ?

– Sans doute un voisin, répondit Bosch. Elle n'a pas décollé d'ici pendant les deux jours de la fouille. C'est une vedette, cette femme. Elle a été gentille avec tous les riverains. Et elle s'est fait des amis. Sans compter qu'avec les bagnoles qu'on a… Et donc, pourquoi ne pas donner une conférence de presse ?

Il pensa à la futilité qu'il y avait à essayer d'enquêter avec discrétion alors qu'on roulait dans des voitures à damier noir et blanc. Afin de rendre sa présence plus visible dans les rues, la police avait donné ce genre de véhicules à tous ses inspecteurs, sans gyrophares sur le toit mais tout aussi repérables.

Ils regardèrent la journaliste et son cameraman se diriger vers la maison de Trent.

– Elle va essayer de lui parler, dit Edgar.

Bosch chercha son portable dans sa mallette. Il allait composer le numéro de Trent pour lui dire de ne pas ouvrir lorsqu'il s'aperçut qu'il ne captait plus de signal.

– Putain de merde ! s'écria-t-il.

– Trop tard de toute façon, dit Edgar. Espérons qu'il jouera le coup en finesse.

Bosch vit Trent s'encadrer dans la porte, complètement illuminé par la lumière blanche du projecteur. Trent dit quelques mots, fit un geste de la main et referma la porte.

– Pas mal, ça, dit Edgar.

Bosch mit la voiture en route, fit demi-tour et repartit vers le commissariat en redescendant par le canyon.

– Bon et maintenant ? demanda Edgar.

– Il faut ressortir les minutes de son procès, voir de quoi il était question exactement.

– Je m'en occupe tout de suite.

– Non. La première chose que je veux faire, c'est distribuer les mandats de perquisition aux hôpitaux. Que Trent cadre ou non avec notre histoire, nous devons absolument avoir l'identité du gamin pour voir s'il y a un lien possible avec lui. On se retrouve au palais de justice de Van Nuys à huit heures. On fait signer les mandats et on se les partage.

Bosch avait choisi le palais de justice de Van Nuys parce qu'Edgar n'habitait pas loin. Dès que le juge aurait signé leurs papiers, ils pourraient se séparer et commencer à travailler le matin même.

– Et le mandat pour la maison de Trent ? demanda Edgar. T'as repéré des trucs intéressants ?

– Pas grand-chose, non. Il a un skate rangé dans une caisse au garage. Tu vois… avec ses affaires de boulot. Pour un décor. En la voyant, j'ai pensé à la chemise du gamin. Il y avait aussi de grosses chaussures avec de la terre dans les rainures des semelles. Ça pourrait coller avec les échantillons prélevés dans la colline. Cela dit, je ne compte pas trop sur une perquise pour nous donner la solution du problème. Le type a quand même eu vingt ans pour se mettre à l'abri. Si c'est lui.

– Quoi ? Tu en doutes ?

Bosch hocha la tête.

– La chronologie ne cadre pas. 84, c'est un peu tard. C'est pas vraiment dans le créneau.

– Je croyais qu'on parlait de 75 à 85.

– Oui, oui. En gros. Mais tu as entendu Golliher. Pour lui, ça remonte à vingt-vingt-cinq ans. Et ça, ça nous donne le début des années quatre-vingt, au mieux. Et 1984, ce n'est plus tout à fait au début.

– Et s'il avait emménagé ici à cause des ossements ? Il enterre le gamin et comme il veut être tout près, il s'installe dans le quartier. Je veux dire que ces mecs-là, Harry, ils sont sacrément malades dans leur tête.

Bosch acquiesça.

– Ce n'est pas impossible. Sauf que je n'ai pas senti ça chez lui. Je le crois, moi, ce type.

– Harry ! Ça ne serait pas la première fois que ton pifomètre déconne.

– Ça…

– Moi, je suis sûr que c'est lui. C'est lui qui l'a tué. Tu l'as entendu quand il disait : « Juste parce que j'ai touché un petit garçon » ? Sans doute que pour lui sodomiser un gamin de neuf ans, c'est la même chose que lui tendre la main pour l'aider !

Edgar sombrait dans le réactionnaire, mais Bosch ne le rappela pas à l'ordre. Edgar était père, pas lui.

– Bon, on ouvre les archives et on voit, dit-il. Il faudra aussi qu'on aille voir les inverses aux Archives, histoire de savoir qui habitait dans la rue à cette époque-là.

Les « inverses » étaient des annuaires téléphoniques donnant la liste des habitants d'un quartier par adresses plutôt que par noms. Pour chaque année un jeu complet de ces volumes était conservé aux Archives. Les inspecteurs pourraient ainsi savoir qui avait habité où entre 75 et 85, période pendant laquelle l'enfant était mort.

– Qu'est-ce qu'on va se marrer ! s'écria Edgar.

– Ouais, dit Bosch. Je meurs d'envie de commencer.

Ils firent le reste du trajet en silence. Bosch se sentait déprimé. La façon dont il menait son enquête le décevait. Les ossements avaient été découverts le mercredi précédent et le travail avait commencé dès le lendemain. Il savait qu'il aurait dû passer les noms des gens du quartier au Fichier central bien avant dimanche – cela faisait partie des procédures de base. En repoussant sans arrêt à plus tard, il avait donné un avantage certain à Trent. Celui-ci avait eu trois jours pour se préparer à leurs questions. Il avait même reçu les conseils d'un avocat. Qui sait s'il n'avait pas répété ses réponses et travaillé ses expressions en se regardant dans une glace ? Bosch savait ce que son détecteur de mensonges lui soufflait. Mais il savait aussi qu'un bon acteur pouvait le tromper.

15

Bosch buvait une bière sur la terrasse de derrière. Il avait laissé la porte coulissante ouverte afin de pouvoir entendre la trompette de Clifford Brown. Cela faisait presque cinquante ans que le jazzman avait disparu dans un accident de voiture après quelques enregistrements. Bosch pensa à toute la musique qu'on y avait perdu. Il pensa aux ossements d'enfant enfouis dans la terre et à tout ce qui, là aussi, avait été perdu. Puis il pensa à lui-même et à ce qu'il avait perdu. Dieu sait pourquoi, la musique, la bière et la grisaille de toute cette histoire s'étaient mélangées dans sa tête. Il se sentait nerveux, comme s'il était en train de rater quelque chose qu'il avait pourtant sous le nez. Pour un inspecteur de police, il n'y avait rien de pire.

À 23 heures il rentra et baissa la musique pour regarder les infos sur la 4. Judy Surtain passerait en numéro trois après la pause publicitaire. Enfin le speaker annonça :

– Nouveaux développements dans l'affaire des ossements retrouvés à Laurel Canyon. Nous rejoignons tout de suite Judy Surtain sur les lieux.

– Merde ! s'écria Bosch qui n'aimait pas le ton qu'on avait pris.

Judy Surtain en direct. Debout dans Wonderland Avenue, elle se tient devant une maison qu'il reconnaît tout de suite. Celle de Trent.

– Je me trouve en ce moment même à Laurel Canyon, dans Wonderland Avenue, à l'endroit même où, il y a quatre jours, un chien a retrouvé un os depuis lors certifié humain par les autorités compétentes. C'est cette découverte qui a conduit à la mise au jour d'un squelette d'enfant qui, toujours d'après la police, aurait été assassiné il y a plus de vingt ans.

Le téléphone sonna sur le bras de son fauteuil télé. Bosch décrocha.

– Si vous voulez bien patienter, dit-il, et il reposa l'appareil à côté de lui pour écouter le reste du compte rendu.

– Ce soir, reprit Surtain, les inspecteurs chargés de l'affaire sont revenus sur les lieux pour s'entretenir avec un riverain qui habite à moins de cent mètres de l'endroit où l'enfant a été enterré. Il s'agit de Nicholas Trent, cinquante-sept ans, décorateur de cinéma.

La caméra qui montre Bosch interrogé par Judy Surtain. Mais les images ne sont qu'une sorte d'arrière-plan aux propos de la journaliste qui continue son rapport en voix off.

– Les inspecteurs refusent de nous dire ce qu'ils ont demandé à Trent, mais nous venons d'apprendre…

Bosch se tassa dans son fauteuil et se prépara pour le pire.

– … que celui-ci a été condamné pour viol d'enfant.

Le son qui monte et Bosch qu'on voit lancer : « C'est tout ce que je peux dire pour l'instant. »

Puis on coupe à nouveau, la caméra revenant sur Trent debout devant chez lui. Il fait signe à la journaliste de s'en aller et referme sa porte.

– Trent refuse de nous dire si la police le considère comme suspect, mais dans ce quartier où tout est si calme certains de ses voisins se sont montrés très choqués en découvrant son passé.

Le compte rendu passant à l'interview d'un des voisins, Bosch reconnut Victor Ulrich. Il appuya aussitôt sur le bouton « sourdine » et reprit le téléphone. C'était Edgar.

– Toi aussi, tu regardes cette merde ?

– Et comment !

– On a l'air frais ! On a l'impression que c'est nous qui le lui avons dit. Ils se sont servis de ce que tu as dit hors contexte ! Tu vas voir comme ça va nous péter au nez, ce truc-là.

– C'est pas toi qui le lui as dit, si ?

– Harry ! Tu crois que je…

– Non. Je ne faisais que demander une confirmation. Parce que tu ne lui as pas dit, n'est-ce pas ?

– Non.

– Et moi non plus. Et donc, oui, on va morfler, mais on a le nez propre.

– Bien, mais alors… qui d'autre était au courant ? Je doute fort que ce soit Trent qui le lui ai dit. Et maintenant, il n'y a pas loin d'un million de gens qui sont au parfum.

Bosch comprit soudain que les seules personnes à être au courant étaient Kiz, qui avait découvert l'existence d'un casier judiciaire en appelant le Fichier central, et Julia Brasher à qui il l'avait dit en s'excusant de ne pas pouvoir venir dîner avec elle. Brusquement, il revit Judy Surtain devant le barrage routier de Wonderland Avenue. Brasher s'était portée volontaire pour aider à la fouille pendant les deux jours que celle-ci avait duré. Il n'était donc pas du tout impossible que Surtain lui ait parlé. Était-ce elle, sa « source » ? Était-ce Brasher qui était à l'origine de la fuite ?

– Et d'ailleurs, il n'y a même pas besoin de fuite, fit-il remarquer à Edgar. Surtain n'avait qu'à connaître son nom. Elle sait qu'il s'appelle Trent, elle demande à n'importe quel flic de vérifier au fichier pour elle et le tour est joué. Elle aurait même pu se contenter d'aller vérifier sur le CD des condamnés pour violences sexuelles. C'est dans le domaine public. Tu patientes un instant ?

Il avait entendu un bip d'appel. Il bascula sur l'autre ligne, c'était le lieutenant Billets. Il lui demanda de patienter un instant et repassa sur la première.

— Jerry, dit-il, c'est Bullets. Je te rappelle plus tard.

— Non, c'est toujours moi, Harry, dit Billets.

— Oh, pardon. Tu patientes un instant ?

Il essaya encore un coup et, cette fois, il réussit à passer sur l'autre ligne. Il promit à Edgar de le rappeler si jamais Billets lui disait quelque chose qu'il devait savoir tout de suite.

— Sinon, on s'en tient au plan prévu, ajouta-t-il. On se retrouve à Van Nuys à huit heures.

Et il revint à Billets.

— « Bullets »[1] ? dit-elle. C'est comme ça que vous m'appelez ?

— Quoi ?

— Tu as dit « Bullets ». Tu croyais parler à Edgar et tu as dit « Bullets ».

— Quoi ? Là, tout de suite ?

— Oui, là, tout de suite.

— Je ne comprends pas. De quoi tu parles ? Quoi.. quand je voulais revenir sur…

— Bon, d'accord, Harry. Ça n'a pas d'importance. J'imagine que tu as regardé la 4 ?

— Oui, j'ai vu. Et tout ce que je peux te dire, c'est que ce n'est ni moi ni Edgar. Elle a appris que nous étions revenus, mais nous lui avons répondu « sans commentaire » avant de filer. Comment elle peut sortir un truc pareil…

1. Soit « Balles » en anglais *(NdT)*.

134

– Harry, vous n'êtes pas partis sans faire de commentaires. On te voit remuer les lèvres et juste après tu dis : « C'est tout ce que je peux dire pour l'instant. » Si tu lui dis ça, Harry, c'est que tu lui as raconté quelque chose d'autre avant.

Il ne put s'empêcher de secouer la tête bien qu'il soit au téléphone.

– Je ne lui ai rien raconté du tout. Je lui ai servi des conneries. Je lui ai dit que nous finissions l'enquête de voisinage et que nous n'avions pas encore eu le temps de parler avec Trent.

– Et c'est vrai ?

– Pas trop, non, mais je n'allais pas lui dire que nous étions revenus parce que Trent est un violeur d'enfants. Écoute... elle ne savait rien sur lui. Sinon, elle m'aurait posé des questions. Elle a trouvé l'info après – comment, je n'en sais rien. C'est de ça que je parlais avec Jerry quand tu as appelé.

Il y eut un moment de silence avant que Billets ne reprenne.

– Bon, vaudrait mieux être bien clair dans sa tête sur ce point parce que je veux un rapport écrit dès demain. Quelque chose que je puisse faire remonter tout en haut de la hiérarchie. Judy Surtain n'avait même pas fini de parler que j'avais un appel du capitaine LeValley, qui en avait elle-même reçu un du chef adjoint Irving.

– Oui, le coup classique : on redescend tout le long de la chaîne.

– Écoute, tu sais qu'indiquer l'existence du casier judiciaire d'une personne à la presse est contraire au règlement, qu'elle soit ou non soupçonnée de quoi que ce soit. Tout ce que j'espère, c'est que tu ne te prennes pas les pieds dans le tapis. Je n'ai pas besoin de te dire qu'il y a pas mal de gens qui n'attendent qu'une erreur de toi pour te planter les crocs dans les fesses et ne plus lâcher.

– Écoute, je n'ai aucune intention de minimiser cette fuite. C'est mauvais, c'est mal, d'accord. Mais c'est quand même un assassinat que j'essaie de résoudre et maintenant, ça me fait un obstacle de plus au milieu. Et c'est ça, le coup classique. Il y a toujours quelque chose qu'on nous jette en travers du chemin.

– Faudra faire plus attention la prochaine fois.

– Attention à quoi ? Qu'est-ce que j'ai fait de mal ? Je suis les pistes là où elles me mènent.

Il regretta cette explosion de colère et de frustration. Billets ne figurait certainement pas sur la liste de ceux dont l'espoir était de le voir s'autodétruire. Elle n'avait fait que lui transmettre un avertissement. Il comprit aussi que c'était à lui-même qu'il en voulait parce que Billets avait raison et qu'il le savait. Il aurait dû gérer le problème Surtain autrement.

– Écoute, dit-il à voix basse, je m'excuse. C'est cette affaire… Ça te bouffe, tu sais ?

– Je crois, oui, lui répondit-elle tout aussi doucement. À propos… où en est-on, exactement ? Tout ce truc avec Trent m'est tombé dessus sans que je m'y attende. Je croyais que tu devais me tenir au courant.

– Tout s'est produit aujourd'hui. Et tard. J'avais l'intention de te rancarder dès demain matin. Je ne savais pas que la 4 allait le faire à ma place. Et mettre Irving et LeValley dans le coup.

– Ne t'occupe pas d'eux pour l'instant. Parle-moi plutôt de Trent.

16

Il était bien plus de minuit lorsqu'il arriva à Venice. Il n'y avait pas de place où se garer dans les petites rues proches des canaux. Il passa dix minutes à en chercher une, finit par atterrir dans le parking de la bibliothèque de Venice Boulevard et revint sur ses pas.

Tous les rêveurs attirés par Los Angeles n'y viennent pas pour faire des films. Venice en est un exemple, qui fut créée il y a cent ans par un certain Abbot Kinney. Hollywood et l'industrie cinématographique commençaient à peine à exister lorsqu'il vint s'installer dans les marécages en bordure de l'océan Pacifique. Visionnaire, il imagina une cité construite sur un réseau de canaux avec ponts en dos-d'âne et centre-ville à l'italienne. Et ce serait un endroit pour promouvoir la culture et les arts. Un endroit qu'on appellerait la « Venise d'Amérique ».

Mais, comme pour beaucoup de rêveurs qui débarquent à Los Angeles, tout le monde ne partageait pas sa vision. Les trois quarts des grands financiers étaient des cyniques et ne sautèrent pas sur l'occasion, préférant investir leur argent dans des projets de moindre envergure. La « Venise d'Amérique » devint la « Folie de Kinney ».

Pourtant, un siècle plus tard, nombre de canaux et de ponts en dos-d'âne se reflétant dans leurs eaux sont toujours là, alors que ces financiers et prophètes de malheur ont été depuis longtemps balayés par le temps. Bosch aimait bien se dire que la Folie de Kinney les avait tous enterrés.

Cela faisait des années qu'il n'avait pas revu ces lieux, alors qu'à une période de sa vie, juste après son retour du Vietnam, il avait vécu dans un bungalow avec trois autres soldats rencontrés là-bas. Depuis, nombre de ces bungalows avaient disparu pour céder la place à des maisons modernes de deux ou trois étages et coûtant dans le million de dollars pièce.

Julia Brasher habitant au croisement des canaux de Howland et Eastern, il s'attendait à découvrir un de ces nouveaux bâtiments. Peut-être même s'était-elle servie de l'argent de sa boîte d'avocats pour en acheter un ou le faire construire. Mais, en s'approchant de l'adresse, il vit qu'il se trompait. Elle habitait un petit bungalow en bardeaux blancs avec une véranda ouverte donnant sur la jonction des deux canaux.

Il vit de la lumière à ses fenêtres. Il était tard, mais pas trop. Et si elle était de service de 3 heures de l'après-midi à 11 heures du soir, il y avait toutes les chances pour qu'elle n'aille pas se coucher avant 2 heures du matin.

Il entra dans la véranda, mais hésita à frapper. Jusqu'à ce qu'il commence à douter d'elle, il n'avait eu que de bonnes impressions sur la jeune femme et le début de leurs relations. Il savait maintenant qu'il allait devoir faire attention. Il n'y avait peut-être rien à lui reprocher, mais il pouvait aussi tout gâcher en faisant un faux pas.

Il finit par lever le bras et frapper. Elle lui ouvrit tout de suite.

– Je me demandais si tu allais le faire ou rester planté là toute la nuit.

– Tu savais que j'étais là ?

– Le plancher est vieux, Harry. Il grince et je l'avais entendu.

– Je… je pensais qu'il était trop tard. J'aurais dû t'appeler avant.

– Entre. Quelque chose qui ne va pas ?

Bosch entra, regarda autour de lui, mais ne lui répondit pas. Mobilier en bambou et rotin et planche de surf appuyée contre un mur, la salle de séjour sentait indubitablement la plage. Seule chose qui détonnait : son ceinturon et son étui accrochés à un râtelier près de la porte. Les laisser en vue comme ça était une faute de débutant, mais il pensa qu'elle était fière de son nouveau métier et qu'elle voulait le faire savoir à tous ceux qui n'appartenaient pas au monde de la police.

– Assieds-toi, reprit-elle. J'ai une bouteille de vin ouverte. Tu en veux un verre ?

Il se demanda si boire du vin après la bière qu'il avait avalée une heure plus tôt ne lui donnerait pas mal à la tête le lendemain matin – au moment où, il le savait, il aurait tout intérêt à avoir l'esprit vif.

– C'est du rouge, précisa-t-elle.

– Euh… juste un peu.

– Vaudrait mieux être bien réveillé demain matin, c'est ça ?

– J'en ai l'impression.

Elle partit à la cuisine pendant qu'il s'installait sur le canapé. Il regarda autour de lui et vit un poisson avec un long rostre pointu empaillé au-dessus de la cheminée en brique peinte en blanc. D'un bleu étincelant tirant sur le noir, l'animal avait le ventre blanc et jaune. Les poissons empaillés lui déplaisaient moins que les têtes de gros gibier, mais il n'empêche : il n'aimait pas cet œil qui le fixait avec insistance.

– C'est toi qui as attrapé ce truc ? cria-t-il.

– Oui. Au large de Cabo. J'ai mis trois heures et demie à le ramener.

Elle reparut avec deux verres de vin.

– Fil de vingt-cinq kilos. Tu parles d'une suée !

– Qu'est-ce que c'est ?

– Un marlin noir.

Elle leva son verre en l'honneur du poisson, puis de Bosch.

– On tient ferme, dit-elle.

Il la regarda.

– C'est mon nouveau toast. « On tient ferme. » Ça couvre tout.

Elle s'assit dans le fauteuil le plus proche de lui. La planche de surf se dressait derrière elle, blanche, avec un motif arc-en-ciel le long de ses bords. C'était une planche courte.

– Et donc, tu chevauches aussi la vague déchaînée, dit-il.

Elle jeta un coup d'œil à la planche, puis elle se retourna et lui sourit.

– J'essaie. J'ai commencé à Hawaï.

– Tu connais John Burrows ?

Elle lui fit signe que non de la tête.

– Les planchistes, c'est pas ça qui manque, à Hawaï, tu sais ? Sur quelle plage s'entraîne-t-il ?

– Non, je veux dire ici, à Los Angeles. John Burrows est flic. Il travaille aux Homicides de Pacific Division. Il habite une rue piétonnière près de la plage. Pas très loin d'ici. Il fait du surf. Et sur sa planche il a écrit « Protéger et surfer ».

Elle rit.

– Cool. J'aime bien. Va falloir que je fasse mettre ça sur la mienne.

Il acquiesça.

– John Burrows, dis-tu ? Va aussi falloir que j'aille le voir de plus près.

Avec juste un brin de sarcasme dans la voix.

Il sourit et lui renvoya :

– Peut-être, mais peut-être aussi que non.

La façon dont elle le taquinait lui plaisait. Tout cela lui faisait du bien, et la raison pour laquelle il était venu ne l'en rendait que plus nerveux. Il regarda son verre.

– J'ai pêché toute la journée et je n'ai rien attrapé, dit-il. C'est vrai que les microfiches…

– Je t'ai vu aux nouvelles, ce soir. Tu veux lui mettre la pression ? Au violeur d'enfants, je veux dire ?

Il sirota son vin pour se donner le temps de réfléchir. Elle lui avait ouvert la voie, il n'avait plus qu'à avancer prudemment.

– Comment ça ? dit-il.

– Non, parce que informer un journaliste de l'existence d'un casier judiciaire… Je me suis dit que tu devais mijoter quelque chose. Du genre lui chauffer les fesses. Pour qu'il parle. Mais ça me paraît risqué.

– Pourquoi ?

– Ben… d'abord, faire confiance à un journaliste, ça l'est toujours. Ça, je l'ai appris quand j'étais avocate et que je me suis fait brûler les ailes. Et ensuite… et ensuite on ne sait jamais comment les gens vont réagir quand on étale leurs secrets au grand jour.

Il l'examina un instant, puis il secoua la tête.

– Ce n'est pas moi qui lui ai parlé du casier, dit-il. C'est quelqu'un d'autre.

Il scruta son visage, mais non, rien.

– Ça va déclencher de sacrées bagarres, ajouta-t-il.

Elle haussa les sourcils de surprise. Mais toujours rien sur son visage.

– Pourquoi ? dit-elle. Si tu ne lui as rien dit, pourquoi faudrait-il que…

Elle s'arrêta, il vit qu'elle commençait à comprendre. La déception se lut dans ses yeux.

– Oh, Harry ! dit-elle.

Il essaya de faire marche arrière.

– Quoi ? Bah, ne t'inquiète pas. Je m'en sortirai.

– Ce n'est pas moi, Harry. C'est pour ça que tu es venu ? Tu es venu voir si c'est moi qui suis à l'origine de la fuite ? Moi qui suis la « source » ou quel que soit le nom qu'on donne à ça ?

Elle reposa violemment son verre sur la table. Du vin rouge se renversa sur le plateau, mais elle n'y prêta aucune attention. Bosch comprit qu'il ne servait plus à rien de chercher à éviter la collision. Il avait merdé.

– Écoute, seules quatre personnes étaient au courant…

– Et j'en faisais partie. Et donc, tu t'es dit que tu allais venir ici en civil et tenter de savoir si c'était moi.

Elle attendit une réponse. Pour finir, il ne put qu'acquiescer de la tête.

– Eh bien non, Harry, ce n'est pas moi. Et maintenant, je crois que tu devrais partir.

Il acquiesça encore, reposa son verre et se leva.

– Écoute-moi, dit-il, je suis navré. J'ai vraiment merdé. Je croyais que la meilleure façon de ne pas tout foutre en l'air entre nous deux, tu sais bien, c'était de…

Il fit un geste d'impuissance avec les mains et se dirigea vers la porte.

– … de faire ça officieusement, continua-t-il. Je tenais à ne rien bousiller, c'est tout. Mais j'aurais dû savoir. Je crois que si tu avais été à ma place, tu aurais eu la même idée.

Il ouvrit la porte et tourna la tête pour la regarder.

– Je suis navré, Julia, dit-il. Merci pour le verre.

Il se retourna pour partir.

– Harry…

Il fit demi-tour. Elle s'approcha de lui, tendit les mains en avant et l'attrapa par les revers de son veston. Puis, lentement, elle le poussa en arrière et le tira en avant, comme si elle secouait un suspect au ralenti. Elle réfléchit en baissant les yeux sur sa poitrine, puis elle prit une décision.

Elle cessa de le secouer, mais ne lâcha pas sa veste.

– Je n'en mourrai pas… je crois, dit-elle.

Elle releva la tête et l'attira contre elle. Puis elle l'embrassa fort et longtemps sur la bouche, et le repoussa. Et le lâcha.

– Enfin… j'espère. Appelle-moi demain.

Bosch se contenta de hocher la tête et passa la porte. Elle la referma derrière lui.

Il longea la véranda pour descendre sur le trottoir au bord du canal. Il regarda les lumières des maisons qui se reflétaient dans l'eau. Seulement éclairé par la lune, un pont franchissait le canal vingt mètres plus loin : le reflet en était absolument parfait sur l'eau. Il fit demi-tour et remonta les marches conduisant à la porte. Encore une fois il hésita, encore une fois elle lui ouvrit.

– Le plancher grince, tu te rappelles ?

Il acquiesça, elle attendit. Il ne savait pas très bien comment dire ce qu'il voulait lui dire. Pour finir, il se lança, tout bêtement.

– Un jour que j'étais dans un de ces tunnels dont on parlait hier soir, je me suis retrouvé nez à nez avec un type. Un Vietcong. Pyjama noir, visage passé au noir. On s'est regardés un millième de seconde et je crois que c'est l'instinct qui a parlé. On a levé tous les deux notre arme et on a tiré en même temps. Et tout de suite après, on a filé à l'opposé l'un de l'autre à toute allure. On chiait de trouille et on hurlait comme des possédés dans le noir, tous les deux.

Il marqua une pause en songeant à la scène – c'était une vision plus qu'un souvenir.

– J'étais sûr qu'il m'avait touché. On s'était tiré dessus à bout portant, bien trop près pour se rater. J'ai cru que mon flingue s'était enrayé. Le recul m'avait paru bizarre. Dès que je me suis retrouvé à l'air libre, je me suis tâté. Pas de sang qui coule, aucune douleur. J'ai ôté tous mes habits et je me suis examiné. Rien. Il

143

m'avait raté. À bout portant et va savoir ce qui avait bien pu se passer, mais il m'avait raté.

Elle franchit le seuil et s'adossa au mur, sous la lumière de l'entrée. Elle garda le silence, il reprit son histoire.

— Toujours est-il qu'en vérifiant mon flingue pour voir s'il ne s'était pas enrayé, j'ai compris pourquoi il ne m'avait pas touché. Sa balle était entrée dans le canon de mon arme. On s'était tous les deux mis en joue et son projectile était entré droit dans le canon de mon flingue. Ça donne quoi, ça, côté probabilités ? Une chance sur un million ?

Il avait tendu la main devant lui en parlant, comme s'il pointait son arme sur elle, là, droit devant lui. La balle, ce jour-là, était censée trouver son cœur.

— Je voulais juste que tu saches la chance que j'ai eue ce soir avec toi.

Il hocha la tête, fit demi-tour et redescendit les marches.

17

Enquêter sur un meurtre, c'est tomber tout le temps sur des impasses et des obstacles, fournir des efforts considérables et perdre un temps fou. Cela, Bosch le vivait jour après jour, mais cette vérité lui fut de nouveau rappelée lorsqu'il retrouva, le lundi un peu avant midi, sa table aux Homicides : encore une fois il y avait toutes les chances pour que tous ces efforts et ce temps passé aient été faits en vain alors même qu'un nouvel obstacle l'attendait.

La brigade des Homicides occupait le fond du bureau des inspecteurs et se composait de trois équipes de trois membres. Chaque équipe disposait d'une table faite de trois bureaux poussés les uns contre les autres, deux en face à face, le troisième sur un côté. Assise à la table de Bosch, à la place laissée vide par le départ de Kiz Rider, attendait une femme d'environ cinquante ans, aux cheveux noirs et aux yeux qui l'étaient plus encore. Assez perçants pour trouer un blindage, ils étaient restés fixés sur Bosch pendant qu'il traversait la salle des inspecteurs.

– Vous désirez ? lui demanda-t-il en arrivant près de la table.

– Harry Bosch ?

– Lui-même.

– Inspectrice Carol Bradley, Affaires internes[1]. Je dois recueillir votre déposition.

Bosch regarda autour de lui. Il y avait plusieurs personnes dans la salle, et toutes faisaient semblant d'être occupées pour mieux le regarder à la dérobée.

– Une déposition ? À quel sujet ?

– Le chef adjoint Irving nous a chargés de savoir si le casier judiciaire de Nicholas Trent a été communiqué aux médias de manière abusive.

Bosch ne s'était pas encore assis. Il posa les mains sur le dossier de sa chaise et se figea derrière. Et secoua la tête.

– Il n'y a guère de danger à l'affirmer, dit-il.

– Dans ce cas, je dois savoir qui a commis ce délit.

Bosch hocha la tête.

– Écoutez, dit-il. J'essaie d'enquêter sur un meurtre, moi, et tout ce dont on se soucie, ce serait…

– Bon, je sais que pour vous, tout ça, c'est des conneries. Il n'est d'ailleurs même pas impossible que je le pense moi aussi. Cela dit, j'ai des ordres. Et donc, on se prend une salle d'interrogatoire et on enregistre votre version sur magnéto. Ça ne prendra pas longtemps. Après, vous pourrez vous remettre au boulot.

Bosch posa sa mallette sur le bureau, l'ouvrit et en sortit son magnétophone. Il s'en était souvenu le matin, alors qu'il distribuait des mandats de perquisition dans les hôpitaux de la région.

– À propos de magnétos, dit-il. Pourquoi ne pas prendre celui-ci avec vous et commencer par écouter ce que j'y ai enregistré hier soir ? Ça devrait me mettre très vite à l'abri de tout soupçon.

Elle prit l'appareil en hésitant, et Bosch lui indiqua le couloir qui conduisait aux trois salles d'interrogatoire.

– Il va quand même me falloir une dépo…

1. Équivalent américain des Bœufs-carottes *(NdT)*.

– Pas de problème. Vous écoutez la bande et on cause après.

– Et votre coéquipier aussi.

– Il devrait arriver d'un moment à l'autre.

Elle s'empara du magnéto et passa dans le couloir. Bosch finit par s'asseoir sans se donner la peine de regarder les autres inspecteurs.

Il n'était même pas encore midi, mais il se sentait épuisé. Il avait passé sa matinée à attendre qu'un juge de Van Nuys veuille bien lui signer ses mandats de perquisition, puis à rouler partout pour les apporter aux services juridiques de dix-neuf hôpitaux différents. Edgar, lui, en avait pris dix et s'en était allé de son côté. Il en avait moins à distribuer, mais il devait aussi aller aux Archives pour connaître le détail du passé criminel de Nicholas Trent, et y chercher dans les inverses et au cadastre tout ce qui concernait les titres de propriété de Wonderland Avenue.

Bosch remarqua une pile d'avis de messages qui l'attendait sur son bureau, ainsi que la dernière livraison de tuyaux venant du standard. Il commença par les messages téléphonés. Neuf sur douze provenaient de journalistes qui voulaient approfondir les infos données sur la 4 la veille au soir pour les faire passer dans les émissions du matin. Les trois autres émanaient d'Edward Morton, l'avocat de Trent. Il avait appelé à trois reprises, entre 8 heures et 9 h 30 du matin.

Bosch ne le connaissait pas, mais s'attendait à ce qu'il lui reproche d'avoir communiqué le casier judiciaire de son client aux médias. Il n'avait pas l'habitude de rappeler les avocats dans la seconde, mais il décida qu'il valait mieux en finir au plus vite avec cette histoire et assurer Morton que la fuite ne venait pas des inspecteurs chargés de l'affaire. Il doutait que Morton le croie, mais n'en décrocha pas moins son téléphone pour l'appeler. Une secrétaire l'informa que l'avocat s'était rendu au Palais pour une audience, mais qu'il devait rentrer d'un instant à l'autre. Bosch lui répondit qu'il attendrait son appel.

Après avoir raccroché, il jeta tous les avis roses avec les numéros des journalistes dans la corbeille à papier posée à côté de la table. Puis il commença à éplucher les feuilles d'appels et remarqua que les policiers affectés au standard posaient maintenant les questions qu'il leur avait fait passer la veille au matin par l'intermédiaire de Mankiewicz.

Le onzième appel était le bon. Une certaine Sheila Delacroix avait téléphoné à 8 h 41 pour dire qu'elle avait vu les infos de la 4 ce matin-là et que son frère, Arthur Delacroix, avait disparu de Los Angeles en 1980. Il avait douze ans à l'époque et l'on n'avait plus jamais entendu parler de lui depuis lors.

En réponse aux questions d'ordre médical, elle précisait qu'Arthur s'était blessé en faisant une chute de skate quelques mois avant sa disparition. Il avait subi un traumatisme crânien qui avait nécessité son hospitalisation, puis une intervention de neurochirurgie. Elle ne se rappelait plus très bien les détails médicaux de l'affaire, mais elle était sûre que l'opération avait eu lieu à l'hôpital de Queen of Angels. Elle ne savait plus qui étaient les médecins qui s'étaient occupés de son frère. En dehors de son nom – Sheila Delacroix –, de son adresse et du numéro de téléphone où la rappeler, l'avis d'appel ne contenait pas d'autre renseignement.

Bosch entoura d'un rond le mot « skate », ouvrit sa mallette et en sortit la carte de visite professionnelle que Bill Golliher lui avait donnée. Il appela le premier numéro et tomba sur un répondeur du service d'anthropologie de l'université de Californie, campus de Los Angeles. Il appela le second et tomba sur Golliher. Celui-ci était en train de déjeuner à Westwood.

– Juste une petite question, dit-il. Sur la blessure qui a nécessité l'opération.

– L'hématome.

– Voilà. Est-ce qu'une chute de skate aurait pu le causer ?

Un silence s'ensuivit, pendant lequel Bosch laissa Golliher réfléchir. L'officier qui recevait les appels généraux à la salle de garde s'approcha de la table des Homicides et lui fit un signe. Bosch couvrit l'écouteur.

– Qui est-ce ? demanda-t-il.

– Kiz Rider.

– Dites-lui de patienter.

Il découvrit l'écouteur.

– Hé, Doc ? Y a quelqu'un au bout du fil ?

– Oui, oui, je réfléchissais. Ce n'est pas impossible, tout dépend de l'obstacle dans lequel il est entré. Mais s'il n'a fait que tomber par terre, je dirais que c'est peu probable. La zone de fracture est très resserrée, ce qui indique une surface de contact assez réduite. De plus la fracture se trouve haut sur le crâne. Il ne s'est pas blessé à l'arrière de la tête, ce qui est généralement le cas lorsqu'on fait une chute.

Bosch sentit faiblir son enthousiasme. Il pensait avoir identifié la victime.

– Vous pensez à quelqu'un de particulier ? s'enquit Golliher.

– Oui. On a reçu un tuyau.

– Des radios ? Des dossiers chirurgicaux ?

– J'y travaille.

– J'aimerais les voir pour faire des comparaisons.

– Dès que je les ai… Et les autres blessures ? Elles pourraient provenir d'accidents de skate ?

– Certaines, oui. Mais pas toutes, c'est clair. Les blessures aux côtes, les fractures des poignets et quelques autres sont des traumatismes remontant à la toute petite enfance, inspecteur. Les bambins de deux ans qui font du skate ne courent pas les rues.

Bosch acquiesça et se demanda s'il avait d'autres questions à lui poser.

– Inspecteur, reprit Golliher, savez-vous que dans les affaires de mauvais traitements sur enfant, il est rare que la cause donnée pour la blessure corresponde à la vérité ?

– Ça, je le comprends. Je ne vois pas quelqu'un amener son gamin aux urgences et déclarer que c'est lui qui l'a rossé à coups de torche électrique ou autre.

– Voilà. Et donc, on invente une histoire. Et l'enfant la confirme.

– Accident de skate.

– Ce n'est pas impossible.

– Bien, docteur. Il faut que j'y aille. Je vous envoie les radios dès que je les ai. Merci.

Il appuya sur la touche de la deux.

– Kiz ?

– Salut, Harry. Comment va ?

– Occupé. Qu'est-ce qu'il y a ?

– Je me sens mal, dit-elle. Je crois que j'ai merdé.

Il se renversa dans son fauteuil. Jamais il n'aurait cru que ce pouvait être elle.

– Quoi ? Pour la 4 ? demanda-t-il.

– Oui. Je euh… hier, après ton départ de Parker Center… quand il a arrêté de regarder le match, mon coéquipier m'a demandé ce que tu foutais ici et je le lui ai dit. J'en suis encore au stade où j'essaie d'instaurer de bonnes relations avec lui, tu comprends ? Je lui ai donc dit que j'avais passé tes noms au fichier et qu'on avait trouvé quelque chose. Un des voisins avait été condamné pour viol d'enfant. C'est tout ce que je lui ai dit, Harry, je te jure.

Bosch respira fort. De fait, il se sentait mieux. Il ne s'était pas trompé sur elle. Ce n'était pas elle qui était à l'origine de la fuite. Elle avait seulement fait confiance à quelqu'un à qui elle devait pouvoir se fier.

– Kiz, dit-il, j'ai une nana des Affaires internes qui attend que je lui parle de tout ça. Comment sais-tu que c'est Thornton qui a donné le renseignement à la 4 ?

– J'ai regardé les nouvelles ce matin en me préparant. Je sais que Thornton connaît cette… Surtain, la journaliste. Il y a quelques mois de ça, lui et moi avons travaillé sur une affaire de meurtre à l'assurance dans le Westside. Les médias en ont un peu parlé, et c'est Thornton qui rancardait cette fille à titre confidentiel. Je les ai vus ensemble. Et hier, dès que je lui ai dit qu'on avait trouvé quelque chose, il a eu envie d'aller aux chiottes. Il a pris la page des sports et il a filé au bout du couloir. Sauf que ce n'est pas aux chiottes qu'il est allé. Juste à ce moment-là, on avait reçu un appel d'urgence et je suis allée taper à la porte pour lui dire qu'on devait foncer. Et je n'ai pas eu de réponse. Je n'y avais pas vraiment pensé jusqu'au moment où j'ai vu les nouvelles ce matin. Je suis sûre qu'il n'est pas allé aux chiottes, mais qu'il a filé dans un autre bureau, ou alors à l'entrée, pour lui passer un coup de fil.

– Ça expliquerait pas mal de choses.

– Je suis vraiment navrée, Harry. Ces infos te présentaient sous un très mauvais jour. Je vais en parler aux Affaires internes.

– Non, Kiz, dit-il, contente-toi de ne pas oublier ce que tu viens de me dire. Je te ferai savoir si j'ai besoin que tu leur en parles. Bon, mais et toi là-dedans ? Qu'est-ce que tu as l'intention de faire ?

– Je vais me trouver un autre coéquipier. Je ne peux plus travailler avec ce type-là.

– Fais gaffe. Commence à passer de coéquipier en coéquipier et un jour tu risques de te retrouver sans plus personne.

– Je préfère bosser seule qu'avec un trouduc auquel je ne peux pas faire confiance.

– C'est vrai que…

– Mais… et toi ? La proposition tient toujours ?

– Quoi ? Je serais un trouduc auquel tu pourrais faire confiance ?

– Tu sais très bien ce que je veux dire.

– Oui, ça tient toujours. Tu n'as qu'à…

– Faut que j'y aille, Harry. Le voilà qui arrive.

– Bon, salut.

Il raccrocha et s'essuya la bouche en réfléchissant à la manière de procéder avec Thornton. Il pouvait rapporter les propos de Kiz à Carol Bradley, mais la marge d'erreur était encore trop grande. Il ne se sentirait prêt à parler aux Affaires internes que lorsqu'il n'y aurait plus aucun doute possible. L'idée même d'aller les voir lui répugnait, mais dans le cas présent il y avait bel et bien quelqu'un qui lui bousillait son enquête.

Et ça, il ne pouvait pas laisser passer.

Au bout de quelques minutes il trouva une idée et consulta sa montre. Il était midi moins deux. Il rappela Kiz Rider.

– C'est encore moi, dit-il. Il est toujours là ?

– Oui, pourquoi ?

– Tu répètes après moi, mais tu fais comme si ça t'excitait vraiment. « C'est vrai, Harry ?… Génial !… Qui c'était ? »

– C'est vrai, Harry ?… Génial !… Qui c'était ?

– Bon, et maintenant tu écoutes à fond et tu dis : « Quoi ? Un gamin de dix ans venu de La Nouvelle-Orléans ? Mais.. comment a-t-il fait ? »

– Quoi ? Un gamin de dix ans venu de La Nouvelle-Orléans ? Mais… comment a-t-il fait ?

– Parfait. Et maintenant tu raccroches et tu ne dis rien. Si Thornton te demande, tu lui dis que j'ai identifié le gamin grâce à son dossier dentaire. C'était un fugueur d'une dizaine d'années, originaire de La Nouvelle-Orléans et vu pour la dernière fois en 1975. Ses parents ont pris l'avion et arrivent tout de suite. Et le grand chef va donner une conférence de presse aujourd'hui même à quatre heures.

– Bon, bon, Harry, bonne chance.

– Toi aussi.

Il raccrocha et leva la tête. Edgar se tenait en face de lui. Il avait entendu la fin de la conversation et haussait les sourcils d'étonnement.

– Non, lui dit Bosch, c'est des conneries. Je suis en train de piéger la source. Et la journaliste avec.

– La source de la fuite ? Qui c'est ?

– Le nouveau coéquipier de Kiz. Enfin… on le pense.

Edgar se glissa dans son fauteuil et se contenta de hocher la tête.

– Mais on a peut-être réussi à identifier les ossements, reprit Bosch.

Il lui parla de l'appel de la sœur d'Arthur Delacroix et lui rapporta sa conversation avec Bill Golliher.

– 1980 ? dit Edgar. Ça ne va pas coller avec Trent. J'ai vérifié au cadastre et dans les inverses. Trent n'apparaît qu'en 1984. Exactement comme il l'a dit hier soir.

– Quelque chose me dit que ce n'est pas notre bonhomme.

Il repensa au skate. Ça ne suffisait pas à changer son impression profonde.

– Faut que tu annonces ça à la 4.

Le téléphone sonna. C'était Rider.

– Il vient de filer aux chiottes.

– Tu lui as parlé de la conférence de presse ?

– Je lui ai tout dit. Ce petit con ne voulait plus me lâcher.

– Bien, bien. Qu'il lui raconte notre histoire et tout le monde sera au courant à la 4. Et au bulletin de midi, on aura droit à un reportage en exclusivité ! Tu parles comme je vais regarder !

– Tiens-moi au courant.

Il raccrocha et consulta sa montre. Il lui restait encore quelques minutes. Il regarda Edgar.

– À propos… y a quelqu'un des Affaires internes dans une des salles du fond. On est sur la sellette.

Edgar en ouvrit grand la bouche. Comme les trois quarts des autres flics, il détestait les Affaires internes : même lorsqu'on faisait du bon boulot, on pouvait se retrouver dans leur collimateur pour un tas de raisons. C'était comme avec les Impôts, il suffisait de voir une enveloppe du Trésor pour en avoir l'estomac tout noué.

– Calme-toi. C'est pour le truc de la 4. On devrait être tranquilles dans quelques minutes. Allez, viens avec moi.

Ils gagnèrent le bureau de Billets, où un petit téléviseur était posé sur un trépied. Le lieutenant faisait de la paperasse, assise à son bureau.

– Ça te gêne qu'on regarde les nouvelles de midi ? lui demanda Bosch.

– Non, non, installez-vous. Je suis sûre que le capitaine LeValley et le chef Irving vont regarder eux aussi.

Le bulletin s'ouvrit sur un carambolage de seize voitures dû au brouillard qui recouvrait le Santa Monica freeway. Le sujet n'avait guère d'importance – il n'y avait pas de morts –, mais, la vidéo étant bonne, c'était par ça qu'ils avaient décidé de commencer. L'affaire des « ossements retrouvés par le chien » venait juste après, le speaker annonçant qu'on allait rejoindre Judy Surtain qui avait encore une nouvelle en exclusivité.

Gros plan sur la journaliste assise au bureau de la chaîne.

– La 4 vient d'apprendre que les ossements retrouvés dans Laurel Canyon ont été identifiés. La victime serait un jeune fugueur de La Nouvelle-Orléans âgé de dix ans.

Bosch regarda Edgar, puis Billets qui se levait de son siège, la surprise pleinement visible sur sa figure. Bosch tendit la main en avant pour lui faire signe de patienter encore un peu.

– Les parents de l'enfant, qui l'avaient porté disparu il y a plus de vingt-cinq ans, sont actuellement en route pour Los Angeles, où ils doivent rencontrer la police. Les restes de la victime ont été identifiés grâce à son fichier dentaire. Le chef de la police doit donner une conférence de presse dans le courant de la journée. Il devrait y identifier formellement l'enfant et nous fournir de plus amples détails sur les progrès de l'enquête. Comme nous le disions hier soir sur cette chaîne, la police se concentre sur…

Bosch éteignit la télé.

– Harry ? Jerry ? Qu'est-ce que c'est que cette histoire ? demanda tout de suite Billets.

– Du vent et rien que du vent. Je suis en train de piéger la source de la fuite.

– Qui serait ?

– Le nouveau coéquipier de Kiz. Un certain Rick Thornton.

Il lui rapporta ce que Rider lui avait dit. Puis il lui détailla le coup qu'il venait de monter.

– Où est l'inspectrice des Affaires internes ? demanda-t-elle.

– Dans une des salles d'interrogatoire. Elle écoute l'enregistrement de mon entretien avec la journaliste.

– Tu avais une bande ? ! s'écria Billets. Pourquoi ne m'en as-tu pas parlé hier soir ?

– J'ai oublié.

– Bon, à partir de maintenant je m'occupe de ça. À ton avis, Kiz est hors de cause ?

Bosch acquiesça.

– Elle doit pouvoir faire suffisamment confiance à son coéquipier pour tout lui dire. Et cette confiance, il en a abusé pour aller raconter des trucs à la 4. Je ne sais pas ce qu'on lui file en retour, mais ça n'a pas d'importance. Ce qui en a, c'est qu'il est en train de me bousiller mon enquête.

– Du calme, Harry, du calme. Je t'ai dit que je m'en occupais. Retourne à ton boulot. Des trucs nouveaux que je devrais savoir ?

– On a peut-être identifié le gamin… non, cette fois, c'est sérieux. On vérifie ça aujourd'hui.

– Et Trent ?

– On laisse ça de côté jusqu'à ce qu'on sache si c'est vraiment le gamin qu'on croit. Si ça l'est, l'époque ne colle plus avec Trent. L'enfant a disparu en 1980 et lui ne s'est installé dans ce quartier que quatre ans plus tard.

– Bon. Mais en attendant, on a déterré son passé et on l'a filé à la télé. D'après le dernier rapport de patrouille, les médias campent dans son allée.

Bosch hocha la tête.

– Ça, c'est à Thornton qu'il faut le dire.

– Tu peux compter sur moi pour le faire.

Elle se rassit derrière son bureau et décrocha son téléphone. En revenant à la table des Homicides, Bosch demanda à Edgar s'il avait sorti le dossier Trent des Archives.

– Oui, je l'ai. L'accusation n'avait pas grand-chose. Aujourd'hui, un district attorney n'aurait probablement pas poursuivi.

Ils gagnèrent leurs places respectives à la table, Bosch découvrant alors qu'il avait raté un appel de l'avocat de Trent. Il tendit la main vers son téléphone, puis décida d'attendre qu'Edgar ait fini son rapport.

– Trent était instituteur à Santa Monica. C'est un de ses collègues qui l'a surpris aux chiottes, en train de tenir le zizi d'un gamin de huit ans qui faisait pipi. Trent affirme qu'il ne faisait que lui apprendre à viser parce que le môme n'arrêtait pas de pisser partout par terre. Le problème, c'est que le gamin avait une version nettement plus confuse et qui ne correspondait pas du tout à celle de l'instit. Et les parents ont déclaré que l'enfant savait déjà viser à quatre ans. Trent a été déclaré coupable et condamné à deux ans ferme et un an de sursis. Il a fini par tirer quinze mois à la prison de Wayside.

Bosch réfléchit. Il avait toujours la main sur le combiné.

— On est assez loin du type qui tue un enfant à coups de batte de base-ball.

— C'est vrai, Harry, et ton pifomètre commence à me plaire davantage.

— J'aimerais pouvoir en dire autant.

Enfin il décrocha et composa le numéro de l'avocat. L'appel fut transféré à son portable. Edward Morton partait déjeuner.

— Allô ?

— Inspecteur Bosch à l'appareil.

— Bosch, oui, oui. Je veux savoir où il est.

— Qui ça ?

— Ne jouez pas à ça avec moi, inspecteur. J'ai appelé tous les postes de police du comté où on peut l'avoir enfermé. J'exige de pouvoir m'entretenir avec mon client. Tout de suite.

— Je suppose que vous parlez de Nicholas Trent. Vous avez essayé à son boulot ?

— À son boulot et chez lui, et ça ne répond pas. J'ai aussi appelé son beeper. Si c'est vous qui le détenez, sachez qu'il a le droit d'être représenté. Et que moi, j'ai celui de savoir ce qui se passe. Je vous le dis, inspecteur : si vous me faites chier là-dessus, je file direct chez un juge. Et je convoque les médias.

157

– Nous n'avons pas votre client, maître. Je ne l'ai pas revu depuis hier soir.

– Oui, il m'a appelé après votre départ. Et une deuxième fois après avoir vu les nouvelles. Vous l'avez baisé comme c'est pas permis… vous devriez avoir honte.

Bosch rougit sous le reproche, mais préféra laisser passer. S'il ne le méritait pas personnellement, la police, elle, était coupable. Il décida d'avaler la pilule pour l'instant.

– Pensez-vous qu'il se soit enfui, maître ?

– Pourquoi fuir quand on est innocent ?

– Je ne sais pas, moi. Demandez donc à O. J. Simpson.

Puis un horrible pressentiment le saisit. Il se leva, l'écouteur du téléphone toujours collé à l'oreille.

– Où êtes-vous, maître ?

– Dans Sunset Boulevard. J'arrive à la librairie Book Soup.

– Faites demi-tour et revenez tout de suite. Retrouvez-moi chez Trent.

– J'ai un déjeuner, je ne vais certainement pas…

– Retrouvez-moi chez Trent. Je pars à l'instant.

Il reposa l'écouteur sur le socle et dit à Edgar que c'était l'heure d'y aller. Il lui expliquerait en route.

18

Un petit groupe de journalistes de la télé s'était rassemblé devant la maison de Nicholas Trent. Bosch se gara derrière le van de la 2 et descendit de voiture avec Edgar. Il ne savait pas à quoi ressemblait Edward Morton, mais, parmi les gens qu'il voyait, personne n'avait la tête d'un avocat. Au bout de vingt-cinq ans de métier, il savait reconnaître, et de manière infaillible, un avocat et un journaliste n'importe où. Il se pencha par-dessus le toit de la voiture pour parler à Edgar avant que les journalistes ne puissent l'entendre.

– Si jamais il faut entrer, on passe par-derrière… sans personne avec nous.

– C'est noté.

Ils gagnèrent l'allée et furent immédiatement accostés par les équipes de télé. On fit tourner des caméras, des questions furent lancées qui restèrent sans réponse. Bosch remarqua que Judy Surtain n'était pas là.

Vous venez arrêter Trent ?

– Parlez-nous du gamin de La Nouvelle-Orléans.

– Et cette conférence de presse dont personne n'a entendu parler ?

– Trent est-il considéré comme suspect ?

Bosch écarta les journalistes et, une fois dans l'allée, se retourna brusquement pour leur faire face. Il hésita un instant, comme s'il mettait de l'ordre dans ses pensées. En réalité, il ne faisait que leur laisser le temps de se préparer. Il ne voulait surtout pas qu'ils ratent ce qu'il allait leur dire.

– Aucune conférence de presse n'est prévue, lâcha-t-il enfin. Et les ossements ne sont toujours pas identifiés. L'homme qui habite dans cette maison a été interrogé hier soir, comme tous les autres résidents du quartier. À aucun moment la police ne l'a considéré comme suspect. Les renseignements donnés à la presse par quelqu'un qui n'a rien à voir avec l'enquête et qui ont été ensuite retransmis à la télé sans aucune vérification préalable sont entièrement faux et perturbent gravement nos recherches. Voilà, c'est tout. C'est tout ce que j'ai l'intention de vous dire. Dès que nous aurons des informations précises et véritables à vous fournir, nous le ferons par l'intermédiaire du bureau des Relations avec les médias.

Il fit demi-tour et, Edgar avec lui, remonta l'allée qui conduisait à la maison. Les journalistes lui lancèrent d'autres questions, mais il ne fit même pas mine de les entendre.

Arrivé à la porte, il frappa fort et appela Trent, précisant que c'était la police. Au bout d'un moment, il recommença et répéta ce qu'il venait de dire. De nouveau ils attendirent, et rien ne se produisit.

– On essaie par-derrière ? demanda Edgar.

– Oui, ou alors par le garage. Il y a une porte latérale.

Ils traversèrent l'allée et commencèrent à longer le côté de la maison. Les journalistes leur crièrent d'autres questions. Bosch songea qu'ils devaient avoir tellement l'habitude de poser des questions à des gens qui ne leur répondaient pas qu'il était devenu naturel pour eux de le faire tout en sachant que personne ne leur répondrait. Comme le chien qui continue d'aboyer dans la cour longtemps après que son maître est parti au boulot.

Ils dépassèrent la porte du garage, Bosch remarquant qu'il ne s'était pas trompé en se rappelant qu'elle ne comportait qu'une serrure. Ils arrivèrent dans le jardin de derrière, puis devant la porte de la cuisine. Celle-là était munie d'un verrou automatique en plus de la serrure normale. Il y avait aussi une porte coulissante qu'il ne serait pas difficile de fracturer. Edgar s'en approcha, mais regarda à l'intérieur et découvrit qu'on avait placé une cale en bois dans la rainure afin d'en empêcher l'ouverture de l'extérieur.

– Ça ne va pas marcher, dit-il à Harry.

Bosch avait une petite trousse de cambrioleur dans sa poche. Il n'avait aucune envie de s'attaquer au verrou automatique.

– On passe par le garage, dit-il, à moins que…

Il gagna la porte de la cuisine et essaya. Elle était ouverte. Il entra et sut tout de suite que c'était le cadavre de Nicholas Trent qu'ils allaient trouver dans la maison. Et ce suicide serait sans problème – celui du monsieur qui laisse la porte ouverte afin que personne ne soit obligé d'entrer par effraction.

– Merde ! s'écria Bosch.

Edgar s'approcha en sortant son arme de son étui.

– Tu n'en auras pas besoin, lui dit Bosch.

Il s'avança et traversa la cuisine avec Edgar.

– Monsieur Trent ? cria ce dernier. Police ! C'est la police qui est chez vous ! Où êtes-vous, monsieur Trent ?

– Tu t'occupes de l'avant, dit Bosch.

Ils se séparèrent, Bosch descendant le petit couloir qui conduisait aux chambres de derrière. Il trouva Trent dans la douche de la grande salle de bains. Il s'était confectionné un nœud coulant avec deux cintres en fil de fer et l'avait attaché à la canalisation d'eau. Il s'était ensuite adossé au mur en carrelage et s'était laissé tomber en avant de tout son poids afin de s'asphyxier. Il portait les mêmes vêtements que la veille au soir. Il était pieds nus, les talons sur le carrelage. Rien n'indiquait qu'il aurait changé d'avis en cours de route. Alors qu'il aurait pu mettre un terme à son suicide à tout instant puisqu'il avait choisi de ne pas se suspendre, il n'en avait rien fait.

Bosch allait devoir s'en remettre aux services du coroner, mais, en voyant combien la langue de la victime avait foncé et à quel point elle lui sortait de la bouche, il pensa que Trent était mort au moins douze heures plus tôt. Soit tout au début de la matinée, peu après que la 4 avait dévoilé son passé au monde entier et fait de lui un suspect dans l'affaire.

– Harry ?

Bosch faillit sursauter. Il se retourna et regarda Edgar.

– Ne me fais pas des coups comme ça, quoi ! Qu'est-ce qu'il y a ?

– Il a laissé une lettre de trois pages sur la table basse.

Bosch ressortit de la douche et poussa Edgar pour passer. Puis il se dirigea vers la salle de séjour, sortant une paire de gants en latex de sa poche et soufflant dedans pour les ouvrir avant de les enfiler.

– T'as lu tout le truc ?

– Oui. Il dit que ce n'est pas lui qui a tué le gamin. Il dit qu'il va se tuer parce que la police et les journalistes l'ont complètement détruit et qu'il ne peut plus continuer à vivre comme ça. Et après, y a des drôles de trucs.

Bosch arriva dans la salle de séjour, Edgar se trouvant quelques pas derrière lui. Il vit les trois feuilles de papier étalées côte à côte sur la table basse. Il s'assit sur le canapé devant elles.

– C'est comme ça qu'elles étaient ? demanda-t-il.

– Ouais. Je n'y ai pas touché.

Bosch commença à lire. Dans ce qui constituait sans doute ses derniers mots, Trent niait catégoriquement avoir tué l'enfant et laissait éclater sa rage contre tout ce qu'on lui avait fait.

« Et MAINTENANT tout le monde va savoir ! Vous m'avez bousillé ma vie, VOUS M'AVEZ TUÉ ! Le sang, c'est vous qui le portez, pas moi ! Je n'ai pas tué cet enfant ! Non, non et non ! Je n'ai jamais fait de mal à PERSONNE ! Jamais, jamais, jamais. Je n'ai jamais fait de mal à qui que ce soit sur cette terre ! J'adore les enfants. Je n'ai qu'AMOUR pour eux ! ! ! Non, non. C'est vous qui m'avez fait du mal. Vous. Mais c'est moi qui ne puis vivre avec l'horreur de tout ce que vous avez déclenché comme des brutes. Je ne peux plus. »

Il se répétait si souvent que c'était presque comme s'il n'avait fait que transcrire une diatribe verbale au lieu de s'asseoir à une table avec du papier ct un crayon pour écrire ce qu'il avait à dire. Au milieu de la deuxième page se trouvait un encadré intitulé « Les vrais responsables ». La première de la liste était Judy Surtain, la journaliste de la 4, Bosch et Edgar venant ensuite. Il y avait encore trois autres noms qu'il ne reconnut pas : Calvin Stumbo, Max Rebner et Alicia Felzer.

– Stumbo était le flic et Rebner le district attorney chargé de sa première affaire, dit Edgar. Ça remonte aux années soixante.

Bosch hocha la tête.

– Et Felzer ?

– Ça, je ne sais pas.

Le stylo avec lequel le billet semblait avoir été écrit était posé sur la table, à côté de la dernière page. Bosch n'y toucha pas : il voulait qu'on y relève les empreintes pour savoir si c'étaient bien celles de Trent qui s'y trouvaient.

En continuant de lire, il remarqua aussi que chacune des pages était signée en bas. Tout à la fin du document, Trent énonçait aussi une requête que Bosch ne comprit pas vraiment.

« Mon seul regret est pour mes enfants. Qui s'occupera d'eux ? Ils ont besoin de nourriture et de vêtements. J'ai de l'argent. C'est à eux qu'il doit aller. Tout ce que j'ai. Ceci est ma dernière volonté, ceci est le testament que je fais et que je signe. Donnez l'argent aux enfants. Demandez à Morton de leur donner l'argent et sans me facturer quoi que ce soit. Faites-le pour les enfants. »

– Ses enfants ? demanda Bosch.

– Ouais, je sais, dit Edgar. C'est bizarre.

– Qu'est-ce que vous faites ici ? Où est Nicholas ?

Ils regardèrent la porte qui donnait de la cuisine dans la salle de séjour. Habillé d'un costume, un petit homme qui avait tout d'un avocat et devait être Morton s'y tenait. Bosch se leva.

– Il est mort, dit-il. Ça ressemble beaucoup à un suicide.

– Où est-il ?

– Dans la salle de bains principale, mais à votre place, je ne…

Mais Morton s'était déjà mis en route. Bosch l'appela.

– Surtout ne touchez à rien !

Il fit signe à Edgar de rejoindre l'avocat et de s'assurer que son ordre était respecté. Puis il se rassit et regarda de nouveau les pages. Il se demanda combien de temps Trent avait mis avant de décider que le suicide était la seule issue qui lui restait et rédiger ses adieux. Jamais il n'en avait vu d'aussi longs.

Morton revint dans la salle de séjour, Edgar dans son sillage. L'avocat avait le teint terreux et gardait les yeux par terre.

– J'ai essayé de vous prévenir, dit Bosch.

L'avocat releva la tête et fixa Bosch des yeux. La colère qui s'y lisait semblait lui redonner des couleurs.

– Vous êtes contents maintenant ? s'écria-t-il. Vous l'avez complètement bousillé. Donnez les secrets de n'importe qui aux vautours et dans l'instant, ça passe à la télé et c'est ça qu'on obtient, dit-il en montrant la salle de bains d'un geste de la main.

– Ce n'est pas comme ça que ça s'est passé, mais pour l'essentiel, c'est vrai que ça y ressemble. Vous seriez même très surpris de savoir à quel point je suis d'accord avec vous.

– Maintenant qu'il est mort, ça ne doit pas vous coûter cher de me dire ça. C'est... c'est une lettre ? Il a laissé une lettre ?

Bosch se leva et lui fit signe de prendre sa place sur le canapé.

– Ne touchez surtout pas à ces feuilles, dit-il.

Morton s'assit, déplia une paire de lunettes et se mit à lire.

Bosch rejoignit Edgar et lui dit à voix basse :

– Je vais téléphoner à la cuisine.

Edgar acquiesça.

– Vaudrait mieux mettre les Relations avec les médias au courant, dit-il. La merde que ça va déclencher !

– Ouais.

Bosch décrocha le téléphone mural de la cuisine et s'aperçut que l'appareil était muni d'une touche de rappel automatique. Il appuya dessus et attendit. Ce fut la voix de Morton qu'il entendit. Trent était tombé sur le répondeur de l'avocat. Ce dernier disait ne pas être là et demandait de laisser un message.

Bosch appela Billets sur sa ligne directe. Elle décrocha tout de suite, et Bosch devina qu'elle était en train de déjeuner.

165

– Ça ne me plaît pas beaucoup de t'annoncer ça pendant que tu manges, lança-t-il, mais on est chez Nicholas Trent et on dirait bien qu'il s'est suicidé.

Un long silence s'ensuivit, puis elle lui demanda s'il en était sûr.

– Je suis sûr qu'il est mort et je suis à peu près sûr que c'est lui qui s'est tué. Il s'est pendu dans sa douche avec deux cintres. Il a laissé une lettre de trois pages. Il nie avoir quoi que ce soit à voir avec les ossements. Il accuse la 4 et surtout la police – Edgar et moi en l'occurrence – de l'avoir assassiné. Tu es la première personne à qui j'en parle.

– Bon, on sait tous que ce n'est pas toi qui…

– Ça va, lieutenant. Ce n'est pas d'une absolution que j'ai besoin. Ce que je veux savoir, c'est ce que je dois faire maintenant.

– Tu passes les coups de fil habituels. J'appelle le bureau d'Irving et je lui rapporte tout ça. Ça risque de chauffer très fort.

– Ça ! Et côté relations avec les médias ? Il y a déjà tout un gang de reporters dans la rue.

– Eux aussi, je les appelle.

– Et pour Thornton ? Tu as fait quelque chose ?

– C'est déjà dans le tuyau. Bradley, la nana des Affaires internes, s'en occupe. Avec ce dernier truc, je parie que Thornton a non seulement perdu définitivement son boulot, mais qu'il risque aussi de très jolies poursuites judiciaires.

Bosch acquiesça. Thornton n'avait que ce qu'il méritait. Bosch pensait toujours qu'il avait eu raison de le piéger.

– Bon, dit-il enfin. On reste ici. Pour l'instant, en tout cas.

– Tu me dis si vous trouvez quoi que ce soit qui lie Trent aux ossements ?

Il repensa au skate et aux chaussures aux semelles encaquées de boue.

– C'est entendu.

Il coupa la communication et appela le coroner, puis les services de la police scientifique.

Dans la salle de séjour, Morton avait fini de lire le billet.

– Maître, lui lança Bosch, quand avez-vous parlé à M. Trent pour la dernière fois ?

– Hier soir. Il m'a appelé chez moi après les dernières nouvelles de la 4. Sa patronne les avait vues et venait de l'appeler.

Bosch hocha la tête. Cela expliquait parfaitement le dernier coup de fil passé par Trent.

– Vous savez comment elle s'appelle ?

Morton lui montra la page du milieu.

– Là, dans la liste. Alicia Felzer. Elle lui a fait savoir qu'elle allait demander son départ. C'est un studio qui fait des films pour enfants. Il n'était plus question qu'il se trouve sur un plateau avec un gamin. Vous voyez ? C'est le fait d'avoir donné son casier aux médias qui l'a détruit. Vous vous êtes approprié une vie humaine sans aucun…

– Permettez que ce soit moi qui pose les questions, maître. Vous pouvez garder votre indignation pour plus tard, quand vous irez parler aux journalistes car, bien sûr, vous n'allez pas manquer de le faire. Bon, alors… cette dernière page. Il y parle d'enfants. De « ses » enfants. Qu'est-ce que ça veut dire ?

– Aucune idée. Il était manifestement très ému quand il a écrit ce mot. Il se pourrait très bien que ça n'ait aucun sens.

Bosch resta debout, à étudier l'avocat.

– Pourquoi vous a-t-il appelé hier soir ?

– Qu'est-ce que vous croyez ? Pour me dire que vous étiez passé, que la nouvelle était partout à la télé, que sa patronne avait vu les infos et qu'elle voulait le virer.

– Vous a-t-il avoué avoir enterré l'enfant dans la colline ?

Morton prit l'air le plus indigné qu'il put.

– Ce qui est certain, c'est qu'il m'a dit n'avoir rien à voir avec cette affaire. Il se sentait persécuté à cause d'une faute ancienne, très très ancienne, et moi, je dirais qu'il n'avait pas tort.

Bosch acquiesça.

– Bien, maître, dit-il, vous pouvez partir.

– Quoi ? ! Mais je n'ai aucune intention de…

– Cette maison fait dès maintenant l'objet d'une enquête policière, maître. Nous cherchons à savoir si c'est bien votre client qui a attenté à ses jours. En d'autres termes, vous n'êtes plus le bienvenu dans ces lieux. Jerry ?

Edgar s'approcha du canapé et fit signe à Morton de se lever.

– Allons, maître. L'heure est venue de partir et d'aller se faire voir à la télé. Ça devrait être bon pour le business, non ?

Morton se leva et s'éloigna d'un air offusqué. Bosch gagna les fenêtres de devant et tira le rideau de quelques centimètres. À peine arrivé dans l'allée, Morton avait foncé droit sur les journalistes. Il leur parlait avec de grands gestes de colère. Bosch n'entendit pas ce qu'il disait. Mais il n'en avait pas besoin.

Quand Edgar revint dans la pièce, Bosch lui ordonna d'appeler le poste de garde pour faire monter un véhicule de patrouille. Il valait mieux prévenir l'émeute. Il avait l'impression que, tel le virus qui se reproduit par méiose, la foule des journalistes n'allait cesser de grandir et d'avoir de plus en plus faim.

19

Ils retrouvèrent les enfants de Trent en fouillant la maison après l'enlèvement du corps. Les deux tiroirs d'un petit bureau de la salle de séjour que Bosch n'avait pas ouverts la veille au soir étaient bourrés de chemises, de photographies et de dossiers financiers comprenant plusieurs grosses enveloppes remplies de talons de chèques. Trent envoyait tous les mois de petites sommes à un certain nombre d'entreprises charitables qui se chargeaient de nourrir et d'habiller des enfants aux quatre coins du monde. Des Appalaches aux forêts tropicales du Brésil en passant par le Kosovo, Trent avait ainsi aidé des enfants pendant des années. Mais aucun de ces chèques ne dépassait douze dollars. Bosch trouva des dizaines et des dizaines de photos des enfants que censément il aidait, ainsi que des petits mots que ceux-ci lui avaient envoyés.

Bosch connaissait les publicités télévisées que ces organismes faisaient passer tard le soir. Il s'en méfiait depuis toujours. Il ne doutait pas que quelques dollars puissent empêcher un enfant de mourir de faim et lui permettent de s'habiller, mais il n'était jamais sûr que l'argent leur arrive vraiment. Il se demanda si les photos que Trent avait dans ses tiroirs n'étaient pas celles qu'on envoyait à tous ceux qui acceptaient de donner de l'argent à ces boîtes. Et si ces mots de remerciement manifestement gribouillés par des enfants n'étaient pas des faux.

– Putain ! s'écria Edgar en regardant le contenu des tiroirs. Ce mec… c'est comme s'il faisait pénitence… envoyer tout ce fric à ces boîtes !

– Oui, mais pénitence pour quoi ?

– On ne le saura peut-être jamais.

Edgar repartit fouiller la deuxième chambre. Bosch examina quelques-unes des photos qu'il avait étalées sur le dessus du bureau. Il y avait là des garçons et des filles qui ne devaient pas avoir plus de dix ans, bien qu'il soit difficile de le dire alors que tous avaient le regard creux de ceux qui connaissent la guerre, la famine et l'indifférence. Il prit la photo d'un jeune enfant blanc et la retourna. D'après les renseignements donnés au dos du cliché, celui-ci avait perdu ses parents pendant les combats du Kosovo. Il avait été blessé dans l'explosion de l'obus de mortier qui avait tué son père et sa mère. Il était âgé de dix ans et s'appelait Milos Fidor.

Bosch s'était retrouvé orphelin à onze ans. Il scruta le regard de l'enfant et y reconnut le sien.

À 4 heures de l'après-midi, ils fermèrent la maison de Trent et apportèrent à la voiture trois caisses pleines d'objets qu'ils avaient saisis. Un petit groupe de reporters s'était incrusté dans le coin, bien que le service des Relations avec les médias ait fait savoir que tous les éléments nouveaux leur seraient communiqués par Parker Center.

Les journalistes les assaillirent de questions, mais Bosch leur répondit brièvement qu'il n'était pas autorisé à faire le moindre commentaire sur l'enquête en cours. Puis il mit les caisses dans la voiture avec Edgar et tous deux rejoignirent le centre-ville, où le chef adjoint Irvin Irving avait convoqué une réunion.

Bosch se sentait mal à l'aise. C'était à cause du suicide de Trent, car il ne doutait plus que c'en fût un, que toute l'enquête sur la mort de l'enfant avait dévié. Il avait passé la moitié de sa journée à fouiller dans les affaires de Trent alors qu'il voulait seulement savoir de quel enfant il s'agissait afin de pouvoir remonter ou abandonner la piste qu'on lui avait donnée par téléphone.

– Qu'est-ce qu'il y a, Harry ? lui demanda Edgar à un moment donné.

– Quoi ?

– Je ne sais pas, moi. T'as l'air tout morose. Je sais que c'est assez normal chez toi, mais d'habitude tu le montres moins.

Edgar lui avait adressé un sourire, mais Bosch ne le lui rendit pas.

– Oh, je pense à des choses, dit-il. Ce type serait peut-être encore en vie si on avait agi autrement.

– Allons, Harry. Tu veux dire… si on n'avait pas enquêté sur lui ? C'était hors de question, Harry. On a fait notre boulot et les choses ont suivi leur cours. Qu'est-ce que tu voulais qu'on y fasse ? S'il y a quelqu'un de responsable dans tout ça, c'est Thornton et il va avoir ce qu'il mérite. Mais si tu veux savoir, je trouve que le monde se porte mieux sans un Trent au milieu. J'ai la conscience claire, moi. Claire comme du cristal.

– Eh bien, bravo pour toi.

Bosch repensa à la décision qu'il avait prise de lui laisser son dimanche. S'il ne l'avait pas fait, Edgar aurait pu être celui qui avait passé les noms à l'ordinateur. Kiz Rider n'aurait alors pas été mise dans le circuit et le renseignement ne serait jamais arrivé à Thornton.

Il soupira. À croire que tout fonctionnait sur le modèle des dominos. Si ceci alors cela, si cela alors cela et cela…

– Et d'instinct, qu'est-ce que tu penses de ce type ?
demanda-t-il à Edgar.

– Quoi ? S'il a zigouillé le gamin ?

Bosch acquiesça.

– Je ne sais pas. Faudrait savoir ce que le labo aura à
dire sur les godasses et la sœur sur le skate. À condition
que ce soit la sœur et qu'on ait bien identifié le gamin.

Bosch garda le silence, mais il se sentait toujours mal
à l'aise à l'idée que c'était invariablement le labo qui
déterminait le cours des enquêtes.

– Et toi, Harry ? lui demanda Edgar.

Bosch songea aux photos de tous les enfants que
Trent croyait aider. Son acte de contrition. Sa chance de
rédemption.

– Je crois qu'on se plante, dit-il. C'est pas notre
client.

20

Le chef adjoint Irvin Irving s'était installé dans son grand bureau du sixième étage de Parker Center. Étaient également présents dans la salle le lieutenant Grace Billets, Bosch et Edgar, et un officier des Relations avec les médias, Sergio Medina. L'adjointe d'Irving, le lieutenant Simonton, se tenait dans l'embrasure de la porte, au cas où on aurait eu besoin d'elle.

Le bureau d'Irving était recouvert d'une plaque de verre. Rien ne s'y trouvait hormis deux feuilles de papier imprimées que Bosch n'arrivait pas à lire de l'endroit où il était.

– Bon, lança Irving. Que savons-nous de certain sur M. Trent ? Nous savons que c'était un pédophile avec un casier judiciaire, suite à une condamnation pour viol d'enfant. Nous savons qu'il vivait à un jet de pierre de l'endroit où on a retrouvé les ossements d'un enfant assassiné. Et nous savons maintenant qu'il s'est suicidé le soir même du jour où la police l'a interrogé sur ces deux faits.

Il prit une feuille posée sur son bureau et l'examina sans en faire profiter personne. Puis il dit :

– J'ai ici un communiqué de presse où l'on rapporte ces trois événements avant de déclarer : « M. Trent fait actuellement l'objet d'une enquête. Sa culpabilité ou son innocence dans la mort de la jeune victime enterrée près de chez lui seront déterminées par diverses analyses et un supplément d'enquête. »

Il regarda encore une fois la feuille sans rien dire, puis il la reposa sur son bureau.

– Clair et succinct, enchaîna-t-il. Mais ce n'est pas ça qui va étancher la soif des médias dans cette affaire. Ni nous aider à écarter les ennuis.

Bosch s'éclaircit la gorge. Irving parut l'ignorer, puis il lui parla sans le regarder.

– Inspecteur Bosch ?

– J'ai l'impression que ce communiqué ne vous satisfait pas. L'ennui, c'est qu'il dit très exactement où nous en sommes. J'aimerais bien pouvoir vous dire qu'à mon avis, c'est lui qui a fait le coup. J'aimerais encore plus pouvoir vous l'affirmer. Mais on en est loin et j'ai même très nettement l'impression qu'on va finir par déclarer le contraire.

– Et pourquoi ça ? aboya Irving.

Bosch commençait à comprendre le but véritable de la réunion. Il devina que la deuxième feuille de papier posée sur le bureau d'Irving contenait le communiqué de presse que le chef adjoint avait envie de faire passer. Il mettait à peu près sûrement tout sur le dos de Trent et attribuait son suicide au fait que celui-ci savait qu'on finirait par le retrouver. Cette manœuvre permettrait à la police de régler le problème Thornton en douceur et à l'abri des verres grossissants des médias. Elle lui éviterait aussi de devoir reconnaître qu'en divulguant un renseignement confidentiel à la presse, un de ses officiers avait poussé un homme à se suicider. Et enfin, elle lui donnerait la possibilité de clore l'enquête sur les ossements retrouvés dans la colline.

Cela étant, Bosch comprenait aussi que tous les gens assis autour de lui savaient très bien que clore une enquête pareille ne serait pas des plus faciles. L'affaire avait suscité un grand intérêt dans les médias et le suicide de Trent leur offrait une belle porte de sortie. On ferait porter tous les soupçons sur le pédophile décédé, la police pouvant alors procéder à la fermeture du dossier et passer à une autre affaire – qui, on l'espérait, aurait plus de chances d'être résolue.

S'il pouvait comprendre tous ces raisonnements, Bosch ne pouvait pas les accepter. Ces ossements, il les avait vus. Et il avait entendu Golliher lui détailler les blessures infligées à l'enfant. C'était là, au cours même de cette autopsie, qu'il avait décidé d'aller jusqu'au bout de l'enquête. Politique et image, l'opportunisme de la police devrait passer après.

Il glissa la main dans la poche de sa veste et en sortit son calepin. Il l'ouvrit à une page cornée et se mit à la regarder comme s'il étudiait une feuille bourrée de notes. De fait, il n'y en avait qu'une – celle qu'il avait rédigée le samedi précédent, dans la salle d'autopsie :

44 traces de traumatismes différents

Il ne lâcha pas cette indication des yeux avant qu'Irving reprenne la parole.

– Inspecteur Bosch ? Je vous ai demandé pourquoi, lança celui-ci.

Bosch leva la tête et referma son carnet.

– Question de chronologie – nous pensons que l'enfant était déjà enterré dans la colline lorsque Trent a emménagé dans le quartier –, et aussi d'analyse des ossements. Cet enfant a subi des mauvais traitements pendant de longues années ; de fait, pratiquement depuis sa toute petite enfance. Et ça, ça ne nous conduit absolument pas à Trent.

– À ceci près que vos « problèmes de chronologie et d'analyse des ossements » ne sont pas concluants, déclara Irving. Quoi qu'ils nous disent, il n'en reste pas moins possible, même faiblement, que Trent ait effectivement perpétré cc crime.

– Très très faiblement, oui.

– Qu'a donné la fouille de sa maison ?

– On a saisi une vieille paire de chaussures avec de la boue séchée dans les rainures des semelles. On va faire des comparaisons avec des échantillons de sol prélevés à l'endroit où les ossements ont été retrouvés. Mais ce sera tout aussi peu concluant. Même s'il y avait correspondance, Trent pourrait très bien avoir récolté cette terre en se baladant derrière chez lui. Du point de vue géologique, le terrain est fait des mêmes sédiments.

– Autre chose ?

– Pas vraiment, non. On a aussi saisi un skate.

– Un skate ?

Bosch lui rapporta le tuyau sur lequel il n'avait pas encore eu le temps d'enquêter à cause du suicide de Trent. Au fur et à mesure qu'il parlait, il sentit Irving s'enthousiasmer à l'idée de pouvoir relier le skate retrouvé chez Trent aux ossements dans la colline.

– Ce sera donc ça votre priorité numéro un, dit-il enfin à Bosch. Je veux qu'on vérifie à fond et je veux connaître le résultat dès que ce sera fait.

Bosch se contenta d'acquiescer d'un hochement de tête.

– Oui, chef, dit Billets.

Irving se tut, puis se remit à examiner les deux feuilles de papier posées sur son bureau. Il finit par prendre celle qu'il ne leur avait pas encore lue – celle qui, dans l'idée de Bosch, devait contenir le communiqué de presse biaisé –, et leur tourna le dos. Puis il glissa la feuille dans la déchiqueteuse qui grinça bruyamment en faisant son travail. Enfin il se retourna de nouveau et prit le dernier documcnt.

– Officier Medina, dit-il, vous pouvez communiquer ceci à la presse.

Il tendit le document à Medina, qui se leva pour le recevoir. Puis il consulta sa montre.

– Bien, dit-il. Juste à temps pour les infos de 6 heures.

– Chef ? interrogea Medina.

– Oui ?

– Euh… on nous pose beaucoup de questions sur les informations erronées données par la 4. Faut-il…

– Dites seulement qu'il est contre le règlement de faire des commentaires sur une enquête interne qui n'est pas encore terminée. Vous pouvez aussi ajouter qu'il est hors de question que la police favorise ou accepte les moindres fuites en direction des médias. Ce sera tout, officier Medina.

Medina donna l'impression d'avoir une autre question à lui poser, mais se garda bien de le faire. Il acquiesça et quitta la pièce.

Irving lui ayant fait signe, son adjointe referma la porte du bureau en restant du côté antichambre. Alors le chef Irving tourna la tête et regarda Billets, Edgar et Bosch.

– Nous avons un sale petit problème sur les bras, dit-il. Êtes-vous tous bien au point sur la façon de procéder ?

– Oui, dirent Edgar et Billets à l'unisson.

Bosch, lui, garda le silence. Irving le regarda.

– Vous avez quelque chose à dire, inspecteur ?

Bosch réfléchit un instant avant de répondre.

– Tout ce que j'ai à dire, c'est que je vais retrouver le type qui a tué ce gamin avant de le mettre dans ce trou. Et tant mieux si c'est Trent. Mais si ce n'est pas lui, je n'en resterai pas là.

Irving aperçut quelque chose sur son bureau. Quelque chose d'aussi petit qu'un cheveu ou une particule quasiment microscopique. Quelque chose que Bosch n'arrivait pas à voir. Il le prit entre deux doigts et le jeta dans la corbeille à papier derrière lui. Puis il se frotta les mains au-dessus de la déchiqueteuse tandis que Bosch le regardait en se demandant s'il fallait voir une menace dans son geste.

– On ne réussit pas toujours à tout résoudre, inspecteur, dit-il. Et il arrive qu'à un moment donné notre devoir nous ordonne de passer à des affaires plus pressantes.

– Vous êtes en train de me fixer un délai, chef ?

– Non, inspecteur. Je vous dis seulement que je vous comprends. Mais j'ajoute que j'aimerais aussi que vous me compreniez.

– Et Thornton ?

– L'affaire fait l'objet d'une enquête interne. Je ne suis pas en mesure de vous en parler pour l'instant.

Bosch hocha la tête de frustration.

– Faites très attention, inspecteur, reprit sèchement Irving. J'ai fait preuve de beaucoup de patience avec vous. Sur cette affaire et sur pas mal d'autres avant.

– Ce qu'a fait Thornton m'a foutu mon enquête en l'air ! s'écria Bosch. Il devrait…

– S'il est coupable, nous le traiterons comme il convient. Mais gardez bien présent à l'esprit qu'il n'opérait pas dans le vide. Ce renseignement, il a fallu qu'il commence par l'obtenir avant de pouvoir le divulguer. Et l'enquête n'est pas terminée.

Bosch le dévisagea. Le message était clair. Kiz Rider avait toutes les chances de tomber avec Thornton s'il n'acceptait pas de marcher du même pas que le chef adjoint.

– M'entendez-vous bien, inspecteur ?

Haut et fort, chef.

21

Avant de ramener Edgar au commissariat de Hollywood et de repartir pour Venice, Bosch sortit du coffre la caisse qui contenait le skate et la rapporta au labo de la police scientifique de Parker Center. À la réception, il demanda à voir Antoine Jesper. Et examina le skate en l'attendant. L'objet semblait avoir été fabriqué avec du contreplaqué stratifié. Finition à la laque, sur laquelle diverses décalcomanies avaient été collées, dont une tête de mort avec tibias croisés au milieu de la planche.

Jesper arrivé au comptoir, Bosch lui présenta aussitôt la caisse.

– Je veux savoir qui a fabriqué ce truc, à quelle date et où ç'a été vendu, dit-il. Priorité numéro un. J'ai tout le sixième étage qui m'attend au tournant avec ce truc.

– Pas de problème. Je peux même vous dire la marque tout de suite. C'est une Boney. On n'en fait plus. Le type a vendu sa boîte pour aller à Hawaï, je crois.

– Comment savez-vous tout ça ?

– Parce que je faisais du skate quand j'étais petit et que c'était cette planche-là que je voulais, mais que je n'ai jamais eu assez d'argent pour me la payer. Ironique, non ?

– Qu'est-ce qu'il y a d'ironique là-dedans ?

– Cette histoire de planche et de gamin assassiné. Vous savez bien… les ossements.

Bosch hocha la tête.

– Bon, d'accord, dit-il. Je veux tout ce que vous pourrez me trouver là-dessus dès demain.

– Euh… je peux essayer, mais… Je ne peux pas vous promet…

– Demain, Antoine. Tout le sixième, vous vous rappelez ? On se retrouve demain.

Jesper hocha la tête.

– Laissez-moi au moins la matinée.

– La matinée ? C'est d'accord. Et mes documents ?

Jesper secoua la tête.

– Toujours rien. Elle a essayé les teintures, mais rien n'est monté. Je ne crois pas qu'il faille s'attendre à grand-chose de ce côté-là, Harry.

– Bon, bon, dit celui-ci.

Et il le laissa planté là, la caisse sur les bras.

En revenant à Hollywood, il confia le volant à Edgar pendant qu'il sortait sa feuille de tuyaux et téléphonait à Sheila Delacroix sur son portable. Elle décrocha tout de suite. Bosch se présenta et l'informa qu'on lui avait transmis son appel.

– C'est Arthur ? lui demanda-t-elle sur un ton d'urgence.

– Nous ne le savons pas encore, madame. C'est pour ça que je vous appelle.

– Oh.

– Est-ce que je pourrais venir vous voir demain matin avec mon coéquipier pour parler d'Arthur et vous poser quelques questions ? Ça nous aidera beaucoup à savoir si les ossements que nous avons retrouvés sont ceux de votre frère.

– Je comprends. Euh… oui. Vous pouvez passer, si ça ne vous gêne pas.

– Où êtes-vous ?

– Oh, chez moi. Miracle Mile. Ça donne dans Wilshire.

Bosch regarda l'adresse notée sur la feuille.

– Dans Orange Grove ?

– Voilà. C'est ça.

– Huit heures et demie ? Ça ne sera pas trop tôt pour vous ?

– Ça sera très bien. J'aimerais beaucoup vous aider si je peux. J'ai du mal à supporter qu'un type qui a fait ce genre de trucs puisse encore vivre après toutes ces années. Même si la victime n'est pas mon frère.

Bosch décida qu'il n'était pas utile de lui dire que Trent n'avait probablement rien à voir dans l'affaire. Il y avait déjà bien assez de gens qui croyaient tout ce qu'ils voyaient à la télé.

Au lieu de ça, il lui donna son numéro de portable et lui demanda de l'avertir si jamais il s'avérait que 8 heures et demie ne lui convenait pas.

– Non, non, ça ira. J'ai envie de vous aider. Si c'est Arthur, je veux savoir. Il y a une partie de moi qui le souhaite pour pouvoir mettre fin à cette histoire. Mais il y en a une autre qui veut absolument que ce soit quelqu'un d'autre. Comme ça, je peux continuer à me dire qu'il est ailleurs. Qu'il est avec la famille qu'il a fondée. Qu'il…

– Je comprends, dit Bosch. On se retrouve demain matin.

22

Descendre à Venice fut un vrai supplice. Bosch y arriva avec une demi-heure de retard. Et ce retard fut encore aggravé par le temps qu'il passa à chercher vainement une place où se garer avant de capituler et finir par se ranger dans le parking de la bibliothèque. Julia Brasher ne s'en soucia guère : elle en était, elle, au moment critique où il faut bien finir par s'occuper de la cuisine. Elle lui demanda d'aller mettre de la musique, de prendre la bouteille de vin posée sur la table basse et de lui en verser un verre. Elle n'avait pas l'air de vouloir le toucher ou l'embrasser, mais sa façon d'être avec lui était parfaitement chaleureuse. Bosch se dit qu'il avait peut-être réussi à mettre la gaffe de la veille derrière lui.

Il choisit un enregistrement *live* du trio de Bill Evans au Village Vanguard de New York. Il avait le même CD chez lui et savait que cela ferait de l'excellente musique douce pour le repas. Il se versa un verre de vin rouge et commença à se promener dans la salle de séjour en regardant les bibelots de la jeune femme.

Le dessus de la cheminée en brique peinte en blanc était couvert de petites photos encadrées qu'il n'avait pas eu la possibilité de regarder la veille au soir. Adossées à des supports, certaines se voyaient nettement mieux que les autres. Et toutes n'étaient pas des photos de personnes. Quelques-unes montraient des endroits

183

qu'elle avait dû visiter au cours de ses voyages. Prise au ras du sol, l'une d'entre elles représentait un volcan en éruption qui crachait des montagnes de fumée et de débris dans les airs. Une autre avait été prise sous l'eau et montrait la gueule grande ouverte et les dents acérées d'un requin. Le poisson tueur donnait l'impression de se ruer sur l'appareil – ou sur celui qui se trouvait derrière. Au bord du cliché, Bosch remarqua un des barreaux de la cage dans laquelle le photographe – Julia, sans doute – s'était enfermé pour se protéger.

Il vit aussi une photo d'elle debout entre deux Aborigènes – des déserts d'Australie, probablement. Il y avait encore d'autres clichés où on la voyait en compagnie de randonneurs en divers endroits de la planète, tous exotiques, difficiles d'accès et peu reconnaissables. Sur aucune de ses photos Julia ne regardait l'appareil. Elle avait toujours le regard perdu dans le lointain, ou alors elle regardait un de ses compagnons de voyage.

La dernière, qui était comme cachée derrière les autres, montrait une Julia Brasher nettement plus jeune, avec un homme légèrement plus âgé qu'elle. Bosch la saisit derrière les autres clichés et la sortit de l'ombre pour mieux la voir. Le couple était assis dans un restaurant ou alors… à une noce ? Elle portait une robe beige avec un grand décolleté. L'homme, lui, était en smoking.

– Au Japon, cet homme est un dieu, lui lança-t-elle de la cuisine.

Il reposa vite la photo encadrée à sa place et regagna la cuisine. Elle avait dénoué ses cheveux et il n'arrivait pas à savoir si cela lui plaisait davantage.

– Qui ça ? demanda-t-il. Bill Evans ?

– Oui. Il semblerait même qu'il y ait plusieurs stations de radio qui ne diffusent que sa musique.

– Ne me dis pas que tu as aussi passé quelque temps au Japon !

– Environ deux mois. C'est un pays fascinant.

Il eut l'impression qu'elle faisait un risotto de poulet aux asperges.

– Ça sent bon, dit-il.

– Merci. J'espère que ça le sera.

– Et donc, qu'est-ce que tu croyais fuir en courant partout comme ça ?

Elle leva les yeux de dessus son travail. Elle tenait fermement une cuillère dans sa main.

– Quoi ? dit-elle.

– Eh bien, tous ces voyages… On lâche la firme de Papa pour aller faire cul-cul trempette avec des requins et plonger dans des volcans. C'était Papa ou bien la boîte qu'il dirigeait ?

– D'autres y verraient plutôt une façon de chercher autre chose.

– Le type en smoking ?

– Harry, tu veux bien ranger ton flingue ? Et laisser ton badge à la porte ? Je n'y manque jamais, moi.

– Je te demande pardon.

Elle reprit son travail tandis qu'il passait derrière elle. Il posa ses mains sur ses épaules et appuya ses pouces dans les creux du haut de sa colonne vertébrale. Elle ne lui opposa aucune résistance. Bientôt il sentit ses muscles se détendre. Et remarqua son verre vide sur le comptoir.

– Je vais chercher le vin, dit-il.

Il revint avec la bouteille et son verre. Il lui remplit le sien, elle le lui prit et trinqua avec lui.

– Que ce soit pour fuir ou chercher quelque chose, je porte un toast à la cavale. Juste ça : la cavale.

– On a oublié « Tenir ferme » ?

– Non, non. À ça aussi.

– Et moi, je porte un toast au pardon et à la réconciliation.

Ils trinquèrent une deuxième fois. Il passa de nouveau derrière elle et se remit à lui caresser le cou.

– Tu sais que j'ai beaucoup repensé à ton histoire après ton départ, dit-elle.

– Mon histoire ?

– Oui, celle de la balle et du tunnel.

– Et… ?

Elle haussa les épaules.

– Rien. C'est extraordinaire, c'est tout.

– Tu sais qu'après ce jour-là, je n'ai plus jamais eu peur dans le noir. Je savais que j'en sortirais d'une manière ou d'une autre. Je serais incapable d'expliquer pourquoi, mais je le savais. Ce qui, bien sûr, était parfaitement idiot dans la mesure où il n'y avait jamais rien de garanti de ce côté-là… à cette époque-là et aujourd'hui aussi d'ailleurs. C'est comme ça que je suis devenu une espèce de casse-cou.

Il ne bougea plus les mains pendant un instant.

– Mais ce n'est pas bon d'être trop téméraire, reprit-il. Il y a toujours un moment où on finit par passer devant la ligne de mire un coup de trop.

– Ouais, bon. Dis donc, Harry, tu ne serais pas en train de me faire la morale ? Tu as envie d'être mon officier instructeur ?

– Non. J'ai déposé mon flingue et mon badge à la porte, tu te rappelles ?

– Alors, ça va.

Elle se retourna – il avait toujours les mains sur son cou –, et l'embrassa. Puis elle se dégagca.

– Tu sais ce qu'il y a de génial avec ce risotto ? On peut le garder au chaud dans le four aussi longtemps qu'on veut.

Il sourit.

Plus tard, après qu'ils eurent fait l'amour, il se leva et gagna la salle de séjour.

– Où vas-tu ? lui demanda-t-elle.

Il ne lui répondit pas, elle lui demanda d'augmenter la chaleur du four. Il revint dans la chambre avec la photo dans son cadre doré. Il remonta dans le lit et alluma la lampe de chevet. De faible puissance, elle était équipée d'un abat-jour épais. La pièce resta plongée dans l'ombre.

– Harry ? Qu'est-ce que tu fais ? lui demanda-t-elle d'un ton qui laissait entendre qu'il s'approchait trop de son cœur. Harry... tu as monté le four ?

– Oui, il est à deux cents. Tu me parles de ce mec ?

– Pourquoi ?

– Simple curiosité.

– C'est personnel.

– Je sais. Mais tu peux me dire.

Elle essaya de lui reprendre la photo, mais il la tint hors de portée.

– C'est lui ? C'est lui qui t'a brisé le cœur et t'a poussée à fuir ?

– Harry ? Tu ne m'as pas dit que tu avais ôté ton badge ?

– Si. Mon badge et mes habits. Tout.

Elle sourit.

– Je ne dirai rien.

Elle était allongée sur le dos, la tête posée sur l'oreiller. Il posa la photo sur la table de nuit, se retourna et se glissa à côté d'elle. Puis il passa son bras sous le drap, lui entoura le corps et la serra fort contre lui.

– Dis, on s'échange nos cicatrices encore un coup ? Moi, j'ai eu deux fois le cœur brisé par la même femme. Et tu sais quoi ? J'ai gardé sa photo sur une étagère de ma chambre pendant un temps infini. Jusqu'au premier de l'an de l'année dernière, où j'ai décidé que ça suffisait et où j'ai rangé sa photo. Juste après, on m'a appelé au boulot et je t'ai rencontrée.

Elle le regarda, ses yeux bougeant légèrement comme si elle cherchait quelque chose sur son visage – un brin de fourberie, qui sait ?

– Oui, dit-elle enfin. Il m'a brisé le cœur. Tu es content ?

– Non, je ne suis pas content. Qui c'est, ce fumier ?

Elle se mit à rire.

– Harry, c'est donc toi mon chevalier à l'armure ternie ?

Elle se redressa sur son séant, le drap tombant de sa poitrine. Elle croisa les bras sur ses seins.

– Il travaillait pour la boîte. Je suis vraiment tombée amoureuse… à en perdre les pédales. Et un jour… un jour, il a décidé que c'était fini. Et qu'il allait me trahir et tout raconter à mon père.

– Quoi « tout » ?

Elle secoua la tête.

– Tout ce que je ne dirai plus jamais à un homme.

– Où cette photo a-t-elle été prise ?

– Oh, à une réception quelconque… au banquet du nouvel an, c'est probable, je ne m'en souviens plus. Les réceptions, c'est pas ça qui manque dans cette boîte.

Bosch se pencha en avant et lui embrassa le dos, juste au-dessus de son tatouage.

– Je ne pouvais plus rester tant qu'il serait là. J'ai arrêté. J'ai dit que je voulais voyager. Mon père a pris ça pour une crise de vague à l'âme parce que je venais d'avoir trente ans. Je n'ai pas cherché à le détromper. Mais j'ai bien été obligée de faire ce dont j'avais dit avoir envie – voyager. J'ai commencé par filer en Australie. C'était le plus loin que je pouvais aller.

Bosch se redressa à son tour et empila deux oreillers dans son dos. Puis il l'attira contre lui. Il lui embrassa le haut de la tête et laissa son nez dans ses cheveux.

– J'avais gagné beaucoup d'argent à la boîte, reprit-elle. Je n'avais pas à m'inquiéter. J'ai continué à voyager. J'allais partout où je voulais en faisant des petits boulots par-ci par-là quand j'en avais envie. J'ai mis presque quatre ans avant de revenir à la maison. Et c'est là que je suis entrée à l'Académie de police. Je me baladais le long de la plage à Venice quand j'ai vu le petit bureau des services de police. Je suis entrée et j'ai pris une brochure. Tout s'est passé assez vite après ça.

– Ton histoire dit quelqu'un d'impulsif et tiens, même, d'enclin à prendre des décisions dangereuses. Comment tes examinateurs ont-ils fait leur compte pour ne pas le voir ?

Elle lui donna un petit coup de coude dans le flanc, il en eut une brusque flambée de douleur dans les côtes. Il se tendit.

– Oh, Harry, dit-elle, excuse-moi. J'avais oublié.

– Ben voyons !

Elle rit.

– Vous autres, les anciens, savez sans doute tous que la direction pousse très fort au recrutement de ce qu'elle appelle des « femmes mûres ». Pour émousser un peu la testostérone de ces messieurs, j'imagine.

Elle fit rouler son bassin contre le bas-ventre de Bosch afin d'appuyer son propos.

– Et puisqu'on parle de ça, reprit-elle, tu ne m'as pas dit comment ça s'était passé avec le grand patron en personne.

Il grogna, mais ne répondit pas.

– Tu sais, enchaîna-t-elle, un jour, Irving est venu nous parler des responsabilités morales de la profession. Alors même que tout le monde sait que c'est un type à conclure plus de marchés louches tout là-haut au sixième qu'il n'y a de jours dans l'année. Un vrai maquignon, ce monsieur. Dans l'auditorium, on aurait pratiquement pu couper l'ironie au couteau.

L'entendre dire « ironie » le ramena à ce qu'Antoine Jesper lui avait dit des liens entre les ossements retrouvés dans la colline et ceux représentés sur le skate. Il sentit son corps se tendre à nouveau tandis que ses pensées sur l'affaire recommençaient à envahir ce qui avait été une oasis de paix à cent lieues de l'enquête.

Elle le sentit.

– Qu'est-ce qu'il y a ? lui demanda-t-elle.

– Rien.

– T'es tout tendu tout d'un coup.

– Oh, c'est cette affaire.

Elle garda le silence un instant.

– Moi, je trouve ça assez étonnant, dit-elle enfin. Ces ossements qui restent enterrés là-haut pendant des années et qui tout d'un coup resurgissent de sous terre… Ça fait penser à un fantôme.

– Cette ville est pleine d'ossements qui dorment, dit-il. Et tous attendent de refaire surface.

Il marqua une pause.

– Je n'ai aucune envie de parler d'Irving, de ces ossements, de l'affaire ou d'autre chose, dit-il.

– Alors, qu'est-ce que tu veux ?

Il ne lui répondit pas. Elle se retourna vers lui et le poussa jusqu'à ce qu'il soit complètement à plat sur le dos.

– Que dirais-tu d'une « femme mûre » qui t'émousse un peu la testostérone, hein ?

Il ne put s'empêcher de sourire.

23

Avant l'aube, Bosch était sur la route. Il avait laissé Julia dans son lit et repris le volant pour rentrer chez lui après s'être arrêté à Abbott's Habit pour acheter un café à emporter. Venice ressemblait à une ville fantôme avec toutes ces vrilles de brouillard qui se faufilaient dans les rues. Mais à mesure qu'il se rapprochait de Hollywood les phares de voitures se multiplièrent et il revint à la réalité : la ville des ossements tournait vingt-quatre heures sur vingt-quatre.

Une fois chez lui, il se doucha et enfila des vêtements propres. Puis il reprit sa voiture et descendit jusqu'au commissariat de Hollywood Division. Il était 7 h 30 lorsqu'il y arriva. Chose étrange, quelques inspecteurs étaient déjà arrivés, cherchant des dossiers et faisant de la paperasse. Edgar ne se trouvait pas parmi eux. Bosch posa sa mallette et se rendit au poste de garde pour prendre un café et voir si quelqu'un avait apporté des *doughnuts*. Tous les jours ou presque, un quidam qui y croyait encore en apportait au commissariat. Un petit geste qui disait qu'il y avait encore des gens qui savaient, à tout le moins qui comprenaient, combien le boulot était difficile. Chaque jour, dans chaque commissariat, des flics mettaient leur badge et tentaient de faire de leur mieux dans une ville où la population ne les comprenait pas, ne les aimait pas particulièrement et, dans beaucoup de cas, les méprisait ouvertement. Bosch trouvait toujours aussi étonnant de constater à quel point une boîte de *doughnuts* réussissait à compenser tout cela.

Il se versa une tasse de café et mit un dollar dans la corbeille. Puis il prit un *doughnut* au sucre dans la boîte que les gars de la patrouille avaient déjà pillée. Ça n'avait rien d'étonnant : les pâtisseries venaient de chez Bob's Donuts, au Farmer's Market. Bosch remarqua que Mankiewicz était assis à son bureau et que, ses gros sourcils noirs froncés en V, il étudiait un document qui ressemblait beaucoup à une feuille de répartition des tâches.

– Hé, Mank ! lui lança-t-il. Je crois qu'on s'est tiré un tuyau en or massif dans les appels de l'extérieur et je me disais que ça t'intéresserait de le savoir.

Mankiewicz lui répondit sans lever le nez de son travail.

– Génial. Tu me dis quand je peux avertir mes gars de laisser tomber ? On risque d'être à court de gars à la réception dans les deux ou trois jours à venir.

Bosch comprit que Mankiewicz jonglait avec le personnel. Quand il n'y avait pas assez de flics en tenue à mettre dans les voitures – à cause des vacances, des audiences au tribunal ou des congés de maladie –, le sergent de garde sortait invariablement des gens des bureaux pour les coller derrière des volants.

– C'est entendu, dit-il.

Edgar n'était toujours pas à leur table lorsqu'il revint dans la salle des inspecteurs. Il posa son café et son *doughnut* à côté d'une Selectrics et s'en alla chercher une demande de mandat de perquisition dans un tiroir ouvert à tout le monde. Pendant le quart d'heure qui suivit, il tapa un additif au mandat qu'il avait déjà remis au directeur des Archives de l'hôpital Queen of Angels, pour lui demander tous les dossiers médicaux d'Arthur Delacroix de 1975 à 1985.

Cela fait, il emporta sa demande au fax et l'expédia au bureau du juge John A. Houghton, qui lui avait déjà signé les mandats de la veille. Il y ajouta un mot lui demandant de donner son accord au complément, ce dernier étant susceptible de conduire à l'identification des ossements et d'ainsi faire grandement progresser l'enquête.

Puis il revint à sa table et sortit d'un tiroir la pile de demandes de recherches de disparus qu'il avait constituée en allant à la pêche aux fiches au service des Archives. Il commença à les examiner rapidement, seule la case contenant le nom de la personne disparue retenant son attention. Dix minutes lui suffirent pour tout parcourir. Personne n'avait cherché à savoir ce qu'il était advenu d'Arthur Delacroix. Il ne savait pas ce que cela voulait dire, mais décida de poser la question à la sœur du gamin.

Il était maintenant 8 heures et il était prêt à aller lui rendre visite. Mais toujours pas d'Edgar. Il avala le reste de son *doughnut* et accorda dix minutes de retard supplémentaire à son coéquipier avant de partir seul. Cela faisait dix ans qu'il travaillait avec Edgar, mais il n'arrivait toujours pas à s'habituer à son manque de ponctualité. C'était une chose de se pointer en retard à un dîner ; c'en était une autre que de traîner les pieds dans une affaire. Depuis toujours Bosch voyait dans ce défaut un manque de sérieux de son partenaire dans la mission d'enquêteurs qu'on leur avait confiée.

Le téléphone sonna sur sa ligne directe. Il décrocha à contrecœur, s'attendant à entendre Edgar lui expliquer qu'il avait un peu de retard. Mais ce n'était pas Edgar. C'était Julia Brasher.

– Alors comme ça, monsieur abandonne les dames dans leur lit ?

Il sourit et sentit sa frustration s'évanouir rapidement.

– C'est que j'ai une grosse journée, moi, ici, dit-il. Je ne pouvais pas faire autrement que de partir.

– Je sais, mais tu aurais pu me dire au revoir.

Bosch vit Edgar qui traversait la salle. Il avait envie de démarrer avant que son coéquipier ne se lance dans son petit rituel café-*doughnut*-page des sports.

– Bon, je te dis au revoir maintenant, d'accord ? dit-il à Julia. Je suis au milieu d'un truc et il faut que j'y aille.

– Harry…

– Quoi ?

– J'ai cru que tu allais me raccrocher au nez.

– Mais non ! Mais il faut que j'y aille. Écoute… tu peux passer avant d'aller à l'appel ? Il y a des chances pour que je sois déjà de retour.

– D'accord. Je te retrouve tout à l'heure.

Bosch raccrocha et se leva au moment même où Edgar jetait sur la table son journal ouvert à la page des sports.

– Tu es prêt ? lui demanda-t-il.

– Ouais. J'allais juste aller me chercher un…,

– On y va, Edgar. Je ne veux pas faire attendre cette dame. Et elle aura probablement du café.

En sortant, Bosch jeta un coup d'œil à la corbeille de réception des fax. Le juge Houghton lui avait signé son complément de mandat.

– C'est parti ! lança-t-il à Edgar en le lui montrant tandis qu'ils gagnaient la voiture. Tu vois ? Quand on arrive tôt, on réussit à faire des tas de choses.

– Et ça voudrait dire ? C'est à moi que t'en as ?

– Ça veut dire ce que ça veut dire, je suppose.

– Non parce que moi, tout ce que je veux, c'est du café.

24

Sheila Delacroix vivait à Miracle Mile. Situé au sud de Wilshire Boulevard, le quartier n'était pas tout à fait à la hauteur de celui de Hancock Park qui se trouvait juste à côté, mais n'en était pas moins constitué de maisons très bien entretenues et d'immeubles de location auxquels on avait donné un certain cachet grâce à des aménagements stylistiques.

Sheila Delacroix habitait au deuxième étage d'un building pseudo-Art déco. Elle invita très aimablement les deux inspecteurs à entrer, mais Edgar ne lui eut pas plutôt parlé de café qu'elle lui fit savoir que c'était contre sa religion. À la place elle lui proposa du thé, qu'il accepta à contrecœur. Bosch préféra laisser courir, mais se demanda quelle était la religion qui interdisait à ses fidèles de boire du café.

Ils s'assirent dans la salle de séjour pendant qu'elle allait préparer le thé d'Edgar à la cuisine. Puis elle leur cria qu'elle n'avait qu'une heure à leur consacrer avant de partir travailler.

– Qu'est-ce que vous faites ? lui demanda Bosch lorsqu'elle revint avec une tasse de thé brûlant, l'étiquette du sachet pendant par-dessus le rebord.

Elle mit la tasse sur un rond posé sur la petite table basse à côté d'Edgar Sheila Delacroix était grande. Blonde, les cheveux coupés court, un léger embonpoint. Bosch trouva qu'elle se maquillait trop.

– Je travaille dans le casting, répondit-elle en prenant place sur le canapé. Surtout pour des films indépendants et un peu de télévision de temps en temps. Justement, cette semaine, je cherche des acteurs pour un film policier.

Bosch regarda Edgar avaler une gorgée de thé et faire la grimace. Edgar souleva sa tasse de façon à pouvoir lire l'étiquette.

– C'est un mélange, lui dit-elle. Fraise et darjeeling. Ça vous plaît ?

Edgar reposa la tasse sur son rond.

– C'est excellent, dit-il.

– Madame Delacroix… Puisque vous travaillez dans le spectacle… vous n'auriez pas connu Nicholas Trent, par hasard ?

– Je vous en prie, dit-elle, appelez-moi Sheila. Bon et maintenant ce nom… Il me dit effectivement quelque chose, mais je ne le situe pas. C'est un acteur, ou il est dans le casting ?

– Ni l'un ni l'autre. C'est l'homme qui habitait dans Wonderland. Il était décorateur. Décorateur de scène, s'entend.

– Ah oui ! Celui de la télé ! Celui qui s'est suicidé ! Pas étonnant que son nom me dise quelque chose !

– Et donc vous le connaissiez professionnellement ?

– Non, pas du tout.

– Bon, j'aurais mieux fait de ne pas vous poser la question. Commençons plutôt par votre frère. Parlez-nous de lui. Vous avez une photo ?

– Oui, répondit-elle en se levant et passant derrière le fauteuil de Bosch. Tenez, le voilà.

Elle gagna un meuble de rangement que Bosch n'avait pas remarqué derrière lui. Des photos y étaient disposées à peu près de la même manière que chez Julia. Sheila Delacroix en choisit une, se retourna et la lui tendit.

Dans le cadre se trouvait la photo d'un garçon et d'une fille assis sur des marches qu'il reconnut tout de suite – c'étaient celles qu'ils avaient dû grimper pour frapper à la porte. Le garçon était beaucoup plus petit que la fille. Tous deux souriaient au photographe, mais, l'un comme l'autre, ils le faisaient à la manière d'enfants à qui l'on a ordonné de sourire – beaucoup de dents, mais le coin des lèvres remontant d'une drôle de façon.

Bosch passa la photo à Edgar et regarda Sheila Delacroix qui avait regagné le canapé.

– Les marches là… la photo a été prise ici ?

– Oui, c'est la maison où nous avons grandi.

– C'est d'ici qu'il a… disparu ?

– Oui.

– Vous avez encore des affaires à lui ?

Elle sourit d'un air triste et hocha la tête.

– Non, dit-elle. Tout est parti. Je les ai données à une fête de charité de l'Église.

– Laquelle ?

– L'Église de la nature de Wilshire.

Bosch se contenta d'acquiescer d'un signe de tête.

– C'est l'Église qui vous interdit de boire du café ? demanda Edgar.

– Voilà. Pas un gramme de caféine.

Edgar posa la photo encadrée près de sa tasse de thé.

– Vous avez d'autres photos de lui ? reprit-il.

– Évidemment. J'en ai une pleine boîte.

– On peut les regarder ? Vous voyez… pendant qu'on parle.

Elle haussa les sourcils d'étonnement.

– Sheila, dit Bosch. Nous avons retrouvé des habits avec les ossements. Nous aimerions regarder ces photos pour voir si l'un de ces vêtements ne correspondrait pas. Ça ferait avancer l'enquête.

Elle hocha la tête.

– Je vois, dit-elle. Bon… je reviens tout de suite. Il faut que j'aille les chercher dans la penderie du couloir.

– Vous voulez qu'on vous aide ?

– Non, j'y arriverai toute seule.

Après son départ, Edgar se pencha vers Bosch et lui souffla :

– Ce thé de l'Église de la nature pue la pisse de chat.

À quoi Bosch lui répliqua, et tout aussi bas :

– Comment le sais-tu ?

Les paupières d'Edgar se rétrécirent autour de ses yeux comme, embarrassé, il comprenait que Bosch l'avait bien eu. Avant qu'il ait eu le temps de trouver une réponse, Sheila Delacroix revenait dans la pièce avec une vieille boîte à chaussures. Elle la posa sur la table basse et en ôta le couvercle. La boîte était pleine de photos en vrac.

– C'est tout en désordre, dit-elle. Mais il devrait être sur beaucoup d'entre elles.

Bosch fit un signe de tête à Edgar qui avait déjà tendu la main vers le premier tas de photos.

– Pendant que mon coéquipier va regarder ces clichés, j'aimerais que vous me parliez de votre frère. Quand a-t-il disparu ?

Sheila hocha de nouveau la tête et rassembla ses pensées avant de répondre.

– Le 4 mai 1980. Il n'est pas revenu de l'école. Voilà. C'est tout. On a tous cru qu'il avait fait une fugue.

Bosch prit quelques notes dans un carnet qu'il avait sorti de la poche de sa veste.

– Vous dites qu'il s'était blessé en tombant de son skate quelques mois plus tôt…

– Oui, il s'était cogné la tête et il avait fallu l'opérer.

– Avait-il son skate le jour où il a disparu ?

Elle réfléchit longtemps avant de répondre.

– Ça remonte à tellement loin… tout ce que je sais, c'est qu'il adorait sa planche à roulettes. Et donc oui, il avait dû l'emporter. Mais je me souviens bien de ses habits. Mon père savait ceux qui manquaient.

– Avez-vous déclaré sa disparition ?

– J'avais seize ans à l'époque et je n'ai donc rien fait. Mais mon père en a parlé à la police. J'en suis sûre.

– Je n'ai trouvé aucun rapport signalant sa disparition.

– C'est moi qui ai conduit mon père au commissariat.

– Celui de Wilshire ?

– Probablement, mais je ne m'en souviens plus vraiment.

– Sheila, où est votre père ? Il est toujours en vie ?

– Oui, il est toujours vivant. Il habite dans la Valley. Il n'est pas en bonne santé depuis quelque temps.

– Où ça dans la Valley ?

– À Van Nuys. Au caravaning de Manchester.

Il y eut un instant de silence pendant que Bosch prenait ces renseignements par écrit. Il s'était déjà rendu dans ce caravaning à la faveur de plusieurs enquêtes. Il ne faisait pas bon y vivre.

– Il boit…

Bosch la regarda.

– Depuis qu'Arthur ..

Bosch lui fit signe qu'il comprenait. Edgar se pencha en avant et lui tendit une photo. Format 6×9, jaunie par le temps. On y voyait un jeune garçon filer en skate sur un trottoir, les bras levés en l'air pour ne pas perdre l'équilibre. L'angle de la prise de vue ne permettait pas de voir beaucoup plus que le profil de la planche. Bosch fut incapable de dire s'il s'y trouvait une décalcomanie représentant une tête de mort.

– On ne voit pas grand-chose, fit-il remarquer en lui rendant la photo.

– Non, les vêtements… le T-shirt.

Bosch reprit la photo et regarda de nouveau. Edgar avait raison. Le gamin portait bien un T-shirt gris avec les mots « SOLID SURF » imprimés en travers.

Bosch montra le cliché à Sheila.

– C'est bien votre frère, n'est-ce pas ?

Elle se pencha en avant pour regarder à son tour.

– Absolument.

– Le T-shirt qu'il porte, là… vous rappelez-vous s'il faisait partie des habits que votre père savait manquer ?

Elle hocha la tête.

– Je ne me souviens plus. Ça fait si… Je me rappelle seulement qu'il adorait ce T-shirt.

Bosch acquiesça et rendit la photo à Edgar. La confirmation n'était pas aussi solide que celles données par une radiographie et une comparaison des ossements, mais on avait manifestement avancé d'un cran. Bosch se sentait de plus en plus certain de pouvoir identifier l'enfant un jour. Il regarda Edgar remettre le cliché sur un petit tas de photos qu'il avait l'intention d'emprunter à Sheila.

Puis il consulta sa montre et se tourna vers la jeune femme.

– Et votre mère ? lui demanda-t-il.

Elle hocha la tête.

– Non, dit-elle. Elle avait disparu depuis longtemps lorsque tout ça s'est passé.

– Vous voulez dire qu'elle est morte ?

– Non. Ce que je veux dire, c'est qu'elle a filé en car dès que ça a commencé à chauffer. Il faut savoir qu'Arthur était un enfant difficile. Et dès le début. Il avait besoin de beaucoup d'attention et c'était à ma mère de s'en occuper. Au bout d'un certain temps, elle n'a plus supporté. Un soir elle est allée chercher des médicaments à la pharmacie et elle n'est jamais revenue. Nous avons trouvé des petits mots d'adieu sous nos oreillers.

Bosch baissa le nez sur son carnet. Il était difficile d'entendre cette histoire et de regarder Sheila Delacroix dans les yeux.

– Quel âge aviez-vous ? lui demanda-t-il. Et votre frère ?

– J'avais six ans et donc... Artie devait en avoir deux.

Bosch hocha la tête.

– Vous avez gardé le mot d'adieu de votre mère ?

– Non. Ce n'était pas nécessaire. Je n'avais vraiment pas besoin d'un truc qui me rappelle que censément elle nous aimait, mais pas assez pour rester avec nous.

– Et Arthur ? Il a gardé le sien ?

– C'est-à-dire que... il n'avait que deux ans. C'est mon père qui le lui a gardé. Il le lui a donné quand Arthur a été plus grand. Il est possible que mon frère l'ait gardé, mais je ne s'en sais rien. Du fait qu'il ne l'avait jamais connue, il voulait toujours savoir comment elle était. Il me posait toujours des tas de questions sur elle. Il n'y avait pas de photos d'elle dans la maison. Mon père les avait toutes jetées pour que rien ne lui rappelle son absence.

– Savez-vous ce qu'est devenue votre mère ? Est-elle encore vivante ?

– Je n'en ai pas la moindre idée. Et à dire vrai je me fous complètement de savoir si elle est encore en vie ou pas.

– Comment s'appelle-t-elle ?

– Christine Dorsett Delacroix. Dorsett est son nom de jeune fille.

– Connaissez-vous sa date de naissance ou son numéro de Sécurité sociale ?

De la tête, elle fit signe que non.

– Avez-vous un extrait d'acte de naissance ?

– J'en ai un quelque part dans mes archives. Si vous voulez, je peux aller vous le chercher.

Elle commença à se lever.

– Non, attendez. On verra ça plus tard. J'aimerais qu'on continue à parler.

– Bien.

– Heu…. après le départ de votre mère… votre père s'est-il remarié ?

– Non, jamais. Il vit seul.

– A-t-il jamais eu une amie, une femme qui aurait pu habiter chez vous ?

Elle lui jeta un regard presque sans vie.

– Non, dit-elle. Jamais.

Bosch décida de passer à des questions qui lui seraient moins pénibles.

– À quelle école allait votre frère ?

– À la fin il allait à l'école des Brethren[1].

Bosch garda le silence. Il inscrivit le nom de l'école dans son carnet, puis il écrivit un grand B majuscule juste en dessous. Et il entoura ce B d'un rond en pensant au sac à dos. Sheila continua de parler sans qu'il le lui ait demandé.

– C'était une école privée pour enfants en difficulté. Mon père a payé pas mal d'argent pour l'y envoyer. C'est en retrait de Crescent Heights, près de Pico. L'école existe toujours.

– Pourquoi votre frère y allait-il ? Je veux dire… pourquoi pensait-on qu'il était en difficulté ?

– Parce qu'il s'était fait virer de toutes les autres écoles. Il se battait sans arrêt.

– Il se battait ? répéta Edgar.

– C'est ça. Il se battait.

Edgar prit la première photo du tas qu'il avait l'intention de garder et l'examina un instant.

– Ce gamin me paraît plutôt du genre poids plume. Et c'était lui qui commençait ?

– Le plus souvent, oui. Il avait du mal à s'entendre avec les gens. Tout ce qu'il voulait, c'était se balader sur sa planche. J'ai dans l'idée qu'aujourd'hui on lui

1. Soit : chez les frères *(NdT)*.

trouverait un déficit d'attention. Il voulait toujours être seul.

– Et il était souvent blessé dans ces bagarres ? demanda Bosch.

– Des fois, oui. Il revenait surtout avec des bleus.

– Des os cassés ?

– Pas que je me rappelle. Non, c'était des bagarres dans la cour de l'école.

Bosch se sentit troublé. Les renseignements qu'elle leur fournissait pouvaient les lancer sur beaucoup de pistes différentes et il avait espéré sortir de cet entretien en ayant un chemin bien tracé.

– Vous dites que votre père a cherché dans les tiroirs de la chambre de votre frère et qu'il a trouvé qu'il manquait des vêtements.

– Oui. Pas beaucoup. Juste quelques affaires.

– Auriez-vous une idée plus précise de ce qui manquait ?

– Je ne me rappelle pas, dit-elle en hochant la tête.

– Dans quoi votre frère avait-il emporté ces habits ? Une valise ? Un sac ?

– Son cartable, j'imagine. Il avait dû enlever des livres et les remplacer par des habits.

– Vous rappelez-vous à quoi ressemblait ce cartable ?

– Non. C'était juste un sac à dos. Tout le monde devait avoir le même aux « Brethren ». Je vois encore des gamins qui en portent dans Pico. Ce sont des sacs à dos avec un grand B dessus.

Bosch coula un regard à Edgar, puis se tourna de nouveau vers elle.

– Revenons au skate, dit-il. Êtes-vous sûre qu'il l'avait emporté avec lui ?

Elle marqua un temps d'arrêt pour réfléchir, puis elle acquiesça d'un hochement de la tête.

– Oui, dit-elle, j'en suis assez sûre.

Bosch décida d'arrêter les questions et de se concentrer sur l'identification. Une fois les ossements officiellement reconnus comme étant ceux d'Arthur Delacroix, il pourrait toujours revenir voir la sœur.

Il repensa à l'opinion de Golliher sur les dommages subis par les os de l'enfant. Tous indiquaient des mauvais traitements de type chronique. Se pouvait-il qu'il ne se soit agi que de blessures faisant suite à des bagarres dans des cours d'école et à des chutes de skate ? Il savait bien qu'il faudrait aborder la question des mauvais traitements, mais il sentait que ce n'était pas le moment. Il y avait aussi qu'il ne voulait pas éveiller les soupçons de Sheila Delacroix pour que, faisant brusquement volte-face, elle s'en aille tout raconter à son père. Ce qu'il voulait, c'était arrêter les frais pour l'instant et reprendre tout ça plus tard, quand il aurait une compréhension plus vaste de toute l'affaire et un plan d'enquête plus solide.

– Bien, dit-il, nous avons presque fini. Encore quelques petites questions. Arthur avait-il des copains ? Avait-il disons… un grand ami ? Quelqu'un à qui il pouvait se confier ?

Elle hocha la tête.

– Pas vraiment, non. Il était presque toujours tout seul.

Bosch acquiesça et s'apprêtait à refermer son carnet lorsqu'elle poursuivit :

– Mais si… il avait un copain avec lequel il allait faire du skate. Il s'appelait Johnny Stokes. Il habitait en bas de Pico. Il était plus grand et un peu plus âgé qu'Arthur, mais ils étaient dans la même classe aux Brethren. Mon père était à peu près sûr que Johnny Stokes fumait du hasch. On n'aimait pas trop qu'Arthur soit copain avec lui.

– « On », c'est-à-dire vous et votre père ?

– Oui, mon père. Ça l'ennuyait beaucoup.

– Avez-vous, l'un ou l'autre, parlé avec ce Johnny Stokes après la disparition d'Arthur ?

– Oui. Le soir où Arthur n'est pas rentré, mon père l'a appelé, mais Johnny lui a dit ne pas l'avoir vu. Le lendemain, Papa est allé à l'école et m'a dit avoir parlé une deuxième fois avec Johnny.

– Et… ?

– Johnny n'avait toujours pas vu Arthur.

Bosch inscrivit le nom dans son carnet et le souligna.

– D'autres copains qui vous reviendraient en mémoire ?

– Non, pas vraiment.

– Quel est le prénom de votre père ?

– Samuel. Vous allez lui parler ?

– C'est très probable.

Elle regarda ses mains serrées sur ses genoux.

– Pourquoi ? Ça vous pose un problème qu'on lui parle ?

– Pas vraiment, non. C'est juste qu'il n'est pas en bonne santé. Si jamais il s'avérait que ces ossements sont ceux de mon frère… Je me disais qu'il vaudrait peut-être mieux qu'il ne l'apprenne pas.

– Nous ne l'oublierons pas lorsque nous lui parlerons. De toute façon, nous ne le ferons pas avant qu'il y ait identification définitive.

– Sauf que si vous lui parlez, il comprendra tout de suite.

– Il se peut que ce soit difficile à éviter, Sheila.

Edgar tendit une autre photo à Bosch. On y voyait Arthur debout à côté d'un type blond que Bosch eut l'impression de reconnaître. Il montra la photo à Sheila.

– C'est votre père ? lui demanda-t-il.

– Oui, c'est lui.

– Son visage me dit quelque chose. A-t-il jamais…

– C'est un acteur. Enfin… c'était. Il a travaillé dans diverses émissions de télé dans les années soixante. Il a encore fait quelques trucs après ça, des rôles dans des films.

– Mais pas assez pour gagner sa vie ?

– Non. Il fallait toujours qu'il fasse d'autres boulots. Pour qu'on puisse manger.

Bosch acquiesça et rendit la photo à Edgar, mais Sheila tendit le bras au-dessus de la table basse et s'en empara.

– Je ne veux pas que vous emportiez celle-là, dit-elle, s'il vous plaît. Je n'ai pas beaucoup de photos de mon père.

– Très bien, dit Bosch. Vous voulez bien qu'on cherche ces extraits de naissance ?

– J'y vais. Vous pouvez rester ici.

Elle se leva et quitta la pièce, Edgar en profitant pour montrer à Bosch d'autres photos qu'il avait choisies pendant l'entretien et entendait garder.

– C'est lui, murmura-t-il. Ça ne fait aucun doute.

Il lui montra une photo d'Arthur qu'on avait dû prendre pour l'école. Les cheveux bien peignés, l'enfant portait un blazer bleu et une cravate. Bosch regarda ses yeux de près. Ils lui rappelèrent ceux de l'enfant du Kosovo dont il avait vu la photo chez Nicholas Trent. L'enfant au regard creux.

– Je l'ai retrouvé, dit-elle.

Sheila Delacroix était revenue dans la pièce, une enveloppe jaunie à la main. Elle déplia le document. Bosch l'examina un instant, puis il recopia les noms, dates de naissance et numéros de Sécurité sociale des parents de la jeune femme.

– Bon, merci, dit-il. Arthur et vous aviez bien le même père et la même mère, n'est-ce pas ?

– Évidemment.

– Bon, Sheila. Eh bien, merci. Nous allons y aller. Nous vous appellerons dès que nous aurons quelque chose de sûr.

Il se leva, Edgar l'imitant aussitôt.

– On peut emporter ces photos ? demanda Edgar. Je veillerai personnellement à ce qu'on vous les retourne.

– Si vous en avez besoin...

Ils se dirigèrent vers la porte, qu'elle leur ouvrit. Bosch était encore sur le seuil lorsqu'il lui posa une dernière question :

– Sheila, dit-il, vous avez toujours habité ici ?

Elle acquiesça.

– Oui, dit-elle, toute ma vie. Je suis restée ici au cas où il reviendrait, vous voyez ? Au cas où il ne saurait pas où redémarrer et déciderait de revenir ici.

Elle sourit, mais d'une manière qui n'avait rien de drôle. Bosch hocha la tête et rejoignit Edgar qui se trouvait déjà dehors.

25

Bosch s'approcha du guichet des billets, dit son nom à l'employée et l'informa qu'il avait rendez-vous avec le docteur William Golliher du laboratoire d'anthropologie. L'employée du musée décrocha un téléphone et appela. Quelques minutes plus tard, elle tapait à la vitre avec son alliance jusqu'à ce qu'un gardien de la sécurité dresse l'oreille et rejoigne le guichet. Elle lui demanda d'accompagner Bosch jusqu'au labo. Il ne fut pas obligé de payer son billet d'entrée.

Le gardien se tut pendant qu'ils traversaient le musée faiblement éclairé. Ils passèrent devant la vitrine des mammouths et longèrent un mur entier orné de crânes de loups. Bosch n'avait jamais pénétré dans le bâtiment bien qu'il soit souvent allé voir les Fosses à bitume de La Brea avec sa classe quand il était enfant. Le musée avait été construit après, afin d'abriter tout ce qui remontait des entrailles de la terre en faisant des bulles.

Lorsque Bosch l'avait appelé sur son portable après avoir reçu les dossiers médicaux d'Arthur, Golliher l'avait informé qu'il travaillait déjà sur une autre affaire et qu'il ne pourrait donc pas descendre au service de médecine légale avant le lendemain. Bosch lui ayant rétorqué qu'il ne pouvait pas attendre, Golliher lui avait alors dit qu'il avait effectivement reçu des copies des radios et des photos du dossier Wonderland.

Si Bosch voulait bien passer le voir, il pourrait effectuer les comparaisons et lui donner une réponse officieuse.

Bosch avait accepté le compromis et s'était mis en route pour les Fosses à bitume, tandis qu'Edgar restait au commissariat de Hollywood Division pour voir s'il ne pourrait pas retrouver la trace de la mère d'Arthur et de Sheila et l'adresse de Johnny Stokes, le seul et unique copain d'Arthur.

Bosch était curieux de savoir sur quoi Golliher était en train de travailler. Les Fosses à bitume étaient un ancien trou noir où pendant des siècles et des siècles des bêtes sauvages étaient allées à la mort. Réaction en chaîne des plus sinistres, les animaux pris dans la glu du bitume devenaient la proie d'autres animaux, qui à leur tour étaient pris au piège des fosses où ils finissaient par être complètement aspirés. Par une sorte d'équilibre naturel, leurs ossements remontaient maintenant des ténèbres et, aussitôt collectés, fournissaient matière à étude. Et tout cela se déroulait à côté d'une des rues les plus animées de Los Angeles, rappelant à tout un chacun combien était cruel le passage du temps.

Bosch franchit deux portes conduisant au labo où l'on identifiait, classait, datait et nettoyait les ossements. Il y avait des boîtes d'ossements posées partout, toute surface plane en était couverte. Une demi-douzaine de personnes en blouse blanche travaillaient à en examiner et nettoyer les contenus.

Golliher était le seul à ne pas porter de blouse. Il avait encore une chemise hawaïenne – celle-là ornée de perroquets – et travaillait à une table dans le coin le plus éloigné. En s'approchant, Bosch découvrit deux boîtes en bois remplies d'ossements posées devant lui, sur sa table de travail. Dans l'une se trouvait un crâne.

– Comment allez-vous, inspecteur Bosch ?

– Bien, bien. Qu'est-ce que c'est que ça ?

– Ceci, je suis sûr que vous le savez, est un crâne humain. Ce crâne et d'autres restes humains ont été retrouvés il y a deux jours dans du bitume qu'on avait creusé il y a trente ans de ça pour faire de la place pour ce musée. On m'a demandé d'y jeter un coup d'œil avant d'annoncer la nouvelle à tout le monde.

– Je ne comprends pas. C'est. . c'est vieux ou ça n'a que trente ans ?

– Oh, non. C'est très très vieux. La datation au carbone 14 nous donne dans les neuf mille ans d'âge.

Bosch hocha la tête. Les ossements et le crâne qui se trouvaient dans l'autre boîte donnaient l'impression d'être en acajou.

– Tenez, regardez, reprit Golliher en sortant le crâne de sa boîte.

Il le tourna de façon à ce que Bosch puisse en voir l'arrière. Puis il dessina un rond avec son doigt, tout autour d'une fracture en étoile près du sommet du crâne.

– Ça vous dit quelque chose ?

– Fracture à force ouverte ?

– Exactement. Tout à fait comme dans notre histoire. Ce qui montre que... hein !

Il replaça doucement le crâne dans sa boîte en bois.

– Que hein quoi ?

– Qu'il n'y a rien de bien nouveau sous le soleil. Cette femme, enfin... nous pensons que c'en est une, a été assassinée il y a neuf mille ans, et son corps probablement jeté dans les Fosses à bitume pour qu'on ne s'aperçoive de rien. Ah, la nature humaine ! On ne peut pas dire qu'elle change beaucoup !

Bosch regarda fixement le crâne.

– Et ce n'est pas la première.

Bosch leva la tête et regarda Golliher.

– En 1914, on a retrouvé les ossements, de fait tout le squelette, d'une autre femme dans ce même bitume. Elle avait la même fracture en étoile en haut du crâne.

Et là aussi, la datation au carbone 14 nous donne neuf mille ans d'âge. Même époque que l'autre.

Il hocha la tête en direction du crâne dans sa boîte.

– Qu'est-ce que vous êtes en train de me dire, docteur ? Qu'il y avait un tueur en série ici même, il y a neuf mille ans de ça ?

– Je crains qu'il n'y ait jamais moyen de le savoir, inspecteur Bosch. On n'a quand même que des ossements.

Bosch regarda encore une fois le crâne. Il repensa à ce que Julia Brasher lui avait dit de son travail – ôter le mal de ce monde ? Elle ignorait une vérité qu'il connaissait, lui, depuis fort longtemps : le mal était une chose dont on ne pourrait jamais débarrasser le monde. Au mieux, son boulot consistait à patauger dans les eaux noires de l'abîme avec un seau qui fuit dans chaque main.

– Mais vous avez d'autres idées en tête, n'est-ce pas, inspecteur ? reprit Golliher, interrompant le cours des pensées de Bosch. Vous avez le dossier de l'hôpital ?

Bosch posa sa mallette sur la table de travail et l'ouvrit. Puis il tendit une chemise à Golliher et sortit de sa poche la pile de photos qu'ils avaient empruntées à Sheila Delacroix.

– Je ne sais pas si ça va nous aider, dit-il, mais c'est le gamin.

Golliher s'empara des clichés. Il les examina tous rapidement et s'arrêta sur celui où l'on voyait Arthur Delacroix poser en veste et cravate. Il gagna ensuite un fauteuil sur le bras duquel un sac à dos avait été jeté, en sortit son propre dossier et revint à la table de travail. Il ouvrit le dossier et en sortit un 18×24 du crâne retrouvé dans Wonderland Avenue. Et longtemps il resta à le comparer avec les photos d'Arthur Delacroix.

– Le zygoma et le bord de l'orbite, dit-il. Ils sont plus larges que d'habitude sur le spécimen retrouvé. En regardant cette photo-ci, on s'aperçoit que la structure du visage correspond bien à ce que nous voyons ici.

Bosch acquiesça.

– Passons aux radios. Il y a une boîte lumineuse là-bas derrière.

Il ramassa les dossiers et conduisit Bosch à une autre table de travail, celle-là équipée d'une boîte lumineuse encastrée. Il ouvrit le dossier de l'hôpital, y prit les radiographies et commença à lire l'historique du patient.

Bosch l'avait déjà lu. On y signalait qu'Arthur Delacroix avait été amené aux urgences à 5 h 40 de l'après-midi, le 11 février 1980, son père déclarant l'avoir trouvé dans un état comateux suite à une chute de skate où il s'était cogné violemment la tête. Une intervention de neurochirurgie avait été pratiquée afin de diminuer la pression exercée par le gonflement du cerveau à l'intérieur du crâne. L'enfant était resté dix jours en observation avant d'être rendu à son père. Quinze jours plus tard, il était réadmis à l'hôpital afin d'y subir une deuxième intervention, celle-là pour procéder au retrait des pinces qui avaient servi à refermer son crâne durant la première opération.

Nulle part il n'était signalé que l'enfant se serait plaint de mauvais traitements de la part de son père ou de toute autre personne. Pendant la période de rétablissement qui avait suivi la première intervention, il avait été interrogé de manière répétée par une assistante sociale affectée à l'établissement. Le rapport qu'elle avait rédigé faisait moins d'une demi-page. Elle y disait que, à l'entendre, l'enfant se serait blessé en faisant de la planche à roulettes. Elle n'avait pas jugé bon de le réinterroger après sa deuxième opération, ou de signaler son cas à la police ou à un juge pour enfants.

Golliher hocha la tête en arrivant à la fin du document.

– Qu'est-ce qu'il y a ? demanda Bosch.

– Il n'y a rien, dit-il. Et c'est justement ça, le problème. Il n'y a pas eu la moindre enquête. Ils ont pris le gamin au mot. Il est probable que son père se trouvait dans la pièce avec lui pendant que cette femme lui posait ses questions. Vous imaginez à quel point ce devait être difficile de dire la vérité dans ces conditions. Bref, les médecins l'ont remis d'aplomb et l'ont renvoyé à l'individu même qui lui infligeait tous ces coups.

– Dites donc, docteur, vous ne croyez pas que vous allez un peu vite en besogne ? Commençons par identifier le gamin, si c'est bien lui, et après on s'occupera de savoir qui le rossait.

– Comme vous voudrez. Après tout, c'est votre affaire. C'est seulement que j'ai déjà vu ça des centaines de fois.

Il lâcha les rapports et reprit les radios. Bosch le regarda avec un sourire rêveur. Il lui sembla que l'anthropologue n'était pas content qu'il ne soit pas arrivé aussi vite que lui aux mêmes conclusions.

Golliher posa les deux radios sur la plaque lumineuse. Puis il prit son dossier et en sortit les clichés qu'il avait faits du crâne de Wonderland Avenue. Il alluma la lumière, éclairant les trois radios posées devant eux. Puis il lui montra le cliché qui provenait de son dossier.

– Ceci est une radio que j'ai prise pour voir l'intérieur du crâne, dit-il. Mais on peut s'en servir pour procéder à quelques comparaisons. Demain, quand je serai au bureau du légiste, je travaillerai avec le crâne proprement dit.

Il se pencha au-dessus de la boîte lumineuse et attrapa une petite loupe rangée sur une étagère proche. Il en porta un bout à son œil et l'autre sur l'un des clichés. Au bout de quelques instants, il passa à une des radios de l'hôpital et posa sa loupe au même endroit du crâne. Une comparaison après l'autre, il effectua de nombreuses fois cette manœuvre.

Sa tâche accomplie, il se redressa, s'adossa à la table de travail voisine et croisa les bras.

– Le Queen of Angels était un hôpital subventionné par l'État, dit-il. L'argent y était toujours compté. Ils n'auraient pas dû se contenter de faire deux clichés de sa tête. S'ils avaient fait ce qu'il fallait, ils auraient pu voir d'autres traces des blessures infligées à cet enfant.

– Bon, d'accord. Mais ils ne l'ont pas fait.

– Voilà, ils ne l'ont pas fait. Mais en se fondant sur ce qu'ils ont fait, j'ai pu effectuer quelques comparaisons entre les marques de la section crânienne découpée, les formes de fractures et les sutures squameuses. Et il n'y a aucun doute dans mon esprit, inspecteur.

Il lui montra les radios sur la boîte lumineuse.

– Il s'agit bien d'Arthur Delacroix.

Bosch hocha la tête.

– Bien, dit-il.

Golliher s'approcha de la boîte et commença à y reprendre les radios.

– Vous en êtes vraiment sûr ?

– C'est comme je vous ai dit, inspecteur. Pour moi, ça ne fait aucun doute. J'examinerai le crâne demain, dès que je serai en ville, mais je peux vous assurer dès maintenant que c'est lui. Tout correspond.

– Aucune mauvaise surprise en perspective ? Personne ne pourra contredire mes conclusions au tribunal ?

Golliher le regarda.

– Aucune mauvaise surprise. On ne pourra pas douter de ces conclusions. Comme vous le savez, le vrai problème se trouve dans l'interprétation des blessures. Moi, je regarde ces clichés et je vois quelque chose d'horrible, de parfaitement affreux. Et je l'affirmerai sous serment. Avec joie Cela dit, il y a les rapports officiels.

D'un geste méprisant il lui montra la chemise remplie de rapports de l'hôpital.

– Ils parlent d'accidents de skate. C'est là que se situera la bagarre.

Bosch acquiesça. Golliher remit les deux radios dans la chemise et la referma. Bosch la rangea dans sa mallette.

– Eh bien, je vous remercie, docteur. Merci d'avoir pris le temps de me voir. Je pense…

– Inspecteur Bosch ?

– Oui ?

– L'autre jour, vous m'avez paru très mal à l'aise quand je vous ai parlé de la nécessité de croire à ce qu'on fait. De fait, vous avez changé de sujet.

– C'est que ce n'est pas un sujet que j'aborde avec calme.

– Il ne serait donc pas de la première importance d'être sûr de ce qu'on croit dans votre métier ?

– Je ne sais pas. Mon coéquipier aime assez accuser les extraterrestres de tout ce qui nous arrive de mal. Ça me semble assez sain.

– Vous éludez la question.

Bosch fut agacé, ce sentiment tournant vite à la colère.

– Parce que ce serait quoi, la question, docteur ? dit-il. Pourquoi vous souciez-vous autant de moi et de ce que je crois ou ne crois pas ?

– Parce que pour moi, c'est important. J'étudie des bouts de squelettes. L'ossature même de la vie. Et j'en suis venu à penser qu'il y a plus que le sang, les tissus et les os. Il y autre chose qui nous cimente. J'ai en moi, et vous ne le verrez jamais sur une radio, quelque chose qui assure mon intégrité et fait que je continue à vivre. C'est pour ça que lorsque je rencontre quelqu'un qui, lui, a un vide à l'endroit même où se trouve ma foi, j'ai peur pour lui.

Bosch le regarda longuement.

– Vous vous trompez sur moi, dit-il. J'ai la foi et oui, j'ai une mission. Appelez ça du manque de réalisme, ou comme vous voudrez. C'est seulement l'idée que cette affaire ne passera pas par profits et pertes. Qu'il y a une raison au fait que ces ossements ont refait surface. Que c'est pour moi qu'ils sont ressortis de terre et que c'est à moi de faire quelque chose. Voilà ce qui me donne mon intégrité et m'aide à continuer. Ça vous va ?

Il dévisagea Golliher en attendant une réponse, mais l'anthropologue garda le silence.

– Bon, docteur, dit-il enfin, il faut que j'y aille. Merci de votre aide. Vous m'avez rendu les choses parfaitement claires.

Et il le laissa planté là, parmi les sombres ossements sur lesquels la ville s'était édifiée

26

Edgar n'était pas à sa place à la table des Homicides lorsqu'il revint dans la grande salle.

– Harry ?

Il leva la tête et vit le lieutenant Billets debout sur le seuil de son bureau. Par la fenêtre vitrée, il vit aussi qu'Edgar était assis devant son bureau. Il posa sa mallette et s'approcha de la porte.

– Qu'est-ce qu'il y a ? demanda-t-il en entrant dans la pièce.

– Non, ça, c'est ma question à moi, lui répliqua Billets en refermant la porte. Les ossements sont identifiés ?

Elle fit le tour de son bureau pour aller s'asseoir tandis que Bosch s'installait à côté d'Edgar.

– Oui, dit-il. Il s'agit bien d'Arthur Delacroix. Il a disparu le 4 mai 1980.

– Le légiste en est certain ?

– D'après leur spécialiste des os, ça ne fait aucun doute.

– Et pour l'époque du décès ? C'est quoi, le créneau ?

– Ça se resserre. Avant même qu'on sache quoi que ce soit, le type des os a déclaré que le coup fatal avait été porté à l'enfant environ trois mois après que celui-ci eut subi sa première fracture suivie de sa première intervention chirurgicale. Et maintenant on a le dossier de l'intervention. Elle a eu lieu le 11 février 1980, à l'hôpital de Queen of Angels. Mais l'important là-dedans, c'est qu'Arthur Delacroix est mort quatre ans avant que Nicholas Trent emménage dans Wonderland Avenue. Pour moi, Nicholas Trent est au-dessus de tout soupçon.

Billets acquiesça à contrecœur.

– J'ai eu le bureau d'Irving et les Relations avec les médias sur le dos, toute la journée, dit-elle. Ils ne vont pas du tout aimer que je les rappelle pour leur annoncer ça.

– C'est bien dommage, dit Bosch, mais c'est comme ça.

– Bon, et donc Trent n'était pas dans le quartier en 1980. Sait-on où il était ?

Bosch souffla fort et secoua la tête.

– Tu ne lâches pas, hein ? dit-il. C'est sur le gamin qu'il faut se concentrer.

– Si je ne lâche pas, c'est parce que eux ne veulent pas lâcher. C'est Irving en personne qui m'a appelée ce matin. Il s'est montré très clair, et sans avoir besoin de beaucoup parler. S'il s'avère qu'un innocent s'est suicidé parce qu'un flic a filé des renseignements qui ont permis aux médias de le ridiculiser, ça nous fait un œil au beurre noir de plus pour la police. Tu ne crois pas qu'on a subi assez d'humiliations comme ça depuis dix ans ?

Bosch sourit sans humour.

– On croirait entendre Irving, lieutenant. C'est vraiment génial.

Ce n'était pas la chose à dire et il vit qu'il l'avait blessée.

– Oui, bon, dit-elle, il se peut que je parle comme lui, mais c'est que, pour une fois, je pense comme lui. La police de Los Angeles ne fait que subir scandale après scandale. Et comme les trois quarts des flics bien de cette ville, je commence à en avoir ma claque.

– Très bien. Et moi aussi. Mais la solution n'est pas de truquer les faits pour qu'ils collent avec nos besoins. C'est à un homicide que nous avons affaire.

– Je le sais, Harry. Et je n'ai jamais dit de truquer quoi que ce soit. Ce que je dis, c'est qu'il faut être sûr de ce qu'on raconte.

– On l'est. Je le suis.

Ils restèrent longtemps sans rien dire, chacun faisant de son mieux pour éviter les regards des autres.

– Et Kiz ? finit par demander Edgar.

Bosch ricana.

– Irving ne lui fera rien, dit-il. Il sait très bien qu'il aura l'air encore plus nul si jamais il la touche. De plus, c'est sans doute le meilleur flic qu'ils aient au troisième étage.

– Ce que tu peux être sûr de toi, Harry ! lui lança Billets. Ça doit être drôlement agréable.

– De ça, oui, je suis sûr.

Il se leva.

– Et j'aimerais bien repartir travailler, ajouta-t-il. Il y a des choses qui nous attendent.

– Oui, je sais. Jerry me le disait. Mais assieds-toi et revenons une minute à ce qui nous occupe, d'accord ?

Bosch se rassit.

– Je ne peux absolument pas parler à Irving comme je vous permets de le faire avec moi, dit-elle. Et donc, voici ce que je vais faire. Je vais le mettre au courant de l'identification et de tout le reste. Je vais lui dire que vous continuez à enquêter. Et je vais l'inviter à coller les Affaires internes sur la recherche des antécédents judiciaires de Trent. En d'autres termes, s'il n'est toujours pas convaincu par la manière dont l'identification a été faite, il peut demander aux Affaires internes ou à qui il veut d'enquêter sur Trent pour savoir s'il était là en 1980.

Bosch se contenta de la regarder, sans rien laisser paraître de son approbation ou de sa désapprobation.

– Bon, on peut partir ? demanda-t-il enfin.

– Oui, vous pouvez y aller.

Dès qu'ils furent revenus à leur table, Edgar demanda à Bosch pourquoi il n'avait pas parlé de la théorie selon laquelle Trent aurait emménagé dans le quartier parce qu'il savait que l'enfant avait été enterré dans la colline.

– Parce que cette théorie du « sale con malade dans sa tête » est bien trop tirée par les cheveux pour sortir d'ici. Si jamais elle arrive aux oreilles d'Irving, tu peux être sûr qu'on aura droit à un communiqué de presse et que ça deviendra la ligne officielle. Bon et maintenant, as-tu trouvé quelque chose sur l'ordinateur ?

– Oui, j'ai des trucs.

– Quoi ?

– Un, j'ai la confirmation que Samuel Delacroix habite bien au caravaning de Manchester. On sait donc où il est si on a besoin de lui. Il a eu droit à deux arrestations pour conduite en état d'ivresse en dix ans. Pour l'instant, il a un permis de conduire restreint. J'ai aussi cherché du côté de la Sécu et je suis tombé sur quelque chose : il travaille pour la ville.

Bosch montra sa surprise.

– Qu'est-ce qu'il fait ?

– Il a un boulot à temps partiel sur un terrain d'entraînement du parcours de golf municipal voisin du caravaning. J'ai appelé la direction des Parcs... en douce. Delacroix conduit la petite voiture du ramasseur de balles. Tu sais, sur le cours. C'est le mec qu'on essaie toujours de dégommer quand il passe. Il doit venir du caravaning et faire deux ou trois apparitions par jour.

– Bon.

– Après, j'ai vérifié pour Sally Dorsett Delacroix, le nom de la mère porté sur l'extrait de naissance de Sheila. Côté Sécu, ça m'a effectivement donné une certaine Sally Dorsett Waters. Adresse à Palm Springs. Elle a dû s'y installer pour se refaire une existence. Nouveau nom, nouvelle vie, tout, quoi.

Bosch hocha la tête.

– Et le divorce ?

– J'ai. Elle a demandé le divorce en 73. Le gamin devait avoir cinq ans. Elle parle de mauvais traitements autant physiques que psychologiques. Mais pas de détails. L'affaire n'ayant jamais été portée devant un tribunal, ces détails ne sont jamais sortis.

– Il ne s'est pas opposé à la procédure ?

– On dirait qu'il y a eu accord à l'amiable. Il a obtenu la garde des deux enfants et ne s'est pas opposé au divorce. Tout ça est bien propre. Le dossier fait dans les douze pages. J'en connais qui font trente centimètres d'épaisseur.

– Si Arthur avait cinq ans… d'après l'anthropologue, certaines de ses blessures seraient antérieures au divorce.

Edgar hocha la tête.

– L'extrait déclare qu'il avait été mis fin au mariage trois ans plus tôt et qu'ils étaient séparés. Bref, on dirait bien qu'elle s'est barrée quand le gamin avait aux environs de deux ans… ce qui colle avec les déclarations de Sheila. À ce propos, Harry… d'habitude, tu n'appelles jamais la victime par son nom.

– C'est vrai. Et alors ?

– Et alors rien. Je le remarque, c'est tout.

– Merci. Autre chose dans le dossier ?

– Non. C'est à peu près tout. J'ai fait des copies de tout ça, si tu veux.

– Parfait. Et le copain au skate ?

– Lui aussi, je l'ai retrouvé. Il est toujours en vie, et toujours dans le coin. Mais il y a un hic. J'ai consulté toutes les banques de données habituelles et j'ai trouvé trois John Stokes qui demeurent à Los Angeles et cadrent avec l'âge. Deux habitent dans la Valley et n'ont pas eu d'ennuis avec la justice. Mais le troisième… Nombreuses arrestations pour petits délits, vols de voitures, cambriolages et possession de drogue, tout ça commençant dès l'adolescence. Pour finir, il y a cinq ans, il a épuisé toutes ses deuxièmes chances et s'est fait expédier à la prison de Corcoran pour cinq ans. Il en a tiré deux et demi et a obtenu la conditionnelle.

– As-tu eu son contrôleur ? Stokes est encore dans le système ?

– Oui, j'ai parlé avec son contrôleur, mais Stokes a décroché. Il a disparu il y a deux mois. Le contrôleur n'a aucune idée de l'endroit où il se trouve.

– Merde.

– Je sais. Mais je lui ai demandé de me transmettre la bio du monsieur. Stokes a passé l'essentiel de son adolescence dans Wilshire. Il est passé d'un foyer d'adoption à un autre. Et d'un problème à un autre. C'est sûrement notre bonhomme.

– Le contrôleur pense qu'il est toujours à Los Angeles ?

– Oui, il le croit. Il ne nous reste plus qu'à le retrouver. J'ai déjà envoyé une patrouille du côté de sa dernière piaule. Apparemment, il l'a quittée dès qu'il a faussé compagnie à son contrôleur.

– Bref, il est en cavale. Génial.

Edgar acquiesça d'un signe de tête.

– Faudrait l'entrer dans l'ordinateur, dit Bosch. On commence par…

– C'est déjà fait. J'ai aussi tapé une note d'avis de recherche et je l'ai passée à Mankiewicz tout à l'heure. Il m'a promis de la lire à l'appel. Et j'ai fait faire un jeu de photos à accrocher aux pare-soleil des voitures.

– Bien.

Bosch était impressionné. Faire faire des photos de Stokes pour qu'on puisse les accrocher aux pare-soleil de toutes les voitures de patrouille était le genre de petit supplément de boulot qu'Edgar se donnait rarement la peine de faire.

– On va le coincer, Harry. Je ne sais pas trop à quoi ça va nous servir, mais on l'aura.

– Il pourrait devenir un témoin clé. Si jamais Arthur, enfin je veux dire… si jamais la victime lui a dit que son père la battait, on aurait quelque chose de capital.

Bosch consulta sa montre. Il était presque 2 heures. Il réfléchit. Il voulait continuer à avancer et que l'enquête soit précise et rapide. Pour lui, le plus difficile était d'attendre. Attendre des résultats d'analyse ou qu'un flic veuille bien se bouger le plongeait dans la plus grande agitation.

– Qu'est-ce que t'as prévu pour ce soir ? demanda-t-il à Edgar.

– Ce soir ? Pas grand-chose.

– T'as ton gamin ?

– Non, c'est le jeudi. Pourquoi ?

– Je me disais qu'on pourrait aller à Palm Springs.

– Maintenant ?

– Oui. Pour parler à l'ex.

Il vit Edgar jeter un coup d'œil à sa montre. Il savait que même en partant tout de suite ils ne pourraient pas rentrer tôt.

– Bon, t'inquiète pas, dit-il. Je peux y aller tout seul. Donne-moi juste l'adresse.

– Non, j'y vais avec toi.

– Tu es sûr ? Tu n'es pas obligé de m'accompagner. C'est seulement que je n'aime pas trop attendre, tu comprends ?

– Oui, Harry, je sais.

Edgar se leva et prit sa veste accrochée au dossier de sa chaise.

– Bon. J'avertis Bullets, dit Bosch.

27

Ni l'un ni l'autre ils ne parlèrent avant d'avoir parcouru plus de la moitié du chemin qui les conduisait à Palm Springs par le désert.

– Harry, lança enfin Edgar, tu ne dis rien.

– Non, je sais.

S'il y avait une chose qu'ils avaient depuis toujours en commun, c'était bien la capacité à partager de longs moments de silence. Bosch savait qu'Edgar n'éprouvait le besoin de parler que lorsqu'il avait quelque chose d'important à dire.

– Qu'est-ce qu'il y a, Edgar ? lui demanda-t-il.

– Rien.

– C'est l'affaire ?

– Non, mec, c'est rien. Ça va.

– Comme tu voudras.

Ils longèrent une ferme avec un moulin à vent à côté. Pas la moindre brise, la roue était parfaitement immobile.

– Tes parents sont restés ensemble ? reprit Bosch.

– Oui, jusqu'au bout.

Puis il rit et ajouta :

– Y a des fois où ils ont dû le regretter, mais oui, ils ont tenu jusqu'au bout. Ça doit être comme ça que ça marche. Ce sont les plus forts qui survivent.

Bosch opina. L'un comme l'autre, ils avaient divorcé, mais ils ne se parlaient jamais de cet échec.

– Dis, Harry, reprit Edgar, j'ai appris ton truc avec la bleue. On commence à jaser.

Bosch hocha la tête. C'était bien de ça qu'Edgar voulait parler : des bleus. Des nouveaux et des nouvelles dans la police. De ceux qu'on appelait souvent « les bottes ». L'origine de ce terme était obscure. Pour certains cela renvoyait aux classes où l'on essayait ses « bottes », d'autres y voyant une allusion sarcastique aux nouveaux « porteurs de bottes de l'empire fasciste ».

– Moi, tout ce que je te dis, c'est de faire gaffe, mec. Tu es bien plus haut dans la hiérarchie qu'elle.

– Je sais. Je trouverai bien quelque chose.

– D'après ce que j'ai entendu dire et ce que j'ai vu, elle vaut le coup de prendre des risques. Mais quand même, Harry : fais attention.

Bosch garda le silence. Quelques minutes plus tard ils passèrent devant un panneau qui leur signala que Palm Springs n'était plus qu'à treize kilomètres. Le crépuscule approchait. Bosch espérait pouvoir frapper à la porte de Sally Waters avant la nuit.

– Hé, Harry, reprit Edgar. C'est toi qui prends le commandement des opérations sur ce coup-là ?

– Oui, c'est moi. Tu pourras jouer les flics indignés.

– Ça ne me posera aucun problème.

Dès qu'ils eurent franchi les limites de la cité, ils prirent une carte dans une station-service et parcoururent toute la ville jusqu'au moment où, ayant enfin trouvé le boulevard Frank Sinatra, ils le remontèrent en direction des montagnes. Bosch arrêta la voiture devant le pavillon de gardien du domaine de Mountaingate. Sur la carte, la rue dans laquelle habitait Sally Waters se trouvait à l'intérieur de Mountaingate.

Un gardien en tenue sortit du pavillon et, flic de louage qu'il était, regarda leur voiture en souriant.

– Vous êtes un peu loin de votre juridiction, les mecs ! leur lança-t-il.

Bosch acquiesça d'un signe de tête et tenta de lui renvoyer un sourire aimable. Il ne réussit qu'à avoir l'air de quelqu'un qui a quelque chose d'aigre dans la bouche.

– Assez, oui, dit-il.

– C'est quoi, le problème ?

– On veut parler avec Sally Waters, 312 Deep Waters Drive.

– Mme Waters sait que vous venez ?

– Je ne crois pas. À moins qu'elle soit voyante ou que vous le lui disiez…

– Ce qui est mon travail. Attendez une seconde.

Il regagna le pavillon, où Bosch le vit décrocher un téléphone.

– On dirait que Sally a monté sérieusement en grade, fit remarquer Edgar qui regardait certaines des maisons visibles de l'endroit où ils se trouvaient.

Toutes étaient énormes et toutes avaient des pelouses impeccables et assez grandes pour y disputer des matches de football américain.

Le gardien ressortit de son pavillon, posa les deux mains sur le rebord de la vitre et se pencha pour regarder Bosch.

– Elle veut savoir de quoi il s'agit.

– Dites-lui qu'on en parlera avec elle. En privé. Dites-lui qu'on agit sur ordre d'un juge.

Le gardien haussa les épaules dans le genre « vous-faites-comme-vous-voulez » avant de réintégrer son pavillon. Bosch le regarda discuter au téléphone pendant encore quelques instants. Enfin il raccrocha et la barrière commença à s'ouvrir doucement. Il se posta sur le pas de sa porte et leur fit signe d'y aller. Mais ne put s'empêcher d'ajouter un dernier mot :

– Vous savez, le genre dur de dur, ça marche peut-être bien à Los Angeles, mais ici, dans le désert, c'est plutôt…

Bosch n'entendit pas le reste de sa phrase. Il franchit l'entrée en remontant sa vitre.

Deep Waters Drive se trouvait tout au bout du lotissement. Les maisons y avaient l'air de coûter un ou deux millions de plus que celles qui se dressaient près de l'entrée.

– Comme si on pouvait appeler une rue Deep Waters Drive[1] en plein désert ! s'exclama Edgar.

– Et si ce « on » s'appelait Waters, hein ?

Edgar comprit enfin.

– Putain, non ! Tu crois ? Elle est vraiment montée tout en haut !

À l'adresse qu'Edgar avait trouvée, ils tombèrent sur un manoir de style espagnol contemporain, à l'extrémité du domaine. Il était situé sur la plus belle parcelle du lotissement. La maison s'élevait sur un promontoire d'où l'on voyait toutes les autres maisons du domaine et tout le cours de golf qui l'entourait.

La propriété était pourvue d'une allée elle aussi barrée par un portail, mais celui-ci était ouvert. Bosch se demanda si c'était tout le temps le cas ou si quelqu'un l'avait fait ouvrir.

– Ça risque d'être intéressant, dit Edgar tandis qu'ils se garaient sur un emplacement circulaire pavé.

– Ne jamais oublier que si on peut changer d'adresse, on ne peut pas changer de caractère.

– Je sais. Homicide, cours élémentaire.

Ils descendirent de voiture et passèrent sous un porche donnant sur une porte d'entrée à double battant. Celle-ci leur fut ouverte par une bonne en tenue noir et blanc avant même qu'ils y arrivent. La jeune femme

---

1. Soit « Le chemin des eaux profondes » *(NdT)*.

leur annonça avec un fort accent espagnol que Mme Waters les attendait dans la salle de séjour.

La pièce avait la taille et l'allure d'une nef de petite cathédrale avec poutres apparentes et plafonds à sept mètres au-dessus du sol. En haut du mur est se trouvaient trois grandes fenêtres à vitraux, ce triptyque donnant à voir un lever de soleil, un jardin et une lune qui monte dans le ciel. Le mur qui lui faisait face était constitué par six portes coulissantes contiguës ouvrant sur le terrain de golf. Les meubles étaient disposés en deux groupements différents, comme si deux réunions complètement distinctes pouvaient se tenir en même temps dans la pièce.

Assise au milieu d'un canapé couleur crème du premier groupe de meubles se trouvait une blonde à la peau du visage très tendue. Elle suivit des yeux les deux hommes qui entraient en prenant la mesure des lieux.

– Madame Waters ? lança Bosch. Inspecteur Bosch. Je vous présente l'inspecteur Edgar. Nous sommes de la police de Los Angeles.

Il lui tendit la main, elle la prit, mais ne la serra pas. Elle se contenta de la tenir un instant dans la sienne avant de passer à celle que lui tendait Edgar. Bosch savait que d'après son extrait de naissance, elle avait cinquante-six ans, mais elle paraissait en avoir dix de moins, son visage lisse et bronzé témoignant des miracles de la médecine moderne.

– Je vous en prie, asseyez-vous, dit-elle. Je ne peux vous dire combien je suis gênée de voir votre voiture devant chez moi. Il faut croire que la discrétion n'est pas un des atouts majeurs de la police de Los Angeles.

Bosch sourit.

– Sachez que nous aussi, ça nous gêne beaucoup, madame Waters. Mais ce sont bien ces voitures-là que nos patrons nous ordonnent de conduire. Et donc, c'est ça que nous conduisons.

– De quoi s'agit-il, messieurs ? enchaîna-t-elle. Le gardien me dit que vous auriez un ordre écrit du juge. Puis-je le voir ?

Bosch s'assit sur un canapé juste en face d'elle, de l'autre côté d'une table basse avec motifs en or incrustés.

– Oh, il aura dû mal me comprendre, répondit-il. Je lui ai seulement dit que nous n'aurions effectivement aucun mal à en obtenir un si vous refusiez de nous voir.

– C'est sûrement ça, lui renvoya-t-elle, d'un ton laissant clairement entendre qu'elle n'en croyait rien. Et vous vouliez me voir à quel sujet ?

– Nous avons des questions à vous poser sur votre mari.

– Cela fait cinq ans qu'il est mort. De plus, il allait rarement à Los Angeles. Que peut-il donc bien avoir…

– Sur votre premier mari, madame Waters. M. Samuel Delacroix. Et nous avons aussi des questions à vous poser sur vos enfants.

Il vit tout de suite la méfiance apparaître dans son regard.

– Je… ça fait des années que je ne les vois plus. Quant à leur parler… Presque trente ans, de fait.

– Vous voulez dire… depuis le soir où vous êtes allée chercher des médicaments et où vous avez oublié de rentrer chez vous ? lui demanda Edgar.

Elle le regarda comme s'il venait de la gifler. Bosch avait espéré qu'il ferait preuve d'un peu plus de finesse lorsqu'il jouerait les flics indignés avec elle.

– Qui vous a dit ça ? s'écria-t-elle.

– Madame Waters, reprit Bosch, laissez-moi vous poser mes questions d'abord. Après, je répondrai aux vôtres.

– Je ne comprends pas. Comment m'avez-vous trouvée ? Qu'est-ce que vous êtes en train de faire ? Pourquoi êtes-vous ici ?

De question en question, sa voix se faisait plus tendue. Une vie qu'elle avait mise de côté trente ans plus tôt revenait troubler l'existence bien ordonnée qu'elle vivait maintenant.

– Nous travaillons à la brigade des Homicides, madame. Nous sommes actuellement sur une affaire dans laquelle votre mari…

– Ce n'est plus mon mari. J'ai divorcé d'avec lui il y a vingt-cinq ans de ça, au moins. C'est complètement fou, vous venez me poser des questions sur un homme que je ne connais plus et que je ne savais même pas encore en vie. Je crois que vous devriez partir. Voilà, messieurs : je vous demande de partir.

Elle se leva et tendit la main dans la direction qu'ils avaient prise en venant.

Bosch jeta un coup d'œil à Edgar, puis il la regarda à nouveau. La colère qu'elle éprouvait avait brouillé son bronzage. Des taches commençaient à se former sur son visage, signe qu'elle avait eu recours à la chirurgie plastique.

– Asseyez-vous, madame Waters, lui lança Bosch d'un ton sévère. Je vous en prie, essayez de vous détendre.

– De me « détendre », dites-vous ? Savez-vous bien qui je suis ? C'est mon mari qui a construit cette maison. Toutes les maisons de ce domaine, en fait, et le cours de golf avec ! Vous n'avez pas le droit de débarquer chez moi comme ça ! Je pourrais très bien décrocher ce téléphone et m'en ouvrir au chef de la police en moins d'une…

– Votre fils est mort, ma petite dame ! aboya Edgar. Vous savez… celui que vous avez abandonné il y a trente ans de ça. Alors, vous vous asseyez et vous répondez à nos questions, vu ?

Elle se laissa choir sur le canapé comme si on lui avait tiré un tapis sous les pieds. Sa bouche s'ouvrit, puis se ferma. Elle ne les regardait plus, déjà elle fixait des images plus anciennes.

– Arthur...

– C'est ça, madame, dit Edgar, Arthur. Content de voir qu'au moins vous vous rappelez son prénom.

Ils la regardèrent sans rien dire pendant un instant. Toutes les années qui s'étaient écoulées et toutes les distances qu'elle avait prises avec son passé n'y suffisaient pas. La nouvelle lui faisait mal. Très mal. Ce n'était pas la première fois que Bosch voyait ce genre de choses. Le passé avait de bien étranges façons de resurgir. Et de vous bousculer.

Il sortit son carnet de notes de sa poche et l'ouvrit à une page blanche. Il y écrivit les mots « du calme » et le tendit à Edgar.

– Jerry, dit-il, tu veux bien prendre des notes ? Je crois que Mme Waters a décidé de coopérer avec nous.

Ses paroles la sortirent de sa lugubre rêverie. Elle regarda Bosch.

– Qu'est-ce qui s'est passé ? C'est Sam ?

– Nous ne le savons pas. C'est pour ça que nous sommes venus vous voir. Arthur est mort depuis longtemps. Ses restes viennent juste d'être retrouvés. La semaine dernière.

Elle approcha lentement une main de sa bouche, la serra en un poing et commença à s'en frapper légèrement les lèvres.

– Depuis quand est-il mort ?

– Il a été enterré il y a vingt ans de ça. C'est un appel de votre fille qui nous a aidés à identifier ses restes.

– Sheila.

On aurait dit qu'elle n'avait pas prononcé ce nom depuis si longtemps qu'elle se devait d'essayer pour voir si elle y arrivait encore.

– Madame Waters, reprit Bosch, Arthur a disparu en 1980. Le saviez-vous ?

Elle hocha la tête.

– Non, dit-elle, j'étais déjà partie. Ça faisait presque dix ans que je les avais quittés.

– Et vous n'aviez plus aucun contact avec vos enfants ?

– Je me disais que…

Elle n'acheva pas sa phrase. Bosch attendit.

– Madame Waters ?

– Je ne pouvais pas les prendre avec moi. J'étais jeune et je n'en pouvais plus de… cette responsabilité. Je me suis sauvée. Je le reconnais. J'ai fui. Je pensais qu'il valait mieux pour eux qu'ils n'entendent plus jamais parler de moi. Qu'ils ne sachent même plus que j'existais encore.

Bosch hocha la tête en espérant qu'elle y verrait de la compréhension et saurait qu'il était d'accord avec sa façon de penser à l'époque. Que ce ne soit pas du tout le cas n'avait aucune importance. Et il n'importait pas davantage que sa propre mère ait fait face aux mêmes problèmes et que, ayant eu son fils un peu trop vite et dans des circonstances difficiles, elle se soit, elle, accrochée à lui et l'ait protégé avec une ardeur qui n'avait jamais cessé de l'inspirer.

– Vous leur avez écrit un mot avant de partir. À vos enfants, je veux dire.

– Comment le savez-vous ?

– C'est Sheila qui nous l'a dit. Que disiez-vous dans la lettre adressée à Arthur ?

– Juste que… juste que je l'aimais et que je penserais toujours à lui, mais que je ne pouvais pas rester. Je suis incapable de me rappeler tout ce que j'y ai mis. C'est important ?

Bosch haussa les épaules.

– Je ne sais pas, dit-il. Votre fils avait une lettre en sa possession lorsqu'il a été enterré. Ça pourrait être la vôtre. Elle s'est beaucoup détériorée et nous ne le saurons probablement jamais. Dans la demande de divorce que vous avez introduite quelques années après être partie de chez vous, vous parlez de mauvais traitements. J'aimerais que vous précisiez. En quoi consistaient ces mauvais traitements ?

Elle secoua de nouveau la tête, cette fois pour écarter sa question comme si elle était agaçante ou idiote.

– Qu'est-ce que vous croyez ? Sam aimait bien me flanquer des tournées. Dès qu'il se saoulait, il fallait marcher sur des œufs. Tout pouvait le foutre en rogne, le bébé qui pleurait, Sheila qui parlait trop fort… Et c'était toujours moi qui écopais.

– Il vous frappait ?

– Bien sûr que oui ! C'était devenu un monstre. C'est une des raisons pour lesquelles je suis partie.

– En laissant vos enfants avec le monstre, dit Edgar.

Cette fois elle ne réagit pas comme s'il l'avait giflée. Elle se tourna vers lui et lui coula un regard tellement mortel qu'il dut se détourner. Puis elle lui parla très calmement :

– Qui êtes-vous donc pour me juger ? Il fallait que j'en réchappe et je ne pouvais pas les emmener avec moi. Si j'avais essayé, tout le monde y serait passé.

– Je suis sûr qu'ils l'ont compris, lui renvoya Edgar.

Elle se leva de nouveau.

– Je ne crois pas utile de poursuivre, dit-elle. Je suis sûre que vous saurez trouver la sortie.

Elle se dirigea vers la porte cintrée à l'autre bout de la pièce.

– Madame Waters, lui lança Bosch, si vous refusez de nous parler maintenant, vous aurez droit à une injonction de la cour.

– Eh bien, c'est parfait, dit-elle sans se retourner. Allez-y. Je la confierai à un de mes avocats.

– Et ce sera affiché au tribunal.

236

C'était parier, mais Bosch pensait que cette remarque pouvait la faire réfléchir à deux fois. Il savait que la vie qu'elle s'était construite à Palm Springs reposait sur toutes sortes de secrets et qu'elle n'avait probablement aucune envie qu'on aille fouiller dedans. Les mauvaises langues du type Edgar auraient peut-être du mal à comprendre ses actes et ses motivations de la même manière qu'elle. Et, tout au fond, elle aussi devait se sentir mal à l'aise, même après toutes ces années.

Elle s'immobilisa sous l'arche de la porte, se recomposa un visage et revint s'asseoir sur le canapé. Puis elle regarda Bosch et lui dit :

— Je ne parlerai qu'à vous. J'exige qu'il s'en aille.

Bosch secoua la tête.

— C'est mon coéquipier, dit-il, et nous nous occupons tous les deux de cette affaire. Il reste, madame Waters.

— Je ne répondrai qu'à vos questions.

— Très bien. Asseyez-vous, s'il vous plaît.

Elle s'exécuta, cette fois en s'installant le plus loin possible d'Edgar.

— Vous voulez que nous retrouvions l'assassin de votre fils, je le sais, enchaîna Bosch. Nous ferons tout ce qui est en notre pouvoir pour aller vite.

Elle acquiesça d'un signe de tête.

— Parlez-nous de votre ex-mari.

— Vous voulez toute l'horrible histoire ? demanda-t-elle pour la forme. Je vous donnerai la version abrégée. Je l'ai rencontré dans un cours de théâtre. J'avais dix-huit ans. Il en avait sept de plus que moi, il avait déjà travaillé dans le cinéma et, pour couronner le tout, il était très très beau. Disons que je suis vite tombée sous son charme. Et que je n'avais pas encore dix-neuf ans lorsque je me suis retrouvée enceinte.

Bosch regarda Edgar pour voir s'il prenait des notes. Edgar s'en aperçut et commença à écrire.

– Nous nous sommes mariés et Sheila est née. J'ai renoncé à ma carrière d'actrice. Je dois reconnaître que je n'étais pas vraiment accrochée. Disons qu'à l'époque je croyais qu'être actrice était ce qu'il fallait faire. J'avais le physique qu'il fallait, mais je m'étais vite aperçue que toutes les filles de Hollywood l'avaient aussi. J'ai eu plaisir à rester à la maison.

– Et votre mari ? Côté carrière ?

– Au début, ça a très bien marché. Il a décroché un rôle dans *Premier Bataillon d'infanterie*. Vous connaissez ?

Bosch acquiesça d'un signe de tête. Portant sur la Deuxième Guerre mondiale, cette série télévisée avait commencé au milieu des années soixante et avait tenu jusqu'au moment où, les sentiments du public vis-à-vis de la guerre du Vietnam et de la guerre en général venant à changer, l'Audimat s'était mis à baisser fortement. Pour finir, la programmation avait été abandonnée. La série était hebdomadaire et montrait une compagnie de l'armée américaine travaillant derrière les lignes allemandes. Elle avait beaucoup plu à Bosch qui, enfant à l'époque, essayait toujours de la regarder, qu'il soit dans une famille d'accueil ou au foyer de jeunes.

– Sam jouait un des Allemands, reprit-elle. À cause de ses cheveux blonds et de son physique aryen. Il y a travaillé les deux dernières années. Jusqu'au moment où je suis tombée enceinte d'Arthur.

Elle laissa un petit silence ponctuer cette dernière phrase.

– Et puis la série a été annulée à cause de cette connerie de guerre du Vietnam. Et Sam a eu du mal à retrouver du boulot. Pour les agences de casting, il était typé allemand. C'est là qu'il a vraiment commencé à boire. Et à me frapper. Il passait ses journées dans les agences et il

238

ne trouvait jamais rien. Le soir, il buvait et se mettait en colère contre moi.

– Pourquoi vous ?

– Parce que je n'arrêtais pas de tomber enceinte. D'abord Sheila et après Arthur… Ni ma première ni ma deuxième grossesse n'avaient été prévues et ça lui mettait trop la pression. Il se vengeait sur ce qu'il avait sous la main.

– Coups et blessures ?

– « Coups et blessures » ? Ce que ça peut être juridique ! Mais oui, « coups et blessures ». Et pas qu'une fois.

– L'avez-vous jamais vu frapper les enfants ?

C'était la question clé qu'ils étaient venus lui poser. Tout le reste n'était qu'amuse-gueule.

– Pas précisément, non, répondit-elle. Mais il m'a frappée quand j'étais enceinte d'Arthur. Au ventre. La poche des eaux s'est rompue et j'ai accouché environ six semaines avant la date prévue. Arthur ne pesait même pas deux kilos et demi quand il est né.

Bosch attendit. Elle parlait d'une manière qui lui donnait à penser qu'elle continuerait s'il ne la bousculait pas. Par la porte coulissante il regarda le cours de golf derrière elle. Un bunker profond faisait face à un putting green. Un homme en chemise rouge et pantalon à carreaux se trouvait au fond du bunker et donnait de grands coups de club à une balle qu'on ne voyait pas. Des petits nuages de sable retombaient sur le green. Mais pas la balle.

Au loin, trois autres golfeurs descendaient d'une voiturette arrêtée de l'autre côté du green. L'extrémité du bunker empêchait l'homme à la chemise rouge de les voir. Sous les yeux de Bosch, ce dernier s'assura qu'il n'y avait personne pour l'observer, se pencha en avant et s'empara de sa balle. Il l'expédia ensuite sur le terrain en donnant à son jet la belle courbure d'une balle parfaitement frappée. Puis il sortit du bunker en serrant fort son club à deux mains, comme s'il venait juste de frapper sa balle.

Sally Waters s'étant remise à parler, Bosch finit par se tourner à nouveau vers elle.

– Arthur ne pesait même pas deux kilos et demi à sa naissance, répéta-t-elle. Il est resté tout petit jusqu'à ses un an. Très petit et maladif. On n'en parlait jamais, mais Sam et moi savions très bien que c'était le coup qu'il m'avait porté au ventre qui en était la cause. Arthur ne se développait pas comme il fallait.

– En dehors de cet incident, avez-vous jamais vu votre mari frapper Arthur ou Sheila ?

– Il n'est pas impossible qu'il ait donné des fessées à Sheila. Je ne m'en souviens vraiment pas. Il ne frappait jamais les enfants, enfin, je veux dire… j'étais là pour recevoir ses coups.

Bosch hocha la tête : non dite, la conclusion était bien que, une fois Sally partie, Dieu seul savait qui avait été la cible de ses violences. Bosch pensa aux ossements étalés sur la table d'autopsie et à toutes les blessures que le Dr Golliher avait répertoriées.

– Est-ce que mon ma… Sam est-il arrêté ?

Bosch leva la tête.

– Non. Nous n'en sommes encore qu'à la phase de recherche des faits. Les restes qu'on a retrouvés témoignent clairement de mauvais traitements de type chronique. Nous essayons seulement d'établir ce qui s'est passé.

– Et Sheila. Il la… ?

– Nous ne l'avons pas demandé carrément à votre fille. Mais nous le ferons. Madame Waters… quand il vous frappait, votre mari se servait-il toujours de ses mains ou bien utilisait-il…

– Il lui arrivait de me frapper avec quelque chose Une fois, je m'en souviens, il m'a cognée avec une chaus-

240

sure. Il m'avait coincée par terre et il me battait avec. Et une autre fois, il m'a jeté sa mallette dessus. Elle m'a atteinte au côté.

Elle secoua la tête.

– Quoi ?

– Rien. Sa mallette… Il l'emportait à toutes ses auditions. Comme s'il était un monsieur important qui avait des tas de choses à faire. Dedans, il n'avait que quelques photos et un flacon de bibine.

L'amertume brûlait dans sa voix, même après toutes ces années.

– Avez-vous jamais dû vous rendre à l'hôpital ou dans un service d'urgence ? Y a-t-il trace des mauvais traitements qu'il vous infligeait ?

Elle secoua de nouveau la tête.

– Il ne m'a jamais cognée assez fort pour que je sois obligée d'aller à l'hôpital. Sauf quand j'ai accouché d'Arthur, et là, j'ai menti. J'ai dit que j'étais tombée et que c'est ça qui m'avait rompu la poche des eaux. C'est que… ce n'était pas quelque chose que j'avais envie de crier sur les toits, vous voyez ?

Bosch acquiesça.

– Quand vous êtes partie… c'était prémédité ou bien vous êtes partie comme ça ?

Elle garda longtemps le silence en revoyant la scène dans sa tête.

– J'avais écrit mes lettres à mes enfants bien avant de me sauver. Je les avais dans mon sac à main et j'attendais le moment propice. Le soir où je suis partie, je les ai glissées sous leurs oreillers et je suis partie avec seulement mon sac à main et les habits que j'avais sur le dos. Et la voiture que mon père nous avait donnée quand nous nous sommes mariés. C'était fini. J'en avais assez. Je lui ai dit que nous avions besoin de médicaments pour Arthur. Il avait bu. Il m'a dit d'aller les chercher.

– Et vous n'êtes jamais revenue.

– Jamais, non. Environ un an plus tard, avant d'aller m'installer à Palm Springs, je suis passée devant la maison en voiture. J'ai vu de la lumière, mais je ne me suis pas arrêtée.

Bosch hocha la tête. Il n'avait rien d'autre à lui demander. Si elle se souvenait bien de cette première période de sa vie, ce n'était pas ce qu'elle en disait qui allait les aider à bâtir un dossier contre son ex-mari alors que l'assassinat dont Arthur avait été victime s'était produit dix ans après que sa mère l'avait vu pour la dernière fois. Mais peut-être Bosch le savait-il depuis toujours. Peut-être savait-il que son témoignage ne constituerait pas une pièce essentielle à l'accusation. Peut-être n'avait-il jamais eu envie que de prendre la mesure d'une femme qui avait abandonné ses enfants et les avait laissés avec un homme en qui elle voyait un monstre.

– À quoi ressemble-t-elle ?

Il fut pris au dépourvu un instant.

– Ma fille, précisa-t-elle.

– Euh… elle est blonde, comme vous. Un peu plus grande, et enveloppée. Pas d'enfants, pas mariée.

– Quand Arthur sera-t-il enterré ?

– Je ne sais pas. Il faudrait que vous appeliez la morgue. Ou alors vous pourriez téléphoner à votre fille, histoire de voir si…

Il s'arrêta. Il ne pouvait pas se mêler de combler un fossé vieux de trente ans.

– Je crois que c'est tout pour nous, dit-il. Nous vous remercions de votre coopération.

– Absolument ! s'exclama Edgar d'un ton sarcastique qui heurta violemment Sally Waters.

– Vous avez fait tout ce chemin pour me poser si peu de questions que…

242

— Ça doit être parce que vous avez si peu de réponses à nous offrir, lui répliqua Edgar.

Ils gagnèrent la porte, Sally Waters les suivant à quelques pas. Ils franchirent la porte et rien d'autre ne fut dit.

Une fois sous le portique, Bosch se tourna vers la femme qui se tenait sur le seuil de sa maison. Ils se regardèrent longuement. Bosch essaya de trouver quelque chose à lui dire, mais rien ne vint. Sally Waters referma la porte.

28

Ils se garèrent dans le parking du commissariat un peu avant 23 heures. Ils avaient travaillé seize heures d'affilée et la journée ne leur avait pas rapporté grand-chose en termes de preuves susceptibles de faire inculper quiconque. Pourtant, Bosch était satisfait. Ils avaient l'identité de la victime et tout allait s'organiser autour de ça. De fait, tout en découlerait.

Edgar lui dit bonsoir et fila droit à sa voiture sans même entrer dans le bâtiment. Bosch, lui, voulait demander au sergent de garde si on avait du nouveau côté Johnny Stokes. Il voulait aussi savoir s'il avait reçu des messages et pensait qu'en traînant jusqu'à 23 heures il aurait peut-être la chance de voir Julia lorsqu'elle finirait son service. Il avait envie de lui parler.

Tout était calme dans le commissariat. L'équipe de nuit était partie à l'appel. Fin de service et relève, les sergents de garde devaient y être eux aussi. Bosch longea le couloir jusqu'au bureau des inspecteurs. Les lumières étaient éteintes, ce qui allait à l'encontre du règlement édicté par le bureau du chef de la police. Ce dernier avait expressément ordonné que les lumières ne soient jamais éteintes ni à Parker Center ni dans aucun autre commissariat de secteur. Il entendait bien que tout le monde sache que dans la lutte contre le crime

245

personne ne dormait jamais. Le résultat était que la lumière brillait fort dans des tas de bureaux parfaitement vides à travers toute la ville.

Bosch alluma la rangée de néons installée au-dessus de la table des Homicides et gagna sa place. Il y trouva plusieurs avis de messages. Il les examina, mais tous les appels venaient de reporters ou avaient trait à d'autres affaires qui l'attendaient. Il jeta les messages des journalistes à la corbeille et rangea les autres dans le tiroir du haut : il verrait ça le lendemain.

Deux enveloppes de courrier interne avaient aussi été déposées à sa place. La première contenait le rapport de Golliher. Il la mit de côté en se promettant de lire ses conclusions un peu plus tard. Il prit la seconde, vit qu'elle venait du laboratoire de la police scientifique et s'aperçut qu'il avait oublié de rappeler Antoine Jesper au sujet du skate.

Il était sur le point d'ouvrir l'enveloppe lorsqu'il remarqua qu'on l'avait jetée par-dessus une feuille de papier pliée sur son sous-main. Il déplia la note et la lut. Elle était courte et il sut tout de suite qu'elle venait de Julia bien que celle-ci ne l'ait pas signée.

Où es-tu, gros dur ?

Il avait oublié qu'il lui avait dit de passer avant de reprendre son service. Il sourit en regardant son mot, mais se sentit coupable d'avoir oublié. Il repensa aussi à l'avertissement d'Edgar.

Il replia le mot et le glissa dans son tiroir. Il se demanda comment elle allait réagir à ce qu'il voulait lui dire. Ces longues heures de travail l'avaient tué, mais il ne voulait pas attendre jusqu'au lendemain.

L'enveloppe des services scientifiques contenait un rapport d'analyse d'une page signé par Jesper. Bosch le parcourut rapidement. Jesper lui confirmait que la planche sortait des ateliers de la Boneyard Boards Inc., maison dont le siège se trouvait à Huntington Beach. Il s'agissait d'une « Boney Board ». Ce modèle avait été fabriqué de février 1978 à juin 1986, après quoi des modifications avaient été apportées à l'avant de la planche.

Avant de s'exciter à l'idée d'une correspondance entre la planche et la date de l'affaire, il lut le dernier paragraphe du rapport et tout devint plus que douteux.

Les trucks (roues et supports) sont d'un modèle auquel la Boneyard a eu pour la première fois recours en mai 1984. Le fait que les roues soient en graphite indique aussi une fabrication plus tardive. Les roues en graphite ne sont devenues courantes que vers le milieu des années 80. Cela dit, étant donné que les trucks et les roues sont interchangeables et très souvent échangés ou remplacés par les skateurs, il est impossible de déterminer exactement la date de fabrication de la planche. À moins qu'il n'y ait d'autres éléments de preuve, je dirais entre février 78 et juin 86.

Il remit le rapport dans son enveloppe et reposa cette dernière à sa place. La conclusion n'était certes pas définitive, mais les faits soulignés par Jesper laissaient penser que la planche n'appartenait pas à Arthur Delacroix. Dans son esprit, cela contribuait plus à innocenter qu'à accuser Nicholas Trent de la mort du gamin. Dès le lendemain matin, il taperait une note avec ses conclusions et la donnerait au lieutenant Billets afin que celle-ci la transmette au chef adjoint de la police par la voie hiérarchique.

Comme pour marquer que la piste était morte, quelqu'un claqua la porte de derrière, le bruit se propageant en échos dans le couloir. Plusieurs voix d'hommes se firent entendre, toutes se dirigeant vers la sortie et la nuit du dehors. L'appel était terminé, des troupes fraîches avaient pris le relais et dans leurs voix c'était toute la bravache du « eux contre nous » qu'on entendait.

Malgré les souhaits du chef de la police, Bosch éteignit la lumière et se rendit au poste de garde. Deux sergents se trouvaient dans le petit bureau : Lenkov qui quittait son service et Renshaw qui prenait le sien. La surprise se marqua sur leurs visages, mais personne ne lui demanda ce qu'il fabriquait là à une heure pareille.

– Alors, lança-t-il, du nouveau sur mon gars ? Johnny Stokes ?

– Toujours rien, répondit Lenkov. Mais on cherche. On a mis tout le monde au courant à l'appel et on a ses photos dans les voitures.

– Vous m'avertirez ?

– On vous avertira.

Renshaw appuya d'un petit hochement de tête.

Il songea à leur demander si Julia Brasher était déjà passée, à la fin de son service, mais se ravisa. Il les remercia et repassa dans le couloir. La conversation avait été empruntée, comme si tout le monde espérait qu'il s'en aille. Il comprit que c'était à cause des rumeurs qui circulaient sur lui et Julia. Peut-être savait-on qu'elle allait finir son service et voulait-on éviter de les voir ensemble. Si mineur et rarement appliqué que fût cet article du règlement, tout irait beaucoup mieux si l'on n'était pas obligé de regarder ailleurs alors qu'il y avait infraction.

Il sortit par la porte de derrière et se retrouva dans le parking. Il ne savait pas si Julia se trouvait dans les vestiaires, si elle était toujours en patrouille ou si elle était déjà repartie chez elle. Le service de nuit était plus souple. On ne le prenait pas avant que le sergent de garde ait expédié chez lui le type qu'on remplaçait.

Il aperçut la voiture de Julia dans le parking et sut qu'il ne l'avait pas loupée. Il repartit vers la porte pour aller s'asseoir sur le Code 7. Il y trouva Julia en arrivant. Elle avait les cheveux encore un peu mouillés après sa douche. Elle portait un jeans délavé et un pull-over à manches longues et col roulé.

– On m'a dit que tu étais dans la maison, dit-elle. J'ai vérifié et j'ai vu qu'il n'y avait plus de lumière. Je croyais t'avoir loupé.

– Ne dis surtout rien au grand chef à propos des lumières.

Elle sourit tandis qu'il s'asseyait à côté d'elle Il avait envie de la toucher, mais n'en fit rien.

– Ni des lumières ni de nous, reprit-il.

Elle acquiesça.

– Évidemment, dit-elle. Il y a beaucoup de gens au courant, tu ne trouves pas ?

– Oui, et justement je voulais t'en parler. Tu veux aller prendre un verre quelque part ?

– Bien sûr.

– On va au Cat and Fiddle[1]. À pied. J'en ai marre de conduire.

Plutôt que de retraverser le poste et ressortir par la porte de devant, ils passèrent par le parking et firent le tour des bâtiments. Puis ils gagnèrent Sunset Boulevard, deux rues plus loin, et redescendirent jusqu'au pub, deux rues en dessous. Chemin faisant, Bosch s'excusa de l'avoir loupée avant qu'elle prenne son service et lui expliqua qu'il avait dû se rendre à Palm Springs. Elle garda le silence pendant qu'ils marchaient, se contentant de hocher la tête à ses explications. Ils n'abordèrent pas la question qui les tracassait avant d'arriver au pub et de se glisser dans un box, près de la cheminée.

---

1. « Le chat et le crincrin » *(NdT)*.

Ils commandèrent tous les deux une Guinness, puis elle croisa les bras sur la table et le regarda droit dans les yeux.

– Bon, ça y est, Harry, j'ai ma bière qui va arriver. Tu peux y aller. Mais je t'avertis : si jamais tu as envie de me dire que tu veux être seulement ami avec moi, sache que des amis, j'en ai déjà plus qu'il ne m'en faut.

Il ne put s'empêcher de sourire jusqu'aux oreilles. Il adorait son audace et sa franchise.

– Non, Julia, dit-il. Je n'ai aucune envie d'être ami avec toi.

Il tendit la main en travers de la table et lui serra le bras. Il jeta instinctivement un coup d'œil autour de lui afin de s'assurer qu'aucun flic n'avait échoué au bar pour prendre un verre après son service. Il n'en reconnut pas et se retourna vers elle.

– Non, ce que je veux, dit-il, c'est être avec toi. Comme on l'a déjà été.

– Bon. Moi aussi.

– Mais il faut faire attention. Tu n'es pas dans la police depuis longtemps. Moi si, et je sais comment circulent les rumeurs. Tout ça est de ma faute. On n'aurait jamais dû laisser ta voiture là le premier soir.

– Oh, qu'ils aillent se faire foutre ! S'ils ne sont pas capables de comprendre une plaisanterie…

– Non, c'est…

Il attendit que la serveuse ait posé leurs bières sur un petit rond en carton orné du sceau de la Guinness.

– Ce n'est pas comme ça que ça se passe, Julia, reprit-il lorsqu'ils furent de nouveau seuls. Si nous continuons, il va falloir faire plus attention. Il va falloir se cacher. Plus question de se retrouver au banc, de se laisser des petits mots, plus rien de tout ça. Nous ne pourrons même plus venir ici parce que c'est plein de flics. Il va falloir se voir clandestinement. On se retrouve et on parle à l'extérieur du département.

250

– À t'entendre, on pourrait croire qu'on est des espions !

Il prit son verre, trinqua avec elle et but à grandes gorgées. Après la journée qu'il venait de se taper, la bière avait un goût extraordinaire. Il dut vite étouffer un bâillement, que Julia repéra et imita aussitôt.

– Des espions ? répéta-t-il. On n'en est pas loin. N'oublie pas que la police de Los Angeles, je la pratique depuis plus de vingt-cinq ans. Toi, tu commences à peine, t'es une bleue. J'ai bien plus d'ennemis chez les flics que tu n'as d'arrestations à ton palmarès. Certains de ces gens prendraient n'importe quel prétexte pour me faire dégringoler. On dirait que je ne m'inquiète que pour moi, mais la vérité est que s'il leur faut faire tomber une bleue pour m'avoir, ils le feront sans hésiter. Et je ne rigole pas, Julia. Sans hésiter.

Elle baissa la tête à la manière d'une tortue et regarda à droite, puis à gauche.

– D'accord, Harry, enfin, je veux dire   agent zéro zéro quarante-cinq.

Il hocha la tête en souriant.

– Ouais, ouais, tu peux rigoler ! Attends seulement d'avoir ta première enquête des Affaires internes ! Tu verras !

– Allons, Harry. Je sais bien que ce n'est pas de la rigolade. Je faisais juste que me marrer un peu.

Ils burent tous les deux, Bosch se renversant en arrière pour essayer de se détendre. La chaleur qui montait de la cheminée était bien agréable après le petit trajet à pied qu'ils avaient dû faire pour venir. Il regarda Julia qui souriait comme si elle avait percé un de ses secrets.

– Quoi ? dit-il.

– Rien. C'est juste que tu te montes beaucoup le bourrichon.

– J'essaie seulement de te protéger, dit-il. Avec plus vingt-cinq, c'est moins important pour moi.

– Comment ça ? J'ai déjà entendu cette expression… ça voudrait dire que tu es intouchable ?

Il hocha la tête.

– Personne n'est intouchable, Julia. Mais quand on a plus de vingt-cinq ans de carrière, on a la retraite maximum. Partir après vingt-cinq ou trente-cinq ans de boulot ne change plus rien à l'affaire. Bref, avoir « plus vingt-cinq », c'est pouvoir dire merde à certains. T'aimes pas ce qu'on te fait, tu peux toujours tirer ta révérence. Parce que le pognon et la gloire, c'est plus tellement ça que tu cherches.

La serveuse revint à la table et y posa une corbeille de pop-corn. Julia laissa passer quelques instants, puis elle se pencha en travers de la table, son menton presque à toucher son verre.

– Et qu'est-ce que tu cherches ?

Il haussa les épaules et regarda sa bière.

– Le boulot, faut croire.. Rien de fabuleux ni d'héroïque. Juste la possibilité de remettre de temps en temps les choses d'aplomb dans un monde complètement foutu.

Avec son pouce il commença à faire des petits dessins sur le verre embué et continua de parler sans lâcher sa bière des yeux.

– Tiens, dans cette affaire, par exemple…

– Quoi, dans cette affaire ?

– Si on arrivait seulement à comprendre ce qui s'est passé et à régler tout ça… on pourrait peut-être compenser un peu ce qui est arrivé au gamin. Je ne sais pas, mais ça pourrait peut-être faire un peu de bien au monde.

Il repensa au crâne que Golliher lui avait montré le matin même. Une femme assassinée et ensevelie quelque neuf mille ans dans le goudron. Une ville d'ossements, et tous n'attendaient que le moment de remonter à la surface. Pour quoi faire donc ? Peut-être que tout le monde s'en foutait.

– Je ne sais pas, reprit-il. Peut-être que sur la distance, ça ne veut rien dire. Des kamikazes frappent New York et trois mille personnes en meurent avant même d'avoir fini leur première tasse de café. Qu'est-ce que peut bien faire un petit tas d'ossements qui remontent à on ne sait combien d'années, hein ?

Elle sourit doucement et secoua la tête.

– Ne me fais pas le coup des problèmes existentiels, Harry. Ce qu'il y a d'important, c'est que pour toi, tout ça ait un sens. Et si c'est le cas, alors oui, il est important que tu fasses de ton mieux. Quoi qu'il arrive dans le monde, des héros, il y en aura toujours besoin. J'espère avoir la chance de pouvoir compter à leur nombre un jour.

– Oui, bon, peut-être, dit-il.

Il hocha la tête, détourna son regard et continua de jouer avec son verre.

– Tu te rappelles la pub où on voyait une vieille femme assise par terre et qui disait : « Je suis tombée et je ne peux plus me relever » et tout le monde se foutait d'elle ?

– Oui, je me rappelle. On vend encore des T-shirts avec ça dessus à Venice Beach.

– Oui… Eh bien moi, y a des moments où c'est ça que je ressens. Plus vingt-cinq. On ne peut pas continuer sans merder de temps en temps. Il y a des fois où on tombe et où on ne peut plus se relever, Julia.

Il hocha encore une fois la tête.

– Mais il y a aussi des fois où on a la chance de tomber sur une affaire où on se dit que ce coup-là, ça y est. On le sent. On sent qu'avec ce dossier-là, on va pouvoir se relever.

– Ça s'appelle la rédemption, Harry. Qu'est-ce qu'elle dit la chanson, déjà ? « Tout l'monde veut avoir sa chance » ?

– Quelque chose comme ça, oui.

– Et cette affaire, c'est ta chance ?

– Je crois, oui. Enfin… j'espère.

– Bon, eh bien, à la rédemption !

Elle prit son verre pour porter un toast.

– Tenir ferme.

Elle trinqua avec lui. Un peu de sa bière tomba dans le verre de Bosch qui était presque vide.

– Je te demande pardon. Va falloir que je travaille ça.

– Pas de problème. J'avais besoin d'un peu de rab.

Il leva son verre et le vida. Puis il le reposa sur la table et s'essuya la bouche du revers de la main.

– Alors, tu reviens à la maison avec moi ? lui demanda-t-il.

Elle hocha la tête.

– Non, dit-elle, je ne vais pas avec toi.

Il fronça les sourcils et commença à se demander si sa franchise ne l'avait pas choquée.

– Non, ce soir, dit-elle, je te suis jusque chez toi. Tu as oublié ? On ne peut pas laisser la voiture au parking. On doit tout jouer top secret, chut chut, on ne bouge plus que les yeux.

Il sourit. La bière et le sourire de la jeune femme faisaient merveille sur lui.

– Là, tu m'as eu, dit-il.

– Et pas que d'une façon, j'espère.

29

Bosch arriva en retard à la réunion convoquée dans le bureau du lieutenant Billets. Phénomène rarissime, Edgar était déjà là, tout comme Medina du service des Relations avec les médias. Billets lui indiqua un siège avec le crayon qu'elle tenait, puis elle décrocha son téléphone et composa un numéro.

– Le lieutenant Billets à l'appareil, dit-elle quand on eut décroché. Vous pouvez avertir le chef Irving que tout le monde est arrivé et que nous sommes prêts à commencer.

Bosch regarda Edgar et haussa les sourcils. Le chef n'avait toujours pas lâché l'affaire.

Billets raccrocha.

– Il va nous rappeler, dit-elle. Je mettrai le haut-parleur.

– Il va rappeler pour écouter ou pour causer ? demanda Bosch.

– Qui sait ?

– En attendant, lança Medina, je commence à recevoir des coups de fil à propos de votre avis de recherche. Un certain John Stokes, c'est ça ? Que voulez-vous que je leur dise, au juste ? C'est un nouveau suspect ?

Bosch fut agacé. Il savait que l'avis de recherche distribué à l'appel finirait par arriver aux médias. Mais il n'aurait pas cru que cela se produirait aussi vite.

– Non, dit-il, ce n'est pas du tout un suspect. Et si jamais les journalistes déconnent encore une fois comme ils l'ont fait avec Trent, on ne le retrouvera jamais. C'est juste quelqu'un à qui on aimerait parler. La victime le connaissait. Il y a des années et des années de ça.

– Vous avez identifié la victime ? !

Avant que Bosch puisse lui répondre, le téléphone sonna. Billets décrocha et mit le haut-parleur pour le chef Irving.

– Chef, dit-elle, nous avons les inspecteurs Bosch et Edgar avec nous ; et aussi l'officier Medina, du service des Relations avec les médias.

– Très bien, tonna Irving. Où en sommes-nous ?

Billets appuya sur un bouton pour baisser le volume.

– Euh, Harry, dit-elle, tu veux prendre la question ?

Bosch glissa la main dans la poche intérieure de sa veste et sortit son calepin. En prenant tout son temps. Il aimait assez l'idée d'un Irving assis à son bureau en verre immaculé de Parker Center et attendant que des voix lui parviennent. Il ouvrit son carnet à une page pleine de notes qu'il avait rédigées le matin même, en prenant son petit déjeuner avec Julia.

– Inspecteur ? Vous êtes là ? demanda Irving.

– Oui, oui, chef, je suis là. Je consultais juste quelques notes. Hmm, voyons… le point essentiel est que nous avons formellement identifié la victime. Elle s'appelle Arthur Delacroix. L'enfant a disparu de sa maison de Miracle Mile le 4 mai 1980. Il avait douze ans.

Il s'arrêta en s'attendant à des questions. Il remarqua que Medina avait noté le nom.

– Je ne suis pas très sûr de vouloir divulguer la nouvelle, reprit Bosch.

– Et pourquoi donc ? voulut savoir Irving. L'identification ne serait pas définitive ?

– Si, si, elle l'est. C'est juste que si nous communiquons ce nom à la presse, nous ferons savoir à tout le monde la direction que nous allons prendre.

– Et qui serait ?

– Que nous sommes maintenant absolument certains que Nicholas Trent n'a rien à voir avec cette histoire. Et donc, que nous cherchons ailleurs. L'autopsie… les fractures des os disent des mauvais traitements répétés et remontant à la toute petite enfance. La mère n'étant déjà plus dans le tableau à l'époque, nous nous intéressons au père. Mais nous ne l'avons pas encore approché. Nous dévidons juste la pelote. Si jamais nous annonçons que nous avons identifié la victime et que le père l'apprenne, nous l'aurons mis en alerte avant que ce soit nécessaire.

– En alerte, il l'est déjà si c'est lui qui a enterré le gamin.

– Jusqu'à un certain point, oui, dit Bosch. Mais il sait que si nous n'arrivons pas à identifier le gamin, nous ne pouvons pas l'impliquer. C'est ce manque d'identification qui le met à l'abri. Et nous donne le temps de le rechercher.

– Compris, dit Irving.

Ils restèrent quelques instants sans rien dire. Bosch s'attendait à ce qu'Irving ajoute quelque chose, mais celui-ci n'en fit rien. Bosch jeta un coup d'œil à Billets et ouvrit les mains comme pour lui demander : « Et maintenant quoi ? » Billets haussa les épaules.

– Et donc… commença Bosch, on ne divulgue pas, c'est ça ?

Silence, puis ceci :

– C'est ce qu'il y a de plus prudent, en effet, dit Irving.

Medina arracha la page sur laquelle il avait écrit le nom de la victime, la froissa et la jeta dans une poubelle dans un coin.

– Y a-t-il quelque chose qu'on puisse divulguer ? demanda-t-il.

– Oui, lui renvoya Bosch aussitôt. On peut innocenter Trent.

– Pas question ! s'écria Irving tout aussi rapidement. Ça, on le fera tout à la fin. À supposer que vous y arriviez jamais, on ne fera le nettoyage qui s'impose que lorsque vous aurez monté votre dossier d'inculpation.

Bosch regarda Edgar, puis Billets.

– Chef, dit-il. On pourrait bousiller notre dossier en procédant de cette façon.

– Comment ça ?

– L'affaire est ancienne. Et plus une affaire remonte loin, plus les chances de la résoudre sont maigres. On ne peut pas prendre de risques. En ne prenant pas la peine d'innocenter Trent, nous offrons au type que nous finirons par coincer un superbe système de défense. Il n'aura qu'à montrer Trent du doigt et dire qu'il avait déjà violé des petits enfants et que c'est donc lui qui a fait le coup.

– Peut-être, mais ça, il le fera de toute façon : qu'on innocente Trent maintenant ou plus tard.

Bosch acquiesça.

– C'est vrai, dit-il. Mais moi, je vois ça sous l'angle de mes dépositions au tribunal. Je veux pouvoir déclarer que nous avons remonté la piste Trent et que nous l'avons vite écartée. Je n'ai aucune envie qu'un avocat vienne me demander pourquoi, si nous l'avons écartée aussi vite que ça, il nous a fallu une semaine, voire deux, pour l'annoncer. Chef, tout le monde aura l'impression qu'on cache quelque chose. Ça sera subtil, mais ce sera là. N'oublions pas que les jurés cherchent toujours de bonnes raisons de ne pas croire les flics en général, et ceux du LAPD en particu…

– Bon, bon, inspecteur, j'ai compris. Mais je maintiens ma décision. Nous ne disons rien pour Trent. Pas maintenant… pas avant de tenir un bon suspect.

Bosch secoua la tête et s'affaissa un peu dans son siège.

– Autre chose ? demanda Irving. Je dois voir le grand patron dans deux minutes.

Bosch regarda Billets et secoua encore une fois la tête. Il n'avait rien d'autre à dire à Irving. Billets reprit la parole.

– Chef, dit-elle, je crois que c'est à peu près là que nous en sommes à l'heure qu'il est.

– Quand avez-vous l'intention d'approcher le père ?

Bosch montra Edgar du menton.

– Euh… chef ? Ici, l'inspecteur Edgar. Nous recherchons toujours un témoin qui pourrait avoir son importance avant d'approcher le père. C'est un ami d'enfance de la victime. Nous pensons qu'il était au courant des mauvais traitements que subissait Arthur Delacroix. Nous avons l'intention d'y consacrer notre journée. Nous pensons qu'il vit à Hollywood et nous avons déjà des tas d'agents qui…

– Bon, c'est parfait, inspecteur Edgar. On reprend cette conversation demain matin. D'accord ?

– Oui, chef, dit Billets. À neuf heures et demie comme aujourd'hui ?

Sa question resta sans réponse. Irving avait déjà filé.

30

Edgar et Bosch passèrent le reste de la matinée à mettre à jour des rapports et le dossier de l'affaire, en plus d'appeler les hôpitaux de toute la ville pour annuler les recherches d'archives qu'ils avaient ordonnées le lundi matin précédent. À midi, Bosch en eut marre de la paperasse et déclara qu'il avait besoin de quitter le commissariat.

– Où veux-tu aller ? lui demanda Edgar.

– Je suis fatigué d'attendre, dit-il. Allons voir à quoi il ressemble.

Ils prirent la voiture personnelle d'Eαgar : rien ne la signalait comme un véhicule de police et il n'y avait plus de voitures banalisées dans le parc automobile. Ils remontèrent la 101 pour gagner la Valley, puis ils enfilèrent la 405 en direction du nord et en sortirent à Van Nuys. Le caravaning de Manchester se trouvait dans Sepulveda Boulevard, près de Victory Boulevard. Ils le longèrent une fois avant de faire demi-tour et d'y entrer.

Il n'y avait pas de pavillon de gardien, juste un ralentisseur orné de rayures jaunes. La route faisait le tour de la propriété, le mobile home de Sam Delacroix se trouvant tout à l'arrière, à l'endroit où le terrain venait buter contre un mur antibruit de deux mètres cinquante de haut, juste à côté du freeway. Le mur était censé atténuer l'espèce de rugissement continu qui montait de l'autoroute. Il ne faisait que lui imprimer une autre direction et en changer la tonalité – le rugissement était toujours là.

Le mobile home était de largeur ordinaire, avec des gouttes d'eau brunes de rouille qui tombaient des rivets et dégoulinaient le long de ses parois. Un auvent abritait une table de pique-nique et un gril à charbon en dessous. Un fil à linge courait d'un des montants de la corde à linge jusqu'à un coin du mobile home voisin. Pas loin du fond de la courette, se dressait un appentis en aluminium de la taille d'un cabinet d'aisances et coincé contre le mur antibruit.

Les fenêtres et la porte étaient fermées. Aucun véhicule n'était garé sur l'emplacement réservé. Edgar continua de rouler à dix kilomètres/heure.

– On dirait qu'il n'y a personne.

– Essayons le terrain d'entraînement, dit Bosch. S'il y est, tu pourrais peut-être te faire un petit seau de balles.

– C'est vrai que j'ai toujours aimé m'entraîner, lui répliqua Edgar.

Il n'y avait que quelques joueurs lorsqu'ils arrivèrent, mais tout indiquait que la matinée en avait vu beaucoup. Il y avait des balles de golf absolument partout. Long de 300 mètres, le terrain s'étendait lui aussi jusqu'au mur antibruit à l'arrière du caravaning. Tout au bout de la propriété, des filets étaient accrochés à de grands poteaux afin de protéger les conducteurs de l'autoroute des balles perdues. Un petit tracteur équipé d'un ramasse-balles fixé à l'arrière traversait lentement l'extrémité la plus lointaine du terrain, son conducteur bien à l'abri dans sa cage.

Bosch observa la scène jusqu'au moment où Edgar revint avec un demi-seau de balles et le sac de golf qu'il avait toujours dans le coffre de sa voiture.

– Ça doit être lui, dit Edgar.

– Oui.

Bosch alla s'asseoir sur un banc pour regarder son coéquipier frapper quelques balles sur un petit terre-plein carré en herbe synthétique. Edgar avait ôté sa cravate et sa veste. Il ne jurait pas trop dans le paysage. Deux ou trois terre-pleins plus bas, deux messieurs en costume et chemise boutonnée mettaient manifestement à profit la pause déjeuner pour affiner leur jeu.

Edgar posa son sac sur un support en bois et choisit un fer. Il enfila ensuite un gant qu'il avait sorti de son sac, exécuta quelques moulinets pour s'échauffer et commença à frapper. Ses premières balles se traînèrent lamentablement dans l'herbe et le firent beaucoup jurer. Enfin il réussit à mettre un peu d'air sous elles et parut très content de lui.

Bosch trouvait tout cela bien amusant. Il n'avait jamais joué au golf de sa vie et n'arrivait pas à comprendre l'intérêt que ce jeu pouvait présenter pour tant de gens – de fait, les trois quarts des inspecteurs de la brigade y jouaient religieusement et il y avait toutes sortes de tournois dans l'État. Il prit plaisir à regarder Edgar s'échauffer alors même que frapper ces balles comptait pour du beurre.

– Essaie de le dégommer, lui lança-t-il lorsqu'il pensa que son collègue était fin prêt.

– Harry ! s'écria Edgar. Je sais que tu ne joues pas au golf, mais faut quand même que je te dise : au golf, on frappe sa balle pour qu'elle aille au drapeau. Au golf, il n'y a pas de cibles mouvantes.

– Alors, comment se fait-il que tous nos ex-présidents soient toujours en train de déquiller des bonshommes ?

– Parce qu'on le leur permet.

– Allons, Edgar ! C'est toi-même qui m'as dit que tout le monde essayait de dégommer le type sur son petit tracteur ! Essaie voir un coup.

– Tous ceux qui ne jouent pas au golf sérieusement, oui !

Il ne s'en positionna pas moins de façon à pouvoir viser le tracteur lorsque, arrivé au croisement, celui-ci ferait demi-tour pour repartir dans l'autre sens. D'après les piquets, le tracteur se trouvait à quelque 140 mètres de là.

Edgar frappa sa balle, qui encore une fois se contenta de rouler dans l'herbe.

– Merde ! Tu vois ça, Harry ! Ça pourrait vraiment me bousiller mon jeu.

Bosch se mit à rire.

– Qu'est-ce qui te fait rire ?

– C'est juste un jeu, mec ! Allez, essaie encore.

– Laisse tomber. Tu es vraiment puéril.

– Essaie.

Edgar garda le silence. Encore une fois il se mit en position, visa le tracteur qui se trouvait maintenant au milieu du terrain. Il leva son club et cueillit sa balle qui retomba bien au milieu du terrain, mais après être passée quelque six mètres au-dessus du tracteur.

– Joli coup ! s'écria Bosch. Enfin… si ce n'est pas le tracteur que tu visais !

Edgar lui jeta un regard noir, mais ne dit rien. Pendant les cinq minutes qui suivirent, il frappa une balle après l'autre dans l'espoir d'atteindre le tracteur, mais toutes retombèrent à dix mètres de l'engin, au minimum. Bosch se taisait obstinément, mais la frustration d'Edgar monta tellement qu'à la fin celui-ci se mit en colère et cria :

– Et toi, hein, tu veux essayer ?

Bosch feignit la perplexité.

– Ah… parce que t'essayais toujours de l'avoir ? Je ne m'en étais pas aperçu.

– Bon, on s'en va, dit Edgar.

– T'as pas encore tiré la moitié de tes balles.

– Je m'en fous. Ça va me faire retomber d'un mois en arrière.

– Pas plus ?

Edgar rangea violemment son club dans son sac en fusillant Bosch du regard. Bosch eut toutes les peines du monde à ne pas éclater de rire.

– Allez, Jerry, dit-il, j'ai envie de voir notre bonhomme. Tu ne peux vraiment pas en frapper quelques-unes de plus ? On dirait qu'il aura bientôt terminé.

Edgar regarda au loin. Le tracteur se trouvait maintenant dans la zone des cinquante mètres. S'il avait effectivement commencé sa tournée en partant du mur antibruit, Sam Delacroix n'allait pas tarder à la finir. Il n'y avait plus assez de balles à ramasser – juste celles d'Edgar et des deux hommes d'affaires – pour qu'il se croie obligé de refaire tout le trajet.

Edgar accepta sans rien dire. Il sortit un de ses bois et revint au terre-plein en herbe artificielle. Il frappa une balle absolument splendide qui arriva presque au mur antibruit.

– Tiger Woods, tu peux t'aligner ! s'écria-t-il.

Le coup suivant atterrit dans l'herbe, la vraie, à trois mètres du tee.

– Merde.

– Parce que, quand on joue pour de bon, il faut partir de l'herbe bidon ? demanda Bosch.

– Non, Harry, non. Là, je m'entraîne.

– Ah, je vois. Et donc, quand on s'entraîne, on ne cherche pas vraiment à recréer la situation de jeu véritable.

– Voilà, en gros.

Le tracteur quitta le parcours et remonta vers un abri derrière le stand où Edgar avait payé pour son seau de balles. La porte de la cage s'ouvrit sur un homme d'une soixantaine d'années qui se mit à sortir des paniers grillagés remplis de balles de sa machine et à les porter jusqu'à l'abri. Bosch dit à Edgar de continuer à frapper des balles de façon à ce que leur manège ne soit pas trop évident. Puis il gagna le stand d'un pas nonchalant et paya pour un demi-seau de balles. Moins de six mètres le séparaient de l'homme au tracteur.

C'était bien Samuel Delacroix. Bosch se rappela la photo du permis de conduire qu'Edgar lui avait montrée et le reconnut aussitôt. L'homme qui avait joué les grands Aryens aux yeux bleus et aux cheveux blonds, qui avait envoûté une jeune fille de dix-huit ans était maintenant à peu près aussi distingué qu'un sandwich au jambon. Ses cheveux étaient toujours blonds, mais à l'évidence teints, et le dessus de son crâne était dégarni. Il ne s'était pas rasé depuis plusieurs jours et les poils blancs de sa barbe brillaient au soleil. Des lunettes qui ne lui allaient pas étaient posées sur son nez épaissi par les ans et l'alcool. Il avait un ventre de buveur de bière qui l'aurait fait virer de la pire armée du monde.

– Deux dollars cinquante.

Bosch regarda la femme assise derrière le guichet.

– Pour les balles, dit-elle.

– Ah oui.

Il paya et prit le seau par la poignée. Puis il jeta un dernier coup d'œil à Delacroix, qui brusquement le dévisagea. Leurs regards se croisèrent un instant, Bosch finissant par se détourner d'un air désinvolte. Il repartit dans la direction d'Edgar. C'est alors que son portable se mit à sonner.

Il tendit vite son seau à Edgar et sortit son appareil de sa poche revolver. C'était Mankiewitcz, le sergent de jour.

– Hé, Bosch, qu'est-ce que tu fous ?

– On se fait quelques balles de golf.

– Ben tiens ! Vous autres n'arrêtez pas de rien foutre pendant que nous, on n'arrête pas de bosser.

– Vous m'avez trouvé mon bonhomme ?

– On le pense.

– Où ça ?

– Il bosse à la Washateria. Tu vois le genre, il ramasse des pourboires, de la petite monnaie.

La Washateria était une station de lavage de voitures dans La Brea Avenue. On y employait des hommes à la journée pour lustrer les carrosseries et passer l'aspirateur. Les ouvriers travaillaient surtout pour les pourboires et tout ce qu'ils pouvaient piquer dans les voitures sans se faire prendre.

– Qui l'a repéré ?

– Des types de la Mondaine. Ils sont sûrs de leur coup à quatre-vingts pour cent. Ils aimeraient savoir si tu veux qu'ils l'arrêtent ou si tu préfères être là.

– Dis-leur de patienter un peu. On arrive. Et tu sais quoi, Mank ? Il risque de vouloir filer comme un lièvre. T'aurais pas une équipe de rab qu'on pourrait utiliser en renfort ?

– Euh…

Il y eut un silence pendant lequel, pensa Bosch, Mankiewicz devait consulter son planning.

– Ben, t'as de la chance. J'ai deux équipes de 3 à 11 heures qui devraient quitter assez tôt. Ils pourraient être libres dans un quart d'heure. Ça t'irait ?

– C'est parfait. Dis-leur de nous retrouver au parking des Checkers au croisement de La Brea Avenue et de Sunset Boulevard. Et tu dis aux mecs de la Mondaine de nous y retrouver eux aussi.

Bosch fit signe à Edgar qu'ils allaient repartir.

– Euh… encore un truc, dit Mankiewitcz.

– Oui, quoi ?

– Dans l'équipe de soutien, y aura Brasher. Ça te pose un problème ?

Bosch garda le silence un instant. Il avait envie de lui dire de trouver quelqu'un d'autre, mais il savait que ce n'était pas à lui de prendre la décision. S'il essayait de modifier le planning à cause de ses relations avec Brasher, il laissait la porte ouverte à toutes les critiques et à la possibilité de faire l'objet d'une enquête des Affaires internes.

– Non, y a pas de problème, dit-il enfin.

– Écoute… moi, je le ferais pas, mais c'est une bleue. Elle a commis quelques erreurs et ça lui ferait du bien.

– Je t'ai dit que ça ne posait pas de problèmes.

31

Ils préparèrent l'arrestation de Johnny Stokes sur le capot de la voiture d'Edgar. Les inspecteurs de la mondaine, Eyman et Leiby, dessinèrent le plan de la Washateria sur un bloc-notes grand format et entourèrent d'un rond l'endroit où ils avaient vu Stokes travailler sous la verrière de lustrage. La station de lavage était entourée par des murs en béton et d'autres structures sur trois côtés. La partie qui donnait sur La Brea faisait dans les cinquante mètres de long, un mur la fermant tout le long sauf les allées d'entrée et sortie à chaque extrémité. S'il choisissait de filer, Stokes pouvait passer par-dessus le mur, mais il était plus vraisemblable qu'il tente de se sauver par une des allées ouvertes.

Le plan était simple. Eyman et Leiby couvriraient l'entrée, Brasher et son coéquipier Edgewood se chargeant de la sortie. Bosch et Edgar entreraient en voiture comme n'importe quels clients et sauteraient sur Stokes. Ils passèrent leurs émetteurs radio en fréquence tactique et convinrent d'un code : rouge, Stokes avait filé ; vert, il s'était laissé prendre sans opposer de résistance.

– Ne jamais oublier ceci, reprit Bosch. Presque tous les mecs qui essuient, épongent, savonnent et passent l'aspirateur dans cette station fuient quelque chose – quand ce ne serait que la *migra*[1]. Ce qui fait que même si on arrête Stokes sans problème, les autres pourraient décider de chercher la bagarre. Des flics qui se pointent dans une station de lavage, c'est comme de crier au feu dans un théâtre. Tout le monde s'éparpille jusqu'au moment où on sait à qui nous en voulons.

Tous acquiescèrent, Bosch se faisant un devoir de fixer Brasher, la bleue, d'un regard insistant. En accord avec le plan qu'ils avaient concocté la veille au soir, ils ne montraient à personne qu'ils se connaissaient autrement que comme des collègues. Mais là, il voulait être sûr qu'elle comprenne que, dans une arrestation de ce genre, la situation pouvait évoluer très rapidement.

– C'est pigé, la bleue ? demanda-t-il.

Elle sourit.

– Oui, dit-elle, c'est pigé.

– Bon alors, on arrête de sourire et on se concentre. Allez, on y va !

Il crut voir son sourire rester sur son visage tandis qu'elle rejoignait sa voiture de patrouille avec Edgewood.

Edgar et Bosch se dirigèrent vers la Lexus d'Edgar. Bosch s'arrêta en la voyant et s'aperçut qu'elle avait l'air d'avoir été lavée et lustrée récemment.

– Merde, grogna-t-il.

– Qu'est-ce que tu veux que je te dise, Harry ? Je prends soin de ma bagnole, moi.

Bosch regarda autour de lui. Derrière le fast-food, dans un petit recoin en ciment, se trouvait une benne à ordures qu'on venait de passer au jet. Une flaque d'eau noire était en train de se former par terre.

– Tu traverses cette flaque quatre ou cinq fois, indiqua-t-il à Edgar. Pour en avoir plein la carrosserie.

1. Nom donné par les Mexicains à la police de l'immigration américaine *(NdT)*.

– Harry ? Il n'est pas question que j'éclabousse ma voiture avec ça.

– Allons, quoi ! Il faut que ta voiture ait l'air d'avoir besoin d'un bon shampooing, sinon ils vont se douter de quelque chose. C'est toi-même qui l'as dit : ce mec-là risque de filer comme un lièvre. N'allons pas lui donner une raison de se barrer.

– Sauf que nous n'allons pas vraiment faire laver cette bagnole, n'est-ce pas ? Et que si je la salis avec cette saloperie, elle y restera.

– Que je te dise, Jerry. Si on attrape ce type, je demande à Eyman et à Leiby de nous le ramener au poste pendant que tu fais laver ta voiture. Et tiens, c'est moi qui paierai.

– Eh merde !

– Allez ! Roule dans cette flaque. On perd du temps.

Ils dégueulassèrent la voiture et gagnèrent la station de lavage en silence. En arrivant, Bosch vit que les flics de la Mondaine s'étaient garés le long du trottoir, à quelques voitures de l'entrée. Plus bas dans la rue, de l'autre côté de la station, la voiture de patrouille s'était rangée dans une file de véhicules en stationnement. Bosch décrocha sa radio.

– Bon, tout le monde est prêt ? lança-t-il.

Il entendit deux claquements – les gars de la Mondaine qui lui répondaient oui –, puis ce fut Brasher qui parla.

– Oui, dit-elle, on est prêts.

– Bien. On y va.

Edgar s'engagea dans l'allée où les clients abandonnaient leurs voitures au poste de nettoyage et commandaient le genre de lavage ou de lustrage qu'ils voulaient. Bosch scruta aussitôt la rangée d'ouvriers. Tous étaient habillés d'une combinaison orange identique et portaient des casquettes de base-ball. Cela ralentit l'identification, mais il ne tarda pas à repérer la verrière de lustrage et Johnny Stokes qui y travaillait.

– Il est là-bas, souffla-t-il à Edgar. Il s'occupe de la BMW noire.

Bosch savait que, dès qu'ils descendraient de voiture, les trois quarts des anciens taulards présents à ce moment-là comprendraient qu'ils avaient affaire à des flics. De la même manière qu'il était capable de repérer un escroc dans quatre-vingt-dix-huit pour cent des cas, ils savaient, eux, reconnaître un flic à cent mètres. Il faudrait serrer Johnny Stokes à toute allure.

Il jeta un coup d'œil à Edgar.

– Prêt ?

– Allons-y.

Ils ouvrirent leurs portières en même temps. Bosch descendit de la voiture et se dirigea vers Stokes qui se trouvait à vingt-cinq mètres de là et lui tournait le dos. Accroupi, celui-ci était en train de vaporiser quelque chose sur les roues de la BMW. Bosch entendit Edgar dire à quelqu'un de laisser tomber le nettoyage à l'aspirateur – il allait revenir tout de suite.

Ils avaient fait la moitié du chemin qui les séparait de Stokes lorsqu'ils furent reconnus par d'autres ouvriers. Quelque part dans son dos, Bosch entendit une voix qui criait : « C'est les flics ! C'est les flics ! »

Aussitôt en alerte, Stokes se releva et commença à se tourner. Bosch démarra.

Il était à cinq mètres de Stokes lorsque celui-ci comprit que c'était à lui qu'on en voulait. Filer à gauche et prendre par l'entrée de la station était la solution la plus évidente, mais la BMW lui bouchait le passage. Il voulut partir sur la droite, mais s'arrêta en découvrant qu'il n'y avait pas d'issue.

– Non ! lui cria Bosch. On veut juste vous parler ! C'est tout !

Stokes se tassa, visiblement. Bosch courut droit sur lui tandis qu'Edgar prenait par la droite, au cas où l'ancien taulard aurait voulu forcer le passage.

Bosch ralentit l'allure et ouvrit grand les mains en se rapprochant. Dans l'une il tenait sa radio.

– Police, dit-il. On veut juste vous poser quelques questions.

– Putain, mec ! Sur quoi ?

– Sur…

Stokes leva brusquement le bras et aspergea Bosch de nettoyant à pneu. Puis il bondit sur sa gauche, vers le cul-de-sac où le mur arrière de la station venait buter sur celui d'un immeuble de location de trois étages.

Bosch porta instinctivement ses mains à ses yeux. Il entendit Edgar crier après Stokes, puis le bruit des chaussures de son coéquipier sur le ciment lorsque celui-ci se lança à la poursuite du taulard. Bosch ne pouvait plus ouvrir les yeux. Il approcha sa radio de sa bouche et hurla : « Rouge ! Rouge ! Rouge ! Il file par-derrière. »

Puis il laissa tomber sa radio par terre en se servant de sa chaussure pour amortir la chute de l'appareil. Il se frotta ensuite les yeux avec les manches de sa veste. Enfin il put les ouvrir pendant quelques secondes. Il repéra un tuyau monté à un robinet, près de l'arrière de la BMW. Il ouvrit le robinet et s'aspergea le visage et les yeux sans se soucier de tremper ses vêtements. Il avait l'impression qu'on lui avait plongé les yeux dans de l'huile bouillante.

L'eau froide finissant par atténuer la brûlure, il lâcha le tuyau sans arrêter le robinet et reprit sa radio. Sa vision était floue sur les côtés, mais il voyait assez clair pour pouvoir se déplacer. Il se penchait pour ramasser sa radio lorsqu'il entendit les rires de certains ouvriers en combinaison orange.

Il préféra les ignorer. Il passa sur la fréquence de la patrouille de Hollywood et commença à parler.

– À toutes les unités de Hollywood ! lança-t-il. Officiers en poursuite. Agresseur au croisement de La Brea Avenue et de Santa Monica Boulevard. Blanc, trente-trois ans, cheveux noirs, combinaison orange. Aux environs de la Washateria de Hollywood.

Il n'arrivait plus à se rappeler l'adresse exacte de la station de lavage, mais cela ne l'inquiétait pas. Tous les flics de patrouille la connaissaient. Il passa sur la fréquence principale et demanda qu'on lui envoie aussi des infirmiers pour soigner un policier blessé. Il n'avait aucune idée de ce que Stokes lui avait projeté dans les yeux. Il commençait à se sentir mieux, mais il ne voulait pas risquer quelque chose de grave.

Pour finir, il revint sur la fréquence tactique et demanda où tout le monde se trouvait. Seul Edgar lui répondit par radio.

– Il y avait un trou au coin du mur, dit-il. Il a réussi à passer dans l'allée. Il est dans un immeuble de location, au nord de la station.

– Et les autres ? Où sont les autres ?

La voix d'Edgar lui revint avec des blancs. Son coéquipier était entré dans une zone de silence radio.

– Ils sont derrière... déployés... je crois... garage... ça va, Harry ?

– Je m'en sortirai. Les renforts arrivent.

Il ne savait pas si Edgar l'avait entendu. Il remit la radio dans sa poche et fonça à l'arrière de la station, où il trouva effectivement le trou par lequel Stokes avait filé. Derrière une palette de fûts de cent litres de savon liquide, il y avait un trou dans le mur en béton. Apparemment, une voiture était entrée dedans par l'autre côté et l'avait percé. Intentionnelle ou pas, cette ouverture faisait une bonne issue pour tous les escrocs qui travaillaient à la station.

Bosch se baissa et passa par le trou, en accrochant un instant sa veste à une tige de fer rouillé qui sortait du mur démoli. Il se redressa de l'autre côté et se retrouva dans une allée qui longeait l'arrière d'immeubles de location se dressant entre les deux carrefours.

La voiture de patrouille s'était rangée en épi, à une quarantaine de mètres de l'allée. Elle était vide, et ses deux portières étaient ouvertes. Il entendit la radio de bord qui crachait. Plus loin, au bout du pâté d'immeubles, la voiture de la Mondaine était garée en travers de l'allée.

Tous les sens en alerte, il descendit l'allée au trot, en direction de la voiture de patrouille. Dès qu'il y arriva, il ressortit sa radio et tenta de trouver quelqu'un sur le canal tactique. Il n'obtint pas de réponse.

La voiture de patrouille était garée devant une rampe d'accès qui s'enfonçait dans les profondeurs du garage situé sous le plus grand des immeubles de location. Bosch se rappela que le vol de voitures faisait partie des délits portés au passif de Stokes et comprit tout de suite que celui-ci avait décidé de descendre dans le garage. Sa seule façon d'en sortir était de piquer une voiture.

Bosch s'enfonça dans l'obscurité.

Le garage était énorme et semblait suivre le plan de l'immeuble au-dessus. Bosch y découvrit trois rangées de parking, et une deuxième rampe conduisant à un niveau inférieur. Il n'y avait personne. Le seul bruit qu'il entendait était celui de gouttes d'eau tombant de tuyaux fixés sous les plafonds. Il passa vite dans l'allée du milieu et sortit son arme pour la première fois depuis le début de l'intervention. Stokes s'en était déjà fait une avec un vaporisateur, Dieu seul savait ce qu'il allait trouver dans le garage pour se battre.

Bosch examina les rares véhicules garés à ce niveau – tout le monde devait être parti au boulot –, dans l'espoir d'y trouver des traces d'effraction. Rien. Il allait porter sa radio à ses lèvres lorsqu'il entendit des bruits de pas monter en écho du niveau inférieur. Il courut vers la rampe et commença à la descendre en veillant à ce que ses semelles en caoutchouc fassent aussi peu de bruit que possible.

Moins de lumière naturelle y arrivant, il faisait encore plus sombre au niveau inférieur. À mesure que la pente se redressait, ses yeux s'habituèrent à l'obscurité. Il ne voyait personne, mais la rampe l'empêchait de voir la moitié de l'espace. Il allait en faire le tour lorsqu'il entendit une voix suraiguë tout au bout du parking. C'était Julia Brasher.

– Là ! Là ! On ne bouge plus !

Bosch repéra d'où venait la voix et se plaqua contre le côté de la rampe, son arme dressée. Toute son expérience lui disait de crier afin d'avertir sa collègue de sa présence. Mais il savait aussi que si Julia était seule avec Stokes, son cri risquait de la déconcentrer et d'offrir à Stokes une occasion de filer ou de s'en prendre à elle.

Il avait coupé par-dessous la rampe lorsqu'il les vit tous les deux près du mur du fond, à moins de quinze mètres de distance. Julia avait coincé Stokes contre le mur, jambes et bras écartés. Elle l'immobilisait d'une main appuyée dans son dos. Posée par terre, juste à côté de son pied droit, sa lampe torche éclairait le mur contre lequel Stokes était plaqué.

La manœuvre était impeccable. Bosch sentit le soulagement l'envahir et comprit presque aussitôt que c'était de voir qu'il ne lui était rien arrivé. Il se redressa et s'approcha d'eux, son arme baissée.

Il était juste derrière eux et n'avait fait que quelques mètres lorsqu'il vit Julia retirer sa main du dos de Stokes et reculer d'un pas pour regarder à droite et à gauche. Il sentit tout de suite que c'était ce qu'il ne fallait surtout pas faire. Et ça, Julia l'avait appris à

276

l'entraînement. Stokes allait pouvoir se remettre à courir, s'il en avait envie.

Alors, tout parut ralentir. Bosch avait commencé à crier lorsque le garage fut soudain envahi par l'éclair et la détonation d'un coup de feu. Julia s'affaissa, Stokes restant debout. L'écho de la détonation se réverbérait sur les parois de béton, interdisant d'en trouver l'origine.

Bosch ne pensa plus qu'à une chose : où était le tireur ?

Il leva son arme et s'accroupit dans la position de tir. Puis il commença à tourner la tête pour repérer l'agresseur, mais s'aperçut que Stokes commençait à se détacher du mur. Par terre, Julia leva le bras, son arme pointée sur Stokes qui continuait de se dégager.

Bosch braqua son Glock sur Stokes.

– Pas un geste ! hurla-t-il. On ne bouge plus.

En une seconde il fut sur eux.

– Tire pas, mec ! cria Stokes. Tire pas !

Bosch garda les yeux rivés sur lui. Ils le brûlaient encore, mais il savait qu'un seul clignement de paupières pouvait être une erreur fatale.

– Par terre ! hurla-t-il. Par terre ! Tout de suite !

Stokes s'allongea sur le ventre, les bras écartés à angle droit de son corps. Bosch l'enjamba et d'un geste qu'il avait accompli des milliers de fois menotta Stokes dans le dos.

Il remit ensuite son arme dans son étui et se tourna vers Julia. Elle avait les yeux grands ouverts et ceux-ci n'arrêtaient pas de bouger. Du sang avait éclaboussé sur son cou et trempait déjà le devant de son uniforme. Il s'agenouilla devant elle et lui déchira sa chemise, mais il y avait tellement de sang partout qu'il lui fallut un petit moment pour localiser la blessure. La balle lui était entrée dans l'épaule gauche, à deux ou trois centimètres de la bretelle en Velcro de son gilet pare-balles en Kevlar.

Le sang coulait à flots de la plaie et, Bosch le voyait, Brasher perdait vite ses couleurs. Elle remuait les lèvres, mais aucun son n'en sortait. Il chercha quelque chose autour de lui et aperçut un chiffon qui sortait de la poche revolver de Stokes. Il le tira d'un coup sec et en fit une compresse improvisée qu'il appuya sur la blessure. Julia gémit de douleur.

– Julia, dit-il, ça va faire mal, mais il faut que j'arrête l'hémorragie.

D'une main il ôta sa cravate et la lui passa autour de l'épaule. Puis il fit un nœud pour maintenir la compresse en place.

– Bien, dit-il, tiens bon.

Il ramassa sa radio par terre et se recala vite sur le canal principal.

– Allô, dispatching. Officier touché, immeuble locatif de La Brea Park, parking dernier sous-sol, croisement La Brea-Santa Monica. Demandons ambulance tout de suite ! Suspect arrêté. Confirmer réception.

Il attendit ce qui lui parut un temps interminable avant qu'un dispatcher lui dise que le signal passait mal et qu'il allait devoir répéter sa demande. Bosch appuya sur le bouton d'appel et hurla :

– Où est mon ambulance ? J'ai un officier TOU-CHÉ !

Il repassa sur la fréquence tactique.

– Edgar, Edgewood, dit-il, on est au parking du dernier sous-sol. Brasher est blessée. Stokes est maîtrisé. Je répète : Brasher est blessée.

Il jeta sa radio et hurla « Edgar ! » de toutes ses forces. Puis il ôta sa veste et en fit une boule.

– Hé, mec ! cria Stokes. C'est pas moi qu'ai fait ça. Je sais pas ce qui s'est pas…

- La ferme, Stokes. La fer-me !

Bosch glissa sa veste sous la tête de Brasher. Le menton en avant, elle serrait les dents de douleur. Ses lèvres étaient presque blanches.

– L'ambulance arrive, Julia, dit-il. Je l'avais appelée avant que tout ça n'arrive. Je dois être devin. Faut que tu tiennes, Julia. Accroche-toi.

Elle ouvrit la bouche malgré le terrible effort que ça lui coûtait. Mais, avant même qu'elle ait pu dire quoi que ce soit, Stokes s'était remis à hurler d'une voix où la peur confinait à l'hystérie.

– C'est pas moi qu'ai fait ça, mec ! Les laisse pas me tuer ! C'est pas moi !

Bosch se pencha sur lui et lui appuya sur le dos de tout son poids. Puis il lui parla fort, et directement dans l'oreille :

– Tu la fermes, bordel, ou c'est moi qui te tue !

Il se concentra de nouveau sur Brasher. Elle avait les yeux encore ouverts. Des larmes coulaient sur ses joues.

– Julia, dit-il, encore quelques minutes. Il faut que tu tiennes.

Il lui arracha son arme de la main gauche et la posa par terre, loin de Stokes. Puis il lui prit la main et la tint dans les deux siennes.

– Qu'est-ce qui s'est passé ? dit-il. Mais qu'est-ce qui s'est passé, nom de Dieu ?

Encore une fois elle ouvrit la bouche, et la referma. Bosch entendit qu'on descendait la rampe en courant. Et Edgar qui l'appelait.

– Par ici ! cria-t-il.

Un instant plus tard, Edgar et Edgewood les avaient rejoints.

– Julia ! hurla Edgewood. Oh, putain !

Sans la moindre hésitation, il fit un pas en avant et décocha un coup de pied particulièrement vicieux dans le flanc de Stokes.

– Espèce de fumier !

Il s'apprêtait à recommencer lorsque Bosch l'arrêta.

– Non ! hurla-t-il. Arrière ! Laisse-le tranquille !

Edgar ceintura Edgewood et l'écarta de Stokes qui avait poussé un cri d'animal blessé et n'arrêtait plus de marmonner et gémir de peur.

– Emmène-le et ramène l'ambulance ! lança Bosch à Edgar. Le signal radio ne passe pas !

Les deux hommes semblaient ne plus pouvoir bouger.

– Allez ! Tout de suite !

Comme si elles n'attendaient que ce signal, des sirènes se firent entendre dans le lointain.

– Vous voulez aider Julia ? Allez chercher les ambulanciers !

Edgar fit pivoter Edgewood et tous deux repartirent vers la rampe au pas de course.

Bosch se retourna vers Brasher. Elle avait déjà le teint d'une morte. Elle était au bord de l'état de choc. Bosch ne comprenait pas. Elle n'était blessée qu'à l'épaule. Brusquement, il se demanda s'il n'avait pas entendu deux coups de feu. La détonation et l'écho du premier l'auraient empêché d'entendre le second ? Il la palpa encore, mais ne trouva aucune autre blessure. Il ne voulait pas la retourner pour examiner son dos de peur d'aggraver son état, mais elle n'avait pas de sang sous elle.

– Allez, Julia, dit-il, on tient bon. Tu vas y arriver. Tu entends ? L'ambulance sera ici dans une minute. Accroche-toi.

Elle ouvrit de nouveau la bouche, mit le menton en avant et tenta de parler.

– Il… a attrapé… il a cherché…

Elle serra les dents et secoua la tête d'avant en arrière sur sa veste. Puis elle essaya de parler à nouveau.

– C'était pas… je ne suis pas…

Bosch approcha son visage du sien, tout près, puis il baissa la voix et murmura d'un ton pressant :

– Chut. Chuuuut ! Ne parle pas. Reste en vie. Concentre-toi, Julia. Tiens bon. Reste en vie, Julia ! Je t'en prie !

Il sentit des vibrations et entendit des bruits dans tout le parking. Une seconde plus tard, des lueurs rouges ricochaient sur les murs et l'ambulance s'arrêtait à côté d'eux. Une voiture de patrouille pila derrière elle, d'autres policiers en tenue, en plus d'Eyman et de Leiby, descendant la rampe à toute allure et inondant le parking de lumière.

– Ah, mon Dieu ! S'il te plaît ! murmura-t-elle. Ne les laisse pas…

Arrivé à leur hauteur, le premier ambulancier posa une main sur l'épaule de Bosch et le repoussa doucement en arrière. Bosch se laissa faire. À ce stade il ne faisait plus que compliquer les choses et il l'avait compris. Il reculait déjà lorsque Brasher lui attrapa brusquement l'avant-bras et l'attira vers elle. Elle n'avait presque plus de voix.

– Harry, dit-elle, ne les laisse pas…

L'ambulancier lui mit un masque à oxygène sur la figure et ses mots s'y perdirent.

– Monsieur l'officier, dit fermement l'ambulancier. Si vous voulez bien reculer… S'il vous plaît.

Tandis que Bosch reculait à quatre pattes, l'infirmier se pencha en avant, referma la main sur la cheville de Julia et la serra brièvement.

– Julia, dit Bosch, tu vas t'en sortir.

– Julia ? lança le deuxième infirmier en s'accroupissant à côté d'elle, une grande valise d'équipement médical à la main.

– Julia.

– Bon, reprit l'infirmier. Moi, c'est Eddie et lui, c'est Charlie et nous allons nous occuper de vous. Et comme l'a dit votre copain, vous allez vous en sortir. Mais il va falloir être costaud… pour nous. Il va falloir le vouloir, Julia. Il va falloir se battre.

Elle dit quelque chose qui se perdit dans son masque à oxygène, mais que Bosch crut reconnaître : *paralysée*.

Les infirmiers entamèrent l'immobilisation, celui qui s'appelait Eddie ne cessant de parler à Julia. Bosch se leva et rejoignit Stokes. Puis il le remit debout et l'écarta d'une poussée.

– J'ai les côtes cassées, gémit celui-ci. Moi aussi, j'ai besoin des infirmiers.

– Crois-moi, Stokes, lui renvoya Bosch, pour ça, il n'y a rien à faire. Alors, tu la fermes.

Deux policiers en tenue se portèrent à leur rencontre. Bosch les reconnut : c'étaient ceux qui avaient dit à Julia qu'ils la retrouveraient chez Boardner. Ses amis.

– On vous l'emmène, dirent-ils.

Sans hésiter, Bosch passa devant eux en poussant Stokes.

– Non, dit-il, c'est moi qui m'en occupe.

– Inspecteur, il faut que vous restiez ici pour l'évaluation.

Ils avaient raison. L'équipe d'évaluation du tir allait bientôt débarquer et Bosch serait le principal témoin interrogé. Mais il n'allait pas confier Stokes à des gens en qui il n'avait pas une confiance absolue.

Il poussa Stokes le long de la rampe, vers la lumière.

– Stokes, dit-il, écoute-moi bien. Tu veux vivre ?

Le jeune homme ne répondit pas. Il marchait le buste penché en avant à cause de ses blessures aux côtes. Bosch tapota l'endroit même où Edgewood lui avait asséné son coup de pied. Stokes gémit fort.

– Hé, tu m'écoutes ? insista Bosch. Tu veux rester en vie ?

– Oui ! Oui, je veux rester en vie !

– Alors, ouvre tes oreilles toutes grandes. Je vais te coller dans une pièce, et tu ne parleras qu'à moi. M'as-tu bien compris ?

– J'ai bien compris. Empêchez-les de me faire du mal, c'est tout. Je n'ai rien fait. Je ne sais pas ce qui s'est passé. Elle m'a crié de me coller au mur et je lui ai obéi. Je jure que c'est tout ce que…

– La ferme ! lui ordonna Bosch.

D'autres flics arrivant sur les lieux par la rampe d'accès, il n'avait plus qu'une idée en tête : sortir Stokes de là.

Lorsqu'ils retrouvèrent la lumière, Bosch vit Edgar qui parlait dans son portable en faisant signe à une ambulance d'entrer dans le parking. Bosch poussa Stokes vers lui. Ils approchaient lorsque Edgar referma son téléphone.

– Je viens de parler au lieutenant, dit celui-ci. Elle arrive.

– Parfait. Où est ta voiture ?

– Toujours à la station de lavage.

– Va la chercher. On emmène Stokes au commissariat.

– Harry, on peut pas quitter une scène de…

– Tu as vu ce qu'a fait Edgewood, non ? Il faut absolument foutre ce merdeux en sûreté. Va chercher ta voiture. Si on se fait engueuler, c'est moi qui en prends la responsabilité.

– Vu.

Edgar partit vers la station de lavage en courant.

Bosch vit un poteau au coin du bâtiment. Il y poussa Stokes, lui passa les bras autour et le menotta.

– Tu m'attends ici, dit-il.

Puis il s'écarta d'un pas et se passa la main dans les cheveux.

Qu'est-ce qui s'est passé en bas ? dit-il.

283

Il ne s'était pas rendu compte qu'il parlait tout haut lorsque Stokes se mit à bafouiller qu'il n'avait rien fait de mal.

– Ta gueule ! cria Bosch. C'est pas à toi que je causais.

32

Edgar et Bosch poussèrent Stokes à travers le poste et le firent passer dans le petit couloir qui conduisait aux salles d'interrogatoire. Ils le collèrent dans la trois et le menottèrent à l'anneau en acier vissé au milieu de la table.

— On revient tout de suite, dit Bosch.

— Hé, me laisse pas ici, mec ! Ils vont venir !

— Personne n'entrera ici en dehors de moi. Tiens-toi tranquille.

Ils quittèrent la pièce et la fermèrent à clé. Bosch gagna la table des Homicides. La salle des inspecteurs était entièrement vide. Lorsqu'un policier était abattu, c'était toute la division qui réagissait. Cela faisait partie du rituel à observer pour garder la foi. Tout le monde voulait pouvoir compter sur tout le monde dans ces cas-là. C'est pour ça qu'on réagissait de cette manière.

Bosch avait besoin de fumer, de temps pour réfléchir, de réponses. Il ne pensait plus qu'à Julia et à l'état dans lequel elle se trouvait. Mais il savait aussi qu'il n'y pouvait plus rien et que la meilleure façon de se dominer était de se concentrer sur quelque chose qu'il contrôlait encore.

Il n'oubliait pas qu'il lui restait peu de temps avant que l'équipe d'évaluation du tir retrouve sa trace et vienne lui demander des explications ainsi qu'à Stokes.

Il décrocha le téléphone et appela le poste de garde. Ce fut Mankiewicz qui décrocha. C'était sans doute le dernier flic à ne pas être parti.

– C'est quoi, les nouvelles ? lui demanda Bosch. Comment va-t-elle ?

– Je ne sais pas. D'après ce qu'on m'a dit, c'est pas bon. Où es-tu ?

– Dans la grande salle. J'ai le suspect.

– Mais qu'est-ce que tu fous, Harry ? ! L'équipe d'évaluation a tout pris en main ! Tu devrais être là-bas, sur la scène de crime. Avec ton type.

– Disons que j'avais peur que la situation ne dégénère. Écoute… tu me fais signe dès que tu apprends quelque chose sur Julia. D'accord ?

– D'accord.

Bosch allait raccrocher lorsqu'il se rappela quelque chose.

– Et… Mank, écoute un peu. Votre copain Edgewood a essayé de rouer le suspect de coups de pied. Et le suspect était par terre et menotté. Il doit avoir quatre ou cinq côtes de cassées.

Il attendit. Mankiewicz garda le silence.

– Bon, c'est à toi de voir, reprit Bosch. Je peux la jouer officiel ou je vous laisse le soin de régler la question à votre façon.

– Je m'en charge.

– Parfait. Mais tu n'oublies pas : tu me tiens au courant tout de suite.

Il raccrocha et jeta un coup d'œil à Edgar, qui hocha la tête – Edgar approuvait la manière dont son collègue gérait le problème Edgewood.

– Et Stokes ? demanda-t-il. Harry, qu'est-ce qui s'est passé dans ce garage, bordel ?

– Je n'en suis pas très sûr. Écoute… je vais à la salle d'interrogatoire et je questionne Stokes sur Arthur Delacroix, histoire de voir ce que je peux en tirer avant que l'Évaluation ne débarque en force pour me le piquer. Tu essaies de les faire patienter quand ils arrivent ?

– D'accord. Et samedi, j'ai bien l'intention de foutre une raclée à Tiger Woods sur la côte d'Azur.

– Oui, je sais.

Bosch gagna le couloir du fond et s'apprêtait à entrer dans la salle d'interrogatoire numéro trois lorsqu'il s'aperçut qu'il n'avait pas repris son magnétophone à l'inspectrice Bradley des Affaires internes. Il tenait à enregistrer la séance. Il dépassa la porte et entra dans la pièce voisine, où se trouvait l'équipement vidéo. Il alluma la caméra et le magnéto d'appoint et regagna la salle numéro trois.

Il s'assit en face de Stokes et eut l'impression que la vie avait quitté les yeux du jeune homme. Moins d'une heure auparavant celui-ci lustrait une BMW pour se faire un peu d'argent, et maintenant c'était la perspective de retourner en prison qu'il devait regarder en face – et encore, s'il avait de la chance. Stokes savait très bien que, dès qu'il se mélange à l'eau, le sang de flic attire tous les requins de la police. Nombreux étaient les suspects qui se faisaient tirer dessus en essayant de s'évader ou qui, sans qu'on puisse vraiment l'expliquer, se pendaient dans des salles identiques à celle-là. Enfin… c'était ce qu'on racontait aux journalistes.

– Rends-toi service, lui lança Bosch. Tu te calmes et tu ne fais pas de conneries, d'accord ? Ne t'imagine pas de faire des trucs qui pourraient pousser ces gens-là à te flinguer. Tu m'as bien compris ?

Stokes acquiesça d'un signe de tête.

Bosch aperçut le paquet de Marlboro que Stokes avait dans la poche de poitrine de la combinaison. Il tendit le bras par-dessus la table, Stokes sursauta.

– Du calme, répéta Bosch.

Il prit le paquet de cigarettes et s'en alluma une avec le sachet d'allumettes glissé sous l'emballage en Cellophane. Puis il tira à lui une petite poubelle posée à côté de sa chaise et y jeta son allumette.

– Si j'avais voulu te dérouiller, reprit-il, je l'aurais fait dans le garage. Merci pour la cigarette.

Il la savoura. La dernière qu'il avait fumée remontait à au moins deux mois.

– Je peux en avoir une ? demanda Stokes.

– Non, répondit Bosch. Tu ne la mérites pas. Tu ne mérites absolument rien, mais je vais te proposer un marché.

Stokes leva la tête.

– Tu te rappelles le petit coup de pied que t'as reçu dans les côtes là-bas ? On fait un échange. Tu oublies l'incident et tu encaisses comme un homme et moi, j'oublie la merde que tu m'as balancée dans la gueule.

– J'ai les côtes pétées, mec.

– J'ai les yeux qui me brûlent, mec. C'est du nettoyant industriel que tu m'as jeté dans la gueule. Le district attorney n'aura aucun mal à t'inculper d'agression à agent. Tu n'auras même pas le temps de te dire que tu risques d'en prendre pour cinq à dix ans à Corcoran que ce sera déjà fait. Corcoran, ça te rappelle quelque chose, non ?

Il laissa Stokes digérer la question un long moment.

– Alors… marché conclu ?

Stokes acquiesça d'un signe de tête.

– Sauf que ça ne va rien changer, dit-il à Bosch. Ils vont quand même dire que c'est moi qui lui ai tiré dessus et que…

– Peut-être, mais moi, je sais que ce n'est pas vrai.

Il vit une lueur d'espoir revenir dans les yeux du jeune homme.

– Et je vais leur dire exactement ce que j'ai vu, enchaîna-t-il.

– Bon, dit Stokes dans un murmure.

– Et donc, commençons par le commencement. Pourquoi t'es-tu mis à courir ?

Stokes secoua la tête.

– Parce que c'est ça que je fais, mec. Je suis un condamné et toi, t'es le Flic. Alors, je cours.

Bosch se rendit brusquement compte que, dans la confusion et la hâte du moment, personne n'avait songé à fouiller Stokes. Il lui ordonna de se lever, ce que le prisonnier ne put faire qu'en se penchant sur la table à cause de ses poignets enchaînés. Bosch passa derrière lui et commença à lui palper les poches.

– Seringues ?

– Non, mec, j'ai pas de seringues sur moi.

– Bon, parce que je n'ai pas envie de me piquer. Je me pique et fini les combines entre nous.

Il garda sa cigarette entre les lèvres en continuant de fouiller le prisonnier. La fumée lui piquait les yeux, qui le brûlaient déjà. Des poches de Stokes il sortit un portefeuille, un jeu de clés et un rouleau de vingt-sept billets de un dollar. Ses pourboires pour la journée. Il n'y avait rien d'autre. S'il avait eu de la drogue sur lui, pour son usage personnel ou pour en vendre, il avait tout jeté en essayant de s'enfuir.

– Ils vont passer avec les chiens, reprit Bosch. Si t'as jeté un sachet, ils le trouveront et je ne pourrai rien pour toi.

– J'ai rien jeté. S'ils trouvent quelque chose, ce sera eux qui l'auront mis.

– Ben tiens. Comme pour O. J. Simpson.

Bosch se rassit.

– Qu'est-ce que je t'ai dit en premier ? Je t'ai dit : « On veut juste vous parler. » C'était vrai et tout ça (il lui montra la pièce d'un grand geste du bras), tout ça aurait pu être évité si tu m'avais écouté.

– Les flics ne veulent jamais parler. Ils veulent toujours quelque chose de plus.

Bosch acquiesça. Il n'était jamais surpris de constater à quel point les anciens prisonniers étaient réalistes.

– Parle moi d'Arthur Delacroix.

Le trouble se lut dans les yeux de Stokes.

– Quoi ? De qui ça ?

– D'Arthur Delacroix. Ton pote de skate. Ça remonte à l'époque où il habitait dans Miracle Mile. Tu te rappelles ?

– Putain, mec, mais c'était….

– Il y a très longtemps, je sais. C'est pour ça que je te demande.

– Artie ? Quoi Artie ? Il y a longtemps qu'il a disparu.

– Parle-moi de lui. Dis-moi quand il a disparu.

Stokes baissa les yeux sur ses menottes et hocha lentement la tête.

– Ça remonte à loin. J'arrive pas à me rappeler.

– Essaie. Pourquoi a-t-il disparu ?

– Je sais pas, moi. Il aura pas pu supporter plus longtemps et filé.

– Il te l'a dit ?

– Non, mec, il s'est juste contenté de filer. Un jour, y a plus eu personne. Et je ne l'ai plus jamais revu.

– Qu'est-ce qu'il n'aurait pas pu supporter ?

– Comment ça ?

– Tu as dit qu'il avait filé parce qu'il ne pouvait plus supporter. De quoi parles-tu ?

– Oh, vous savez bien… toutes les merdes qu'il avait dans sa vie.

– Il avait des ennuis à la maison ?

Stokes éclata de rire.

– S'il avait des ennuis à la maison ? répéta-t-il en imitant le ton qu'avait pris Bosch. Comme si des ennuis, personne n'en avait !

290

– Est-ce qu'il était maltraité… physiquement, chez lui. Voilà ce que je veux dire.

Encore une fois, Stokes se mit à rire.

– Et qui ne l'était pas ? Mon père… il aurait préféré me flanquer une décharge de chevrotine plutôt que de me parler. J'avais à peine douze quand il m'a blessé avec une boîte de bière qu'il m'avait jetée à travers toute la pièce. Juste parce que j'avais bouffé un taco qu'il s'était réservé. C'est pour ça qu'ils ont fini par m'enlever à lui.

– Bon, tu sais quoi ? Tout ça, c'est vraiment honteux, mais c'est d'Arthur Delacroix qu'on parle. T'a-t-il jamais dit que son père le frappait ?

– Il avait pas besoin. Ses bleus, je les voyais. Il avait toujours un œil au beurre noir, ça, je m'en souviens.

– Parce qu'il faisait du skate. Il tombait souvent.

Stokes hocha la tête.

– Mes couilles, oui. Artie, c'était le meilleur au skate. Il ne faisait que ça. Non, non, il était bien trop bon pour se faire mal.

Bosch avait les pieds posés bien à plat par terre. Les vibrations soudaines qu'il sentit à travers ses semelles l'avertirent que des gens étaient arrivés dans la grande salle. Il tendit la main en avant et poussa la targette.

– Te souviens-tu de l'époque où il était à l'hôpital ? Il s'était blessé à la tête. T'a-t-il dit que c'était suite à un accident de skate ?

Stokes plissa le front et baissa les yeux. Bosch venait de réveiller un souvenir. C'était clair.

– Je me rappelle qu'il avait la tête rasée et plein de points de suture sur le crâne. Comme une putain de fermeture Éclair. Je ne me rappelle pas ce que…

Quelqu'un essaya d'ouvrir la porte de l'extérieur, puis on cogna fort dessus. Une voix étouffée leur parvint.

– Inspecteur Bosch. Ici le lieutenant Gilmore, de l'Évaluation. Ouvrez.

Stokes recula brusquement, la peur panique dans les yeux.

- Non ! Ne les laissez pas me…

– Ta gueule !

Bosch se pencha au-dessus de la table, attrapa Stokes par le col et le tira vers lui.

– Écoute-moi, c'est important, dit-il.

On frappa encore une fois à la porte.

– Es-tu en train de me dire qu'Arthur ne t'a jamais dit que son père le battait ?

– Écoute, mec. Tu me protèges et je te dis tout ce que tu veux, d'accord ? Son père était un con. Tu veux que je te dise qu'Artie m'avait dit que son père le battait avec un manche à balai, je te le dis. Tu préfères que ce soit avec une batte de base-ball ? Parfait, je te le dis…

– Je veux que tu me dises la vérité, bordel ! La vérité et rien d'autre ! Est-ce qu'il te l'a dit, oui ou non ?

La porte s'ouvrit. Ils avaient trouvé une clé dans le tiroir du bureau de la réception. Deux officiers en tenue entrèrent dans la pièce. Gilmore, que Bosch reconnut aussitôt, et un autre officier de l'Évaluation qu'il ne remit pas.

– Bien, lança Gilmore, on arrête ça, et tout de suite. Bosch, qu'est-ce que vous foutez, bordel ?

– Il te l'a dit ou il te l'a pas dit ? répéta Bosch.

Le deuxième officier de l'Évaluation sortit des clés de sa poche et commença à ôter les menottes de Stokes.

– J'ai rien fait, se mit à protester celui-ci. Je n'ai…

– Te l'a-t-il jamais dit ? hurla Bosch.

– Sortez-moi ce type d'ici ! hurla Gilmore à son collègue. Collez-le-moi dans une autre salle.

L'inspecteur arracha Stokes à son siège et l'éjecta de la pièce en le poussant et soulevant à moitié. Les menottes de Bosch restèrent sur la table. Bosch les regarda d'un œil vide en pensant aux réponses que Stokes venait de lui faire. Il sentit un poids horrible lui écraser la poitrine en comprenant que tout avait conduit à cette impasse. Stokes n'avait rien apporté au dossier. Julia s'était fait abattre pour rien.

Il leva enfin la tête pour regarder Gilmore, qui avait fermé la porte et s'était tourné vers lui.

– Bon et maintenant, vous me dites : qu'est-ce que vous fabriquez, Bosch ?

33

Gilmore tripota un crayon entre ses doigts et en écrasa la gomme sur la table. Bosch ne faisait jamais confiance aux enquêteurs qui prenaient des notes au crayon. Sauf que c'était très exactement ce que devait faire tout inspecteur chargé de l'évaluation d'un tir : faits et enchaînements, il devait concocter une histoire qui conviendrait à ce que la police avait envie de montrer au public à ce moment-là. Des flics du crayon, que c'étaient. Pour arriver à ce qu'ils voulaient, il leur fallait user du crayon et de la gomme – jamais de l'encre et du magnétophone.

– Bien, on recommence, dit Gilmore. Dites-moi ce qu'a fait l'officier Brasher.

Bosch regarda derrière lui. On lui avait assigné la chaise des suspects. Il se trouvait en face du miroir – de la vitre sans tain derrière laquelle, il en était sûr, se tenaient au moins une demi-douzaine de personnes, dont le chef adjoint Irving, c'était probable. Il se demanda si on avait remarqué que la caméra vidéo tournait toujours. Si ç'avait été le cas, quelqu'un l'aurait éteinte dans la seconde.

– Elle s'est tiré dessus je ne sais pas trop comment, dit-il.

– Et vous l'avez vu.

– Pas exactement. J'ai vu la scène de derrière. Brasher me tournait le dos.

– Alors, comment pouvez-vous être sûr qu'elle s'est tiré dessus ?

– Parce qu'à ce moment-là il n'y avait qu'elle, moi et Stokes. Or je ne lui pas tiré dessus et Stokes non plus. C'est elle qui s'est tiré dessus.

– En luttant avec Stokes.

Bosch secoua la tête.

– Non, dit-il, il n'y avait pas lutte quand le coup de feu est parti. Je ne sais pas ce qui s'est passé avant que j'arrive, mais au moment où le coup de feu est parti, Stokes avait les deux mains à plat sur le mur et il tournait le dos à l'officier Brasher. Elle lui appuyait la main dans le dos pour l'immobiliser. Je l'ai vue reculer et baisser la main. Je n'ai pas vu son arme, mais j'ai entendu la détonation et j'ai vu un éclair de lumière devant elle. Elle s'est affaissée immédiatement après.

Gilmore tapota bruyamment son crayon sur la table.

– Ça va vous bousiller votre enregistrement, lui fit remarquer Bosch. Ah, mais qu'est-ce que je dis ? Vous autres n'enregistrez jamais rien, pas vrai ?

– T'occupe. Et après, qu'est-ce qui s'est passé ?

– J'ai commencé à m'approcher d'eux en avançant vers le mur. C'est là que Stokes, lui, a commencé à se retourner pour voir ce qui était arrivé. L'officier Brasher était toujours à terre. Elle a levé le bras pour mettre Stokes en joue avec son arme.

– Mais elle n'a pas tiré, n'est-ce pas ?

– Non. J'ai hurlé : « On ne bouge plus ! » à Stokes. Il n'a plus bougé et elle n'a pas tiré. Je suis entré dans le périmètre d'action et j'ai cloué Stokes au sol. Puis je l'ai menotté. J'ai demandé des renforts par radio et j'ai essayé de soigner la blessure de l'officier Brasher du mieux que je pouvais.

Il y avait aussi que Bosch était agacé par le bruit que faisait Gilmore avec son chewing-gum. Il le mastiquait plusieurs fois dans sa bouche avant de parler.

– Bon, moi, ce que je ne comprends pas, c'est pourquoi elle se serait flinguée.

– Ça, il faudra le lui demander. Je vous dis seulement ce que j'ai vu.

– Oui, mais moi, je vous le demande. Vous y étiez. Qu'est-ce que vous en pensez ?

Bosch mit longtemps à répondre. Tout s'était déroulé très vite. Il avait évité de penser à ce qui s'était passé au garage en se concentrant sur Stokes. Mais maintenant, la scène à laquelle il avait assisté n'arrêtait pas de lui revenir à l'esprit. Il finit par hausser les épaules.

– Je ne sais pas, dit-il.

– Bon… acceptons votre version pour l'instant. Imaginons qu'elle ait effectivement été en train de rengainer son arme – ce qui serait allé à l'encontre du règlement, mais admettons, juste pour pouvoir discuter. Et donc, elle rengaine pour pouvoir menotter le type. Elle a son étui à la hanche droite et la balle lui est entrée à l'épaule gauche. Comment ça s'explique, hein ?

Il repensa au moment où, quelques soirs plus tôt, Brasher lui avait posé des questions sur la cicatrice qu'il avait à l'épaule gauche. Il sentit la pièce se resserrer, se refermer sur lui et commença à suer.

– Je ne sais pas, répéta-t-il.

– Vous ne savez pas grand-chose, n'est-ce pas, Bosch ?

– Je ne sais que ce que j'ai vu. Et ce que j'ai vu, je vous l'ai dit.

Il regretta qu'ils aient emporté les Marlboro de Stokes.

– Quelles étaient vos relations avec l'officier Brasher ?

Bosch baissa la tête et regarda la table.

– Que voulez-vous dire ?

– D'après ce que j'ai appris, vous la baisiez. Voilà ce que je veux dire.

– Où est le rapport ?

– Je ne sais pas, moi. Et si vous me le disiez ?

Bosch garda le silence. Il faisait tout ce qu'il pouvait pour ne rien laisser voir de la fureur qui montait en lui.

– Bien, enchaîna Gilmore. Et d'un, vos relations avec elle constituent une violation du règlement. Et ça, vous le savez, n'est-ce pas ?

– L'officier Brasher est affectée à la patrouille. Je fais partie du corps des inspecteurs.

– Et vous croyez que ça a une importance quelconque ? Ça n'en a aucune, Bosch. Vous êtes inspecteur de troisième catégorie. Ça vous met au niveau des superviseurs. Brasher est une bleue. Si on était dans l'armée, vous seriez viré avec un blâme. Et ce ne serait qu'un début. On pourrait même vous coller aux arrêts.

– Sauf qu'ici, c'est le LAPD, n'est-ce pas ? Alors, j'ai droit à quoi ? À une promotion ?

C'était la première fois qu'il passait à l'attaque. Gilmore se voyait averti de passer son chemin. Bosch faisait là une allusion voilée à certaines passades, connues et moins connues, entre officiers du rang et grands personnages de la hiérarchie. Tout le monde savait que le syndicat, qui représentait la base jusqu'au grade de sergent, avait tout ce qu'il fallait comme munitions pour s'opposer à la moindre action disciplinaire liée aux lois sur le harcèlement sexuel.

– Je n'ai pas besoin de vos remarques de petit finaud, lui renvoya Gilmore. C'est une enquête que j'essaie de mener, moi.

Il souligna son propos en tambourinant longuement sur la table du bout des doigts et en regardant quelques-unes des notes qu'il avait portées dans son carnet. De fait, Bosch le savait, il menait son enquête à l'envers. On part de la conclusion souhaitée et on ne s'intéresse qu'aux faits qui l'appuient.

– Comment vont les yeux ? demanda-t-il enfin sans lever la tête.

– Il y en a un qui me fait encore un mal de chien. J'ai l'impression d'avoir des œufs pochés à la place.

– Vous dites que Stokes vous a jeté du nettoyant à la figure.

– C'est exact.

– Et que ça vous a aveuglé un instant.

– Exact.

Gilmore se leva et se mit à arpenter le petit espace derrière sa chaise.

– Combien de temps s'est-il écoulé entre le moment où vous avez été aveuglé et celui où, arrivé dans le garage, vous auriez censément vu l'officier Brasher se tirer une balle dans le corps ?

Bosch réfléchit un instant.

– Eh bien… j'ai attrapé un tuyau d'eau pour me laver les yeux et après, j'ai repris la poursuite. Disons pas plus de cinq minutes. Mais pas beaucoup moins non plus.

– Ce qui fait que vous êtes passé de l'état d'aveugle à celui d'œil de lynx, capable de tout voir, en moins de cinq minutes.

– Je ne dirais pas ça comme ça, mais le laps de temps est bon.

– Enfin, j'ai quelque chose de bon ! Merci, merci.

– De rien, lieutenant.

– Et donc, vous dites que vous n'avez pas vu la lutte qui s'est menée pour atteindre l'arme de Brasher avant que le coup ne parte. C'est bien ça ?

Gilmore avait croisé les mains dans le dos et tenait son crayon entre deux doigts, comme une cigarette. Bosch se pencha en travers de la table. Il comprenait parfaitement le petit manège sémantique auquel se livrait Gilmore.

– Cessez de jouer avec les mots, lieutenant, lui lança-t-il. Il n'y a pas eu de lutte. Je n'ai pas vu de lutte parce qu'il n'y en a pas eu. S'il y en avait eu une, je l'aurais vue. Suis-je assez clair ?

Gilmore ne réagit pas. Il continua de faire les cent pas.

– Écoutez, reprit Bosch, pourquoi vous ne testez pas Stokes pour voir s'il a des restes de poudre sur lui ? Examinez ses mains et sa combinaison. Vous savez que vous ne trouverez rien. Ç'aurait l'avantage de clore le débat assez vite.

Gilmore regagna sa chaise et s'appuya sur son dossier. Puis il regarda Bosch en hochant la tête.

– Vous savez, inspecteur, dit-il, j'aimerais beaucoup pouvoir le faire. Dans ce genre de situation, c'est d'ailleurs la première chose que nous faisons : nous cherchons les traces de poudre. Sauf que dans le cas qui nous occupe, vous avez enfreint le règlement. Vous avez pris sur vous d'extraire Stokes de la scène de crime et de le ramener ici. La continuité a été rompue, vous comprenez ? Il aurait très bien pu se laver, se changer, je ne sais pas, moi, tout ça parce que vous avez décidé de l'extraire de la scène de crime.

Bosch s'était préparé à ces remarques.

– Pour moi, il y avait danger, lui répliqua-t-il. Mon coéquipier vous le dira lui aussi. Et Stokes avec. Stokes que je n'ai jamais lâché des yeux et qui a toujours été mon prisonnier jusqu'à ce que vous débarquiez ici !

– Cela ne change rien au fait que pour vous, votre affaire avait plus d'importance que tout ce que nous pouvions faire pour savoir comment un officier de nos forces de police avait été abattu, c'est ça ?

Bosch n'avait pas de réponse à cette question. Mais il commençait à comprendre ce que Gilmore était en train de fabriquer. Pour lui et la police de Los Angeles, il était essentiel de conclure et d'annoncer que Brasher avait été touchée alors qu'elle luttait pour rester en possession de son arme. Vue sous cet angle, sa conduite devenait héroïque. Et c'était là quelque chose dont pouvait profiter le service des Relations publiques. Il n'y avait rien de mieux qu'un policier abattu dans l'accomplissement de son devoir – surtout une femme, et qui débutait dans la carrière – pour rappeler à tout un chacun combien étaient nobles les forces de police et le travail qu'elles effectuaient.

L'autre hypothèse – déclarer que Brasher s'était tiré dessus accidentellement, sinon pire – ne ferait que mettre la police dans l'embarras. Embarras qui viendrait s'ajouter à la longue liste de ses fiascos en matière de relations publiques.

En travers de la conclusion à laquelle Gilmore – et donc Irving et la direction de la police de Los Angeles – voulait arriver se tenait Stokes, bien sûr, mais aussi Bosch. Stokes ne posait aucun problème. Un condamné qui risque la prison pour l'assassinat d'un flic ne peut, quoi qu'il dise, qu'essayer de servir ses intérêts et ses affirmations n'ont guère d'importance. Bosch, lui, était non seulement un témoin oculaire, mais assermenté. Gilmore ne pouvait pas faire autrement que de modifier son histoire et, s'il n'y parvenait pas, que d'essayer d'en infléchir le sens. La première brèche à ouvrir était d'attaquer Bosch sur son état physique – étant donné ce qu'on lui avait jeté dans les yeux, pouvait-il vraiment avoir vu ce qu'il disait avoir vu ? La deuxième manœuvre était de s'en prendre à l'inspecteur de police qu'il était. Afin de se garder Stokes comme témoin pour l'affaire dont il s'occupait, Bosch pouvait-il aller jusqu'à mentir en affirmant que le suspect n'avait pas abattu un flic ?

Pour Bosch, tout cela était tellement dément que c'en devenait bizarre. Mais, durant toutes ces années, il avait déjà vu pire lorsqu'un flic croyait pouvoir aller contre l'image fabriquée que la police entendait donner au public.

— Minute, minute, dit-il en réussissant à se contenir assez pour ne pas insulter un supérieur. Si vous essayez de faire croire que je mentirais en affirmant que Stokes n'a pas tiré sur Julia, euh... je veux dire, sur l'officier Brasher, cela afin de pouvoir le garder dans mon affaire, vous êtes, avec tout le respect que je vous dois, complètement givré dans votre tête.

— Inspecteur Bosch, lui renvoya Gilmore, j'essaie seulement d'explorer toutes les possibilités. C'est mon travail.

— Eh bien, sachez que ces possibilités, vous pouvez les explorer sans moi.

Il se leva et se dirigea vers la porte.

— Où allez-vous ?

— Pour moi, cet entretien est terminé.

Il regarda la vitre sans tain, ouvrit la porte et se retourna pour regarder Gilmore.

— Que je vous dise, lieutenant. Votre théorie, c'est de la merde. Stokes ne me sert à rien dans cette affaire. À rien du tout. Julia a été blessée pour rien.

— Sauf que ça, vous ne le saviez pas avant d'amener Stokes ici, n'est-ce pas ?

Bosch le regarda encore une fois, puis il hocha lentement la tête.

— Bonsoir, lieutenant, dit-il.

Il se retourna pour franchir le seuil de la pièce et s'écrasa presque dans Irving. Le chef adjoint se tenait droit comme un I de l'autre côté de la porte.

— Vous voulez bien revenir un instant dans cette pièce, inspecteur ? dit calmement Irving. S'il vous plaît ?

Bosch recula. Irving le suivit à l'intérieur.

— Lieutenant, lança Irving à Gilmore, vous voulez bien nous faire un peu de place ? Et je ne veux plus personne de l'autre côté, ajouta-t-il en montrant la vitre sans tain.

– Oui, chef, dit Gilmore en quittant la pièce et refermant la porte derrière lui.

– Reprenez votre chaise, inspecteur Bosch.

Bosch regagna sa chaise en face de la vitre. Irving resta debout un instant, puis se mit, lui aussi, à faire les cent pas devant la vitre. Bosch se retrouva avec deux images à suivre en même temps.

– Nous dirons donc que le tir a été accidentel, reprit Irving sans le regarder. L'officier Brasher a bien appréhendé le suspect et c'est en rengainant son arme qu'elle a fait partir le coup par inadvertance.

– C'est ce qu'elle dit ? demanda Bosch.

L'espace d'un instant, Irving parut décontenancé, puis il hocha la tête.

– Pour ce que j'en sais, il n'y a qu'à vous qu'elle ait parlé et elle n'a rien dit de précis sur le tir.

Bosch acquiesça.

– Et donc… point final ? demanda Bosch.

– Je ne vois pas pourquoi il faudrait chercher plus loin.

Bosch repensa à la photo du requin sur la cheminée de Julia. Et à tout ce qu'il avait appris sur elle en si peu de temps. Encore une fois les images de ce qu'il avait vu dans le garage lui revinrent au ralenti. Il y avait quelque chose qui clochait.

– Si nous ne pouvons même pas être honnêtes avec nous-mêmes, comment voulez-vous qu'on puisse jamais dire la vérité aux gens ? demanda-t-il.

Irving s'éclaircit la gorge.

– Je ne vais pas en débattre avec vous, inspecteur. La décision a été prise.

– Par vous.

– Oui, par moi.

– Et Stokes ?

– Ça sera au district attorney de voir. Il peut l'accuser au titre de la loi sur les meurtres commis pendant l'exécution d'un délit. Car c'est bien sa fuite qui a conduit au tir. Ce sera très technique. S'il est conclu qu'il était déjà en état d'arrestation lorsque le coup fatal est parti, il pourra peut-être…

– Minute, minute, dit Bosch en se levant de sa chaise. La loi sur les meurtres commis pendant l'exécution d'un délit ? Le coup… fatal ?

Irving se retourna vers lui.

– Quoi ? Le lieutenant Gilmore ne vous a pas dit ?

Bosch se laissa retomber sur sa chaise, posa les coudes sur la table et s'enfouit le visage dans les mains.

– La balle a frappé un os de son épaule et semble avoir ricoché dans son corps. Elle lui a traversé la poitrine et transpercé le cœur. Brasher était déjà morte lorsqu'elle est arrivée à l'hôpital.

Bosch baissa encore la tête jusqu'à avoir les mains de part et d'autre du haut du crâne. Il se sentit pris de vertige, crut tomber de sa chaise et respira fort jusqu'à ce que ça passe. Au bout d'un moment, il entendit Irving lui parler dans les ténèbres de son esprit.

– Inspecteur, dit celui-ci, il y a des officiers de police qu'on traite d'« aimants à merdes ». Je suis sûr que vous avez entendu ce terme. Personnellement, je trouve cette expression dégoûtante. Mais le sens en est que ces officiers de police semblent toujours s'attirer des ennuis. Sans arrêt. Tout le temps.

Bosch attendit ce qu'il savait devoir venir.

– Et malheureusement pour vous, inspecteur Bosch, vous en faites partie.

Bosch acquiesça sans même s'en rendre compte. Il repensa à l'instant où l'infirmier avait posé le masque à oxygène sur la bouche de Julia alors même qu'elle était en train de parler.

Ne les laisse pas…

Qu'avait-elle voulu dire ? Ne les laisse pas quoi ? Il commençait à faire des rapprochements et à comprendre ce qu'elle avait voulu lui dire.

– Inspecteur, reprit Irving, dont la voix forte le tira brutalement de ses pensées. J'ai fait preuve d'une patience extraordinaire à votre égard. Ça fait des années que ça dure et je commence à en avoir assez. Tout comme le reste de mes collègues. J'aimerais que vous pensiez à prendre votre retraite. Et vite, inspecteur. Vite.

Bosch ne releva pas la tête et garda le silence. Au bout d'un moment, il entendit la porte s'ouvrir, puis se refermer.

34

En accord avec les souhaits de sa famille qui désirait qu'elle soit enterrée selon sa religion, Julia fut inhumée dès le lendemain après-midi au cimetière de Hollywood Memorial Park. Parce qu'elle était morte accidentellement dans l'exercice de ses fonctions, elle eut droit à tous les honneurs de la police, garde d'honneur, vingt et un coups de canon et présence massive des gradés autour de sa tombe. L'escadre aérienne de la police de Los Angeles effectua un passage au-dessus du cimetière, soit cinq hélicoptères en formation dite d'officier manquant.

Mais parce qu'elle se déroulait à peine un peu plus de vingt-quatre heures après le décès, la cérémonie n'attira pas les foules. Même symboliques, des détachements d'autres corps de police de Los Angeles et du sud-ouest de la Californie assistent généralement à l'enterrement des policiers qui trouvent la mort dans l'exercice de leurs fonctions. Ce ne fut pas le cas pour Julia Brasher. À cause de la soudaineté de la cérémonie et des circonstances de sa mort, l'enterrement fut relativement peu spectaculaire – en comparaison de ce qui se fait d'habitude. Si Julia avait péri au cours d'une fusillade, le petit cimetière aurait été un véritable océan d'uniformes bleus. L'enterrement d'un flic qui s'est tué en rengainant son arme n'est pas fait pour réactiver la mystique policière et rappeler les dangers inhérents à son travail. Celui de Julia Brasher ne fut pas un succès.

Bosch y assista, à la périphérie du groupe de flics. Il avait la tête en capilotade après la nuit qu'il avait passée à boire et tenter d'atténuer la douleur et la culpabilité qu'il ressentait. Des ossements étaient remontés à l'air libre et c'étaient maintenant deux personnes qui avaient trouvé la mort pour des raisons qui n'avaient pas grand sens. Il avait les yeux très rouges et gonflés, mais savait qu'au besoin il pourrait mettre ça sur le compte du nettoyant à pneus avec lequel Stokes l'avait aspergé la veille.

Il aperçut Teresa Corazon, pour une fois sans son vidéaste, assise au premier rang des dignitaires et grands pontes de la police – les rares qui s'étaient déplacés. Elle portait des lunettes de soleil, mais il comprit tout de suite qu'elle avait remarqué sa présence. Ses lèvres donnaient l'impression de ne plus être qu'une ligne mince et dure. Parfait sourire pour un enterrement.

Il fut le premier à détourner le regard.

La journée était superbe. Dans la nuit, de petits vents étaient montés du Pacifique et avaient pour un instant lavé le ciel de toute trace de smog. Jusqu'à la Valley dont, ce matin-là, il avait pu avoir une vue claire de chez lui. Des cirrus filaient dans les hauteurs de l'azur où les jets laissaient leurs traces de condensation. Le cimetière embaumait toutes les fleurs déposées près de la tombe. De l'endroit où il se tenait, Bosch voyait l'inscription HOLLYWOOD qui, tout en haut du mont Lee, semblait présider à la cérémonie avec ses lettres de travers.

Ce ne fut pas le chef de la police qui, comme il en avait l'habitude lorsqu'il y avait mort d'officier dans l'exercice de ses fonctions, prononça l'éloge de la défunte. Le commandant de l'Académie parla à sa place ; il en profita pour déclarer que dans le travail de policier le danger surgit toujours de l'endroit où on l'attend le moins et que la mort de l'officier Brasher pouvait servir à épargner d'autres vies en rappelant à tous qu'il ne faut jamais baisser la garde. Dans son discours qui dura dix minutes, il ne cessa de parler de l'« officier Brasher », son intervention en devenant vite d'une froideur embarrassante.

Pendant toute la cérémonie, Bosch songea encore et encore aux photos de requins à la gueule grande ouverte et de volcans crachant leur lave en fusion posées sur la cheminée de Julia. Il se demanda si elle avait enfin satisfait la personne à laquelle elle se croyait obligée de donner toutes ces preuves.

Dans l'océan d'uniformes bleus qui entouraient le cercueil argenté se trouvait une bande de gris. Les avocats. Le père de Julia et une forte délégation de son cabinet. Au deuxième rang, derrière le père de Julia, Bosch aperçut l'homme dont il avait vu la photo sur le dessus de la cheminée du bungalow de Venice. L'espace d'un instant, il s'imagina en train d'aller le gifler ou de lui donner un grand coup de genou dans les parties. De le faire, voilà, en plein milieu de la cérémonie, pour que tout le monde voie, puis de lui montrer le cercueil et de lui dire que c'était à cela qu'il l'avait poussée.

Mais il laissa courir. Il savait que ce genre d'explications et de blâmes était trop facile, et injuste. Pour finir, il le savait aussi, les gens choisissaient leur propre chemin. On pouvait le leur indiquer, voire les y pousser, mais en définitive le choix en restait à chaque individu. Et tout le monde avait sa cage pour être à l'abri des requins. Ceux qui en ouvraient la porte et s'aventuraient dehors le faisaient toujours à leurs risques et périls.

Sept camarades de promotion de Julia Brasher furent choisis pour le salut au drapeau. Ils pointèrent leurs fusils vers le soleil qui disparaissait à l'horizon et tirèrent trois salves de balles à blanc, les douilles en cuivre jaune de leurs projectiles traçant des arcs dans la lumière avant de retomber dans l'herbe comme des larmes. L'écho des détonations filait encore de tombe en tombe lorsque les hélicoptères passèrent au-dessus des têtes, marquant la fin de la cérémonie.

Bosch s'approcha lentement de la tombe en croisant des gens qui s'en allaient déjà. Une main lui agrippant le coude, il se retourna. C'était Edgewood, le coéquipier de Julia.

– Je euh… je voulais juste m'excuser pour hier… ce que j'ai fait, dit-il. Ça ne se reproduira pas.

Bosch attendit qu'il le regarde dans les yeux et se contenta de hocher la tête. Il n'avait rien à lui dire.

– Vous n'avez pas dû en parler à l'équipe d'évaluation du tir et je euh… je voulais juste vous dire que j'apprécie.

Bosch le regarda, tout simplement. Vite mal à l'aise, Edgewood hocha une fois la tête et s'éloigna. Lorsqu'il fut parti, Bosch se retrouva en train de regarder une femme qui s'était tenue derrière Edgewood. Une Latina aux cheveux gris argent. Il lui fallut un petit moment pour la reconnaître.

– Docteur Hinojos, dit-il enfin.

– Comment allez-vous, inspecteur Bosch ?

C'étaient ses cheveux. Presque sept ans plus tôt, à l'époque où il allait la voir régulièrement[1], ses cheveux étaient d'un brun soutenu, sans la moindre touche de gris. Cheveux gris ou cheveux bruns, le docteur Hinojos était toujours une femme séduisante. Mais le changement surprenait.

– Ça va, dit-il. Et vous, comment ça va à l'atelier de réparations psychologiques ?

Elle sourit.

– Pas trop mal.

---

1. Cf *Le Dernier Coyote*, publié dans cette même collection *(NdT)*.

– J'ai appris que c'était vous la grande patronne, maintenant.

Elle acquiesça. Bosch sentit monter sa nervosité. Il était en congé pour stress lorsqu'il l'avait connue. Au fil de séances auxquelles il prenait part deux fois par semaine, il lui avait révélé des choses qu'il n'avait jamais dites à personne ni avant ni depuis. Et il ne lui avait plus jamais reparlé depuis qu'il avait repris son travail.

Jusqu'à maintenant.

– Vous connaissiez Julia Brasher ? lui demanda-t-il.

Il n'était pas rare qu'un psy de la police assiste à l'enterrement d'un officier tué en service. Pour offrir de l'aide immédiate aux proches du défunt.

– Non, pas vraiment, répondit-elle. En tant que chef de service, j'ai étudié sa demande de poste et le compte rendu de son entretien d'embauche. Et j'ai donné mon accord.

Elle attendit une réaction de Bosch en scrutant son visage un instant.

– Je me suis laissé dire que vous étiez proche d'elle. Et que vous étiez là quand ça s'est passé. Que vous étiez le témoin.

Il acquiesça. Des gens qui quittaient la cérémonie défilaient à côté d'eux. Hinojos se rapprocha d'un pas de façon à ce que personne n'entende ce qu'elle allait dire.

– Ce n'est ni le lieu ni l'endroit, dit-elle, mais je veux vous parler d'elle, Harry.

– De quoi y aurait-il à parler ?

– Je veux savoir ce qui s'est passé. Et pourquoi.

– C'est un accident. Parlez-en avec le chef Irving.

– C'est fait, et je ne suis pas satisfaite. Et je doute que vous le soyez, vous aussi.

– Écoutez, docteur, elle est morte, d'accord ? Je ne vais pas…

– J'ai donné mon accord pour qu'elle entre dans la police, Harry. C'est ma signature qui lui a donné son insigne. Si nous avons loupé quelque chose… si j'ai, moi, loupé quelque chose, je veux le savoir. S'il y avait des signes, nous aurions dû les voir.

Bosch hocha la tête et regarda l'herbe qui les séparait.

– Ne vous inquiétez pas, des signes que j'aurais dû voir, il y en avait. Mais moi non plus, je ne les ai pas compris.

Elle fit encore un pas en avant. Bosch ne pouvait plus faire autrement que de la regarder droit dans les yeux.

– Alors j'ai raison, dit-elle. Il y a quelque chose d'autre.

Il acquiesça.

– Ce n'était rien de bien évident. Seulement qu'elle vivait un peu trop au bord de l'abîme. Elle prenait des risques… elle traversait la ligne de mire. Elle essayait de prouver quelque chose. Je ne pense pas qu'elle ait été vraiment sûre de vouloir être flic.

– Prouver quelque chose à qui ?

– Je ne sais pas. À elle-même, peut-être à quelqu'un d'autre…

– Harry, je sais que vous avez pas mal d'intuition… Y a-t-il autre chose ?

Il haussa les épaules.

– C'est juste ce qu'elle faisait ou disait… J'ai une cicatrice à l'épaule… une blessure par balle. Elle m'a posé des questions là-dessus… l'autre soir. Elle voulait savoir comment je m'étais fait tirer dessus et je lui ai répondu que j'avais eu de la chance d'être touché à cet endroit-là parce qu'il n'y avait que de l'os. Et là… c'est au même endroit qu'elle s'est tiré dessus. Sauf qu'avec elle… ça a ricoché. Elle ne s'y attendait pas.

Le Dr Hinojos hocha la tête et attendit.

– Je ne supporte pas de penser ce que je pense. Vous… voyez ce que je veux dire ?

– Dites-moi, Harry.

– Je n'arrête pas de me repasser la séquence dans la tête. Ce que j'ai vu et ce que je sais. Elle a braqué le suspect avec son flingue. Et je crois que si je n'avais pas été là pour crier, elle l'aurait peut-être abattu. Une fois qu'il aurait été par terre, elle lui aurait serré les mains autour de son arme et aurait tiré dans le plafond ou dans une voiture. Peut-être même sur lui, mais peu importe : ça n'aurait pas eu beaucoup d'importance du moment qu'il se retrouvait mort avec de la paraffine sur les mains et qu'elle pouvait affirmer qu'il avait essayé de lui piquer son arme.

– Qu'est-ce que vous êtes en train de me dire, Harry ? Qu'elle s'est tuée pour pouvoir le flinguer et passer pour quelqu'un d'héroïque ?

– Je ne sais pas. Elle parlait de la nécessité d'avoir des héros. Surtout maintenant. Elle disait espérer avoir la chance de compter à leur nombre un jour. Mais je crois que dans tout ça il y avait autre chose. C'est comme si cette cicatrice, elle la voulait. Comme si elle voulait en faire l'expérience.

– Et qu'elle était prête à tuer pour y arriver ?

– Je ne sais pas. Je ne sais même pas si je ne me trompe pas du tout au tout en disant ça. Tout ce que je sais, c'est que c'était peut-être une bleue, mais qu'elle était déjà arrivée au point où c'est « nous ou eux », où tout ce qui ne porte pas l'insigne est forcément un voyou. Et qu'elle savait que c'était ça qui était en train de lui arriver. Qui sait si elle ne cherchait pas une façon d'en sortir…

Il hocha la tête et regarda de côté. Le cimetière était déjà presque vide.

– Je ne sais pas, reprit-il. Dire ça tout haut rend les choses… Je ne sais pas. Ce monde est fou.

Il s'écarta d'un pas.

– Faut croire qu'on n'arrive jamais à connaître les gens, c'est ça ? demanda-t-il. On le croit, mais… On est assez proche d'une femme pour coucher avec elle, mais on ne sait jamais ce qui se passe en elle.

– Non, c'est vrai. Tout le monde a ses secrets.

Il acquiesça et s'apprêtait à partir lorsqu'elle l'arrêta.

– Attendez, Harry, dit-elle.

Elle souleva son sac, l'ouvrit et commença à fouiller dedans.

– Je voudrais reprendre cet entretien, dit-elle en lui tendant une carte de visite professionnelle. J'aimerais que vous me passiez un coup de fil. Complètement entre nous et confidentiel. Pour le bien de la police.

Il faillit éclater de rire.

– La police s'en fout, dit-il. La police ne se soucie que de son image, pas du tout de la vérité. Et quand la vérité met en danger l'image, eh bien… qu'elle aille se faire foutre, la vérité !

– Peut-être, mais moi, la vérité, je ne m'en fous pas, Harry. Et vous non plus.

Il regarda sa carte, hocha la tête et la glissa dans sa poche.

– Bon, d'accord, dit-il. Je vous appellerai.

– Mon numéro de portable est dessus. Et j'ai toujours mon téléphone sur moi.

Il acquiesça. Elle s'avança vers lui, tendit la main en avant et lui serra le bras.

– Et vous, Harry, dit-elle. Ça va ?

– Bah… en dehors de l'avoir perdue et de m'entendre dire par Irving qu'il serait peut-être temps de commencer à songer à la retraite, oui, ça va pas mal.

Elle fronça les sourcils.

– Accrochez-vous, Harry, dit-elle.

Il hocha la tête en songeant que c'était très exactement ce qu'il avait dit à Julia tout à la fin.

Il s'approcha de la tombe tandis qu'Hinojos s'éloignait. Il se sentait seul. Il prit une poignée de terre sur le tas à côté de la tombe, s'approcha du trou et regarda au fond. En plus de quelques fleurs éparses, un grand bouquet avait été jeté sur le cercueil. Il songea qu'il avait tenu Julia dans ses bras à peine deux nuits plus tôt. Si seulement il avait pu deviner ce qui allait arriver ! Si seulement il avait pu déceler les signes avant-coureurs et les rassembler en une image claire de ce qu'elle faisait et cherchait à faire.

Lentement il leva sa main en l'air et laissa la terre glisser entre ses doigts.

– La ville des ossements, murmura-t-il.

Il regarda la terre tomber dans la fosse comme un rêve qui s'amenuisait.

– Vous la connaissiez donc.

Il se retourna d'un coup. C'était le père de Julia. Il avait un sourire triste. Il ne restait plus qu'eux dans le cimetière. Bosch acquiesça.

– Depuis peu seulement, dit-il. Oui, je venais de faire sa rencontre. Toutes mes condoléances.

– Frederick Brasher.

L'homme lui tendit la main. Bosch s'apprêtait à la lui serrer lorsqu'il s'arrêta.

– Ma main est sale, dit-il.

– Ne vous inquiétez pas. La mienne aussi.

Ils se serrèrent la main.

– Harry Bosch.

La main de Brasher cessa de trembler lorsqu'il entendit ce nom.

– L'inspecteur de police, dit-il. Vous y étiez.

– Oui. J'ai essayé... J'ai fait ce que j'ai pu pour l'aider. Je...

Bosch s'arrêta. Il ne savait plus quoi dire.

– Je n'en doute pas, dit Brasher. Ça a dû être horrible.

Bosch acquiesça. Une vague de culpabilité le traversa comme des rayons X illuminant tous ses os. Il avait laissé Julia en croyant qu'elle s'en sortirait. D'une certaine manière, cela lui faisait encore plus mal que la réalité de sa mort.

– Ce que je ne comprends pas, c'est la manière dont ça s'est produit, reprit Brasher. Une erreur pareille aurait donc pu la tuer ? Et ce matin le bureau du district attorney qui déclare que ce Stokes ne sera pas inculpé ! Je suis avocat, mais là, je ne comprends tout simplement pas. On l'a laissé filer.

Bosch scruta son regard et y vit toute la douleur du vieil homme.

– Je suis désolé, monsieur, dit-il. Si seulement je pouvais vous répondre. Je me pose les mêmes questions que vous.

Brasher hocha la tête et regarda au fond de la fosse.

– Bon, il faut que j'y aille, dit-il au bout d'un long moment. Merci d'être venu, inspecteur Bosch.

Bosch hocha la tête. Ils se serrèrent de nouveau la main, et Brasher commença à s'éloigner aussitôt.

– Monsieur ? lui lança Bosch.

Brasher se retourna.

– Savez-vous quand quelqu'un de la famille passera chez elle ?

– Justement, on m'a donné ses clés aujourd'hui. J'allais m'y rendre… Pour voir ses affaires… Essayer de la comprendre, j'imagine. Depuis quelques années, nous ne…

Il n'acheva pas sa phrase. Bosch se rapprocha de lui.

– Il y a quelque chose qu'elle avait… une photo dans un cadre. Si ce n'est pas… si vous n'y voyez pas d'inconvénients, j'aimerais la garder.

Brasher lui fit signe que oui de la tête.

– Et si vous passiez maintenant ? Vous m'y retrouvez ? Et vous me montrez la photo ?

316

Bosch réfléchit. Le lieutenant Billets avait prévu une réunion à une heure et demie pour discuter de l'affaire. Il devait avoir le temps de passer à Venice avant de s'y rendre. Il n'en aurait pas assez pour manger, mais comme il ne se voyait pas manger quoi que ce soit de toute façon…

– D'accord, dit-il. J'y serai.

Ils se séparèrent et se dirigèrent vers leurs voitures respectives. Chemin faisant, Bosch s'arrêta dans l'herbe, à l'endroit où les cadets avaient tiré les salves d'adieu. En passant son pied dans l'herbe il regarda par terre jusqu'au moment où il vit un éclat métallique et se pencha en avant pour ramasser une douille. Il la tint un instant dans la paume de sa main et la regarda, puis il referma la main et fit tomber la douille dans la poche de sa veste. Chaque fois qu'il assistait à l'enterrement d'un flic, il en gardait une. Il en avait un plein bocal chez lui.

Il fit demi-tour et sortit du cimetière

35

Pour Bosch, le bruit que faisait Jerry Edgar en cognant à une porte lorsqu'il avait un mandat de perquisition en main ne ressemblait à aucun autre. Tel l'athlète capable de concentrer toutes ses forces dans la batte avec laquelle il frappe ou sur le ballon de basket qu'il enfonce dans le panier, Edgar pouvait mettre tout son poids et les 1,95 mètre de sa carcasse dans son coup de poing. Comme s'il arrivait à convoquer et rassembler toute la puissance et la fureur de l'homme vertueux dans le poing de son énorme main gauche. Il se plantait fermement sur ses pieds et se tenait sur le côté de la porte. Puis il levait le bras gauche, fermait le coude à moins de trente degrés et frappait la porte avec le côté charnu de son poing. Il frappait à revers, mais était capable de recharger cet assemblage de muscles avec une telle rapidité qu'on croyait entendre le staccato rauque d'une mitraillette. On songeait au Jugement dernier.

Le mobile home à carrosserie en aluminium de Samuel Delacroix donna l'impression de trembler d'un bout à l'autre lorsque Edgar en frappa la porte à 10 h 45 ce jeudi matin-là. Edgar attendit quelques secondes, puis recommença à frapper, cette fois en criant POLICE ! avant de redescendre le petit tas de parpaings même pas cimentés qui tenait lieu d'escalier.

Ils attendirent. Ni l'un ni l'autre n'avaient sorti leurs armes, mais Bosch avait glissé sa main sous sa veste et serrait son pistolet dans son étui. Il procédait toujours de cette manière lorsque le mandat de perquisition concernait un individu qui n'était pas considéré comme dangereux.

Bosch essaya d'entendre ce qui se passait à l'intérieur, mais l'espèce de sifflement qui montait de l'autoroute voisin était trop fort. Il regarda les fenêtres du mobile home. Aucun rideau – et tous étaient fermés – ne bougeait.

– Tu sais, murmura-t-il, je commence à me dire que ça doit soulager les gens d'entendre que c'est seulement les flics après ce vacarme ! Au moins, ils découvrent que ce n'est pas un tremblement de terre…

Edgar laissa passer. Il avait dû comprendre que Bosch se sentait nerveux et voulait plaisanter. Car ce n'étaient pas les coups qu'il venait de donner à la porte qui inquiétaient son coéquipier – Bosch ne doutait pas que Delacroix ne ferait aucune difficulté. Si Bosch était nerveux, c'était parce qu'il savait que toute l'enquête allait tourner autour des quelques heures qu'ils allaient passer avec ce type. Après avoir fouillé son domicile, il leur faudrait prendre une décision et y arriver à deux – celle d'arrêter ou de ne pas arrêter Delacroix pour le meurtre de son fils. À un moment donné de ce processus, ils devraient trouver la preuve de ce qu'ils avançaient, ou susciter la confession qui ferait d'une affaire où presque tout reposait sur des suppositions un dossier capable de résister aux attaques d'un avocat de la défense.

Dans l'esprit de Bosch, on approchait du moment de vérité et cela le rendait toujours très nerveux.

Ce matin-là, au cours d'une réunion avec le lieutenant Billets, il avait été décidé que le moment était venu de parler à Sam Delacroix. C'était le père de la victime, et le suspect numéro un. Le peu d'indices qu'on avait pointaient tous dans sa direction. Ils avaient passé l'heure suivante à remplir un mandat de perquisition pour le mobile home et à l'apporter au tribunal des Affaires criminelles, à un juge qui d'habitude se laissait facilement convaincre.

Mais même lui avait demandé à voir. L'affaire remontait à loin, les preuves directes de la culpabilité du suspect manquaient d'épaisseur et l'endroit qu'Edgar et Bosch se proposaient de fouiller n'était pas celui où le meurtre avait été commis – il n'était même pas occupé par le suspect au moment où la victime avait trouvé la mort.

Les inspecteurs avaient pour eux l'impact émotionnel suscité par la liste des blessures que l'enfant avait subies pendant sa courte vie. Pour finir, c'étaient toutes ses fractures qui avaient emporté l'adhésion du juge et l'avaient décidé à signer le mandat.

Edgar et Bosch étaient d'abord passés au terrain d'entraînement, mais y avaient appris que Delacroix ne devait pas conduire son tracteur avant un bon bout de temps.

– Files-y une autre rafale ! dit Bosch à Edgar.

– Je crois l'entendre marcher.

– Ça m'est égal. Je veux qu'il soit en colère.

Edgar remonta sur les marches et cogna de nouveau à la porte. Les parpaings tremblèrent et il ne s'était pas bien planté sur ses jambes. Le coup qu'il donna à la porte n'eut ni la violence ni la charge de terreur de ses deux premiers assauts.

Il redescendit les marches.

– Ce n'était pas la police, ça ! lui lança Bosch. C'était le voisin qui vient se plaindre du chien ou d'autre chose.

– Désolé, je…

La porte s'étant ouverte, Edgar se tut. Bosch passa en alerte maximale. Les mobile homes étaient pleins de pièges. Au contraire de la plupart des structures d'habitation, leurs portes s'ouvraient vers l'extérieur afin de ne pas empiéter sur l'espace intérieur. Bosch se trouvant du côté masqué, l'homme qui avait ouvert ne le voyait pas, mais regardait Edgar. L'ennui était, bien sûr, que Bosch ne pouvait pas voir l'individu qui avait ouvert. S'il y avait de la bagarre, Edgar devrait gueuler pour l'avertir avant de se mettre lui-même à l'abri. Sans la moindre hésitation, Bosch viderait son arme dans la porte, dont les projectiles déchiquetteraient l'aluminium et l'homme qui se trouvait de l'autre côté.

– Quoi ? lança une voix d'homme.

Edgar montra son badge. Bosch chercha le moindre signe d'avertissement sur le visage de son coéquipier.

– Monsieur Delacroix ? Police.

Ne voyant aucun signe inquiétant, Bosch s'avança, attrapa le bouton de la porte et ouvrit grand celle-ci en gardant le revers de sa veste en arrière et l'autre main sur son arme.

L'homme qui se tenait devant lui était bien celui qu'il avait vu la veille sur le terrain de golf. Il portait un vieux short et un T-shirt marron passé maculé de taches indélébiles sous les bras.

– Nous avons un mandat qui nous permet de fouiller ces lieux, dit Bosch. Pouvons-nous entrer ?

– Mais vous… c'est vous qui étiez au terrain hier, dit Delacroix.

– Monsieur, répéta Bosch avec force, je vous ai dit que nous avions un mandat qui nous autorisait à fouiller votre domicile. Pouvons-nous entrer pour mener à bien cette fouille ?

Bosch sortit le mandat plié de sa poche et le tint en l'air, mais hors de portée de Delacroix. C'était l'astuce. Afin d'obtenir leur mandat, ils avaient dû montrer toutes leurs cartes au juge. Mais ils ne voulaient absolument pas les montrer à Delacroix. Pas tout de suite. Résultat, si celui-ci avait effectivement le droit de lire le mandat et de l'étudier avant de leur accorder celui d'entrer, Bosch espérait bien pénétrer dans les lieux sans que rien de tel ne se produise. Delacroix n'allait pas tarder à connaître les éléments du dossier, mais Bosch tenait à garder le contrôle de la manière dont ces renseignements lui seraient communiqués de façon à pouvoir arriver à une conclusion en étudiant ses réactions.

Il commença à remettre le mandat dans la poche intérieure de sa veste.

– De quoi s'agit-il ? demanda Delacroix en protestant. Est-ce que je peux au moins lire ce truc ?

– Vous êtes bien Samuel Delacroix ? s'empressa de lui répondre Bosch.

– Oui.

– Et c'est bien votre domicile ?

– Oui, c'est mon domicile. Je loue l'emplacement. Je veux lire le…

– Monsieur Delacroix, enchaîna Edgar, nous préférerions ne pas être obligés de discuter de tout ça au vu de vos voisins. Je suis sûr que vous non plus. Allez-vous, oui ou non, nous donner la permission de mener à bien cette fouille ?

Le regard de Delacroix passa de Bosch à Edgar, puis à nouveau à Bosch. Il acquiesça d'un signe de tête.

– Va bien falloir, non ? dit-il.

Bosch fut le premier sur les marches. Il entra, franchit le seuil du mobile home en se faisant tout petit devant Delacroix et fut aussitôt assailli par sa mauvaise haleine, son odeur de bourbon et une puanteur de pipi de chat.

– On commence tôt, hein, monsieur Delacroix ? demanda-t-il.

– Oui, j'ai bu, répondit Delacroix d'un ton où se mêlaient le « eh alors ? » et le mépris de soi. J'ai fait mon boulot. J'y ai droit.

Edgar entra à son tour, passant beaucoup moins facilement que Bosch devant Delacroix. Les deux inspecteurs examinèrent brièvement ce qu'ils voyaient dans la faible lumière du mobile home. À droite de la porte se trouvait la salle de séjour. Lambrissée de panneaux de bois, elle était équipée d'un canapé et d'une table basse dont le vernis couleur bois avait sauté ici et là et laissait voir l'aggloméré en dessous. Il y avait aussi une table destinée à supporter une lampe, mais pas de lampe, et un meuble télé avec une télé posée de guingois sur un magnétoscope et plusieurs cassettes vidéo qui s'empilaient sur la télé. De l'autre côté de la table basse se trouvait une vieille chaise longue à dossier inclinable et appuie-tête déchiré – sans doute par un chat –, d'où sortait de la bourre. Sous la table s'entassaient de vieux journaux, les trois quarts du genre tabloïds aux titres gueulards.

Sur la gauche s'ouvraient d'un côté une cuisine de style cambuse de bateau avec évier, placards de rangement, cuisinière, four et réfrigérateur, et de l'autre une salle à manger pour quatre personnes. Une bouteille de bourbon Ancient Age trônait sur la table. Par terre, sous la table, des restes de bouffe à chat complètement desséchés sur une assiette et un vieux pot de margarine en plastique à moitié rempli d'eau. Aucune trace du chat nulle part, seulement l'odeur de son urine.

Au-delà de la cuisine, un couloir étroit conduisait à une salle de bains et à une ou deux chambres.

– On laisse la porte ouverte et on ouvre quelques fenêtres, d'accord, monsieur Delacroix ? demanda Bosch. Asseyez-vous donc. Tenez… là, sur le canapé.

Delacroix se dirigea vers le canapé.

– Écoutez, c'est même pas la peine de fouiller ici. Je sais pourquoi vous venez.

Bosch regarda Edgar, puis Delacroix.

– Ah oui ? dit Edgar. Et pourquoi donc ?

Delacroix se laissa tomber lourdement au milieu du canapé. Les ressorts étaient morts. Il s'enfonça au fond, les coussins se redressant de chaque côté telles la proue et la poupe du *Titanic* en train de couler.

– L'essence, dit Delacroix. Et c'est à peine si je m'en suis servi. Je ne vais nulle part, moi. Je ne fais qu'aller au terrain et en revenir. J'ai un permis de conduire restreint à cause de mes affaires de conduite en état d'ivresse.

– L'essence ? répéta Edgar. De quoi…

– Monsieur Delacroix, dit Bosch, nous ne sommes pas venus ici pour vos vols d'essence.

Il prit une des bandes vidéo empilées sur le poste de télévision. Une étiquette avec quelque chose d'écrit dessus se trouvait sur la tranche du coffret : « *Premier Bataillon d'infanterie*, épisode 46 ». Bosch reposa la bande et jeta un coup d'œil à quelques-unes des autres étiquettes. Toutes les bandes étaient des épisodes de la série télévisée dans laquelle Delacroix avait joué quelque trente ans plus tôt.

– Les vols d'essence, ce n'est pas vraiment notre spécialité, ajouta-t-il sans regarder Delacroix.

– Bon, alors… qu'est-ce que vous voulez ?

Alors seulement Bosch le regarda.

– Nous sommes venus vous parler de votre fils.

Delacroix le dévisagea un long instant, sa bouche s'ouvrant lentement et découvrant ses dents jaunies.

– Arthur, dit-il enfin.

– Oui. Nous l'avons retrouvé.

Delacroix se détourna et donna l'impression de quitter les lieux en se remémorant de lointains souvenirs. Et ses yeux dirent qu'il savait. Bosch le vit tout de suite. L'instinct lui souffla que ce qu'ils étaient venus lui apprendre, il le savait déjà. Il jeta un coup d'œil à Edgar pour voir si lui aussi l'avait remarqué. Son coéquipier lui renvoya un petit hochement de tête.

Bosch reposa les yeux sur l'homme affalé sur le canapé.

– Ça n'a pas l'air de vous émouvoir beaucoup, enchaîna-t-il. Pour un père qui n'a pas revu son fils depuis vingt ans !

Delacroix le regarda.

– C'est sans doute parce que je sais qu'il est mort.

Bosch l'étudia longuement en retenant son souffle.

– Pourquoi dites-vous ça ? Qu'est-ce qui vous le fait croire ?

– Parce que je le sais. Je le sais depuis toujours

– Qu'est-ce que vous savez ?

– Je savais qu'il ne reviendrait pas.

Aucun des scénarios que Bosch avait prévus n'allait se réaliser. Il eut l'impression que Delacroix attendait leur visite – peut-être même depuis des années. Il comprit qu'ils allaient sans doute être obligés de changer de stratégie et de l'arrêter après lui avoir lu ses droits.

– Je suis en état d'arrestation ? demanda Delacroix comme s'il avait rejoint Bosch dans ses pensées.

Bosch jeta encore une fois un coup d'œil à Edgar en se demandant si celui-ci sentait que leur plan leur échappait.

– Nous nous disions que vous préféreriez peut-être parler un peu. Disons… sans que ce soit officiel.

– Vous feriez aussi bien de m'arrêter tout de suite, lui répliqua Delacroix.

– Vous croyez ? Cela signifie-t-il que vous ne voulez pas nous parler ?

Delacroix hocha lentement la tête et reprit son air lointain.

– Non, je veux bien vous parler, répondit-il. Je vous dirai tout.

– Tout quoi ?

– Comment ça s'est passé.

– Ça quoi ?

– Mon fils.

– Vous savez comment ça s'est passé ?

– Bien sûr que oui. C'est moi qui l'ai fait.

Bosch faillit jurer tout haut. Le suspect venait presque d'avouer avant qu'ils lui aient lu ses droits, dont celui de ne pas faire de déclarations qui l'incriminaient.

– Monsieur Delacroix, dit-il, nous allons terminer cet entretien dans l'instant. Je vais vous lire vos droits.

– Je veux juste…

– Non, monsieur, s'il vous plaît. Ne dites plus rien. Pas maintenant. Commençons par régler cette histoire de droits et nous serons plus qu'heureux d'écouter tout ce que vous pourriez avoir envie de nous dire.

Delacroix agita la main comme si tout cela lui était égal, comme si, de fait, rien n'avait plus d'importance à ses yeux.

– Jerry ? T'as pas un magnéto ? demanda Bosch. Je n'ai pas repris le mien à la nana des Affaires internes.

– Euh, si… dans la voiture. Mais je sais pas trop pour les piles.

– Tu vérifies ?

Edgar ayant quitté les lieux, Bosch attendit en silence. Delacroix posa ses coudes sur ses genoux et enfouit sa tête dans ses mains. Bosch étudia la façon dont il se tenait. Cela ne se produisait pas souvent, mais ce n'aurait pas été la première fois qu'il avait droit aux confessions d'un suspect dès sa première rencontre avec lui.

Edgar revint avec un magnétophone, mais hocha la tête.

– Les piles sont mortes, dit-il. Je croyais que tu avais emporté le tien.

– Merde ! Bon, t'auras qu'à prendre en note.

Bosch s'empara de son étui de badge et en sortit une de ses cartes de visite professionnelles. Il y avait fait imprimer le texte des droits Miranda au dos, avec une ligne où apposer sa signature. Il les lut à Delacroix et lui demanda s'il les comprenait. Delacroix acquiesça d'un signe de tête.

– C'est bien un oui, n'est-ce pas ?

– Oui, c'est un oui.

– Si vous voulez bien signer sous ce que je viens de vous lire…

Il lui tendit sa carte et un stylo. Dès que Delacroix eut signé, il replaça la carte dans son étui. Puis il s'approcha et s'assit au bord de la chaise longue à dossier inclinable.

– Bon, monsieur Delacroix, reprit-il, si vous voulez bien répéter ce que vous nous avez dit il y a quelques minutes…

Delacroix haussa les épaules comme si c'était vraiment sans importance.

– J'ai tué mon fils. Arthur, dit-il. Je l'ai tué. Je savais que vous finiriez par vous pointer. Vous avez mis longtemps.

Bosch jeta un coup d'œil à Edgar. Celui-ci écrivait dans un carnet. Ils auraient une trace des aveux. Bosch reposa les yeux sur le suspect et attendit, en espérant que son silence pousserait Delacroix à en dire davantage. Mais non, rien. Au lieu de ça, Delacroix s'enfouit une deuxième fois le visage dans les mains. Ses épaules commencèrent bientôt à s'agiter tandis qu'il se mettait à pleurer.

– Que Dieu me vienne en aide… Je l'ai tué.

Bosch se tourna vers Edgar et haussa les sourcils. Son coéquipier lui fit signe qu'ils avaient gagné. Ils en avaient plus qu'il n'en fallait pour pouvoir passer à l'étape suivante – la préparation méthodique et contrôlée d'un interrogatoire dans une salle du commissariat.

– Monsieur Delacroix, dit Bosch, où est votre chat ?

Les yeux humides, Delacroix le regarda entre ses doigts.

– Pas loin. Probablement en train de dormir dans le lit. Pourquoi ?

– Nous allons appeler la fourrière pour qu'ils viennent le chercher et s'occuper de lui. Il va falloir que vous veniez avec nous. Nous allons vous mettre en état d'arrestation. Et nous reparlerons de tout ça au commissariat.

Delacroix baissa les mains et parut bouleversé.

– Non, dit-il. Il n'est pas question que la fourrière me pique ma chatte. Ils la gazeront dès qu'ils sauront que je ne reviendrai plus.

– Écoutez, on ne peut pas la laisser là.

– Mme Kresky s'en occupera. Elle habite à côté. Elle peut très bien venir lui donner à manger.

Bosch hocha la tête. Tout partait à vau-l'eau à cause d'un chat.

– C'est impossible, dit-il. Nous allons devoir mettre les scellés jusqu'à ce que nous puissions fouiller votre maison de fond en comble.

– Et qu'est-ce que vous voulez y trouver ? ! s'écria Delacroix en se mettant vraiment en colère. Je vous ai dit ce que vous vouliez savoir. J'ai tué mon fils. C'était un accident. J'ai dû le frapper trop fort. Je…

Il remit sa tête entre ses mains et marmonna « Mon Dieu, mon Dieu, mais qu'est-ce que j'ai fait ? » en sanglotant.

Bosch jeta un coup d'œil à Edgar ; celui-ci continuait d'écrire. Il se leva. Il voulait emmener Delacroix au commissariat le plus vite possible et le mettre dans une salle d'interrogatoire. Son angoisse avait fait place à un sens aigu de l'urgence. Les crises de conscience et de culpabilité étaient éphémères. Il voulait la confession de Delacroix sur bande – audio et vidéo –, avant que celui-ci décide d'appeler un avocat ou comprenne qu'il était en train de se préparer un séjour à vie dans une cellule de trois mètres sur deux.

– Bon, on trouvera une solution pour la chatte plus tard, dit-il. On lui laissera assez de bouffe et tenez, on dira même à votre voisine de s'en occuper. Levez-vous, monsieur Delacroix, nous allons partir.

Delacroix se leva.

– Je peux mettre quelque chose de mieux ? C'est juste des vieux trucs que je porte quand je suis à la maison.

– Ne vous inquiétez pas pour ça, dit Bosch. Nous vous apporterons des habits plus tard.

Il ne se donna pas la peine de lui préciser que ces habits ne seraient pas à lui. Que, de fait, il aurait droit à une combinaison de prisonnier du comté avec un numéro dans le dos. Le vêtement serait jaune, la couleur des prisonniers assignés aux cellules de sécurité – les assassins.

– Vous allez me passer les menottes ? demanda Delacroix.

– Ça fait partie du règlement. Nous sommes obligés.

Bosch contourna la table basse et fit tourner Delacroix de façon à pouvoir le menotter dans le dos.

– J'ai été acteur, vous savez, dit celui-ci. Une fois, j'ai joué le rôle d'un prisonnier dans un épisode du *Fugitif*. Dans la première série, celle avec David Janssen. C'était juste un petit rôle. Je m'asseyais sur un banc à côté de lui. C'est tout ce que je faisais. J'étais censé me droguer, je crois.

Bosch garda le silence. Il poussa doucement son prisonnier vers la porte étroite du mobile home.

– Je ne sais pas pourquoi je me souviens de ce truc-là maintenant, dit Delacroix.

– C'est pas grave, dit Edgar. Dans ce genre de moments, on se rappelle les trucs les plus bizarres qui soient.

330

– Faites attention aux marches, dit Bosch.

Ils le conduisirent dehors, Edgar passant devant tandis que Bosch fermait la marche.

– Y a une clé ? demanda celui-ci.

– Là, sur le comptoir de la cuisine, répondit Delacroix.

Bosch entra de nouveau dans la pièce et y prit la clé du suspect. Puis il commença à ouvrir les buffets de la kitchenette et trouva enfin la bouffe à chat. Il en ouvrit une boîte et en versa le contenu sur l'assiette en papier sous la table. Il ne restait plus beaucoup de boîtes. Bosch comprit qu'il allait devoir régler le problème du chat plus tard.

Quand il ressortit, Edgar s'affairait déjà à faire monter Delacroix à l'arrière de la voiture. Il vit un voisin qui les regardait, debout à l'entrée d'un mobile home voisin. Il se retourna et ferma la porte à clé.

36

Bosch passa la tête à la porte du bureau. Le lieutenant Billets s'était tournée de côté et travaillait à un ordinateur. Son bureau avait été vidé. Elle était sur le point de rentrer chez elle.

– Oui ? dit-elle sans lever les yeux pour voir qui c'était.

– On dirait qu'on a de la chance, lança-t-il.

Elle se retourna et vit que c'était Bosch.

– Laisse-moi deviner. Delacroix vous invite à entrer, s'assoit et avoue.

Bosch hocha la tête.

– Presque.

Elle ouvrit grand les yeux de surprise.

– Tu te fous de moi.

– Il dit que c'est lui. Il a fallu qu'on l'oblige à la fermer pour pouvoir l'enregistrer ici. On aurait dit qu'il attendait qu'on se pointe.

Billets lui posa encore quelques questions, Bosch finissant par lui raconter toute la visite, jusqu'au problème du magnéto en panne. Inquiète et agacée, elle en voulut à Bosch et à Edgar de ne pas s'être préparés, mais aussi à Bradley qui n'avait pas rendu son appareil à Bosch.

– Tout ce que je peux dire, c'est qu'il vaudrait mieux que ça ne foute pas la merde dans le dossier, dit-elle en faisant allusion à la possibilité d'une invalidation du témoignage au prétexte que les premiers aveux de Delacroix n'avaient pas été enregistrés sur bande. Si on paume ce truc parce que vous avez cafouillé…

Elle n'acheva pas sa phrase, mais ce n'était pas nécessaire.

– Écoute, dit-il. Je crois que ça ira quand même. Edgar a pris tout ce qu'il disait mot à mot. Et nous avons arrêté dès que nous en avons eu assez pour le coincer. Il n'y aura plus qu'à coller tout ça sur bande.

Elle n'eut pas l'air rassurée.

– Et côté droits Miranda ? Tu es bien sûr qu'on n'aura pas de problème de ce côté-là, reprit-elle en donnant à la fin de sa phrase l'intonation d'un ordre plutôt que d'une question.

– Non, je ne pense pas. Il a commencé à cracher le morceau avant même qu'on ait pu les lui lire. Et il a continué après. Y a des fois où ça se passe comme ça. T'es prêt à y aller au bélier et on t'ouvre grand la porte. Le type qu'il prendra comme avocat va peut-être avoir un coup de sang et gueuler comme un âne, mais ça n'ira pas plus loin. On est tranquilles.

Elle hocha la tête, signe que Bosch l'avait convaincue.

– C'est dommage qu'ils ne soient pas tous comme ça, dit-elle. Et le district attorney ?

– Je l'appelle.

– C'est dans quelle salle, si j'ai envie d'aller jeter un coup d'œil ?

– La trois.

– D'accord, Harry. Va me l'emballer comme il faut.

Elle revint à son ordinateur. Bosch la salua et s'apprêtait à baisser la tête pour franchir la porte lorsqu'il s'arrêta. Elle sentit qu'il n'était pas parti et se retourna.

– Qu'est-ce qu'il y a ? demanda-t-elle.

Il haussa les épaules.

– Je ne sais pas. En revenant ici, je n'ai pas arrêté de me dire qu'on aurait pu éviter tout ça si on s'était contentés d'aller le voir directement au lieu de lui tourner autour pour en savoir davantage.

– Harry, lui répliqua-t-elle, je ne sais pas où tu veux en venir, mais il n'y avait aucun moyen de savoir que ce type – au bout de vingt ans, Harry, au bout de vingt ans ! – n'attendait que votre visite. Vous avez fait ce qu'il fallait et, si vous deviez le refaire, vous vous y prendriez de la même manière. On tourne autour de la proie, toujours. Ce qui est arrivé à l'officier Brasher n'a rien à voir avec la façon dont vous avez mené votre enquête.

Bosch la regarda longuement avant d'acquiescer de la tête. Ce qu'elle venait de dire allait l'aider à apaiser sa conscience.

Billets se retourna de nouveau vers son ordinateur.

– Fais ce que je t'ai dit, Harry. Emballe-moi ce type comme il faut.

Il regagna la table des Homicides pour appeler le bureau du district attorney et avertir ce dernier qu'il avait été procédé à une arrestation dans une affaire de meurtre et qu'on était en train de transcrire des aveux. On lui passa une chef de service, une certaine O'Brien, à laquelle il annonça que lui ou son coéquipier passerait porter plainte avant la fin de la journée. O'Brien, qui ne connaissait l'affaire que par ce qu'en avaient dit les médias, voulut envoyer un procureur au commissariat afin que la collecte des aveux et la suite de la procédure soient contrôlées de près.

Bosch savait qu'il faudrait au minimum trois quarts d'heure de voiture audit procureur pour sortir du centre-ville et arriver au commissariat. Il informa O'Brien que, bien sûr, on l'accueillerait à bras ouverts, mais qu'il n'était, lui, pas prêt à attendre son arrivée avant de commencer à recueillir les aveux du suspect. O'Brien lui suggéra fortement le contraire.

– Écoutez, lui lança Bosch, le type est prêt à parler. Ça pourrait changer complètement d'ici trois quarts d'heure-une heure. On ne peut pas se permettre d'attendre. Dites à votre procureur de frapper à la porte de la trois dès qu'il arrive. Nous le ferons entrer aussitôt.

Dans l'idéal, le procureur devait être là pour l'interrogatoire, mais depuis des années qu'il travaillait dans la police, Bosch savait que les remords de conscience ne durent pas éternellement. Quand on vous dit vouloir avouer un meurtre, il ne faut pas attendre. On enclenche le magnéto et on dit : « Allez-y. »

Se rappelant ses propres expériences, O'Brien fut bien obligée d'en tomber d'accord et raccrocha. Bosch décrocha aussitôt et appela les Affaires internes pour qu'on lui passe Carol Bradley. On la lui passa.

– Bosch à l'appareil, Hollywood Division. Où est mon magnéto, bordel ?

Il n'eut que du silence pour toute réponse.

– Bradley ? Hé, Bradley ! Vous êtes…

– Oui, je suis là. Et c'est moi qui l'ai.

– Pourquoi l'avez-vous emporté ? Je vous avais dit d'écouter la bande. Je ne vous avais pas dit : prenez mon appareil, je n'en ai plus besoin !

– Je voulais l'examiner et vérifier la continuité de l'enregistrement.

– Vous n'aviez qu'à ouvrir le magnéto et sortir la bande. Il était inutile de le prendre.

– Inspecteur, lui renvoya-t-elle, il y a des fois où on en a besoin pour authentifier l'enregistrement.

Bosch secoua la tête de frustration.

– Mais putain, pourquoi vous me faites ça ? Vous savez très bien qui est à l'origine de la fuite ! Pourquoi perdez-vous votre temps comme ça ?

Encore une fois il y eut un silence avant qu'elle se décide à répondre.

– Je ne peux rien laisser au hasard, inspecteur, dit-elle enfin. Et mon enquête, je dois pouvoir la mener comme je l'entends.

Bosch marqua une pause, en se demandant s'il avait loupé une marche – ou si on parlait de tout à fait autre chose. Puis il décida qu'il ne pouvait pas se payer le luxe de s'en inquiéter. Il ne fallait pas dévier les yeux de la cible. De son affaire, à lui.

– Vous ne pouvez rien laisser au hasard, répéta-t-il. Génial, ça. Sachez que j'ai failli rater des aveux aujourd'hui parce que je n'avais pas mon magnéto ! J'apprécierais assez que vous me le rendiez.

– Je n'en ai plus besoin. Je vous le fais parvenir tout de suite par le courrier interne.

– Merci. Salut.

Il raccrocha, pile à l'instant où Edgar se pointait à la table avec trois tasses de café. Cela donna une idée à Bosch.

– Qui est à la réception ? demanda-t-il.

– Mankiewicz y était tout à l'heure. Avec Young.

Bosch se versa du café dans la tasse qu'il avait sortie de son tiroir. Puis il décrocha son téléphone et appela la réception.

– Y a quelqu'un dans la grotte aux chauves-souris ? demanda-t-il.

– Bosch ? Je croyais que t'allais te reposer un peu.

– Tu t'es gouré. Bon alors, la grotte ?

– Non, y aura personne dedans avant 8 heures. T'as besoin de quoi ?

– Je vais recueillir des aveux et je ne veux pas qu'un avocat puisse me casser mon dossier quand j'aurai emballé l'affaire. Le mec pue l'Ancient Age, mais je crois qu'il est réglo. Mais quand même… j'aimerais que ça soit enregistré.

– C'est pour ton affaire d'ossements ?

– Oui.

– Envoie-le-moi et je te fais ça tout de suite. Je suis assermenté.

– Merci, Mank.

Il raccrocha et regarda Edgar.

– Allez, on l'emmène à la grotte et on voit ce qu'il nous souffle comme haleine. Juste histoire d'être tranquilles.

– Bonne idée.

Ils emportèrent leurs cafés dans la salle d'interrogatoire numéro trois, celle où, un peu plus tôt, ils avaient enchaîné Delacroix à l'anneau fixé au milieu de la table. Ils lui ôtèrent ses menottes et lui laissèrent boire un peu de café avant de l'emmener à la petite prison du commissariat. Celle-ci était faite de deux cellules destinées aux poivrots et aux prostituées. Lorsque l'arrestation était due à un motif plus important, on emmenait le détenu à la prison municipale ou à celle du comté. La prison du commissariat comprenait aussi une troisième cellule, dite « grotte aux chauves-souris[1] ».

Ils retrouvèrent Mankiewicz dans le couloir et le suivirent jusqu'à la grotte, où il brancha l'éthylotest et ordonna à Delacroix de souffler dans un tube en plastique transparent attaché à l'appareil. Bosch remarqua que Mankiewicz portait un ruban noir en travers de son écusson en signe de deuil pour la mort de Julia.

Quelques minutes plus tard, ils eurent le résultat. Delacroix avait plus d'un gramme quatre d'alcool dans le sang, ce qui lui interdisait de conduire. Mais il n'y avait pas de taux limite lorsqu'on voulait avouer un meurtre.

1. Ou *bat cave* en anglais. Jeu de mots sur les initiales des *Blood Alcohol Testing*, Alcootest *(NdT)*.

Ils faisaient ressortir Delacroix de la prison lorsque Bosch sentit que Mankiewicz lui tapotait le bras. Il se retourna pendant qu'Edgar continuait de pousser Delacroix dans le couloir.

– Harry, dit Mankiewicz en hochant la tête, je voulais que tu saches combien je suis navré, tu sais… pour ce qui s'est passé là-bas.

Bosch savait qu'il parlait de Julia. Il lui renvoya son hochement de tête.

– Oui, merci, dit-il. C'est pas facile.

– Je pouvais pas faire autrement que de la mettre sur le coup. Je savais que c'était une bleue, mais…

– Écoute, Mank, tu as fait ce qu'il fallait. Tu ne pouvais pas deviner.

Mankiewicz acquiesça.

– Bon, faut que j'y aille, dit Bosch.

Pendant qu'Edgar ramenait Delacroix à sa place dans la salle d'interrogatoire, Bosch entra dans la salle vidéo, fit le point avec la caméra braquée sur le prisonnier, de l'autre côté de la vitre sans tain, et sortit une cassette neuve de l'armoire à fournitures. Puis il mit en marche la caméra et un magnéto de secours. Tout était prêt. Il repassa dans la salle d'interrogatoire pour finir d'emballer l'affaire.

37

Bosch donna les noms des trois personnes présentes dans la salle, ainsi que l'heure et la date de l'interrogatoire, bien que ces deux dernières indications soient constamment affichées en bas de la bande vidéo. Puis il posa un formulaire de renonciation aux droits constitutionnels sur la table et informa Delacroix qu'il avait l'intention de lui relire encore une fois les droits en question. Lorsqu'il en eut fini, il lui demanda de signer le formulaire et poussa ce dernier de côté. Puis il avala une gorgée de café et attaqua.

– Monsieur Delacroix, dit-il, un peu plus tôt dans la journée vous avez exprimé le désir de nous parler de ce qui est arrivé à votre fils Arthur en 1980. Le souhaitez-vous encore ?

– Oui.

– Nous commencerons donc par les questions de base. Après, nous pourrons revenir en arrière et tout reprendre en détail. Monsieur Delacroix, avez-vous causé la mort de votre fils, Arthur ?

– Oui.

Il avait répondu sans aucune hésitation ni émotion quelconque.

– L'avez-vous tué ?

– Oui, je l'ai tué. Je n'en avais pas l'intention, mais je l'ai tué, oui.

– Quand cela s'est-il produit ?

– En mai, je crois. En mai 1980, enfin… je pense. Vous en savez probablement plus long là-dessus que moi.

– Je vous en prie, pas de suppositions. Contentez-vous, s'il vous plaît de répondre à nos questions du mieux possible.

– J'essaierai.

– Où votre fils a-t-il été tué ?

– Dans la maison où nous vivions à cette époque. Dans sa chambre.

– Comment a-t-il été tué ? L'avez-vous frappé ?

– Euh… oui. Je…

L'espèce de sérieux appliqué avec lequel il répondait aux questions s'effritant brusquement, son visage donna l'impression de s'effondrer. Il s'essuya le coin des yeux avec la paume des mains.

– Vous l'avez frappé ?

– Oui.

– Où ?

– Partout, sans doute.

– Y compris à la tête ?

– Oui.

– Dans sa chambre, c'est bien ce que vous avez dit ?

– Oui, dans sa chambre.

– Avec quoi l'avez-vous frappé ?

– Que voulez-vous dire ?

– Vous l'avez frappé à coups de poing ou avec quelque chose ?

– Les deux. À coups de poing et avec quelque chose.

– Quoi ?

– Je ne me rappelle pas vraiment. Faudrait que je.. un truc qu'il devait avoir dans sa chambre. Faut que je réfléchisse.

– Nous pourrons y revenir plus tard, monsieur Delacroix. Pourquoi avez-vous, ce jour-là… non, d'abord, quand est-ce arrivé ? À quelle heure ?

– Ça s'est produit le matin. Sheila, c'est ma fille…
était déjà partie à l'école. C'est tout ce que je me
rappelle… Sheila était déjà partie.

– Et votre femme, la mère du petit ?

– Oh, elle, ça faisait longtemps qu'elle n'était plus là.
C'est à cause d'elle que j'ai commencé à…

Il s'arrêta. Bosch se dit qu'il allait l'accuser de l'avoir
poussé à boire – ce qui lui permettrait très commodé-
ment de tout lui reprocher par la suite, y compris son
meurtre.

– Quand avez-vous parlé à votre femme pour la
dernière fois ?

– Mon ex-femme, vous voulez dire. Je ne lui ai plus
jamais reparlé depuis le jour où elle est partie. C'était
en…

Il n'acheva pas sa phrase. Il n'arrivait plus à s'en
souvenir.

– Et votre fille ? Quand lui avez-vous parlé pour la
dernière fois ?

Delacroix se détourna de Bosch et regarda ses mains
qu'il avait posées sur la table.

– Ça fait longtemps, dit-il.

– Longtemps comme quoi ?

– Je ne me rappelle pas. On ne se parle pas. C'est elle
qui m'a aidé à acheter le mobile home. Ça remonte à
cinq ou six ans.

– Vous ne lui avez pas parlé cette semaine ?

Delacroix leva la tête et le regarda d'un air étonné.

– Cette semaine ? Non. Pourquoi voulez-vous…

– C'est moi qui pose les questions, d'accord ?
Parlons des nouvelles. Avez-vous lu les journaux ou
regardé les infos télévisées ces quinze derniers jours ?

– Non, dit-il en hochant la tête, je n'aime plus ce
qu'on passe à la télé. J'aime bien regarder des vidéos.

Bosch s'aperçut qu'il avait perdu le fil et décida d'en
revenir à l'histoire. Ce qui importait le plus était d'arri-

ver à un aveu clair et net. Il fallait que celui-ci soit assez solide et détaillé pour tenir devant un tribunal. Bosch ne doutait pas que dès que Delacroix aurait un avocat, ses aveux seraient récusés. Ils l'étaient toujours. On les attaquerait sous tous les angles possibles – celui de la procédure suivie comme celui de l'état d'esprit du suspect. Bosch avait pour devoir non seulement de recueillir ces aveux, mais de s'assurer que tout ne tomberait pas en morceaux avant qu'ils soient communiqués à douze jurés.

– Revenons-en à votre fils, Arthur, enchaîna-t-il. Vous souvenez-vous de l'objet avec lequel vous l'avez frappé le jour de sa mort ?

– Je crois que c'était avec une petite batte qu'il avait dans sa chambre. Une batte de base-ball miniature. Un souvenir acheté à un match des Dodgers.

Bosch hocha la tête. Il savait de quoi lui parlait Delacroix. On vendait effectivement des battes de base-ball dans les boutiques de souvenirs des stades, et ces battes avaient la taille des matraques en bois dont s'étaient servis les flics avant qu'on leur en fournisse en métal. Elles pouvaient tuer.

– Pourquoi l'avez-vous frappé ?

Delacroix baissa la tête et regarda ses mains. Bosch remarqua qu'il n'avait plus d'ongles. Il devait souffrir.

– Euh... je me rappelle plus bien. Je devais être saoul et j'ai...

Encore une fois les larmes lui montèrent brusquement aux yeux et il enfouit sa figure dans ses mains noueuses. Bosch attendit qu'il les ait baissées et continue.

– Il... il aurait dû être à l'école. Et il n'y était pas allé. Je m'en suis aperçu en entrant dans sa chambre. C'était là qu'il était. Je me suis mis en colère. J'ai commencé à crier. J'ai commencé à le frapper et alors... et alors, j'ai juste pris la petite batte et je l'ai cogné avec. Trop fort sans doute. Je ne voulais pas, mais…

Bosch attendit de nouveau, mais Delacroix n'alla pas plus loin.

– Et c'est à ce moment-là qu'il est mort ?

Delacroix acquiesça d'un signe de tête.

– Ça veut dire oui ?

– Oui. Oui.

On frappa doucement à la porte. Bosch fit signe à Edgar qui se leva pour aller ouvrir. Bosch pensa qu'il devait s'agir du procureur, mais n'eut aucune envie de tout interrompre pour faire les présentations. Il enchaîna.

– Et après, qu'avez-vous fait ? Après la mort d'Arthur, je veux dire.

– Je l'ai emmené derrière, jusqu'au garage en bas. Personne ne m'a vu. Je l'ai mis dans le coffre de ma voiture. Puis je suis remonté à sa chambre, j'ai nettoyé et j'ai mis des habits à lui dans un sac.

– Quel genre de sac ?

Son sac d'école. Son sac à dos.

– Quels habits y avez-vous mis ?

– Je ne me rappelle plus. Tout ce que j'ai pu sortir du tiroir, vous voyez ?

– Bon. Pourriez-vous me décrire ce sac à dos ?

Delacroix haussa les épaules.

– Je ne me rappelle pas. C'était un sac à dos ordinaire, quoi.

– Bien. Qu'avez-vous fait après y avoir mis ces habits ?

– Je l'ai mis dans le coffre. Et j'ai fermé le coffre.

– Quel genre de voiture était-ce ?

– Une Impala 72.

– Vous l'avez encore ?

– J'aimerais bien ! Ce serait une bagnole de collection. Mais je l'ai bousillée. Ma première arrestation pour conduite en état d'ivresse.

– Comment ça « bousillée » ?

– Complètement. Je l'ai enroulée autour d'un palmier à Beverly Hills. On l'a emmenée à la casse quelque part.

Bosch savait que retrouver une voiture vieille de trente ans n'aurait pas été facile, mais apprendre qu'elle avait été complètement détruite mit définitivement fin à tout espoir de la retrouver et d'aller y chercher des indices matériels.

– Bon, revenons à ce qui nous occupe, dit-il. Vous avez donc le cadavre de votre fils dans le coffre de votre voiture. Quand vous en êtes-vous débarrassé ?

– Le soir même. Tard. Quand il n'est pas revenu de l'école ce jour-là, nous avons commencé à le chercher.

– « Nous » ?

– Oui, Sheila et moi. On a roulé partout en cherchant. On est allés partout où il faisait du skate.

– Et de tout ce temps-là, le cadavre d'Arthur se trouvait dans le coffre de la voiture que vous conduisiez ?

– C'est ça. Vous voyez, je ne voulais pas qu'elle sache ce que j'avais fait. Je la protégeais.

– Je comprends. Êtes-vous allé à la police pour faire une demande de recherche de personne disparue ?

Delacroix hocha la tête.

– Non, dit-il. Je suis passé au commissariat de Wilshire et j'ai parlé à un flic. Il était pile là où on entre. À la réception. Il m'a dit qu'Arthur avait dû fuguer et qu'il reviendrait. C'était une histoire de quelques jours. Alors, j'ai pas fait de demande de recherche.

Bosch essayait de couvrir le terrain le plus vaste possible en établissant des faits qui pourraient être vérifiés – et donc utilisés pour étayer ces aveux lorsque Delacroix et son avocat décideraient de revenir dessus et de tout nier en bloc. La meilleure façon de procéder était de s'en tenir aux preuves matérielles et aux faits d'ordre scientifique. Cela dit, recouper diverses histoires n'était pas mauvais non plus. Sheila Delacroix lui avait déjà dit qu'elle et son père s'étaient rendus au commissariat de police en voiture, le soir où Arthur n'était pas revenu. C'était son père qui était entré au commissariat pendant qu'elle attendait dans la voiture. Mais Bosch n'avait pas trouvé trace d'une quelconque déclaration où l'on aurait signalé la disparition du gamin. Le détail semblait coller avec le reste et permettrait de valider les aveux.

– Monsieur Delacroix, reprit-il, ça ne vous gêne pas de me parler, n'est-ce pas ?

– Non, pas du tout.

– Vous ne vous sentez pas menacé ou forcé en quelque manière que ce soit ?

– Non, tout va bien.

– Vous me parlez librement.

– Absolument.

– Bien. Quand avez-vous sorti le corps de votre fils du coffre de votre voiture ?

– Plus tard. Quand Sheila s'est endormie, j'ai repris la voiture et j'ai cherché un endroit où je pourrais le cacher.

– Où ça ?

– Dans les collines. Du côté de Laurel Canyon.

– Vous pourriez préciser ?

– Pas trop, non. Je suis monté dans Lookout Mountain Road, plus loin que l'école. Vers là-bas. Il faisait nuit et je... vous voyez, je buvais parce que je me sentais pas bien du tout après l'accident, vous voyez ?

– L'accident ?

– Ben oui. Quand j'ai frappé Arthur un peu trop fort.

– Ah oui. Et donc, vous avez dépassé l'école. Dans quelle rue ?

– Wonderland.

– Wonderland ? Vous êtes sûr ?

– Non, mais je crois bien que c'était là. J'ai passé toutes ces années à… j'essayais d'oublier le plus possible…

– Et donc, vous êtes en train de nous dire que vous étiez saoul quand vous avez caché le corps.

– J'étais saoul, oui. Vous croyez pas que ça valait mieux ?

– Ce que je pense n'a aucune importance.

Bosch sentit la première menace de danger. Delacroix lui offrait certes des aveux complets, mais certains des éléments recueillis pouvaient mettre à mal le dossier. Que Delacroix ait bu expliquait que le corps ait été enterré à la va-vite dans la colline, puis recouvert à la hâte de terre et d'aiguilles de pin. Mais Bosch se rappelait aussi le mal qu'il avait eu à grimper et imaginait difficilement un type saoul faire la même chose en portant ou tirant derrière lui le cadavre de son propre fils.

Sans parler du sac à dos. Delacroix l'avait-il traîné avec le corps jusqu'en haut de la colline ou avait-il fait deux voyages, en retrouvant Dieu sait comment l'endroit exact dans le noir ?

Bosch regarda Delacroix avec attention en se demandant de quel côté aller. Il fallait se montrer prudent. Il aurait été suicidaire de susciter une réaction dont un avocat de la défense pourrait tirer profit pendant des journées entières au tribunal.

– Tout ce dont je me souviens, reprit Delacroix sans qu'on l'ait sollicité, c'est que ça m'a pris un sacré bout de temps. J'y ai passé pratiquement toute la nuit. Et je me rappelle l'avoir serré très fort contre moi avant de le mettre dans le trou. C'était comme si je lui faisais un enterrement.

Il hocha la tête et chercha un assentiment dans les yeux de Bosch : il voulait qu'on lui dise qu'il avait fait ce qu'il fallait. Bosch lui renvoya un regard vide.

– Eh bien justement, dit celui-ci, commençons par là. Ce trou dans lequel vous avez mis votre fils… il avait quelle profondeur ?

– Il n'était pas très profond. Une cinquantaine de centimètres au maximum.

– Comment l'avez-vous creusé ? Vous aviez emporté des outils ?

– Non, je n'y avais pas pensé. J'ai été obligé de creuser à la main. Et je suis pas allé très loin.

– Et le sac à dos ?

– Euh… lui aussi, je l'ai mis dedans. Dans le trou, je veux dire. Mais j'en suis pas sûr.

Bosch hocha la tête.

– Bon. Vous rappelez-vous autre chose sur cet endroit ? C'était en pente ? Boueux ?

Delacroix hocha la tête.

– Je me rappelle plus, dit-il.

– Y avait-il des maisons autour ?

– Il y en avait tout près, oui, mais personne ne m'a vu, si c'est ça que vous voulez dire.

Bosch décida qu'il s'aventurait un peu trop loin en territoire dangereux. Il fallait absolument revenir en arrière et assurer certains détails pour la justice.

– Et le skate de votre fils ? demanda-t-il.

– Quoi, « le skate de mon fils » ?

– Qu'est-ce que vous en avez fait ?

Delacroix se pencha en avant pour réfléchir à la question.

– Vous savez, dit-il enfin, je ne me rappelle pas vraiment.

– L'avez-vous enterré avec le corps de votre fils ?

– Je… je ne me rappelle pas.

Bosch attendit longtemps, mais il n'en sortit rien de plus. Delacroix garda le silence.

– Bon, reprit Bosch, nous allons faire une pause, dont je vais profiter pour aller m'entretenir avec mon collègue. Je veux que vous repensiez à tout ce que nous venons de dire. À l'endroit où vous avez enterré votre fils. Je veux que vous creusiez dans vos souvenirs. Et que vous repensiez à la planche à roulettes.

– OK. J'essaierai.

– Je vous rapporte du café ?

– Ça serait bien, oui.

Bosch se leva et emporta les gobelets vides. Il gagna tout de suite la salle de visionnage et en ouvrit la porte. Edgar s'y tenait en compagnie d'un autre homme. Cet homme, que Bosch ne connaissait pas, observait Delacroix à travers la vitre sans tain. Déjà Edgar tendait la main pour éteindre la vidéo.

– Non, n'éteins pas ! lui cria aussitôt Bosch.

Edgar suspendit son geste.

– Laisse-la tourner. Si jamais il commence à se rappeler d'autres trucs, je ne veux pas qu'on vienne me dire que c'est moi qui les lui ai fourrés dans le crâne.

Edgar acquiesça. L'inconnu se détourna de la vitre et tendit la main à Bosch. Il ne semblait pas avoir beaucoup plus de trente ans. Il avait les cheveux noirs tirés en arrière et la peau très blanche. Et un grand sourire sur la figure.

– Bonjour, dit-il. George Portugal. Je suis l'adjoint au district attorney.

Bosch posa les gobelets vides sur la table et lui serra la main.

– On dirait que l'affaire est intéressante, reprit Portugal.

– De plus en plus, oui.

– Écoutez, avec ce que je viens de voir depuis dix minutes, vous n'avez pas de souci à vous faire. C'est une affaire réglée.

Bosch acquiesça, mais ne lui retourna pas son sourire. De fait, l'inanité de ce que Portugal venait de lâcher lui donnait envie de rire. Il n'était pas assez bête pour faire confiance aux intuitions des jeunes procureurs. Il repensa à tout ce qui s'était passé avant qu'ils arrivent à amener Delacroix dans la salle d'interrogatoire de l'autre côté de la vitre sans tain. Il savait très bien que rien n'est jamais sûr à cent pour cent.

38

À 4 heures de l'après-midi, Edgar et Bosch conduisirent Samuel Delacroix à Parker Center afin qu'il y soit inculpé du meurtre de son fils. Portugal étant cette fois présent dans la salle et prenant part à la séance, ils avaient continué d'interroger Delacroix pendant deux heures, sans que cela leur apporte grand-chose de neuf. Le souvenir que le père avait de la mort de son fils et du rôle qu'il y avait joué avait été sapé par vingt ans d'alcool et de culpabilité.

Portugal n'en avait pas moins quitté la pièce en étant sûr et certain de son affaire. Bosch, lui, avait des doutes. Depuis toujours, au contraire d'autres procureurs et inspecteurs de police, il se méfiait des aveux spontanés. Pour lui, les remords authentiques étaient rares. Il traitait les confessions surprises avec la plus grande circonspection et cherchait toujours à savoir quels petits jeux se cachaient derrière ce genre de déclarations. Pour lui, tous les dossiers ressemblaient à une maison en construction. Dès qu'il y avait aveux, c'était là-dessus qu'on montait l'édifice. Et il suffisait que le ciment ne soit pas gâché ou versé correctement pour que tout dégringole à la première secousse. En conduisant Delacroix à Parker Center, Bosch ne pouvait s'empêcher de penser qu'il y avait des fissures invisibles dans ces aveux. Et que le tremblement de terre n'était pas loin.

La sonnerie de son portable le tira de ses pensées. C'était le lieutenant Billets qui l'appelait.

– Vous avez filé avant qu'on ait pu se parler, dit-elle.

– On l'emmène au dépôt.

– Ça a l'air de te rendre bien joyeux.

– C'est-à-dire que… je ne peux pas vraiment parler…

– Vous êtes dans la voiture avec lui ?

– Oui.

– Dis, c'est sérieux ou bien vous jouez à maman poule ?

– Je ne peux pas dire encore.

– C'est que moi, j'ai Irving et les Relations avec les médias qui n'arrêtent pas de me téléphoner. Je suppose que le bureau du procureur a déjà laissé entendre à la presse que les chefs d'accusation allaient arriver. Comment voulez-vous que je joue le coup ?

Bosch regarda sa montre. Après avoir fait incarcérer Delacroix, ils devaient pouvoir retrouver Sheila Delacroix chez elle avant 8 heures. Mais si une annonce était faite maintenant aux médias, les journalistes pourraient y arriver avant lui.

– Bon, nous, on voudrait être chez la fille avant. Tu pourrais pas faire en sorte que le bureau du procureur attende jusqu'à 9 heures ? Et faire la même chose avec les médias ?

– Pas de problème. Et vous, écoutez-moi. Dès que vous vous êtes débarrassés de votre type, vous m'appelez quand vous pouvez parler. S'il y a un problème, je veux être au courant.

– C'est entendu.

Il referma son téléphone et jeta un coup d'œil à Edgar.

– Portugal n'a pas pu s'empêcher d'appeler tout de suite son service des relations avec les médias, dit-il

– Ça ne m'étonne pas. Ça doit être sa première grosse affaire. Il va tirer sur la corde comme c'est pas possible.

– Ouais.

Ils roulèrent quelques minutes sans rien dire. Bosch repensa à ce qu'il avait laissé entendre à Billets. Il se sentait mal à l'aise, mais n'arrivait pas à savoir pourquoi. L'affaire était en train de quitter le domaine de l'enquête policière pour entrer dans la sphère judiciaire. Il y avait encore beaucoup de travail d'enquête à faire, mais tout changeait dès qu'un suspect se voyait notifier ses chefs d'accusation et se retrouvait en détention. Alors, le travail des avocats de l'accusation commençait. La plupart du temps, Bosch se sentait soulagé lorsque le moment était venu d'emmener un prévenu au dépôt : il avait l'impression d'avoir accompli quelque chose. Il se sentait grandi et pensait avoir aidé à changer les choses. Cette fois-ci pourtant, ce n'était pas le cas et il ne savait pas trop pourquoi.

Il finit par attribuer ses doutes aux erreurs qu'il avait commises et aux mouvements incontrôlables de l'enquête. Il n'y avait guère lieu de se réjouir et de se sentir trop grandi alors que le coût du succès était si considérable. Certes, ils avaient dans leur voiture un type qui avait reconnu avoir tué son fils et ils le conduisaient en prison. Mais Nicholas Trent et Julia Brasher étaient morts. Dans l'édifice qu'il avait construit autour de cette affaire, il y aurait toujours des pièces abritant des fantômes. Des fantômes qui ne cesseraient de le hanter.

– Dites, c'était de ma fille que vous parliez ? reprit Delacroix. Vous allez lui causer ?

Bosch jeta un coup d'œil dans le rétroviseur. Menotté dans le dos, Sam Delacroix s'était penché en avant Bosch dut régler le rétroviseur pour voir ses yeux.

– Oui, dit-il, on va lui annoncer la nouvelle.

– C'est obligatoire ? Il faut vraiment que vous l'entraîniez là-dedans ?

Bosch l'observa un instant. Delacroix n'arrêtait pas de bouger les yeux.

– Nous n'avons pas le choix, monsieur Delacroix, dit-il. Il s'agit de son frère et de son père.

Bosch prit la bretelle de sortie de Los Angeles Street. Dans cinq minutes ils seraient au dépôt de Parker Center.

– Qu'est-ce que vous allez lui raconter ?

- Ce que vous nous avez dit. Que vous avez tué Arthur. Nous tenons à le lui dire avant qu'elle l'apprenne par la télé.

Il jeta un coup d'œil dans le rétroviseur et vit Delacroix acquiescer de la tête. Soudain, celui-ci leva les yeux et le regarda.

– Vous pourriez pas lui dire quelque chose de ma part ?

– Quoi, monsieur Delacroix ?

Bosch glissa la main dans sa poche pour attraper son magnéto et s'aperçut qu'il ne l'avait pas emporté. En silence, il maudit Bradley, et aussi son propre choix de coopérer avec les Affaires internes.

Delacroix garda le silence un instant, hochant la tête de droite et de gauche comme s'il cherchait ce qu'il voulait leur faire dire à sa fille.

Enfin il releva la tête et parla.

– Dites-lui juste que je lui demande pardon pour tout. Comme ça, voilà. Pardon pour tout. Vous le lui direz ?

– Vous lui demandez pardon pour tout. C'est compris. Autre chose ?

– Non, juste ça.

Edgar se tourna sur son siège afin de pouvoir regarder Delacroix.

– Vous demandez pardon ? ! s'exclama-t-il. Au bout de vingt ans, moi, ça me paraît un peu tard, vous ne trouvez pas ?

Bosch s'engagea dans Los Angeles Street. Il ne put regarder dans le rétro pour voir la réaction du prisonnier.

– Vous ne savez pas de quoi vous parlez ! s'écria Delacroix en colère. Ça fait vingt ans que je pleure.

– Ben voyons ! Dans ton verre de whisky, hein ? Mais monsieur n'a quand même pas pleuré assez pour faire quoi que ce soit avant notre arrivée. Pas assez pour sortir le nez de sa bouteille, se livrer aux autorités, sortir son enfant de son trou et lui faire un enterrement digne de ce nom ! Parce que tout ce qu'on a maintenant, c'est des os, vous savez ? Des os !

Bosch put enfin jeter un coup d'œil dans le rétro. Delacroix s'était penché encore plus et secouait la tête, presque à en toucher la banquette avant.

– Je pouvais pas, dit-il. J'arrivais même pas à…

Il s'arrêta. Bosch regarda le rétroviseur au moment où les épaules du prisonnier se mettaient à trembler. Delacroix pleurait.

– Même pas à quoi ? demanda Bosch.

Delacroix ne réagit pas.

– Même pas à quoi ? répéta Bosch plus fort.

Puis il entendit Delacroix qui vomissait par terre.

– Ah, putain, non ! hurla Edgar. Je savais que ça allait arriver !

L'odeur de la cellule des poivrots envahit la voiture. Le vomi de l'alcoolo. Bosch abaissa complètement sa vitre malgré l'air froid de janvier. Edgar en fit autant. Ils arrivaient à Parker Center.

– C'est pas ton tour ? demanda Bosch à Edgar. C'est moi qui me suis tapé le dernier. Le témoin qu'on avait sorti du bar Marmount.

– Je sais, je sais, dit Edgar. Et juste avant de bouffer, en plus !

Bosch se gara près des portes d'entrée réservées aux véhicules de transport de prisonniers. Un officier d'écrou s'avança vers eux.

Bosch pensa à Julia Brasher qui se plaignait d'avoir à nettoyer le vomi à l'arrière des voitures de patrouille. Ce fut comme si elle lui décochait encore un petit coup de coude, comme si elle lui arrachait encore un sourire malgré la douleur qu'il ressentait.

39

Sheila Delacroix ouvrit la porte de la maison où elle et son frère avaient vécu, mais où elle seule avait grandi. Elle portait un caleçon noir et un T-shirt long qui lui descendait presque jusqu'aux genoux. Elle s'était démaquillée et Bosch remarqua pour la première fois qu'elle avait un joli visage lorsqu'elle voulait bien ne pas le faire disparaître sous des tonnes de poudre et de peinture. Elle ouvrit grand les yeux en reconnaissant les deux inspecteurs.

– Mais... je ne vous attendais pas, dit-elle sans les inviter à entrer.

Ce fut Bosch qui parla.

– Sheila, dit-il. Nous avons réussi à identifier les restes humains retrouvés dans Laurel Canyon. Ce sont bien ceux de votre frère, Arthur. Nous sommes désolés de devoir vous l'annoncer. Pouvons-nous entrer quelques minutes ?

Elle avait hoché la tête en apprenant la nouvelle et dut s'appuyer un instant au montant de la porte. Bosch se demanda si elle allait quitter les lieux maintenant qu'il n'y avait plus aucune chance que son frère y revienne jamais.

Elle recula et leur fit un signe de la main.

– Je vous en prie, dit-elle en leur montrant la salle de séjour.

Tous regagnèrent les places qu'ils avaient occupées lors de leur première visite. Bosch remarqua que la boîte de photos qu'elle avait ressortie se trouvait toujours sur la table basse. Les clichés y avaient été rangés comme il faut. Sheila s'aperçut qu'il l'avait vu.

– J'ai remis les photos à peu près en ordre, dit-elle. Il y a longtemps que je voulais le faire.

Bosch acquiesça. Il attendit qu'elle se soit installée avant de s'asseoir et de reprendre l'entretien. En venant, Edgar et lui avaient arrêté la manière dont l'entrevue devait se dérouler. Sheila Delacroix allait devenir un élément essentiel du dossier. Ils avaient déjà les aveux de son père et les ossements d'Arthur comme pièces à conviction, mais ce serait son récit à elle qui mettrait de l'ordre dans cette histoire. Il fallait absolument qu'elle leur dise ce qu'elle avait vécu en grandissant chez son père.

– Euh, reprit Bosch, ce n'est pas tout. Il y a autre chose dont nous voulions vous parler avant que vous le découvriez à la télé... Tout à l'heure en fin de journée, votre père s'est vu inculpé du meurtre d'Arthur.

– Oh, mon Dieu !

Elle se pencha en avant et posa ses coudes sur ses genoux. Puis elle serra les poings et les appuya fort sur sa bouche. Elle ferma les yeux et ses cheveux retombèrent en avant, lui masquant en partie la figure.

– Il est en détention à Parker Center. Il sera officiellement mis en examen demain et pourra demander sa libération sous caution. Mais vu sa situation... vu son style de vie, il ne devrait pas être capable de rassembler la somme qu'on risque de lui demander.

Elle rouvrit les yeux.

– Il y a sûrement une erreur. Et l'autre type... celui qui habitait en face ? Il s'est tué, non ? C'est sûrement lui.

– Nous ne le pensons vraiment pas, Sheila.

– Mon père n'aurait jamais pu faire une chose pareille.

– En fait, lui répondit doucement Edgar, il a avoué.

Elle se redressa, Bosch découvrant la surprise dans ses yeux. Et il en fut très étonné. Pour lui, elle devait nourrir des soupçons sur son père depuis toujours.

– Il nous a dit l'avoir frappé avec une batte de base-ball parce qu'il avait manqué l'école, reprit Bosch. Il nous a dit qu'il buvait beaucoup à cette époque-là et qu'il avait tout simplement perdu la tête et l'avait frappé trop fort. D'après lui, ce serait un accident.

Elle le regarda droit dans les yeux en essayant d'enregistrer tout ce qu'il venait de lui dire.

– Puis il a mis le corps de votre frère dans le coffre de sa voiture. Il nous a dit que lorsque vous tourniez en voiture pour retrouver votre frère ce soir-là, Arthur était déjà dans le coffre.

Elle ferma de nouveau les yeux.

– Après, bien plus tard, enchaîna Edgar, pendant que vous dormiez, il est ressorti en douce et a gagné les collines pour se débarrasser du cadavre.

Elle commença à secouer la tête comme si elle essayait d'écarter les mots qu'elle entendait.

– Non, non, il n'a pas pu…

– Avez-vous jamais vu votre père frapper Arthur ? lui demanda Bosch.

Elle le regarda et parut sortir de sa stupeur.

– Non, jamais, dit-elle.

– Vous en êtes sûre ?

Elle hocha la tête.

– Ça n'allait jamais plus loin qu'une tape sur les fesses quand il était tout petit et faisait suer les gens. Jamais plus.

Bosch jeta un coup d'œil à Edgar, puis regarda à nouveau la jeune femme qui s'était encore une fois penchée en avant, le regard fixé au sol.

– Sheila, dit-il, je sais que c'est de votre père que nous sommes en train de parler. Mais c'est aussi de votre frère. Il n'a quand même pas eu beaucoup de chance dans la vie, vous ne trouvez pas ?

Il attendit. Au bout d'un long moment elle finit par hocher la tête, mais ne la releva pas.

– Nous avons les aveux de votre père et beaucoup d'autres preuves. Les ossements d'Arthur nous disent toute une histoire, Sheila. Il y a des blessures. Beaucoup beaucoup de blessures. Et tout le long de sa vie.

Elle acquiesça.

– Nous avons besoin d'une autre voix. De quelqu'un qui nous dise ce que ça devait être pour Arthur de grandir dans cette maison.

– D'essayer de grandir, le corrigea Edgar.

Sheila se redressa et écrasa ses larmes en travers de ses joues avec la paume de ses mains.

– Tout ce que je peux vous dire, c'est que je ne l'ai jamais vu frapper mon frère. Pas une fois.

Elle essuya d'autres larmes. Son visage devenait de plus en plus luisant et déformé.

– C'est incroyable, reprit-elle. Tout ce que je… je voulais seulement savoir si c'était Arthur qui était enterré là-haut. Et maintenant… je n'aurais jamais dû vous appeler. J'aurais dû…

Elle n'acheva pas sa phrase. Elle se pinça l'arête du nez dans l'espoir d'endiguer ses larmes.

– Sheila, dit Edgar. Si ce n'est pas lui qui l'a tué, pourquoi voulez-vous que votre père ait avoué ?

Elle secoua énergiquement la tête et parut soudain très agitée.

– Pourquoi nous aurait-il demandé de vous dire qu'il demandait pardon ?

– Je n'en sais rien, moi ! s'écria-t-elle. Il est malade. Il boit. Peut-être veut-il qu'on s'intéresse à lui, je ne sais pas. C'était un acteur, vous savez ?

362

Bosch tira la boîte de photos en travers de la table basse et en passa une rangée en revue avec son doigt jusqu'au moment où il en repéra une où Arthur devait avoir dans les cinq ans. Il la sortit et l'examina. Rien sur le cliché ne laissait voir que l'enfant était condamné, que sous sa chair les os étaient déjà très endommagés.

Il remit la photo à sa place et observa Sheila. Leurs regards se rencontrèrent.

– Sheila, êtes-vous prête à nous aider ? lui demanda-t-il.

– Je ne peux pas, répondit-elle en se détournant.

40

Bosch arrêta la voiture devant le caniveau et coupa vite le moteur. Il ne voulait pas attirer l'attention des riverains de Wonderland Avenue. Conduire une voiture de police l'exposait à tous les regards. Il espéra qu'il était assez tard pour que tous les rideaux soient tirés.

Il était seul dans sa voiture, son coéquipier étant rentré dormir chez lui. Il tendit la main et appuya sur le bouton d'ouverture du coffre. Il se pencha à sa fenêtre et scruta les ténèbres des collines. Il vit que les Services spéciaux étaient déjà venus enlever tout le réseau de rampes et d'escaliers qui conduisait à la scène de crime. C'était ce qu'il voulait. Il voulait que les lieux ressemblent le plus possible à ce qu'ils avaient été vingt ans plus tôt, au moment où, en pleine nuit, Samuel Delacroix avait remonté la colline en traînant le cadavre de son fils derrière lui.

Le faisceau de sa lampe de poche s'alluma et le fit sursauter. Il ne s'était pas rendu compte qu'il avait le pouce posé sur le bouton. Il éteignit et regarda les maisons silencieuses autour du rond-point. Il avait décidé de s'en remettre à son intuition et de revenir à l'endroit même où tout avait commencé. Il avait bouclé un type responsable d'un meurtre commis quelque vingt ans plus tôt, mais cela ne lui suffisait pas. Il y avait quelque chose qui clochait et c'était là qu'il allait reprendre l'affaire.

Il leva la main et éteignit le plafonnier. Puis il ouvrit sa portière sans faire de bruit et sortit avec sa torche.

Arrivé à l'arrière du véhicule, il jeta encore une fois un coup d'œil autour de lui et souleva le hayon. Dans le coffre était posé un mannequin qu'il avait emprunté à Jesper au labo. Il arrivait qu'on se serve de mannequins pour procéder à une reconstitution, surtout lorsqu'on doutait que tel ou tel individu se soit jeté par une fenêtre pour se suicider ou s'enfuir. Du nourrisson jusqu'à l'adulte, le labo avait des mannequins de toutes les tailles. Et on pouvait en modifier le poids en ôtant ou glissant des sacs de sable d'une livre dans des poches cousues au torse et aux membres de l'objet.

Celui qu'il avait dans son coffre était barré de l'inscription SID[1] en travers de la poitrine. Au labo, Jasper et Bosch l'avaient lesté jusqu'à ce qu'il fasse trente-cinq kilos, poids auquel Golliher était arrivé en se basant sur la taille des ossements et les photos de l'enfant. Le mannequin portait en outre un sac à dos acheté dans le commerce et tout à fait similaire à celui retrouvé dans les fouilles. Bosch l'avait bourré de vieux chiffons trouvés dans son coffre pour remplacer approximativement les habits enfouis avec les ossements.

Bosch posa sa lampe, attrapa le mannequin par les avant-bras et le tira hors du coffre. Puis il le souleva et l'installa sur son épaule gauche. Il recula d'un pas pour assurer son équilibre et tendit de nouveau le bras pour reprendre sa lampe dans le coffre. D'après ses aveux, c'était d'une torche bon marché, comme on trouve dans les drugstores, que Samuel Delacroix s'était servi le soir

1. Équivalent de la police scientifique *(NdT)*.

où il avait enterré son fils. Bosch l'alluma, enjamba le trottoir et se dirigea vers la colline.

Il se mit à grimper, mais s'aperçut tout de suite qu'il avait besoin de ses deux mains pour s'agripper aux branches des arbres afin de monter. Il glissa sa lampe dans une de ses poches, son faisceau lumineux s'en allant aussitôt éclairer le haut des arbres et ne lui servant plus à rien.

Il se cassa deux fois la figure en moins de cinq minutes et se retrouva complètement épuisé avant d'avoir fait dix mètres. Sans la lampe pour lui éclairer le chemin, il ne vit pas une petite branche nue devant lui et s'ouvrit la joue en forçant le passage. Il jura, mais continua d'avancer.

Arrivé à quinze mètres, il fit un premier arrêt et jeta le mannequin au pied d'un pin de Monterrey avant de s'asseoir sur lui. Puis il dégagea son T-shirt de son pantalon et s'en servit pour éponger le sang qui lui coulait sur la joue. Sa coupure le piquait tant il y tombait de gouttes de sueur.

– Bon, en avant, monsieur Sid, dit-il lorsqu'il eut repris son souffle.

Sur les quelque six mètres qui suivirent, il tira le mannequin derrière lui. Il avançait plus lentement, mais avait moins de peine qu'en le portant. En outre, c'était de cette façon que Delacroix leur avait dit avoir procédé.

Après avoir marqué un autre arrêt, Bosch parcourut les trois derniers mètres et arriva au terre-plein horizontal, où il finit de tirer le mannequin dans la clairière sous les acacias. Il tomba à genoux, puis se remit sur les talons.

– Mon cul, oui ! s'écria-t-il en ravalant sa salive. Il nous a raconté des conneries !

Il ne voyait vraiment pas comment Delacroix aurait pu y arriver. Au moment où ce dernier prétendait avoir accompli cet exploit, il avait sans doute dix ans de moins que Bosch maintenant, mais celui-ci était en bonne forme pour un homme de son âge. Et il n'était pas ivre, ce que Delacroix avait dit être.

Bosch avait certes réussi à tirer le corps jusqu'à l'endroit où il avait été enterré, mais tout lui disait que Delacroix leur avait menti. Il ne s'y était pas pris comme il le leur avait dit. Ou bien il n'avait pas monté le corps dans la colline ou bien il s'était fait aider. Sans parler d'une troisième possibilité : Arthur Delacroix avait grimpé la colline sur ses deux pieds.

Bosch retrouva enfin sa respiration normale. Il inclina la tête en arrière et regarda entre les branches. Il vit le ciel nocturne et un morceau de lune derrière un nuage. Il s'aperçut aussi qu'il sentait l'odeur d'un feu de bois brûlant dans la cheminée d'une maison voisine.

Il ressortit la lampe de sa poche et se pencha pour attraper une lanière cousue dans le dos du mannequin. Redescendre ce dernier en bas de la colline ne faisant pas partie de la vérification à mener, Bosch décida de le tirer par sa sangle. Il allait se relever lorsqu'il entendit du mouvement dans les buissons à une dizaine de mètres sur sa gauche.

Il braqua le faisceau de sa lampe dans la direction du bruit et aperçut un coyote qui avançait dans le sous-bois. L'animal se dépêcha de filer hors du rayon de lumière et disparut. Bosch balaya le terrain avec sa lampe, mais fut incapable de le retrouver. Il se releva et commença à tirer le mannequin vers la pente.

La force de gravité lui rendit la descente plus facile, mais tout aussi dangereuse. En se frayant lentement et précautionneusement son chemin, Bosch songea au coyote. Il se demanda combien de temps vivaient ces animaux et si celui qu'il venait de voir n'aurait pas pu, quelque vingt ans plus tôt, regarder un autre homme enterrer un corps au même endroit.

Bosch arriva en bas de la colline sans tomber. Il était en train de descendre le mannequin du trottoir lorsqu'il vit le Dr Guyot et sa chienne non loin de sa voiture. Calamity était en laisse. Bosch gagna vite la malle arrière, y jeta le mannequin et claqua le hayon. Guyot s'approcha.

– Inspecteur Bosch, dit-il.

Il semblait avoir compris qu'il valait mieux ne pas lui demander ce qu'il faisait.

– Docteur Guyot. Comment allez-vous ?

– Mieux que vous, je le crains. Vous vous êtes encore blessé. Mauvaise lacération, on dirait.

Bosch se toucha la joue. Ça le piquait encore.

– Ce n'est pas grave, dit-il. Juste une égratignure. Vous feriez bien de garder Calamity en laisse. Je viens de voir un coyote.

– Vous avez raison. Je ne la lui enlève jamais le soir. Les collines sont pleines de coyotes en maraude. On les entend la nuit. Vous voulez entrer un instant ? Que je vous mette un Stéri-strip ? Quand on ne les pose pas correctement, on risque d'avoir une cicatrice.

Bosch se rappela soudain Julia Brasher en train de lui poser des questions sur les siennes. Il regarda Guyot.

– Bon, d'accord, dit-il.

Ils laissèrent la voiture au rond-point et descendirent jusqu'à la maison de Guyot. Arrivé dans la pièce de derrière, Bosch s'assit sur le bureau. Le docteur désinfecta la coupure qu'il avait à la joue et resserra les lèvres de la plaie à l'aide de deux Stéri-strip.

– Je crois que vous en réchapperez, dit Guyot en refermant sa trousse d'urgence. Mais pour votre vêtement, je ne sais pas trop.

Bosch regarda son T-shirt. Le bas en était couvert de taches de sang.

– Merci pour les soins, docteur. Combien de temps dois-je garder ces trucs ?

– Quelques jours. Si vous arrivez à le supporter.

Bosch s'effleura doucement la joue. Elle avait un peu enflé, mais la blessure ne le piquait plus. Guyot se détourna de sa sacoche et le regarda. Bosch comprit qu'il voulait lui dire quelque chose. Lui poser des questions sur le mannequin, sans doute.

– Qu'est-ce qu'il y a, docteur ?

– L'officier de police qui est venu ici le premier soir, la jeune femme... C'est bien elle qui est morte, n'est-ce pas ?

– Oui, c'est elle.

L'air sincèrement triste, Guyot hocha la tête. Il fit lentement le tour de son bureau et se laissa choir dans son fauteuil.

– C'est drôle comme les situations peuvent évoluer, dit-il. De vraies réactions en chaîne. Tenez, M. Trent en face. Puis cet officier. Tout ça parce qu'un chien a trouvé un os. Alors qu'il n'y a rien de plus naturel...

Bosch ne put qu'acquiescer. Il commença à rentrer son T-shirt dans son pantalon pour voir s'il y avait moyen de cacher les taches.

Guyot regarda Calamity qui s'était couchée à sa place, juste à côté de son fauteuil.

– C'est vraiment dommage que je lui aie ôté sa laisse, dit-il. Vraiment vraiment dommage.

Bosch descendit du bureau, se leva et regarda son ventre. On ne voyait plus les taches de sang, mais cela ne changeait pas grand-chose : son T-shirt était trempé de sueur.

– Je ne sais pas, docteur, dit-il enfin. À penser comme ça, on ne pourrait plus jamais sortir de chez soi.

Ils se regardèrent et hochèrent la tête simultanément. Puis Bosch lui montra sa joue.

– Merci, dit-il. Je connais le chemin.

Il se tourna vers la porte, Guyot l'arrêta.

– À la télé, j'ai vu un flash. La police aurait arrêté quelqu'un. J'allais regarder ça à 10 heures.

Bosch se retourna vers lui.

– Ne croyez pas tout ce que vous voyez à la télé, dit-il.

41

Le téléphone sonna alors qu'il finissait de regarder la première séance d'aveux de Samuel Delacroix. Il prit la télécommande et coupa le son avant de décrocher. C'était le lieutenant Billets.

– Je croyais que vous alliez me rappeler, dit-elle.

Il avala une gorgée de bière et reposa la cannette sur la table, à côté de son fauteuil.

– Je m'excuse, dit-il. J'ai oublié.

– Toujours à ressasser ?

– Encore plus.

– Qu'est-ce qu'il y a, Harry ? Je n'ai encore jamais vu un inspecteur aussi troublé par des aveux.

– Il y a beaucoup de trucs qui clochent. Il se passe quelque chose.

– Comment ça ?

– Je commence à me demander si c'est vraiment lui qui a tué le gamin. J'ai l'impression qu'il manigance quelque chose, mais je ne sais pas quoi.

Billets garda longtemps le silence. Elle ne savait pas trop quoi répondre.

– Qu'en pense Jerry ? demanda-t-elle enfin.

– Je ne sais pas. Il est assez prêt à clore le dossier.

– Comme nous tous, Harry. Sauf si ce n'est pas lui qui a fait le coup. Est-ce que tu as des trucs concrets ? des trucs susceptibles d'étayer tes soupçons ?

Bosch s'effleura doucement la joue. L'enflure avait diminué, mais la blessure était toujours douloureuse au toucher. Il ne pouvait pas s'empêcher de la tripoter.

— Je suis retourné sur les lieux du crime, dit-il. Avec un mannequin du labo. Trente-cinq kilos. Je suis arrivé à le monter jusqu'en haut, mais ç'a été l'enfer.

— Bon et donc, tu nous as prouvé que c'était faisable. Où est le problème ?

— Que c'est seulement un mannequin que j'ai monté là-haut. Lui, c'était le cadavre de son fils qu'il tirait. Et je n'avais rien bu alors que d'après ses aveux il était saoul. Et moi, j'y étais déjà monté et je connaissais le chemin. Pas Delacroix. De fait, je ne crois pas qu'il aurait pu y arriver. En tout cas, pas tout seul.

— Tu penses qu'il s'est fait aider ? par sa fille ?

— Il est effectivement possible qu'il ait eu de l'aide, mais il se peut aussi qu'il ne soit jamais monté là-haut. Je ne sais pas. On a parlé à la fille ce soir, mais elle refuse de le dénoncer. Elle refuse de parler. Ce qui donne à penser qu'ils étaient peut-être dans le coup tous les deux. Sauf que non. Non, pourquoi nous aurait-elle appelés et donné de quoi identifier les ossements si c'était le cas ? Ça n'a pas de sens.

Billets garda le silence. Bosch consulta sa montre et s'aperçut qu'il était 10 heures. Il avait envie de regarder les infos. Il prit la télécommande, éteignit le magnétoscope et mit la 4.

— Tu regardes les nouvelles ? demanda-t-il à Billets.

— Oui, sur la 4.

C'était le sujet principal – le père qui tue son fils et enterre son cadavre est arrêté vingt ans après à cause d'un chien. Parfaite histoire pour Los Angeles. Bosch regarda sans rien dire, comme Billets à l'autre bout du fil. Le reportage de Judy Surtain ne présentait pas d'erreurs notables. Il en fut surpris

– Pas mal, dit Bosch lorsque ce fut fini. Pour une fois, ils ne se sont pas gourés.

Il coupa de nouveau le son juste au moment où le speaker passait à un autre sujet. Il garda le silence un instant en regardant la télévision elle-même silencieuse. On y montrait des ossements humains retrouvés dans les Fosses à bitume de La Brea. Puis ce fut Golliher qui donnait une conférence de presse, une forêt de micros sous le nez.

– Allons, Harry, reprit Billets, il y a autre chose qui te ronge. Ce n'est pas possible que ça se résume à l'impression qu'il n'a pas pu faire le coup. Pour la fille, moi, ça ne m'étonne pas qu'elle ait passé le coup de fil pour identifier les ossements. C'est bien à la télé qu'elle en a entendu parler, non ? De l'histoire de Trent, je veux dire… Et si elle s'était dit qu'elle pouvait toujours lui coller le meurtre sur le dos ? Avoir la possibilité de coller un meurtre sur le dos d'un autre au bout de vingt ans d'angoisse, tu sais…

Il savait qu'elle ne pouvait pas le voir, mais il secoua la tête. Il n'arrivait tout simplement pas à croire que Sheila ait appelé la police si elle était, même de façon marginale, impliquée dans la mort de son frère.

– Je ne sais pas, dit-il. Pour moi, y a quelque chose qui cloche.

– Bon… qu'est-ce que tu vas faire ?

– Je suis en train de tout repasser en revue. Je vais recommencer.

– L'inculpation officielle est pour demain ?

– Oui.

– Ça ne te laisse pas assez de temps.

– Je sais. Mais c'est ce que je vais faire. J'ai déjà repéré une contradiction que je n'avais pas vue sur le coup.

– Laquelle ?

– Delacroix affirme avoir tué Arthur le matin, après s'être aperçu qu'il n'était pas allé à l'école. Et la première fois que nous avons interrogé la fille, elle a déclaré qu'Arthur n'était jamais revenu de l'école. Ça n'est pas du tout pareil.

Billets grogna dans le téléphone.

– C'est vraiment pas grand-chose, tu sais ? dit-elle. Il ne faut quand même pas oublier que ça remonte à vingt ans et que le type est un poivrot. Donc, quoi ? Tu vas vérifier aux archives de l'école ?

– Demain.

– Et c'est terminé. Sauf que… comment la sœur peut-elle être certaine qu'il est ou n'est pas allé à l'école ? Tout ce qu'elle sait, c'est qu'il n'est pas rentré après. Ça ne me convainc pas.

– Je sais, et je n'essaie pas de te convaincre. Je me contente de te dire ce qui me fait tiquer.

– Vous avez trouvé quelque chose en fouillant chez le père ?

– On ne l'a pas encore fait. Delacroix a commencé à se mettre à table dès qu'on est entrés ou presque. On doit fouiller la baraque demain, après l'inculpation.

– Le mandat est bon pour combien de temps ?

– Quarante-huit heures. On est dans les temps.

Parler du mobile home lui remit brusquement la chatte de Delacroix en mémoire. Les aveux du suspect les avaient tellement absorbés qu'il avait oublié de s'occuper de l'animal.

– Merde ! s'écria-t-il.

– Quoi ?

– Rien. J'ai oublié sa chatte. Delacroix a une chatte. Et je lui avais promis de demander à un voisin de s'en occuper.

– T'aurais dû appeler la fourrière.

– Il nous a beaucoup enquiquinés là-dessus. Eh mais… tu as des chats, toi, non ?

– Oui, j'en ai, mais il est hors de question que je prenne le sien.

– Non, ce n'est pas ça que je voulais dire. Je voulais juste savoir combien de temps ça peut tenir sans bouffer ni boire.

– Quoi ? Tu ne lui as rien laissé à manger ?

– Si, mais il a dû tout finir depuis longtemps.

– Ben… S'il a eu quelque chose aujourd'hui, il pourra tenir jusqu'à demain. Mais il ne sera pas trop content. Peut-être qu'il mettra un peu tout en pièces !

– On aurait dit qu'il l'avait déjà fait. Écoute, va falloir que j'y aille. Je veux visionner le reste de la bande et voir où on en est.

– Bon, je te laisse. Mais n'oublie pas : à cheval donné on ne regarde pas la bride. Tu vois ce que je veux dire ?

– Je crois, oui.

Ils raccrochèrent, Bosch se remettant aussitôt à visionner la séance d'aveux. Et encore plus vite à arrêter la bande : l'histoire du chat le tarabustait. Il aurait dû faire le nécessaire pour qu'on s'en occupe.

42

En approchant du mobile home, Bosch s'aperçut que toutes les fenêtres étaient éclairées. Et ils avaient tout éteint en repartant avec Delacroix douze heures plus tôt. Il passa devant et se gara dans le parking à ciel ouvert un peu plus loin. Puis il revint à pied et observa le mobile home de l'endroit même où il l'avait regardé lorsque Edgar avait frappé à la porte avec son mandat. Malgré l'heure tardive, le sifflement de l'autoroute était toujours fort et l'empêchait d'entendre les bruits et les mouvements à l'intérieur.

Il sortit son arme de son étui et s'approcha de la porte. Il monta doucement et silencieusement sur les parpaings et essaya d'ouvrir. Le bouton de la porte ne lui résista pas. Il colla son oreille contre le montant, mais fut toujours aussi incapable d'entendre quoi que ce soit à l'intérieur. Il attendit encore un peu, puis, tout aussi doucement et silencieusement, il tourna le bouton et tira la porte à lui en levant son arme.

La salle de séjour était vide. Il entra et balaya la pièce des yeux. Personne. Il referma la porte derrière lui sans faire de bruit.

Par la cuisine il regarda jusqu'à la chambre au fond du couloir. La porte en était entrouverte. Il ne vit personne, mais entendit des coups sourds, comme quelqu'un qui referme des tiroirs. Il s'avança dans la cuisine. L'odeur de pisse de chat était insupportable. Il remarqua que l'assiette posée sous la table était propre et qu'il n'y avait plus d'eau dans le bol. Il passa dans le couloir et n'était plus qu'à deux mètres de la porte de la chambre lorsque, celle-ci s'ouvrant soudain, une forme avança vers lui, tête baissée.

Sheila Delacroix poussa un hurlement en le voyant. Bosch avait levé son arme et l'abaissa aussitôt en la reconnaissant. Sheila porta la main à sa poitrine tandis que ses yeux s'ouvraient de plus en plus grand.

– Mais qu'est-ce que vous faites ici ? s'écria-t-elle.

Bosch rengaina son arme.

– J'allais vous poser la même question.

– C'est la maison de mon père. J'ai la clé.

– Et… ?

Elle hocha la tête et haussa les épaules.

– Je… je me faisais du souci pour sa chatte. Je la cherchais. Qu'est-ce que vous vous êtes fait à la figure ?

Bosch passa devant elle en se serrant et entra dans la chambre.

– J'ai eu un accident, dit-il.

Il jeta un coup d'œil autour de la pièce et n'y vit ni la chatte ni rien de remarquable.

– Je crois qu'elle est sous le lit, dit Sheila.

Bosch se retourna vers elle.

· La chatte, précisa-t-elle. Je n'ai pas réussi à la faire sortir.

Bosch revint vers la porte, effleura l'épaule de la jeune femme et la poussa vers la salle de séjour.

– Allons nous asseoir un peu, dit-il.

Sheila Delacroix s'assit dans la chaise longue à dossier inclinable, Bosch préférant rester debout.

– Qu'est-ce que vous cherchiez ? demanda-t-il.

– La chatte, je vous l'ai dit

380

– Je vous ai entendue ouvrir et fermer des tiroirs. Cette chatte aime se cacher dans des tiroirs ?

Sheila Delacroix hocha la tête comme pour lui faire savoir qu'il lui cassait les pieds pour pas grand-chose.

– Je me posais des questions sur mon père, dit-elle. J'étais là, j'en ai profité pour jeter un coup d'œil à droite et à gauche, c'est tout.

– Et votre voiture ? Où est-elle ?

– Je l'ai garée devant le bureau. Je ne savais pas s'il y aurait de la place ici. Je l'ai garée là-bas et j'ai fait le chemin à pied.

– Et vous vous apprêtiez à ramener la chatte en laisse ? C'est ça ?

– Non, j'allais la porter. Pourquoi me demandez-vous tout ça ?

Bosch l'examina. Il voyait bien qu'elle mentait, mais il ne savait pas trop ce qu'il devait ou pouvait y faire. Il décida de la surprendre.

– Sheila, écoutez-moi, dit-il. Si vous êtes en quelque manière que ce soit impliquée dans ce qui est arrivé à votre frère, c'est le moment ou jamais de me le dire et de chercher un arrangement.

– Mais qu'est-ce que vous racontez ? !

– Avez-vous aidé votre père ce soir-là ? L'avez-vous aidé à transporter votre frère et à l'enterrer dans la colline ?

Elle porta si vite ses mains à sa figure que ce fut comme s'il lui avait jeté de l'acide dans les yeux.

– Ah, mon Dieu, mon Dieu ! Mais c'est pas vrai ! Qu'est-ce que vous… ? hurla-t-elle.

Puis, tout aussi brusquement, elle baissa les mains et le regarda d'un air hébété.

– Parce que vous croyez que j'ai quelque chose à voir là-dedans ? Comment pouvez-vous penser une chose pareille ?

381

Bosch attendit un moment qu'elle se calme avant de lui répondre.

– Je pense que vous ne me dites pas la vérité sur ce qui est en train de se passer ici même. Cela me rend soupçonneux et m'oblige à envisager toutes les possibilités.

Elle se leva d'un coup.

– Suis-je en état d'arrestation, inspecteur ?

Il hocha la tête.

– Non, Sheila, dit-il, vous n'êtes pas en état d'arrestation. Mais j'aimerais que vous me disiez la…

– Alors, je m'en vais.

Elle fit le tour de la table basse et se dirigea vers la porte d'un pas décidé.

– Et la chatte ? lui demanda-t-il.

Elle ne s'arrêta pas, franchit la porte et disparut dans la nuit. Il l'entendit lui répondre de dehors.

– Vous n'avez qu'à vous en occuper !

Il franchit la porte à son tour et la regarda prendre la route d'accès au caravaning, vers l'entrée où elle s'était garée.

– Ben voyons, se dit-il à lui-même.

Il s'adossa au chambranle et respira un peu de l'air propre du dehors. Il pensa à Sheila et à ce qu'elle avait pu faire dans la caravane. Au bout d'un moment, il consulta sa montre et jeta un coup d'œil à l'intérieur. Il était plus de 23 heures et il se sentait fatigué. Il n'en décida pas moins de rester pour chercher ce qu'elle-même avait pu chercher.

Il sentit quelque chose lui frôler la jambe, baissa les yeux et vit un chat noir qui se frottait à lui. Il le repoussa doucement du pied. Les chats ne l'avaient jamais beaucoup intéressé.

L'animal revint et tint absolument à se frotter à nouveau la tête contre sa jambe. Bosch rentra dans le mobile home et obligea le chat à reculer prudemment de quelques pas.

— Tu restes ici, dit-il. Je vais te chercher à bouffer dans la voiture.

43

Les audiences de la chambre des mises en accusation ressemblaient toujours à un zoo. S'il ne vit aucun juge en entrant dans la salle à 9 heures moins 10 ce vendredi-là, Bosch tomba sur tout un tas d'avocats en train de conférer et de s'agiter comme des fourmis dans une fourmilière ouverte à coups de pied. Seul un vieux routard pouvait savoir et comprendre ce qui se jouait à tout instant dans une telle chambre.

Il commença par chercher Sheila Delacroix dans les rangées réservées au public, mais ne la vit pas. Puis il chercha Edgar et le procureur, Portugal, sans plus de succès. Mais il remarqua deux cameramen en train d'installer leur équipement à côté de la table du greffier. De l'endroit où ils se trouvaient, ils verraient parfaitement le box des accusés dès que la séance serait ouverte.

Il s'avança encore et franchit le portail. Il ôta son badge, le posa dans la paume de sa main et le montra au greffier qui étudiait une sortie d'imprimante contenant la liste de toutes les mises en accusation de la journée.

– Vous avez un Samuel Delacroix ? lui demanda-t-il.

– Arrêté mercredi ou jeudi ?

– Jeudi. Hier.

Le greffier tourna la page et passa une liste en revue du bout du doigt.

– Oui, j'ai un Delacroix, dit-il en s'arrêtant sur ce nom.

– C'est prévu pour quelle heure ?

– On a encore des types de mercredi à finir. Dès qu'on passera à ceux de jeudi, ça dépendra de son avocat. Privé ou commis d'office ?

– Commis d'office, je crois.

– Disons vers 10 heures, au plus tôt. Et à condition que le juge veuille bien commencer à 9. Aux dernières nouvelles, il n'était même pas encore arrivé.

– Merci.

Bosch se rapprocha de la table de l'accusation et dut se faufiler entre deux groupes d'avocats de la défense qui se racontaient leurs souvenirs de guerre en attendant l'ouverture de la séance. À la première place s'était assise une femme qu'il ne connaissait pas. Ce devait être la responsable des mises en accusation assignée à cette chambre. Elle devait en gérer couramment quatre-vingt pour cent, dans la mesure où la plupart des dossiers concernaient des délits mineurs et n'étaient donc pas encore communiqué aux procureurs. Posés sur la table devant elle – et cela ne concernait que les affaires du matin –, ces dossiers formaient un tas d'une trentaine de centimètres de hauteur. Bosch lui montra son badge.

– Pourriez-vous me dire si George Portugal a l'intention d'assister à la mise en examen de Samuel Delacroix ? C'est un dossier de jeudi.

– Oui, répondit-elle sans lever la tête, il va descendre Je viens de lui parler.

Comme elle levait la tête, Bosch vit son regard se porter sur la coupure qu'il avait à la joue. Il avait ôté ses pansements avant de se doucher, mais la blessure était encore très visible.

– Il va falloir attendre une bonne heure, reprit-elle. Delacroix sera défendu par un avocat commis d'office. Dites… ça a l'air de faire mal, ce truc.

– Seulement quand je souris. Je peux vous emprunter votre téléphone ?

– Jusqu'à l'arrivée du juge, pas plus.

Bosch lui prit l'appareil et appela le bureau du district attorney, situé trois étages au-dessus. Il demanda à parler à Portugal, son appel étant aussitôt transféré à ce dernier.

– Bosch, dit-il. Ça vous dérangerait que je monte ? Il faut absolument qu'on parle.

– Je reste ici jusqu'à ce qu'on m'appelle pour les mises en accusation.

– Je vous retrouve dans cinq minutes.

En sortant, Bosch informa le greffier que si un inspecteur du nom d'Edgar se présentait, il fallait absolument le faire monter au bureau du district attorney. Le greffier l'assura que cela ne posait aucun problème.

Le couloir regorgeait d'avocats et de citoyens lambda, tous concernés par quelque affaire. Tout le monde semblait accroché à un portable. Le sol en marbre et les hauts plafonds captaient les bruits de voix et les multipliaient à l'infini, en une sorte de furieuse cacophonie de sons blancs. Bosch entra dans le petit snack-bar et dut faire la queue plus de cinq minutes pour s'offrir un simple café. Il ressortit et prit l'escalier de secours : il n'avait aucune envie de perdre cinq minutes de plus à attendre un ascenseur qui se traînait.

Lorsqu'il entra dans le bureau de Portugal, Edgar s'y trouvait déjà.

– Nous commencions à nous demander où vous étiez passé, dit Portugal.

– Mais putain... mais qu'est-ce qui t'est arrivé ? s'écria Edgar en découvrant la balafre de Bosch.

Celui-ci s'assit sur la deuxième chaise installée devant le bureau de Portugal et posa son café par terre à côté de lui. Comprenant brusquement qu'il aurait dû en monter une tasse à Edgar et à Portugal, il venait de décider de ne pas boire devant eux.

Il ouvrit sa mallette sur ses genoux et en sortit un cahier du *Los Angeles Times* plié en deux. Puis il la referma et la posa elle aussi par terre.

– Bon, alors, qu'est-ce qui se passe ? demanda Portugal qui était visiblement curieux de savoir ce qui avait poussé Bosch à susciter cette réunion.

Bosch déplia son journal.

– Ce qui se passe, c'est que nous n'avons pas inculpé le bon type et qu'il vaudrait mieux arranger ça avant qu'il soit mis en accusation.

– Oh, non, merde ! s'écria Portugal. Je me doutais que vous alliez me sortir un truc comme ça ! Je ne sais pas trop si j'ai envie de vous écouter. Vous êtes en train de nous bousiller un bon coup.

– Je me fous pas mal d'être en train de faire ceci ou cela. Si ce n'est pas lui le coupable, ce n'est pas lui. Il n'y a pas à en sortir.

– Sauf qu'il a avoué. Et plusieurs fois.

– Écoutez, dit Edgar à Portugal. Laissez Harry vous dire ce qu'il a à vous dire, d'accord ? Personne n'a envie de merder dans cette affaire.

– Ça risque d'être un peu tard. Avec Môssieur-qui-peut-pas-s'empêcher-de-foutre-la-merde…

– Harry, continue. Qu'est-ce qui ne va pas ?

Bosch leur raconta comment il avait emporté son mannequin jusqu'à Wonderland Avenue et tenté de reproduire les gestes qu'avait dû faire Delacroix pour hisser le cadavre de son fils dans cette colline particulièrement pentue.

– J'y suis arrivé, mais à peine, dit-il en se touchant doucement la joue. Mais ce que je veux dire, c'est que…

– Vous venez de le dire ! lui rétorqua Portugal. Vous y êtes arrivé, Delacroix a pu y arriver aussi. Où est le problème ?

– Le problème, c'est que moi, je n'avais rien bu quand je l'ai fait et que, de son propre aveu, Delacroix était saoul. Sans compter que moi, je savais où j'allais. Je savais que le terrain redevenait plat en haut. Pas lui.

– Des conneries sans importance, tout ça.

– Non. La connerie dans tout ça, c'est l'histoire que nous a servie Delacroix. Personne n'a tiré le corps du gamin dans la colline. L'enfant était vivant quand il est arrivé en haut. Et c'est là-haut que quelqu'un l'a tué.

Portugal secoua la tête de frustration.

– Folles hypothèses que tout ça, inspecteur Bosch. Je n'ai aucune intention d'arrêter cette procédure parce que…

– Hypothèses, je veux bien, mais pas folles.

Bosch regarda Edgar, qui ne lui renvoya pas son regard. Il faisait grise mine. Bosch se retourna vers Portugal.

– Bon, je n'ai pas fini, enchaîna-t-il. Il y a autre chose. En rentrant chez moi hier soir, je me suis rappelé la chatte de Delacroix. On l'avait laissée en disant à Delacroix qu'on s'en occuperait, mais on avait oublié. Je suis donc retourné au caravaning.

Il entendit Edgar qui respirait fort et sut tout de suite quel était le problème : il l'avait laissé en dehors du coup. Edgar se sentait très gêné de devoir apprendre tout cela en même temps que Portugal. Dans l'idéal, Bosch aurait dû lui dire ce qu'il avait dans sa manche avant d'aller chez le district attorney. Mais il n'en avait pas eu le temps.

– Je voulais juste aller donner à bouffer au chat, reprit-il. Mais quand je suis arrivé, j'ai trouvé quelqu'un dans la baraque. La fille de Delacroix.

– Quoi ? Sheila ? s'écria Edgar Qu'est-ce qu'elle foutait là ?

La nouvelle était apparemment assez étonnante pour qu'Edgar se moque de laisser ainsi entendre à Portugal que son coéquipier l'avait laissé dans le noir.

– Elle fouillait dans des tiroirs, lui répondit Bosch. Elle a prétendu être venue pour le chat, mais elle était bel et bien en train de fouiller dans des tiroirs quand je suis arrivé.

– Qu'est-ce qu'elle cherchait ?

– Elle n'a pas voulu me le dire. Elle m'a déclaré ne rien chercher de particulier. Mais moi, après son départ, je suis resté. Et j'ai trouvé des trucs.

Il brandit son journal.

– Ceci est le cahier « Métropole » de dimanche dernier, dit-il. Il y a un gros article sur l'affaire. Il s'agit essentiellement d'une étude assez générale sur le travail scientifique qu'il faut effectuer dans ce genre de situation. Mais il y a aussi pas mal de détails provenant d'une source inconnue. Et presque tous ont trait à la scène de crime.

Après avoir lu l'article pour la première fois chez Delacroix la veille au soir, Bosch s'était dit que les renseignements qu'on y fournissait devaient provenir de Teresa Corazon dans la mesure où son nom était cité dans le reportage sur l'analyse des ossements. Bosch ne savait que trop à quels marchandages se livrent les journalistes et leurs sources : je te cite pour ceci, mais pas pour cela. Cela dit, ce n'était pas l'identité de la source qui importait dans le cas présent et il n'en fit pas mention.

– Bon, donc il y avait un article, reprit Portugal. Ça signifie quoi ?

– Un article où il est révélé que les ossements se trouvaient dans une tombe peu profonde et qu'on n'avait pas utilisé d'outils pour enterrer le corps. On y dit aussi que la tombe contenait un sac à dos, entre autres détails

Et l'auteur en cache d'autres, comme l'histoire de la planche à roulettes.

– Ce qui nous amène à quoi ? demanda Portugal comme s'il se rasait ferme.

– Au fait que si quelqu'un voulait se lancer dans de faux aveux, il y avait pas mal de choses utiles dans l'article.

– Oh, allons, inspecteur ! Delacroix nous a donné bien plus que la simple description des lieux. Il nous a dit comment il avait procédé, comment il avait baladé le corps dans le coffre de sa voiture, tout ça…

– Rien de plus facile à inventer. Allez donc prouver le contraire ! Il n'y avait pas de témoins. La voiture, personne ne la retrouvera parce qu'elle a été ratatinée dans une casse de la Valley. Tout ce qu'on a, c'est sa version des faits. Et il n'y a que la scène de crime où son récit peut être mis en doute par des éléments de preuve. Or tout ce qu'il nous a raconté se trouvait dans cet article.

Il jeta le journal devant Portugal, mais ce dernier ne le regarda même pas. Il posa les coudes sur le bureau, appuya ses deux mains l'une contre l'autre et écarta grand les doigts. Bosch vit ses muscles gonfler sous ses manches de chemise et comprit qu'il se livrait à un de ces petits exercices pour garder la forme au bureau. Portugal se mit à parler en pressant une main contre l'autre.

– C'est comme ça que je chasse la tension nerveuse, dit-il.

Il s'arrêta enfin, expira bruyamment et se renversa dans son fauteuil.

– Bon, d'accord, dit-il. Il a eu la possibilité de faire de fausses déclarations. Mais pourquoi l'aurait-il voulu ? C'est de son propre fils qu'il s'agit. Pourquoi voudriez-vous qu'il s'accuse du meurtre de son fils si ce n'est pas lui qui l'a tué ?

– À cause de ça.

Bosch glissa la main dans la poche intérieure de sa veste et en sortit une enveloppe pliée en deux. Puis il se pencha en avant et la laissa tomber doucement sur le journal.

Portugal s'en empara et commença à l'ouvrir.

– Pour moi, c'est ça que cherchait Sheila. J'ai trouvé cette enveloppe dans la table de nuit de son père. Elle se trouvait sous le tiroir du bas. Dans une cachette. Il fallait sortir le tiroir pour la voir. Sheila ne l'avait pas fait.

De l'enveloppe, Portugal sortit un tas de photos Polaroid et se mit à les regarder.

– Ah, non ! Ah, mon Dieu ! s'écria-t-il aussitôt. C'est elle ? La fille ? Je ne veux pas regarder ça.

Il passa vite le reste des photos en revue et les posa sur le bureau. Edgar se leva, se pencha en avant et écarta d'un doigt les clichés afin de pouvoir les regarder à son tour. Ses mâchoires se serrèrent, mais il garda le silence.

Les photos étaient anciennes. Leurs bordures blanches avaient jauni. Le temps avait presque fané leurs couleurs. Bosch se servait tout le temps de Polaroid dans son travail. La détérioration des couleurs lui avait tout de suite dit que les clichés posés sur le bureau avaient bien plus de dix ans, certains étant nettement plus vieux que d'autres. Il y en avait quatorze en tout, la constante étant la présence d'une fillette nue sur chaque photo. En se basant sur les changements physiques de la fillette et sur l'allongement de ses cheveux, Bosch avait conclu que les clichés avaient été pris sur une période d'au moins cinq ans. Sur certaines photos, elle avait un sourire innocent. Sur d'autres, il y avait de la tristesse, voire de la colère dans ses yeux. Dès qu'il les avait vues, Bosch avait compris que la fillette n'était autre que Sheila Delacroix.

Edgar se rassit lourdement. Bosch n'aurait su dire si c'était d'avoir été tenu à l'écart ou de découvrir ces clichés qui le démolissait le plus.

– Hier, c'était une affaire réglée, dit Portugal, et aujourd'hui, ça repart dans tous les sens. Je suppose que vous allez me donner votre théorie sur tout ça, inspecteur Bosch ?

Celui-ci acquiesça.

– Il faut commencer par imaginer la famille, dit-il.

Tout en parlant, il se pencha en avant, ramassa les photos, en aligna les bords et les remit dans l'enveloppe. Il n'aimait pas les voir étalées devant lui. Il garda l'enveloppe dans sa main.

– Pour Dieu sait quelle raison, la mère est faible, reprit-il. Trop jeune pour se marier et avoir des enfants. Son fils est un enfant difficile. Elle comprend où va sa vie et décide d'arrêter les frais. Elle prend ses cliques et ses claques et disparaît, ce qui laisse Sheila dans l'obligation de s'occuper du petit frère et de se débrouiller avec le père.

Bosch jeta un coup d'œil à Portugal puis à Edgar afin de voir comment ça passait. Les deux hommes semblaient fascinés par son histoire. Il leva l'enveloppe en l'air.

– Sa vie est bien évidemment un enfer, mais que peut-elle y faire ? Accuser sa mère, son père et son frère, oui, mais à qui s'en prendre vraiment ? Sa mère n'est plus là et son père est un grand costaud. Et il contrôle tout. Ça ne lui laisse plus qu'Arthur.

Il remarqua qu'Edgar hochait très légèrement la tête

– Qu'est-ce que tu es en train de nous dire, Harry ? Que c'est elle qui a tué Arthur ? Ça n'a pas de sens. C'est elle qui nous a appelés pour nous aider à identifier les ossements.

– Je sais. Mais à ce moment-là son père, lui, ne sait pas qu'elle nous a appelés.

Edgar fronça les sourcils. Portugal se pencha en avant et recommença à faire travailler ses mains.

– Je ne vous suis pas vraiment, inspecteur, dit-il. Quel rapport avec le fait qu'il ait ou n'ait pas tué son fils ?

Bosch se pencha en avant lui aussi et se fit plus virulent. Il brandit à nouveau l'enveloppe en l'air, comme si elle contenait les réponses à toutes les questions qu'on se posait.

– Vous ne comprenez donc pas ? Les ossements ? Tous les traumatismes ? On avait pigé de travers. Ce n'était pas le père qui lui faisait mal. C'était elle. Sheila. On la violait, elle se retournait contre son frère et le torturait.

Portugal laissa retomber ses mains sur le bureau et secoua la tête.

– Et donc, ce que vous nous dites, c'est qu'elle a tué le gamin et que, vingt ans plus tard, elle nous a appelés pour nous donner une des clés de l'enquête. Je vous entends déjà préciser que, de fait, elle est amnésique et ne se rappelle plus l'avoir tué.

Bosch ignora le sarcasme.

– Non. Je dis qu'elle ne l'a pas tué. Mais je dis qu'à cause des viols qu'elle avait subis, son père pensait que c'était elle qui l'avait fait. Depuis le jour où Arthur a disparu, il n'a pas cessé de le penser. Et il savait très bien pourquoi.

Une fois encore, Bosch brandit l'enveloppe.

– Pendant toutes ces années, il s'est senti coupable de la mort de son fils, pensant que ce qu'il avait infligé à sa fille en était à l'origine. Et un jour, voilà que les ossements refont surface. Il apprend la nouvelle dans le journal et fait le rapprochement. Nous nous pointons chez lui, nous n'avons pas fait un mètre qu'il commence à avouer.

Portugal écarta les mains.

– Et pourquoi donc ?

Bosch n'arrêtait pas d'y penser depuis qu'il avait vu les clichés.

– Pour se racheter.

– Oh, allons !

– Je ne plaisante pas. Il commence à être vieux et se sent brisé. Quand on a plus de choses derrière soi que devant, il vient souvent un moment où on repense à ce qu'on a fait dans sa vie. Où on essaie de se rattraper N'oublions pas que dans sa tête, c'est à cause de ce qu'il a fait à sa fille que celle-ci a tué son fils. Il est prêt à tout endosser. Après tout, qu'est-ce qu'il a à perdre ? Il vit dans un mobile home à côté d'une autoroute et a un boulot de merde sur un terrain de golf. Alors qu'il a été à deux doigts de la fortune et de la célébrité. Et maintenant, voilà ce qu'il est devenu. Non, il n'est pas du tout impossible qu'il ait vu l'occasion de se racheter.

– Et il se trompe sur sa fille, mais bien sûr ne s'en doute pas.

– Exactement.

Portugal repoussa son fauteuil d'un coup de pied. Le meuble à roulettes alla cogner contre le mur derrière son bureau.

– J'ai un type que je peux faire mettre en taule les yeux bandés et vous venez me demander de le relâcher ?

Bosch acquiesça.

– Si c'est une erreur, vous pourrez toujours le réinculper, précisa-t-il. Mais si j'ai raison, il va tout faire pour plaider coupable. Pas de jugement, pas d'avocats, rien. Il veut plaider coupable, le juge accepte, on est foutus. Le type qui a vraiment tué Arthur peut dormir sur ses deux oreilles.

Bosch jeta un coup d'œil à Edgar.

– Qu'est-ce que t'en penses ?

– Je pense que t'as la comprenette qui fonctionne à fond.

Portugal sourit, mais nullement parce qu'il trouvait la situation humoristique.

– Deux contre un. C'est pas juste, dit-il.

– Il y a deux choses qu'on peut faire... pour être sûrs, reprit Bosch. Il y a toutes les chances pour qu'il soit déjà en cellule. On descend, on lui dit que c'est Sheila qui nous a donné l'identité du gamin et on lui demande s'il cherche à la couvrir.

– Et... ?

– Et on lui demande de passer au détecteur de mensonges.

– Ça ne marche jamais. On n'accepte même pas les résultats de ces tests dans les tribu...

– Ce n'est pas des tribunaux que je parle. C'est de le bluffer. S'il ment, il refusera.

Portugal ramena sa chaise près de son bureau. Il prit le journal et jeta un coup d'œil à l'article. Puis il donna l'impression de tout passer au crible dans la pièce tandis qu'il réfléchissait et prenait sa décision.

– Bon, d'accord, dit-il enfin. Allez-y. Je laisse tomber les charges. Pour l'instant.

44

Edgar et Bosch gagnèrent les ascenseurs et attendirent en silence après qu'Edgar eut appuyé sur le bouton d'appel.

Bosch regarda son reflet déformé sur les portes en acier. Puis il regarda celui de son coéquipier avant de se tourner vers lui.

– Bon, dit-il, tu m'en veux ?

– Oui, quelque part entre à mort et pas du tout.

Bosch acquiesça.

– Tu m'as vraiment foutu dans la merde, Harry !

– Oui, je sais. Je m'excuse. Tu veux prendre les escaliers ?

– Un instant, Harry, tu veux bien. Qu'est-ce qu'il avait, ton portable, hier soir ? Il était cassé ?

Bosch hocha la tête.

– Non, je voulais juste… je n'étais pas trop sûr de ce que je pensais et je voulais vérifier ces trucs tout seul avant de te faire signe. Et je sais que c'est le jeudi soir que tu as ton gamin. Je suis vraiment tombé des nues quand j'ai trouvé Sheila au mobile home.

– Et quand t'as commencé à fouiller, hein ? T'aurais pas pu m'appeler ? Mon fils dormait déjà à ce moment-là.

– Oui, je sais. J'aurais dû.

Edgar hocha la tête et tout fut dit.

– Tu sais que ta petite théorie nous ramène à la case départ, non ?

– Si, si. Il va falloir repartir à zéro et tout réexaminer.

– Tu as l'intention d'y travailler ce week-end ?

– Probablement.

– Alors tu m'appelles, d'accord ?

– Entendu.

Pour finir, Bosch renonça à maîtriser son impatience.

– Eh merde, tiens ! grommela-t-il. Je prends l'escalier. Je te retrouve en bas.

Bosch s'éloigna et gagna l'escalier de secours.

45

Par une de ses assistantes, Edgar et Bosch apprirent que Sheila Delacroix travaillait temporairement à l'extérieur, dans un bureau de production du Westside où elle dirigeait le casting d'un pilote de télévision intitulé *Les Boucleurs*.

Ils se garèrent dans un parking réservé rempli de Jaguar et de BMW et entrèrent dans un hangar en brique divisé en deux étages de bureaux. Des écriteaux portant l'inscription CASTING et barrés de flèches indiquant la direction à suivre étaient scotchés sur le mur. Edgar et Bosch longèrent un long couloir, puis montèrent l'escalier qui se trouvait tout au bout.

Arrivés au premier, ils se retrouvèrent dans un deuxième grand couloir comme tapissé d'hommes en costumes sombres au look vieillot et froissé. Certains portaient même des feutres et des impers. On faisait les cent pas, on gesticulait, on parlait tout bas.

En suivant les flèches, Edgar et Bosch arrivèrent dans une grande pièce, elle aussi tapissée de chaises sur lesquelles étaient assis encore plus d'hommes vêtus de vilains costumes. Tous les dévisagèrent lorsqu'ils gagnèrent le bureau du fond, où une jeune femme étudiait des listes de noms accrochées à un écritoire. Des tas de photos 24×30 et de pages de scénario s'empilaient sur son bureau. Derrière une porte fermée, Bosch entendit monter des bruits de voix étouffés.

Ils attendirent que la jeune femme veuille bien lever le nez de son écritoire.

– Nous voulons voir Sheila Delacroix, lui lança Bosch.

– Et vous vous appelez ?

– Inspecteurs Bosch et Edgar.

Elle sourit. Bosch sortit son badge et le lui montra.

– Vous êtes bons, vous alors ! s'écria-t-elle. Vous avez le scénar ?

– Pardon ?

– Ben oui, le scénar, quoi. Et les photos de promo, vous les avez ?

Bosch comprit enfin.

– Nous ne sommes pas acteurs, dit-il. Nous sommes de vrais flics. Vous voulez bien lui dire que nous avons besoin de la voir tout de suite ? S'il vous plaît ?

Elle continua de sourire.

– Dites, la balafre, là, sur votre figure ? C'est du vrai ? demanda-t-elle. Parce que ça en a sacrément l'air.

Bosch regarda Edgar et lui montra la porte d'un signe de tête. Ils passèrent chacun d'un côté du bureau et s'en approchèrent.

– Mais hé ! Elle est en train de faire passer une audition ! Vous n'avez pas le droit de…

Bosch ouvrit la porte et entra dans une petite pièce où, assise à un bureau, Sheila Delacroix observait un homme installé dans un fauteuil pliant au milieu de la salle. Il lisait quelque chose à haute voix. Une autre jeune femme se tenait dans un coin de la pièce, derrière une caméra vidéo montée sur un trépied. Dans un autre coin de la salle, deux hommes suivaient l'audition, assis eux aussi dans des fauteuils pliants.

L'homme qui lisait ne s'arrêta pas lorsque Edgar et Bosch entrèrent dans la pièce.

– T'en as la preuve sous le nez, espèce d'andouille !
cria-t-il. T'as laissé traîner ton ADN tout partout ! Bon
et maintenant, tu te lèves et tu vas te mettre contre le…

– Bon, bon, lui lança Sheila. Arrêtez-vous là, Frank.
Elle dévisagea Bosch et Edgar.

– Qu'est-ce que ça signifie ? leur demanda-t-elle.

La femme qui se tenait derrière le bureau de la réception entra dans la pièce en bousculant Bosch.

– Je suis désolée, Sheila, s'écria-t-elle. Ces types sont
entrés de force, comme de vrais flics, quoi !

– Il faut qu'on vous parle, Sheila, dit Bosch. Tout de
suite.

– Je suis en pleine audition. Vous ne voyez pas que
je…

– Et nous, nous sommes en plein milieu d'une
enquête. Vous vous rappelez ?

Elle jeta son stylo sur le bureau et se passa les mains
dans les cheveux. Puis elle se tourna vers la femme
debout derrière la caméra vidéo, qu'elle avait braquée
sur Bosch et Edgar.

– Bon, Jennifer, dit-elle, éteins-moi ça. Que tout le
monde m'écoute. J'ai besoin de m'absenter quelques
minutes. Frank ? Je suis vraiment désolée. Ça marchait
vraiment super. Vous pouvez m'attendre quelques
minutes ? Je vous promets de vous reprendre dès que
j'en aurai fini avec ces messieurs.

Franck se leva et lui décocha un sourire radieux.

– Pas de problème, Sheila. J'attendrai dehors.

Tout le monde quitta la pièce en traînant les pieds,
laissant Edgar et Bosch seuls avec Sheila.

– Eh bien ! s'exclama-t-elle après qu'on eut refermé
la porte. Avec une entrée pareille, vous devriez faire du
cinéma !

Elle tenta de sourire, mais cela ne prit pas. Bosch
s'approcha du bureau et resta debout. Edgar, lui,

s'adossa à la porte. Ils avaient décidé que ce serait Bosch qui la cuisinerait.

– L'émission pour laquelle j'effectue ce casting a pour personnages principaux deux inspecteurs. On les appelle « les boucleurs » parce qu'ils arrivent toujours à boucler les affaires que personne n'a réussi à terminer. Ça ne doit pas trop exister dans la réalité, n'est-ce pas ?

– Personne n'est parfait, lui renvoya Bosch. Même de loin.

– Qu'est-ce qui peut avoir une telle importance pour que vous débarquiez ici et me gêniez comme ça ?

– Deux ou trois choses. Je me suis dit que vous aimeriez peut-être savoir que j'ai trouvé ce que vous cherchiez hier soir et que…

– Je vous ai déjà dit que je ne cherchais…

– … et que votre père a été libéré il y a environ une heure.

– Comment ça, « libéré » ? Vous ne m'avez pas dit hier soir qu'il n'avait aucune chance de rassembler assez d'argent pour sa caution ?

– Si, et c'est vrai qu'il n'y serait jamais arrivé. Mais comme aucune charge n'est retenue contre lui…

– Mais… il a avoué ! Vous ne m'avez pas dit qu'il…

– Peut-être, mais il est revenu sur ses aveux ce matin. Juste avant, on lui avait annoncé qu'on allait le faire passer au détecteur de mensonges et que c'était vous qui nous aviez appelés pour nous donner le tuyau qui nous a permis d'identifier votre frère.

Elle secoua légèrement la tête.

– Je ne comprends pas.

– Je crois que si, Sheila. Votre père pense que c'est vous qui avez tué votre frère. C'était vous qui le frappiez tout le temps, vous qui lui faisiez mal, vous qui l'avez expédié à l'hôpital en le rossant à coups de batte de base-ball. Quand Arthur a disparu, votre père s'est dit que vous étiez peut-être allée jusqu'au bout et que vous l'aviez tué, puis que vous aviez caché son corps. Il est même entré dans la chambre d'Arthur pour y faire disparaître la petite batte au cas où vous vous en seriez servie à nouveau.

Elle posa les coudes sur le bureau et enfouit son visage dans ses mains.

– Ce qui fait que lorsque nous nous sommes pointés, enchaîna Bosch, il a avoué tout de suite. Il était prêt à endosser la responsabilité du meurtre pour se faire pardonner ce qu'il vous avait fait subir... Pour ceci, Sheila.

Bosch glissa la main dans la poche de sa veste et en sortit l'enveloppe contenant les photos. Puis il la jeta sur le bureau, entre les coudes de la jeune femme. Celle-ci baissa lentement les mains et la ramassa. Elle n'ouvrit pas l'enveloppe. Ce n'était pas nécessaire.

– Alors... qu'est-ce que vous dites de cette audition-là, Sheila ?

– Vous êtes... vous... c'est donc ça que vous faites ? Vous vous immiscez dans la vie des gens ? Dans leurs secrets, je veux dire, dans... tout ?

– On « boucle » les dossiers, Sheila Il y a des fois où il faut bien.

Il vit un carton de bouteilles d'eau posé par terre, à côté du bureau de Sheila. Il se pencha et lui en ouvrit une. Puis il jeta un coup d'œil à Edgar qui secoua la tête. Il prit une autre bouteille pour lui, tira le fauteuil dans lequel Frank était installé et s'assit.

– Écoutez-moi, Sheila, reprit-il. Vous étiez une victime. Une fillette. Et lui, c'était votre père. Il était fort et il dirigeait tout. Vous n'avez pas à avoir honte d'avoir été sa victime.

Elle resta sans réaction.

– Quel que soit le poids de votre passé, le moment est venu de vous en débarrasser. De nous dire ce qui est arrivé. Tout ce qui est arrivé. Je suis bien sûr qu'il y a plus que ce que vous nous avez raconté. Nous sommes revenus à la case départ et nous avons besoin de votre aide. C'est de votre frère qu'il est question, Sheila.

Il ouvrit la bouteille et but longuement au goulot. Pour la première fois alors, il remarqua combien il faisait chaud dans la pièce. Sheila se mit à parler tandis qu'il buvait de nouveau à la bouteille.

— Je commence à comprendre quelque chose…

— Quoi ?

Elle regardait fixement ses mains. Lorsqu'elle reprit la parole, ce fut comme si elle se parlait à elle-même. Ou à personne.

— Après la disparition d'Arthur, mon père ne m'a plus jamais touchée. Je n'avais jamais… Je croyais que c'était parce que, Dieu sait pourquoi, je n'étais plus désirable à ses yeux. J'étais trop grosse, laide. Maintenant je me demande si ce n'était pas parce qu'il avait peur de moi. De ce qu'il croyait que j'avais fait ou pouvais lui faire.

Elle reposa l'enveloppe sur le bureau. Bosch se pencha de nouveau en avant.

— Sheila, dit-il, y a-t-il quelque chose sur cette époque, sur ce dernier jour… quelque chose dont vous ne nous auriez pas parlé ? Quelque chose qui pourrait nous aider ?

Elle hocha très légèrement la tête, puis elle la pencha carrément en avant et cacha son visage derrière ses poings.

— Je savais qu'il allait partir, dit-elle lentement, et je n'ai rien fait pour l'arrêter.

Bosch se cala au bord de son siège et lui parla doucement.

— Comment ça, Sheila ?

Il y eut un grand silence avant qu'elle réponde.

— Quand je suis rentrée de l'école ce jour-là… Il était à la maison. Dans sa chambre.

– Il était donc bien revenu de l'école ?

– Oui. Depuis un petit moment. La porte de sa chambre était entrouverte et j'ai jeté un œil. Il ne m'a pas vue. Il était en train d'enfourner des affaires dans son sac. Des habits, des trucs comme ça. Je savais ce qu'il était en train de faire. Je… je suis allée dans ma chambre et j'ai fermé la porte. Je voulais qu'il s'en aille. Je devais le haïr. Je ne sais pas… mais je voulais qu'il parte. Pour moi, c'était lui, la cause de tous mes malheurs. Je voulais qu'il dégage, c'est tout. Je suis restée dans ma chambre jusqu'à ce que j'entende claquer sa porte.

Elle leva le visage et regarda Bosch. Elle avait les yeux mouillés, mais Bosch avait déjà souvent constaté qu'à dire la vérité et se libérer de sa culpabilité on retrouvait de la force. Il le vit bientôt dans les yeux de Sheila.

– J'aurais pu l'arrêter, mais je ne l'ai pas fait. C'est avec ça que j'ai dû vivre pendant toutes ces années. Maintenant que je sais ce qui lui est arrivé…

Elle regarda derrière lui, par-dessus son épaule, pour faire face à la vague de culpabilité qui venait vers elle.

– Merci, Sheila, dit-il doucement. Savez-vous autre chose qui pourrait nous aider ?

Elle hocha la tête.

– Bien, dit-il, nous allons vous laisser.

Il se leva et repoussa sa chaise au milieu de la salle. Puis il revint vers le bureau, sur lequel il prit l'enveloppe contenant les Polaroid. Ensuite il gagna la porte, qu'Edgar lui ouvrit.

– Qu'est-ce qui va lui arriver ? demanda-t-elle.

Ils se retournèrent ensemble et la regardèrent. Edgar referma la porte. Bosch savait que c'était de son père qu'elle parlait.

– Rien, dit-il. Ce qu'il vous a fait est prescrit depuis longtemps. Il va rentrer chez lui.

Elle hocha la tête sans le regarder.

– Sheila, dit-il, il est possible qu'il ait tout saccagé à un moment donné. Mais le temps sait changer les choses. C'est comme un cercle. Il ôte le pouvoir aux gens et le donne à ceux qui autrefois n'en avaient aucun. À l'heure qu'il est, c'est votre père qui est détruit. Croyez-moi. Il ne peut plus vous faire de mal. Il n'est plus rien.

– Qu'est-ce que vous allez faire des photos ?

Bosch regarda l'enveloppe dans sa main, puis il leva la tête.

– Il faut les verser au dossier. Personne ne les verra.

– Je veux les brûler.

– Brûlez plutôt vos souvenirs.

Elle acquiesça. Il se retournait déjà pour partir lorsqu'il l'entendit rire et regarda en arrière. Elle secouait la tête.

– Quoi ? demanda-t-il.

– Rien. C'est juste que je dois rester assise à écouter des gens qui essaient de parler et de faire tout comme vous. Et que maintenant, je sais que personne n'y arrivera, de près comme de loin. Personne n'aura ce qu'il faut.

– Ça, c'est le show-biz, dit-il.

En redescendant le couloir qui conduisait à l'escalier, ils repassèrent devant les acteurs. Dans la cage d'escalier, le dénommé Frank récitait son rôle tout haut. Il sourit aux deux inspecteurs qui passaient.

– Hé, vous ! leur lança-t-il. Vous, c'est du vrai, hein ? Qu'est-ce que vous avez pensé de mon numéro ?

Bosch garda le silence.

– T'étais génial, Frank, lui répondit Edgar. T'es un vrai boucleur, mec. On en a la preuve sous le nez.

46

À 2 heures de l'après-midi ce vendredi-là, Bosch et Edgar traversèrent la salle des inspecteurs du commissariat de Hollywood Division pour gagner la table des Homicides. Ils étaient venus du Westside en voiture, sans parler ou presque. L'affaire durait depuis dix jours et ils n'étaient pas plus près de trouver l'assassin d'Arthur Delacroix qu'ils l'avaient été pendant les vingt années durant lesquelles les ossements de l'enfant étaient restés enterrés dans la colline au-dessus de Wonderland Avenue. Tout ce qu'ils pouvaient aligner comme résultat pour ces dix jours d'enquête se résumait à la mort d'un flic et au suicide d'un pédophile apparemment repenti.

Comme d'habitude une pile de messages attendait Bosch à son bureau. Il y avait aussi une enveloppe de courrier interne. Ce fut elle qu'il prit en premier, en croyant savoir ce qu'elle contenait.

– Pas trop tôt, dit-il.

Il ouvrit l'enveloppe et en sortit son minicassette. Il appuya sur la touche « PLAY » pour vérifier le niveau des piles, et entendit sa propre voix. Il baissa le volume, éteignit l'appareil, le glissa dans la poche de sa veste et laissa tomber l'enveloppe dans la corbeille à papier à ses pieds.

Il feuilleta ses messages. Tous émanaient de journalistes. Vivez par eux et c'est par eux que vous mourrez, se dit-il. Il leur laisserait le soin d'expliquer au monde entier comment un homme qui un jour avait avoué et avait été placé en garde à vue avait dès le lendemain été ʼnnocenté et libéré.

– Tu sais, lança-t-il à Edgar, au Canada, les flics ne sont pas obligés de dire quoi que ce soit aux médias tant que l'affaire n'est pas close. C'est quasi du black-out médiatique sur tous les dossiers.

– Sans parler de leur bacon en tranches rondes, ajouta Edgar. Qu'est-ce qu'on fout à rester dans ce pays, Harry ?

Il y avait un message du service juridique de la morgue informant Bosch que les restes d'Arthur Delacroix avaient été rendus à ses proches aux fins d'inhumation, laquelle aurait lieu le dimanche suivant. Bosch le mit de côté. Il avait l'intention de rappeler pour qu'on lui donne plus de détails sur la cérémonie et savoir qui avait exigé qu'on lui remette les ossements de l'enfant.

Il continua de feuilleter ses messages et tomba sur une petite feuille rose qui le fit tout de suite réfléchir. Il se renversa en arrière dans son fauteuil et l'examina de plus près, une sorte de picotement lui descendant du haut du crâne jusqu'en bas de la nuque. Arrivé à 10 h 35, le message émanait d'un certain Bollenbach, lieutenant au Centre des opérations, le « COP » comme on l'appelait à la base. C'était dans ce service qu'on décidait toutes les tâches et autres transferts de personnel. Dix ans plus tôt, c'était ce même COP qui avait averti Bosch de son transfert à Hollywood Division. La même chose s'était produite un an auparavant, lorsque Kiz Rider avait rejoint les Vols et Homicides.

Bosch repensa à ce qu'Irving lui avait dit trois jours plus tôt dans la salle d'interrogatoire. Le COP se préparait-il à réaliser le vœu d'un chef adjoint qui entendait bien l'envoyer en retraite ? Le message lui parut clair : il allait se faire virer de Hollywood. Et son nouveau job serait probablement du genre thérapie par la route – nommé loin de chez lui, il devrait faire d'immenses trajets en voiture pour se rendre à son travail et en revenir. Cette punition était souvent utilisée par l'administration lorsqu'elle voulait signifier à un flic qu'il valait mieux songer à rendre son badge et faire autre chose.

Bosch regarda Edgar. Celui-ci feuilletait son petit tas de messages à lui, aucun de ces derniers n'ayant l'air de l'arrêter aussi net que celui que Bosch tenait encore dans sa main. Bosch décida de ne pas rappeler tout de suite, de ne même pas parler à Edgar. Il replia son message et le mit dans sa poche. Puis il jeta un coup d'œil autour de la salle, toute bourdonnante d'inspecteurs affairés. Il allait la regretter si jamais il était nommé dans un endroit où l'on ne connaissait jamais pareilles montées d'adrénaline. La thérapie par la route ne le séduisait guère. Il se foutait pas mal qu'on lui assène le pire des coups. Ce qui importait le plus à ses yeux, c'était son boulot, la mission qu'on lui avait confiée. Il savait que sans elle il était perdu.

Il revint à ses messages. Le dernier de la pile – c'est-à-dire le plus ancien – émanait d'Antoine Jesper, au labo. Il avait appelé à 10 heures.

– Merde ! grommela Bosch.

– Quoi ?

– Faut que je descende en ville. Je n'ai pas rendu le mannequin que j'avais dans mon coffre hier soir. Jesper a besoin qu'on le lui rapporte.

Il décrocha son téléphone et s'apprêtait à passer un coup de fil à Jesper lorsqu'il entendit quelqu'un l'appeler du fond de la salle. Billets. Le lieutenant lui fit signe de la rejoindre dans son bureau avec Edgar.

– Eh voilà, on y est ! grogna celui-ci en se levant. Harry, je te laisse l'honneur. À toi de lui dire où on en est dans cette histoire. Ou plutôt où on n'en est pas.

Bosch s'exécuta. En cinq minutes il mit Billets au courant des derniers développements de l'affaire, du brusque renversement de situation et de l'absence de progrès.

– Bon, et maintenant ? lui demanda-t-elle quand il eut fini.

– On recommence à zéro ; on reprend tout ce qu'on a et on essaie de voir ce qu'on a raté. On va à l'école du gamin, on jette un coup d'œil aux archives, aux albums de photos de promotions, on essaie de contacter d'anciens copains… tout, quoi.

Billets acquiesça d'un signe de tête. Si elle était au courant de l'appel du COP, elle n'en laissait rien voir.

– Mais pour moi, le plus important, c'est d'aller réexaminer le haut de la colline.

– Comment ça ?

– Je crois que le gamin était encore vivant quand il y est arrivé. C'est là qu'il a été tué. Ce qu'il faut trouver, c'est ce qui l'a attiré là-haut. Il va falloir remonter dans le temps et pour toute la rue. On fait un profil de tout le quartier. Ça va prendre du temps.

Elle hocha la tête.

– Sauf que justement, on n'a pas le temps d'y travailler tout le temps, dit-elle. Ça fait dix jours que vous n'êtes plus dans les rotations de service et ici, on n'est pas aux Vols et Homicides. C'est la première fois que je peux garder aussi longtemps une équipe en dehors du service régulier depuis que je suis ici.

– Résultat, on réintègre ?

Elle acquiesça.

– Même que vous êtes de service tout de suite.

Bosch hocha la tête. Il se doutait bien que cela allait arriver. Depuis dix jours qu'ils travaillaient sur l'affaire, les deux autres équipes de Hollywood à bosser sur des homicides avaient l'une comme l'autre été affectées à d'autres dossiers. Maintenant, c'était leur tour. Il était rare d'obtenir autant de temps pour enquêter sur une affaire du secteur. Ç'avait été du luxe. Et c'était d'autant plus regrettable qu'ils n'aient pas réussi à trouver la solution.

Bosch savait aussi qu'en les réintégrant dans les rotations de service, Billets leur laissait tacitement entendre qu'elle ne s'attendait pas à ce que l'affaire soit jamais résolue. Avec chaque jour qui passait, les chances d'y arriver diminuaient de manière significative. Cela faisait partie des données de bases dans les affaires d'homicides et cela pouvait arriver à tout le monde. Les « boucleurs », ça n'existait tout simplement pas.

– Bon, reprit Billets, d'autres trucs dont on voudrait me parler ?

Elle regarda Bosch en haussant un sourcil. Tout d'un coup, il songea qu'elle savait peut-être quelque chose sur l'appel du COP. Il hésita, puis finit par hocher la tête en même temps qu'Edgar.

– Bon, dit-elle, merci, les gars.

Ils regagnèrent la table des Homicides, d'où Bosch appela enfin Jesper.

– Le mannequin est à l'abri, lança-t-il dès que le criminaliste eut décroché. Je vous le rapporte dans la journée.

– C'est cool. Mais ce n'est pas pour ça que j'ai appelé. Je voulais juste vous dire que j'étais en mesure d'affiner mon rapport sur le skate. Enfin… si ça a encore une importance quelconque.

Bosch hésita un instant.

– Pas vraiment, dit-il, mais bon… qu'est-ce que vous vouliez me préciser, Antoine ?

Bosch ouvrit le classeur de l'affaire devant lui et le feuilleta jusqu'à ce qu'il trouve le rapport du labo. Il se mit à le regarder au moment même où Jasper commençait à parler.

– Bon, dans mon rapport, je disais qu'on pouvait situer la date de fabrication du skate entre février 78 et juin 86. C'est bien ça ?

– Oui. Je l'ai sous les yeux.

– Bon, eh bien, je peux diviser tout ça par plus de la moitié. Cette planche a été faite entre 78 et 80. Intervalle de deux ans. Je ne sais pas si ça vous apporte quelque chose, mais…

Bosch examina le rapport La précision de Jasper n'avait plus guère d'importance depuis qu'ils avaient laissé tomber Trent comme suspect. Sans même parler du fait que la planche n'avait jamais pu être reliée à Arthur Delacroix. Cela dit, Bosch n'en restait pas moins curieux.

– Comment avez-vous fait pour réduire autant l'intervalle ? lui demanda-t-il. Je lis ici que ce modèle a continué d'être fabriqué jusqu'en 86.

– C'est vrai. Mais votre planche est datée. 1980.

Bosch ne comprenait plus.

– Attendez une minute, dit-il. Je n'ai vu aucune…

– J'ai enlevé les trucks… vous savez bien : les roues. J'avais un peu de temps et je voulais voir s'il y avait des marques de fabrique quelque part. Vous voyez ce que je veux dire… un nom de patente ou un brevet. Il n'y en avait pas. Mais je me suis aperçu que quelqu'un avait gravé la date dans le bois. Sous la planche, c'était recouvert par l'assemblage de trucks.

– Vous voulez dire… au moment où la planche a été fabriquée ?

– Non, je ne crois pas. Ce n'est pas du boulot de pro. J'ai même eu assez de mal à lire l'inscription. Il a fallu que je regarde la planche à la loupe et en lumière rasante. Je crois que c'était la façon dont le premier propriétaire de la planche l'avait marquée au cas où il y aurait eu dispute. Disons si quelqu'un la lui avait piquée. Comme je dis dans mon rapport : les planches

Boney, pendant un temps, il n'y avait rien de mieux. On avait du mal à en trouver – de fait, il était peut-être plus facile d'en voler que d'en trouver dans les magasins. C'est pour ça que le gamin qui avait cette planche a enlevé les trucks arrière, les trucks d'origine, s'entend, pas ceux qu'on a retrouvés sur la planche, et a gravé cette date sous la planche. « 1980 A.D. »

Bosch décocha un coup d'œil à Edgar. Celui-ci téléphonait en couvrant l'écouteur de sa main. Coup de fil personnel.

– A.D. ? demanda Bosch.

– Oui, vous savez bien, *anno domini*, quelle que soit la façon dont ça se prononce. C'est du latin. Ça veut dire « en l'an de grâce ». J'ai vérifié.

– Non, Antoine, ça veut dire Arthur Delacroix.

– Quoi ? Qui est-ce ?

– La victime. Arthur Delacroix. A.D.

– Putain ! Je n'avais pas son nom, moi. Vous avez rempli tous les formulaires à un moment où c'était toujours un inconnu et vous n'avez jamais remis le formulaire à jour. Je ne savais même pas que vous aviez réussi à identifier la victime !

Bosch ne l'écoutait plus. L'adrénaline courait dans ses veines. Il sentit son pouls s'emballer.

– Ne bougez pas, Antoine. J'arrive tout de suite, dit-il.

– Je vous attends.

47

Le freeway était plein de gens qui essayaient de partir tôt en week-end. Bosch fut incapable de maintenir sa vitesse quand il arriva au centre-ville. Un sentiment d'urgence le tenait. Il savait que c'était à cause de la découverte de Jesper et du message du COP.

Il tourna le poignet afin de lire la date sur sa montre. Il savait que les transferts s'effectuaient en général à la fin d'une période de paie. Et il y en avait deux par mois – une qui commençait le 1er et l'autre le 15. S'ils avaient décidé de le transférer tout de suite, cela ne lui laissait plus que quatre jours pour régler l'affaire. Il ne voulait pas qu'on la lui enlève et la laisse entre les mains d'Edgar ou d'un autre. Il voulait la boucler.

Il mit la main dans sa poche et en sortit le message. Il déplia le papier en conduisant avec les paumes des mains. Il l'examina un instant, puis il prit son portable. Il composa le numéro indiqué sur le billet et attendit.

– Centre des opérations, lieutenant Bollenbach à l'appareil.

Bosch éteignit son portable. Son visage s'empourpra. Il se demanda si Bollenbach avait l'affichage du numéro d'appel. Il savait que repousser à plus tard était ridicule : ce qui était fait était fait, qu'il appelle pour connaître la nouvelle ou pas.

Il mit son portable et le message de côté et tenta de se concentrer sur le dossier, en particulier sur le dernier renseignement que Jasper venait de lui donner sur la planche à roulettes retrouvée dans la maison de Nicholas Trent. Il comprit qu'au bout de dix jours l'affaire lui échappait complètement. L'homme pour qui il s'était battu contre d'autres flics du département afin de l'innocenter était maintenant le seul suspect envisageable – et des preuves matérielles concrètes semblaient bel et bien le lier à la victime. L'idée qui lui vint aussitôt était qu'Irving avait peut-être raison : il était temps qu'il s'en aille.

Il entendit sonner son portable et se dit tout de suite que c'était Bollenbach qui avait retrouvé son numéro. Bosch décida de ne pas répondre, puis il comprit qu'il n'y avait plus moyen d'éviter le destin. Il rouvrit son portable. C'était Edgar.

– Qu'est-ce que tu fous, Harry ?

– Je te l'ai dit. Il faut que je passe au labo.

Il ne voulait pas lui révéler la dernière découverte de Jesper avant de s'être fait une opinion par lui-même.

– J'aurais pu y aller avec toi.

– Tu aurais perdu ton temps.

– Oui, bon, écoute, Harry. Billets te cherche et euh… il y a des rumeurs selon lesquelles tu serais transféré ailleurs.

– Jamais entendu causer de ça.

– Dis, tu vas quand même me dire ce qui se passe si jamais y a du nouveau, non ? Ça fait longtemps qu'on bosse ensemble, Harry.

– Tu seras le premier averti, Jerry.

Dès qu'il fut arrivé à Parker Center, Bosch demanda à un planton posté à l'entrée de l'aider à traîner le mannequin jusqu'au labo, où il le rendit à Jesper. Celui-ci s'en empara et l'apporta sans difficulté jusqu'à son armoire de rangement.

Puis il conduisit Bosch jusqu'à une salle de laboratoire, où la planche à roulettes était posée sur une table d'examen. Il alluma un lampadaire installé près du skate et éteignit le plafonnier. Puis il braqua une loupe sur la planche et invita Bosch à regarder. La lumière rasante créait des ombres dans les dessins du bois et permettait de voir très clairement l'inscription.

1980 A.D.

Bosch comprit parfaitement pourquoi Jesper en était arrivé à sa conclusion pour l'interprétation des lettres – surtout dans la mesure où il ne connaissait pas l'identité de la victime.

– On dirait que quelqu'un a passé la planche au papier de verre, dit Jesper tandis que Bosch continuait de l'examiner. Je parie qu'à un moment donné, quelqu'un a remis toute la planche en état. Trucks et laque neufs.

Bosch acquiesça d'un signe de tête.

– Bon, dit-il après s'être redressé, il va falloir que je l'emporte. Pour la montrer à des gens.

– Moi, j'ai fini, dit Jesper. Elle est à vous.

Il ralluma le plafonnier.

– Vous avez vérifié sous les autres roues ?

– Bien sûr. Mais là, il n'y avait rien. J'ai remis les trucks comme ils étaient.

– Vous n'auriez pas une boîte ou quelque chose ?

– Je croyais que vous alliez y aller en skate, moi !

Bosch ne sourit pas.

– Je plaisantais.

– Je sais.

Jesper quitta la pièce et revint avec un carton d'emballage vide assez long pour qu'on puisse y ranger la planche. Il y glissa le skate, le jeu de roues démontées et les vis enfermées dans un petit sac en plastique. Bosch le remercia.

– Ai-je fait du bon boulot, Harry ?

– Je crois que oui, Antoine, répondit Bosch après une hésitation.

Jesper lui montra sa joue.

– Coupure de rasoir ?

– Ça y ressemble ?

Le retour à Hollywood par le freeway se fit encore plus lentement. Arrivé à la bretelle d'Alvarado, Bosch finit par renoncer et gagna Sunset. Il suivit le boulevard jusqu'au bout, mais, comme il s'en doutait, il n'alla pas plus vite.

En conduisant, il continua de penser au skate et à Nicholas Trent et se demanda comment les indices matériels en sa possession pouvaient coller avec la chronologie. Pas moyen d'arriver à quoi que ce soit. Il manquait quelque chose à l'équation. Mais il savait qu'à un certain niveau tout se tenait. Il ne doutait pas d'arriver à une explication, à condition qu'on lui en laisse le temps.

À 4 heures et demie, il entra au commissariat par la porte de derrière en portant le carton d'emballage contenant le skate. Il longeait rapidement le couloir vers la salle des inspecteurs lorsque Mankiewitcz sortit du poste de garde.

– Hé, Harry ! cria ce dernier.

Bosch leva la tête, mais continua d'avancer.

– Qu'est-ce qu'il y a ?

– J'ai appris pour ton transfert. Tu vas nous manquer.

La nouvelle s'était vite répandue. Bosch serra son carton sous son bras droit, leva la main gauche, paume tournée vers le bas, et fit comme s'il balayait la surface d'un océan imaginaire. C'était un geste qu'on réservait d'habitude aux chauffeurs des véhicules de patrouille qu'on croisait dans les rues. Il signifiait « bon vent, frangin ». Bosch continua d'avancer.

Edgar avait posé un grand morceau de carton sur son bureau et une bonne partie de celui de Bosch et y avait dessiné quelque chose qui évoquait un thermomètre. De fait, il s'agissait d'un croquis de Wonderland Avenue, avec le rond-point qui en marquait l'extrémité ressemblant à un réceptacle à mercure. De la voie qu'il avait dessinée partaient diverses lignes figurant les maisons, des noms y étant inscrits au marqueur vert, bleu et noir. Un X rouge signalait l'endroit où les ossements avaient été retrouvés.

Bosch resta un instant à regarder le croquis sans rien dire.

– On aurait dû faire ça tout de suite, lança Edgar.

– Comment ça marche ?

– Les noms en vert sont ceux des gens qui habitaient Wonderland Avenue en 80 et sont partis quelque temps après. Les noms en bleu ceux de tous les gens qui sont venus après 80 mais sont aussi repartis depuis. Les noms en noir ceux des habitants actuels. Lorsqu'il n'y a qu'un nom en noir, comme celui de Guyot ici, cela signifie que le type est là depuis le début.

Bosch hocha la tête. Il n'y avait que deux noms en noir : Guyot et un certain Al Hutter, qui habitait au bout de la rue le plus éloigné du lieu du crime.

– Parfait, dit Bosch bien qu'il ne vît pas très bien l'utilité de ce travail.

– Qu'est-ce que t'as dans ta boîte ? lui demanda Edgar.

– Le skate. Jesper a trouvé quelque chose.

Il posa la boîte sur son bureau et en ôta le couvercle. Puis il lui montra la date et les initiales gravées dans le bois.

– Va falloir rouvrir le dossier Trent, dit-il. Peut-être même commencer à étudier ton hypothèse : celle d'un Trent emménageant dans le quartier parce qu'il y avait enterré le gamin.

– Putain, Harry ! Je rigolais, moi ! Enfin… presque

– Oui, bon, mais maintenant ce n'est plus une plaisanterie. Il va falloir reprendre le dossier Trent jusqu'aux années quatre-vingt, minimum.

– Et s'occuper de l'affaire suivante en plus. Génial, vraiment génial.

– J'ai entendu à la radio qu'il allait pleuvoir ce week-end. Si on a de la chance, ça devrait empêcher les gens de sortir et de foutre la merde partout.

– Harry ! C'est à l'intérieur des maisons qu'on tue le plus !

Bosch regarda à l'autre bout de la salle et aperçut Billets debout dans son bureau. Elle lui faisait signe d'approcher. Edgar lui avait bien dit qu'elle le cherchait, mais il l'avait oublié. Il montra Edgar du doigt comme s'il demandait à Billets si elle voulait les voir tous les deux. Billets hocha la tête et ne pointa son doigt que sur Bosch. Il comprit ce qui se passait.

– Bullets me demande, dit-il.

Edgar leva la tête. Lui aussi savait ce qui se passait.

– Bonne chance, collègue.

– C'est ça, « collègue ». Si c'est toujours le cas.

Il traversa la salle et gagna le bureau du lieutenant. Elle avait pris place derrière son bureau et se mit à parler sans le regarder.

– Harry, dit-elle, tu as reçu un avis de mutation du COP. Il faut que tu appelles le lieutenant Bollenbach avant toute autre chose. C'est un ordre.

Bosch acquiesça.

– Tu lui as demandé où j'allais ?

– Non, Harry, je ne le lui ai pas demandé. Tout ça me fout bien trop en colère. J'ai eu peur de commencer à en discuter avec lui si jamais je posais la question et le pauvre n'y est pour rien. C'est juste le mec qui annonce la mauvaise nouvelle.

Bosch sourit.

– Ça te fout trop en colère ?

– Parfaitement. Je n'ai aucune envie de ιι perdre. Surtout pas à cause des griefs à la con qu'on pourrait avoir contre toi tout en haut de la hiérarchie.

Il acquiesça. Et haussa les épaules.

– Merci, dit-il. Et si on l'appelait en mettant le haut-parleur ? Histoire de régler ça au plus vite…

Du coup, elle leva la tête.

– Tu es sûr ? Je peux aller me chercher un café pour que tu aies le bureau à toi si tu veux.

– Non, non, pas de problème. Appelle-le.

Elle appuya sur la touche haut-parleur et appela le bureau de Bollenbach. Il décrocha tout de suite.

– Lieutenant Bollenbach ? Lieutenant Billets à l'appareil. J'ai l'inspecteur Bosch dans mon bureau.

– Très bien, lieutenant. Donnez-moi juste le temps de trouver l'ordre écrit.

Il y eut un bruit de pages qu'on tournait, puis Bollenbach s'éclaircit la gorge.

– Inspecteur Hiero… Hiero…

– Hieronymus, dit Bosch. Ça rime avec « anonymous ».

– Bon, soit… Hieronymus. Inspecteur Hieronymus Bosch, vous avez reçu l'ordre de vous présenter à la brigade des Vols et Homicides à 8 heures du matin, le 15 janvier. C'est tout. L'ordre est-il clair ?

Bosch en resta pantois. Passer à la brigade des Vols et Homicides était une promotion. Plus de dix ans auparavant, c'était de cette même brigade qu'on l'avait rétrogradé à Hollywood. Il regarda Billets qui, elle aussi, avait l'air de douter de la nouvelle.

– Vous avez bien dit la brigade des Vols et Homicides ?

– Oui, inspecteur. Vous êtes nommé à la brigade des Vols et Homicides. L'ordre est-il assez clair ?

– Et mon travail sera de…

– Je viens de vous le dire. Vous devez vous présenter à la bri…

– Non, non, je veux dire : pour y faire quoi ? Qu'est-ce qu'on me demande d'y faire ?

– Ça, il faudra le demander à votre nouveau patron, le 15 au matin. C'est tout ce que j'ai pour vous, inspecteur Bosch. L'ordre vous a été signifié, bon week-end.

Il raccrocha, le haut-parleur ne laissant plus entendre que la tonalité.

Bosch regarda Billets.

– Qu'est-ce que t'en penses ? Tu crois que c'est une blague ?

– Si c'en est une, elle est plutôt bonne. Félicitations, Harry !

– Mais… il y a trois jours, Irving me disait d'arrêter. Et maintenant il fait volte-face et m'expédie en ville ?

– Ben… c'est peut-être parce qu'il préfère te surveiller de près. Ce n'est pas pour rien qu'on appelle Parker Center « la maison de verre », Harry. Va falloir faire gaffe.

Bosch hocha la tête.

– D'un autre côté, reprit-elle, nous savons tous les deux que c'est là que tu devrais être et qu'on n'aurait jamais dû te virer des Vols et Homicides. C'est peut-être la fin du cercle infernal. Quoi qu'il en soit, tu vas nous manquer, Harry. Tu vas me manquer, à moi. Tu faisais de l'excellent boulot.

Bosch la remercia d'un signe de tête. Il fit mine de partir, puis se retourna vers elle. Il souriait.

– Tu ne vas pas le croire, dit-il, surtout à la lumière de ce qui vient de se passer, mais on est repartis sur Trent. À cause du skate. Le labo a trouvé quelque chose qui établit un lien entre les deux.

Billets rejeta la tête en arrière et se mit à rire, et si fort qu'elle finit par attirer l'attention de tout le monde dans la salle.

– Ça alors ! s'écria-t-elle. Dès qu'il va l'apprendre, je suis sûre qu'Irving va te muter à la Southeast Division.

Elle faisait allusion au quartier du bout de la ville où les gangs faisaient la loi. Y être affecté était ce qu'il y avait de mieux dans le genre thérapie par la route.

– Je n'en doute pas, lui renvoya Bosch.

Billets cessa de rire et reprit son sérieux. Puis elle lui demanda de la mettre au courant des derniers développements de l'affaire et l'écouta attentivement lorsqu'il lui expliqua son intention d'établir ce qui serait, en gros, un profil complet du décorateur de théâtre maintenant décédé.

– Bon, lui lança-t-elle lorsqu'il en eut terminé. Je vous retire tous les deux de la rotation. Vous coller une autre affaire alors que tu vas passer aux Vols et Homicides n'aurait pas grand sens. Bref, vous travaillez sur Trent, mais dur dur et tenez-moi au courant. Vous avez quatre jours, Harry. Il ne faut pas me laisser ce dossier sur les bras en partant.

Bosch acquiesça et quitta le bureau du lieutenant. Il savait que tout le monde avait les yeux braqués sur lui lorsqu'il regagna sa place. Il ne laissa rien voir. Il s'assit à la table des Homicides et garda les yeux baissés.

– Alors ? lui souffla enfin Edgar. Où on t'a collé ?

– À la brigade des Vols et Homicides.

– À la brigade des Vols et Homicides ? ! !

Il avait presque crié sa question. Tout le monde allait le savoir dans la salle. Bosch se sentit rougir. Tous les regards allaient se tourner vers lui.

– Putain, mec ! reprit Edgar. D'abord, c'est Kiz et maintenant, c'est toi ? Mais putain, mais qu'est-ce que je suis, moi ? Du pipi de chat ?

48

Il avait mis *Kind of blue* sur la chaîne. Une bouteille de bière dans la main, il se renversa en arrière dans sa chaise longue à dossier inclinable et ferma les yeux. Déroutante, la journée mettait fin à une semaine qui ne l'était pas moins. Pour l'heure, il ne désirait plus qu'une chose : que la musique coule en lui et le nettoie. Il était sûr que ce qu'il cherchait, il l'avait déjà en sa possession. Il suffisait de mettre de l'ordre dans le dossier et de se débarrasser de tout ce qui empêchait d'y voir clair.

Edgar et lui avaient travaillé jusqu'à 7 heures du soir, puis avaient décidé de finir tôt. Edgar était incapable de se concentrer. Apprendre que Bosch était transféré l'avait bien plus affecté que Bosch lui-même. Il y voyait une insulte à son endroit : ce n'était pas lui qu'on avait choisi pour rejoindre la brigade des Vols et Homicides. Bosch avait essayé de le calmer en lui disant que c'était dans un véritable nœud de vipères qu'il s'apprêtait à mettre les pieds, mais rien n'y avait fait. Bosch avait fini par renoncer et lui avait demandé de rentrer chez lui, de boire un coup et de passer une bonne nuit. Ils auraient tout le week-end pour rassembler des renseignements sur Trent.

Et maintenant, c'était lui qui buvait un coup et s'endormait dans sa chaise longue. Il se sentait au seuil de quelque chose de nouveau. Il était sur le point d'entamer une nouvelle phase de sa vie, une phase qui, en plus, était clairement définie. Les dangers y seraient plus importants, comme les enjeux, mais aussi les récompenses. Cela le fit sourire maintenant qu'il se savait à l'abri des regards.

Le téléphone sonna. Il se redressa d'un bond, alla éteindre la chaîne et gagna la cuisine. Il décrocha et entendit une voix de femme lui demander d'attendre : le chef adjoint Irving voulait lui parler. Au bout d'un long moment, la voix de ce dernier se fit entendre.

– Inspecteur Bosch ?

– Oui ?

– Vous avez bien reçu votre ordre de transfert ?

– Oui.

– Bien. Je voulais juste vous faire savoir que j'ai pris la décision de vous faire réintégrer la brigade des Vols et Homicides.

– Pourquoi, chef ?

– Parce que, après notre dernier entretien, j'ai décidé de vous donner une dernière chance. Ce transfert n'est rien d'autre. Vous serez sous ma surveillance directe.

– À quel poste ?

– On ne vous l'a pas dit ?

– On m'a seulement dit de me présenter à la brigade dès le début de la prochaine période de paie. C'est tout.

Le silence se faisant long à l'autre bout de la ligne, Bosch songea qu'il allait découvrir le grain de sable dans la machine. Certes, il réintégrait la brigade, mais en quelle qualité ? Il essaya de deviner ce qu'il pouvait y avoir de pire dans cette promotion.

Irving reprit enfin la parole.

– Vous allez retrouvez votre ancien boulot, dit-il. Section spéciale Homicides. Un poste s'est libéré aujourd'hui même, lorsque l'inspecteur Thornton a rendu son badge.

– L'inspecteur Thornton, répéta Bosch.

– C'est exact.

– Je vais travailler avec Kiz Rider ?

– Ce sera au lieutenant Henriquez de voir. Mais l'inspectrice Rider n'a effectivement pas de coéquipier pour l'instant et vous avez déjà eu des relations de travail avec elle.

Bosch hocha la tête. La cuisine était plongée dans le noir. Il était ravi, mais ne voulait rien en laisser entendre à Irving.

Comme s'il avait deviné ses pensées, celui-ci ajouta :

– Inspecteur Bosch… il se peut que vous ayez l'impression d'être tombé dans une fosse à purin et d'en ressortir en sentant la rose. Ne vous imaginez pas ça. Ne vous faites surtout pas des idées. Et gare aux erreurs. Commettez-en une seule et vous me trouverez sur votre chemin. Est-ce assez clair ?

– Comme de l'eau de roche.

Irving raccrocha sans un mot de plus. Bosch resta debout dans le noir, à tenir l'écouteur contre son oreille jusqu'au moment où celui-ci lui renvoya une tonalité aussi bruyante qu'énervante. Il raccrocha et regagna la salle de séjour. Il songea à appeler Kiz pour voir ce qu'elle savait, mais décida d'attendre. Puis il se rassit dans sa chaise longue et sentit quelque chose de dur lui rentrer dans les reins. Ce n'était pas son arme, qu'il avait déjà enlevée. Il glissa la main dans sa poche et tomba sur son minicassette.

Il l'alluma et réécouta ce qu'il avait dit à Surtain, la journaliste de la télé, devant la maison de Trent le soir où celui-ci avait mis fin à ses jours. À replacer ses propos dans la continuité de ce qui s'était produit plus tard, il se sentit coupable et se demanda s'il n'aurait pas dû faire ou dire plus pour bloquer la journaliste.

En réentendant claquer la portière de la voiture, il arrêta la bande et appuya sur la touche de rembobinage. Il s'aperçut alors qu'il n'avait jamais entendu tout l'interrogatoire de Trent parce qu'à ce moment-là il fouillait d'autres endroits de la maison et se trouvait hors de portée d'oreille. Il décida de réécouter toute la bande dans l'instant. Cela ferait un bon point de départ pour le travail du week-end.

Il écouta la bande en essayant de trouver d'autres sens aux mots et aux phrases qu'il entendait, quelque chose qui le mettrait sur la piste d'un assassin. C'était aller à l'encontre de tout ce qu'il sentait spontanément. En écoutant Trent parler d'un ton désespéré, il ne put s'empêcher de penser encore une fois que ce n'était pas lui qui avait tué l'enfant et que ses protestations d'innocence étaient justifiées. Sauf que, bien sûr, tout cela contredisait ce qu'il savait maintenant. La planche – et c'était chez Trent qu'on l'avait retrouvée – portait bel et bien les initiales d'Arthur Delacroix et le chiffre de l'année où celui-ci en avait fait l'acquisition avant d'être assassiné. De fait, cette planche était une sorte de pierre tombale, de signal qui arrêtait Bosch.

Il finit d'écouter l'interrogatoire, mais rien, y compris dans la partie qu'il n'avait pas entendue, ne fit naître en lui la moindre idée nouvelle. Il rembobina la bande et décida de la repasser. Et à la deuxième tentative, il repéra soudain quelque chose qui l'excita si fort qu'il en eut l'impression d'avoir de la fièvre. Il rembobina la bande à toute allure et repassa l'échange entre Edgar et Trent qui avait attiré son attention. Il se rappela s'être alors trouvé dans le couloir de chez Trent et avoir effectivement entendu ce dialogue. Mais le sens lui en avait échappé jusqu'à présent.

« – Ça vous plaisait de regarder les enfants jouer dans cette colline, monsieur Trent ?

– Je ne pouvais pas les voir quand ils montaient dans les bois. De temps en temps, quand j'étais en voiture ou que je promenais le chien – à l'époque où il vivait encore –, je les voyais y grimper. Il y avait la fille d'en face. Les Foster à côté. Tous les gamins du quartier. C'est une voie publique... de fait, c'est le seul terrain vague du coin. C'est pour ça qu'ils montaient y jouer. Certains voisins pensaient que les plus vieux y allaient pour fumer des cigarettes et avaient peur qu'ils foutent le feu à toute la colline. »

Bosch éteignit l'appareil et revint dans la cuisine pour téléphoner. Edgar répondit à la première sonnerie. Bosch devina qu'il ne dormait pas. Il n'était que 9 heures du soir.

– Dis, tu n'as rien emporté chez toi ?

– Comme quoi ?

– L'annuaire inversé.

– Non, Harry, il est au bureau. Qu'est-ce qu'il y a ?

– Je ne sais pas. Tu te rappelles quand tu faisais ton croquis... il n'y avait pas des Foster dans Wonderland ?

– Foster... Tu veux dire comme patronyme ?

– C'est ça.

Il attendit. Edgar se taisait.

– Hé, Jerry, tu te rappelles ?

– Doucement, Harry, doucement. Je réfléchis.

Le silence s'éternisait.

– Euh, dit enfin Edgar. Non, il n'y avait pas de Foster. Pas que je me rappelle.

– T'en es sûr ?

– Allons, Harry. Je n'ai ni mon croquis ni l'annuaire sous les yeux. Mais je crois que je me serais rappelé ce nom. Pourquoi... c'est important ? Qu'est-ce qui se passe ?

– Je te rappelle.

Bosch emporta le téléphone et le posa sur la table de la salle à manger, à côté de sa mallette. Il ouvrit cette dernière et en sortit le classeur de l'affaire. Puis il en feuilleta rapidement les pages, jusqu'à celle où l'on trouvait la liste des habitants actuels de Wonderland Avenue, avec leurs adresses et leurs numéros de téléphone. Il n'y avait pas de Foster. Il décrocha le téléphone et y composa un numéro. Au bout de quatre sonneries, une voix qu'il reconnut lui répondit.

– Docteur Guyot, dit-il, inspecteur Bosch à l'appareil. Je ne vous appelle pas trop tard ?

– Bonsoir, inspecteur. Non, vous ne m'appelez pas trop tard. J'ai passé quarante ans de ma vie à me faire appeler à toutes les heures du jour et de la nuit. 9 heures du soir ? 9 heures du soir, c'est pour les amateurs. Comment se portent vos blessures diverses ?

– Elles se portent à merveille, docteur. Je suis un peu pressé et j'ai quelques questions à vous poser sur le quartier.

– Eh bien mais… allez-y.

– Remontons aux années quatre-vingt. Y a-t-il jamais eu un couple ou une famille du nom de Foster dans la rue à cette époque ?

Le silence se fit pendant que Guyot réfléchissait à la question.

– Non, je ne crois pas, dit-il enfin. Ce nom ne me dit rien.

– Bien. Mais pourriez-vous me dire s'il y avait des familles d'accueil[1] ?

Cette fois Guyot répondit sans aucune hésitation.

– Oui, dit-il, il y en avait. Les Blaylock. Des gens très bien. Ils ont aidé beaucoup d'enfants au fil des ans. Ils en prenaient chez eux. Je les admirais beaucoup.

Bosch inscrivit le nom sur une feuille de papier vierge au début du classeur. Puis il passa au rapport établi après l'enquête de voisinage et s'aperçut qu'il n'y avait plus de Blaylock dans le quartier.

– Vous rappelez-vous leurs prénoms ?

– Don et Audrey.

---

1. En anglais *foster family* signifie famille d'acceuil ou parents nourriciers (*NdT*).

– Quand ont-ils quitté le quartier ? Vous rappelez-vous la date ?

– Oh, ça doit remonter à au moins dix ans. Après le départ de leur dernier enfant, ils n'ont plus eu besoin d'une grande maison. Ils ont vendu et ont quitté le quartier.

– Une idée de l'endroit où ils auraient pu aller ? Habitent-ils toujours dans le coin ?

Guyot se tut. Bosch attendit.

– J'essaye de me souvenir, reprit le docteur. Je sais que je le sais.

– Prenez votre temps, docteur, lui dit Bosch alors que c'était la dernière chose qu'il souhaitait.

– Oh, vous savez quoi, inspecteur ? dit enfin Guyot. Noël. J'ai une boîte où je garde toutes les cartes de vœux que je reçois. Pour savoir à qui en envoyer l'année suivante. C'était ma femme qui faisait ça. Je pose le téléphone et je vais chercher la boîte. Audrey m'envoie encore une carte tous les ans.

– Allez chercher votre boîte, docteur. J'attendrai.

Il l'entendit poser le téléphone et hocha la tête. Il allait enfin comprendre. Il essaya de deviner le sens de cette dernière découverte, puis il décida d'attendre. D'abord obtenir le renseignement, il éclaircirait les choses après.

Guyot mit plusieurs minutes avant de reprendre le téléphone. Bosch l'avait attendu, son stylo au-dessus de la feuille de papier.

– Bon, inspecteur Bosch, dit le médecin. Je l'ai.

Guyot lui donna l'adresse et Bosch laissa presque échapper un grand soupir. Don et Audrey Blaylock n'avaient pas déménagé en Alaska ou filé à l'autre bout du monde. On pouvait se rendre d'une traite en voiture à l'endroit où ils habitaient maintenant. Bosch remercia Guyot et raccrocha.

49

À 9 heures ce samedi matin-là, Bosch était assis dans sa voiture et observait une petite maison à charpente en bois située à une rue de la grande artère de Lone Pine, à trois heures de route au nord de Los Angeles, au pied de la sierra Nevada. Il sirotait du café froid dans un gobelet en plastique. Un deuxième gobelet identique l'attendait quand il aurait fini le premier. Ses os lui faisaient mal tant il avait froid après avoir passé sa nuit à conduire, puis à tenter de dormir dans sa voiture. Il était arrivé trop tard dans la petite ville de montagne pour trouver un motel ouvert. L'expérience lui avait aussi appris que débarquer à Lone Pine le week-end sans avoir réservé une chambre d'hôtel à l'avance n'était pas recommandé.

L'aube pointant, il vit la montagne bleu-gris se dessiner dans le brouillard derrière la ville et réduire celle-ci à ce qu'elle était vraiment : une réalité insignifiante au regard du temps et du rythme naturel des choses. Il contempla le mont Whitney, le plus haut sommet de Californie. Il était là bien avant que les humains n'aient commencé à poser les yeux sur lui, et serait toujours là bien après que la dernière partie aurait été jouée. Dieu sait pourquoi, savoir tout ce qu'il savait rendait les choses moins pénibles à Bosch.

Il avait faim et envie d'aller manger un steak et des œufs dans un des *diners* de la ville. Mais il n'était pas question de quitter son poste. Quand on lâchait Los Angeles pour s'installer à Lone Pine, ce n'était pas seulement parce qu'on détestait les foules, le smog et le rythme de l'énorme ville. C'était aussi parce qu'on adorait la montagne. Et Bosch n'allait pas courir le risque de rater Don et Audrey Blaylock parce que ceux-ci auraient décidé d'aller faire une balade en montagne pendant qu'il prenait son petit déjeuner. Il décida de faire tourner le moteur et de mettre le chauffage pendant cinq minutes. Il avait passé toute la nuit à se rationner l'essence et le chauffage de cette façon.

Il observait la maison en attendant qu'une lumière s'y allume ou que quelqu'un vienne ramasser le journal jeté d'une camionnette quelque deux heures plus tôt. Il était bien maigre, ce journal. Ce n'était sûrement pas le *L.A. Times*. Les gens de Lone Pine ne s'intéressaient guère à Los Angeles, à ses meurtres ou aux inspecteurs qui enquêtaient dessus.

À 9 heures, Bosch vit de la fumée sortir de la cheminée. Quelques minutes plus tard, la soixantaine et vêtu d'un gilet en duvet, un homme sortit prendre le journal. Il le ramassa, regarda la rue jusqu'à la voiture de Bosch et rentra.

Bosch savait que sa voiture était plus que visible. Il ne cherchait d'ailleurs pas à se cacher. Il s'était contenté d'attendre. Il mit le moteur en route, gagna la maison des Blaylock et se gara dans l'allée.

L'homme qu'il avait vu un peu plus tôt lui ouvrit la porte avant même qu'il ait eu le temps de frapper.

– Monsieur Blaylock ?

– Oui, c'est moi.

Bosch lui montra son badge et une pièce d'identité.

– Est-ce que je pourrais vous parler quelques minutes ? À vous et à votre femme. C'est pour une affaire sur laquelle j'enquête.

– Vous êtes seul ?

– Oui.

– Depuis combien de temps êtes-vous là ?

Bosch sourit.

– Depuis 4 heures du matin, environ. Je suis arrivé trop tard pour trouver une chambre.

– Entrez. Il y a du café en route.

– S'il est chaud, j'en prendrais bien.

Blaylock le fit entrer et lui montra un ensemble de sièges disposés autour d'un canapé près de la cheminée.

– Je vais chercher ma femme et du café, dit-il.

Bosch gagna le fauteuil le plus proche de la cheminée. Il allait s'y asseoir lorsqu'il remarqua les photos encadrées accrochées au mur derrière le canapé. Il s'approcha. Il n'y vit que des enfants et des adolescents. De toutes les races. Deux d'entre eux présentaient des signes manifestes de handicaps physiques ou mentaux. C'étaient tous les enfants que les Blaylock avaient accueillis chez eux. Bosch n'en reconnut aucun. Il pivota sur ses talons, s'installa dans le fauteuil le plus proche du feu et attendit.

Bientôt, Blaylock revint avec une grande tasse de café fumant. Une femme l'avait suivi dans la pièce. Elle semblait légèrement plus âgée que son mari. Elle avait le regard encore endormi, mais son visage était aimable.

– Je vous présente ma femme, Audrey, dit Blaylock. Comment voulez-vous votre café ? noir ? Tous les flics que j'ai connus le prenaient noir.

Les Blaylock s'assirent l'un à côté de l'autre sur le canapé.

– Noir, dit Bosch. Ce sera parfait. Vous connaissiez beaucoup de flics ?

– Oui, quand j'étais à L.A. J'ai fait trente ans chez les pompiers. J'ai quitté le corps après les émeutes de 92. J'étais commandant de poste. J'en avais assez. J'étais arrivé juste avant Watts et je suis parti après 92.

– De quoi voulez-vous nous parler ? demanda Audrey, qui avait l'air de mal supporter les petits bavardages de son mari.

Bosch hocha la tête. Il avait son café et les présentations étaient terminées.

– J'enquête sur des homicides, dit-il. Je travaille au secteur de Hollywood. Je suis…

– J'ai bossé six ans au 58e, l'interrompit Blaylock en parlant du poste de pompiers qui se trouvait derrière le commissariat.

Bosch hocha de nouveau la tête.

– Don, tu veux bien laisser ce monsieur nous dire pourquoi il a fait tout ce trajet pour venir nous voir ? lui lança Audrey.

– Je vous demande pardon. Allez-y.

– J'enquête sur une affaire. Un homicide qui a eu lieu dans Laurel Canyon. Dans votre ancien quartier, en fait. Nous essayons de retrouver les gens qui y habitaient en 1980.

– Pourquoi à cette époque ?

– Euh… parce que c'est à cette date-là que l'homicide a eu lieu.

Ils le regardèrent d'un air interloqué.

– Encore une affaire non résolue ? demanda Blaylock. Parce que moi, je ne me rappelle pas qu'il se serait passé rien de semblable dans notre quartier à cette époque.

– D'une certaine façon, oui. Le corps de la victime n'a été retrouvé qu'il y a une quinzaine de jours On l'avait enterré dans les bois. Dans la colline.

Bosch scruta leurs visages. Ils n'exprimaient rien d'autre que le choc.

– Ah, mon Dieu ! s'écria Audrey.

– Vous voulez dire que tout le temps que nous avons habité là-bas il y avait un cadavre enterré dans la colline ? Mais nos enfants y jouaient ! ! Et c'était le cadavre de qui ?

– D'un enfant. D'un garçon de douze ans. Il s'appelait Arthur Delacroix. Ce nom vous dit-il quelque chose ?

Ils cherchèrent dans leurs souvenirs, puis ils se regardèrent et confirmèrent le résultat en secouant la tête.

– Non, répondit Don Blaylock, ça ne me dit rien.

– Où habitait-il ? demanda Audrey. Parce que je ne pense pas que ç'ait été dans le quartier.

– Non, il habitait dans Miracle Mile.

– Mais c'est affreux ! dit Audrey. Comment a-t-il été tué ?

– Battu à mort. Si ça ne vous ennuie pas, enfin… Je sais que vous avez envie de savoir, mais moi, il faut que je commence par vous poser les questions de base.

– Oh, excusez-moi, dit Audrey. Je vous en prie, continuez. Que pouvons-nous vous dire d'autre ?

– Nous essayons de mettre sur pied une espèce de profil de la rue… de Wonderland Avenue à cette époque-là. Vous comprenez… pour connaître tout le monde et savoir où tout le monde habitait. Pure routine.

Il sourit et sentit tout de suite qu'il n'avait pas l'air sincère.

– Et jusqu'à maintenant, ça n'a pas été facile. Le quartier semble avoir beaucoup changé depuis cette époque. De fait, le Dr Guyot et un certain Hutter, un peu plus bas dans la rue, ont l'air d'être les seuls à être restés depuis 1980.

Audrey eut un sourire chaleureux.

– Ah oui, Paul ! dit-elle. Ce qu'il peut être gentil ! Il continue de nous envoyer des cartes de Noël, même après la mort de sa femme.

Bosch acquiesça.

– Évidemment, il était trop cher pour nous. On emmenait nos enfants au dispensaire. Mais si jamais il

437

y avait un problème le dimanche ou quand il était chez lui, il n'hésitait jamais. De nos jours, beaucoup de médecins ont peur de faire quoi que ce soit parce qu'ils risquent de… je vous prie de m'excuser. Voilà que je me mets à jacasser comme mon mari et ce n'est pas pour ça que vous êtes venu.

– Pas de problème, madame Blaylock. Mais… vous avez parlé de vos enfants… Des voisins m'ont dit que vous dirigiez un foyer… c'est bien ça ?

– Oh, oui ! s'exclama-t-elle. Don et moi avons accueilli des enfants chez nous pendant vingt-cinq ans.

– Mais c'est euh… merveilleux, ce que vous avez fait là ! s'écria Bosch. Je vous admire. Combien d'enfants avez vous accueillis ?

– Difficile de faire le compte. On en gardait certains pendant des années, mais d'autres quelques semaines seulement. Ça dépendait pour beaucoup des humeurs du Tribunal pour enfants. Ça me brisait le cœur quand on venait juste de commencer quelque chose avec un gamin, vous voyez ce que je veux dire… quand il commençait à se sentir à l'aise avec nous et qu'il fallait le renvoyer chez lui, chez l'autre parent ou Dieu sait quoi. Je disais toujours que pour travailler dans l'accueil à l'enfance, il fallait avoir un cœur gros comme ça et le cuir très épais.

Elle jeta un coup d'œil à son mari et hocha la tête. Il lui renvoya son hochement de tête et tendit le bras pour lui prendre la main. Puis il reporta les yeux sur Bosch.

– Une fois on a compté, dit-il. On a eu un total de trente-huit enfants à la maison. Mais, de manière plus réaliste, disons que nous en avons élevé dix-sept. Ceux qui sont restés chez nous assez longtemps pour que ça ait un impact. Vous voyez… entre deux ans et… il y en a même un qui est resté quatorze ans.

Il se retourna pour regarder le mur et lui montra la photo d'un garçon dans un fauteuil roulant. De constitution fragile, l'enfant portait de grosses lunettes. Il avait les poignets tordus et souriait de travers.

– Benny, reprit-il.

– Étonnant, dit Bosch.

Il sortit un carnet de sa poche et l'ouvrit à une page blanche. Puis il prit un stylo, pile à l'instant où son portable se mettait à sonner.

– C'est moi, dit-il. Ne vous inquiétez pas.

– Vous ne voulez pas répondre ? demanda Blaylock.

– Ils n'auront qu'à laisser un message. Je ne pensais même pas qu'on pourrait me joindre aussi près de la montagne.

– Ben oui. On a même la télé, vous savez ?

Bosch le regarda et comprit qu'il l'avait insulté sans le savoir.

– Je vous prie de m'excuser, dit-il. Ça m'a échappé. Je me demandais si vous ne pourriez pas me dire quels enfants vous aviez chez vous en 1980.

Pendant un instant tout le monde se regarda sans rien dire.

– Pourquoi ? L'un d'entre eux serait impliqué dans l'affaire ? demanda Audrey.

– Je ne sais pas, madame. J'ignore qui habitait chez vous à cette époque. C'est comme je vous ai dit : nous tentons d'établir un profil du quartier. Nous avons besoin de savoir qui y habitait. Après, on verra.

– Eh bien mais… je suis sûr que le service de l'Aide à la jeunesse pourra vous aider.

Bosch acquiesça.

– En fait, ça a changé de nom. Maintenant ça s'appelle « le Bureau d'aide à l'enfance ». Et ils ne pourront pas nous aider avant lundi matin au plus tôt, madame Blaylock. Et c'est d'un homicide que nous parlons. Ce renseignement, c'est maintenant que nous en avons besoin.

Encore une fois ce fut le silence tandis que tout le monde se regardait.

– Bon, reprit enfin Don Blaylock. Ça ne va pas être facile de nous rappeler qui était avec nous à telle ou telle autre époque, mais… Il y a ceux qui ne posent pas de problèmes, comme Benny, Jodi et Frances. Mais chaque année, nous avions quelques enfants en plus, des enfants que, comme dit Audrey, on nous confiait, puis qu'on nous reprenait. Pour ceux-là, ce ne sera pas facile. Voyons voir… 1980…

Il se leva et se retourna pour regarder le mur de photos. Il en montra une – celle d'un jeune enfant noir d'environ huit ans.

– Celui-là, c'est William. Il est arrivé en 1980. Il…

– Mais non ! s'écria Audrey. Lui, il est arrivé en 84 ! Tu ne te rappelles pas ? Les jeux Olympiques ! Tu lui avais fait une torche avec du papier alu.

– Ah oui. 84, c'est vrai.

Bosch se pencha en avant sur son siège. Il était près du feu et commençait à avoir trop chaud.

– Si on commençait avec les trois que vous venez de mentionner, dit-il. Benny et les deux autres. Comment s'appelaient-ils ? Leur nom entier, je veux dire.

Ils les lui donnèrent – ainsi que leurs numéros de téléphone, hormis celui de Benny, lorsqu'il voulut savoir où les joindre.

– Benny est mort il y a six ans, dit Audrey. Sclérose en plaques.

– Je suis navré de l'apprendre.

– Nous l'aimions beaucoup.

Bosch hocha la tête et attendit ce qu'il fallait de temps sans rien dire.

– Euh… et qui d'autre ? reprit-il enfin. Avez-vous jamais noté qui était passé chez vous et pour combien de temps ?

– Si, mais nous n'avons pas ça ici, répondit Blaylock. Ces documents-là se trouvent dans un garde-meuble, à Los Angeles.

Soudain, il fit claquer ses doigts.

– Mais si ! Nous en avons une, de liste de tous les enfants que nous avons essayé d'aider ou aidés vraiment. Simplement, elle n'est pas par année. On devrait pouvoir la raccourcir, mais... ça pourrait vous aider ?

Audrey décocha un petit coup d'œil furieux à son mari. Celui-ci ne le vit pas, mais Bosch, lui, n'en perdit rien : il comprit que, réelle ou pas, elle avait envie de protéger ses enfants de la menace qu'il représentait.

– Oui, beaucoup, dit-il.

Blaylock quitta la pièce tandis que Bosch se tournait vers Audrey.

– Vous ne voulez pas qu'il me confie cette liste, dit-il. Pourquoi, madame Blaylock ?

– Parce que je ne vous trouve pas honnête avec nous. Vous cherchez quelque chose. Quelque chose qui vous servira, vous. Vous n'avez pas passé trois heures à rouler en pleine nuit pour nous poser « des questions de routine », comme vous dites. Vous savez que ces enfants sortent de milieux difficiles. Ce n'étaient pas tous des anges quand ils arrivaient chez nous. Et je refuse qu'on accuse l'un d'entre eux parce qu'il était ceci ou cela ou venait de tel ou tel autre endroit.

Bosch attendit d'être sûr qu'elle avait fini.

– Madame Blaylock, dit-il, êtes-vous jamais allée au foyer de jeunes McClaren ?

– Bien sûr. Plusieurs de nos enfants en sortaient.

– Eh bien, moi aussi. Et j'ai aussi été placé dans diverses familles où je ne suis pas resté longtemps. Je sais très bien à quoi ressemblaient ces enfants parce que j'en faisais partie, d'accord ? Et je sais aussi que certaines de ces familles étaient très aimantes, mais qu'il y en avait d'autres où c'était encore pire que le foyer où on nous avait placés. Je sais qu'il y a des parents dévoués aux enfants, et que d'autres ne s'intéressent qu'aux chèques de l'Aide à l'enfance.

Elle garda longtemps le silence avant de répondre.

– Peut-être, dit-elle, mais ça n'a aucune importance. Vous n'en cherchez pas moins quelque chose qui vous permettra de terminer votre puzzle. N'importe quelle pièce fera l'affaire.

– Vous vous trompez, madame Blaylock. Sur ça et sur l'homme que je suis.

Blaylock revint dans la pièce avec ce qui ressemblait à un classeur vert d'écolier. Il le posa sur la table basse carrée et l'ouvrit. Les chemises qu'il contenait regorgeaient de photos et de lettres. Audrey ne lâcha pas prise.

– Mon mari a travaillé pour la ville, inspecteur, tout comme vous, reprit-elle. C'est pour ça qu'il n'a pas envie de m'entendre vous dire ça. Sachez quand même que je ne vous fais pas confiance et que je ne crois pas que vous soyez venu ici pour les raisons que vous nous dites. Vous n'êtes pas honnête avec nous.

– Audrey ! s'écria Blaylock. Ce monsieur essaie seulement de faire son boulot.

– Et il est prêt à dire n'importe quoi pour y arriver. Y compris à faire du mal à nos enfants !

– Audrey ! Je t'en prie !

Il reporta son attention sur Bosch et lui tendit une feuille. Une liste de noms y était écrite à la main. Mais avant que Bosch ait pu la lire, Blaylock la lui reprit et la posa sur la table. Puis il se mit à parler en mettant des croix à côté de certains noms.

– Nous avons dressé cette liste pour pouvoir suivre un peu tout le monde. Ça vous étonnera peut-être, mais des fois on aime quelqu'un à mort, et pourtant quand il faut se rappeler vingt ou trente anniversaires, il y a toujours quelqu'un qu'on oublie. Ceux que je marque

442

sont les enfants qui sont venus après 80. Audrey véri-fiera quand j'aurai fini.

— Il n'en est pas question, dit-elle.

Ils l'ignorèrent. Bosch commença à lire la liste et prit de l'avance sur les coups de crayon de Blaylock. Il en était à peine aux deux tiers lorsqu'il posa le doigt sur un nom.

— Celui-ci, dit-il. Vous voulez bien m'en parler ?

Blaylock leva les yeux sur Bosch, puis il regarda sa femme.

— De qui s'agit-il ? demanda-t-elle.

— De Johnny Stokes, lui répondit Bosch. Vous l'aviez bien chez vous en 1980, n'est-ce pas ?

Elle le dévisagea un instant.

— Et voilà ! lança-t-elle à l'adresse de son mari sans pour autant lâcher Bosch des yeux. Il savait déjà pour Johnny quand il est arrivé. J'avais raison. Cet homme est malhonnête.

50

Lorsque Don Blaylock repartit à la cuisine pour y préparer un nouveau pot de café, Bosch avait déjà pris deux pages de notes sur Johnny Stokes. Envoyé chez eux par le Bureau d'aide à l'enfance, Stokes était arrivé chez les Blaylock en janvier 1980 et en était reparti au mois de juillet suivant, lorsqu'on l'avait arrêté pour le vol d'une voiture avec laquelle il avait fait du rodéo dans tout Hollywood. C'était sa deuxième arrestation pour vol de voiture. Il avait écopé de six mois de prison au Centre de détention pour jeunes de Sylmar. Sa période de redressement effectuée, le juge l'avait renvoyé chez ses parents. S'ils avaient bien eu de ses nouvelles de temps en temps et s'ils l'avaient même vu les rares fois où il était passé dans le quartier, les Blaylock avaient déjà reçu d'autres enfants et avaient vite perdu tout contact avec lui.

Tandis que Blaylock était dans la cuisine, Bosch se prépara à un moment de silence désagréable avec Audrey. Mais ce fut elle qui, sans même qu'il le lui demande, se remit à parler.

– Douze de nos enfants ont décroché une licence, lui dit-elle. Deux se sont lancés dans la carrière militaire. Il y en a même un qui a suivi Don chez les pompiers. Il travaille dans la Valley.

Elle lui adressa un signe de tête, qu'il lui renvoya aussitôt.

– Nous n'avons jamais dit que nous avions cent pour cent de réussite avec nos enfants, enchaîna-t-elle. Nous faisions de notre mieux avec chacun. Parfois, c'étaient les circonstances, les tribunaux ou les services d'entraide à l'enfance qui nous empêchaient de leur porter secours. John a fait partie de ces malheureux. Il a fait une bêtise et ç'a été comme si c'était de notre faute. On nous l'a enlevé... avant qu'on puisse vraiment l'aider.

Bosch ne put qu'acquiescer en hochant la tête.

– J'ai l'impression que vous le connaissez, dit-elle. Lui avez-vous déjà parlé ?

– Oui. Brièvement.

– Il est en prison ?

– Non, madame.

– Quel genre de vie a-t-il eue depuis que... depuis son passage chez nous ?

Bosch écarta les mains.

– Il ne s'en est pas bien sorti, dit-il. Drogue, beaucoup d'arrestations et de la prison.

Elle hocha la tête d'un air triste.

– Vous pensez qu'il a tué cet enfant ? Pendant qu'il était chez nous ?

Rien qu'à voir son visage, Bosch comprit qu'en lui disant la vérité il détruirait tout ce qu'elle s'était construit comme idée du bien qu'ils avaient fait. À côté de cette révélation, mur de photos, parchemins et bons boulots, rien ne tiendrait plus.

– Je n'en sais vraiment rien, dit-il. Tout ce que je sais, c'est qu'il connaissait le gamin qui s'est fait tuer.

Elle ferma les paupières. Pas fort, seulement comme si elle voulait reposer ses yeux. Puis elle garda le silence jusqu'au retour de son mari. Celui-ci passa devant Bosch et alla mettre une autre bûche dans le feu.

– Le café sera prêt dans une minute, dit-il.

– Merci, dit Bosch.

Blaylock ayant regagné sa place sur le canapé, Bosch se leva.

– Il y a quelques objets que j'aimerais vous montrer, dit-il. Si ça ne vous gêne pas… Ils sont dans ma voiture.

Il s'excusa et se rendit à son véhicule. Il attrapa sa mallette sur le siège avant et passa derrière pour prendre le carton renfermant la planche. Ça valait peut-être le coup de la leur montrer.

Son portable sonna au moment où il refermait le coffre et cette fois-ci, il répondit. C'était Edgar.

– Où es-tu, Harry ? lui demanda celui-ci.

– Je suis monté à Lone Pine.

– À Lone Pine ? ! Mais qu'est-ce que tu fous là-haut, bordel ?

– J'ai pas le temps de causer. Où es-tu ?

– À la table des Homicides. Comme convenu. Je croyais que tu…

– Écoute… je te rappelle dans une heure. En attendant, tu lances un avis de recherche pour Stokes.

– Quoi ?

Bosch regarda la maison pour être sûr que les Blaylock n'étaient pas en vue et ne l'écoutaient pas.

– Je t'ai dit de lancer un autre avis de recherche pour Stokes. Il faut absolument le cueillir.

– Mais pourquoi ?

– Parce que c'est lui qui a fait le coup. C'est lui qui a tué Arthur.

– Mais merde, Harry !

– Je te rappelle d'ici une heure. Tu lances l'avis de recherche.

Il raccrocha et, cette fois, il éteignit son portable.

Revenu dans la maison, il posa son carton par terre et ouvrit sa mallette sur ses genoux. Il y prit l'enveloppe contenant les photos de famille empruntées à Sheila Delacroix. Il l'ouvrit, les en sortit, en divisa le tas en deux et en donna un à chacun des Blaylock.

447

– Regardez l'enfant qui apparaît dans ces photos et dites-moi si vous le reconnaissez. s'il est jamais venu chez vous. Avec Johnny ou quelqu'un d'autre.

Il les regarda examiner les photos, puis se les échanger. Dès qu'ils eurent fini, tous deux hochèrent la tête et les lui rendirent.

– Non, dit Don Blaylock, je ne le reconnais pas.

– Très bien, lui renvoya Bosch en remettant les clichés dans l'enveloppe.

Il referma sa mallette et la reposa par terre. Puis il ouvrit le carton et en sortit le skate.

– Et ça ? demanda-t-il. L'un d'entre vous a-t-il ja…

– C'était à John, dit Audrey.

– Vous êtes sûre ?

– Oui, je le reconnais. Il l'a laissé chez nous quand il est… quand on nous l'a enlevé. Je lui ai fait savoir que nous l'avions chez nous. J'ai appelé chez lui, mais il n'est jamais venu le chercher.

– Comment savez-vous que c'était à lui ?

– Je m'en souviens, c'est tout. Je n'aimais pas la tête de mort avec les tibias. Et ça, je me le rappelle très bien.

Bosch remit la planche dans le carton.

– Vous dites qu'il n'est pas venu chercher cette planche. Et donc, où est-elle passée ?

– Nous l'avons vendue, répondit-elle. Lorsque Don a pris sa retraite au bout de trente ans de travail et que nous avons décidé de venir nous installer ici, nous avons vendu toutes nos cochonneries. Oui, nous avons vendu tous nos fonds de caves et de grenier. Gigantesque, que c'était.

– Vous rappelez-vous à qui vous avez vendu cette planche ?

– Oui, à notre voisin, M. Trent.

– Quand ?

– Dans le courant de l'été 82. Juste après avoir vendu la maison. L'argent était toujours bloqué sur un compte.

– Pourquoi vous rappelez-vous avoir vendu cette planche à M. Trent ? C'est loin, 1982.

– Je m'en souviens parce qu'il nous a acheté la moitié de ce que nous avions mis en vente. Toutes les cochonneries. Il a fait un lot et nous a offert un prix. Il en avait besoin pour son boulot. Il concevait des décors de cinéma.

– Non, il les réalisait, la corrigea son mari. Ce n'est pas pareil.

– Toujours est-il qu'il s'est servi de tout ce qu'il nous avait acheté pour faire des décors de film. Quand j'allais au cinéma, j'espérais toujours voir quelque chose qui venait de chez nous. Ça ne s'est jamais produit.

Bosch griffonna quelques notes dans son carnet. Il avait obtenu à peu près tout ce qu'il voulait des Blaylock. L'heure était presque venue de repartir vers le sud, de regagner la ville afin d'y boucler le dossier.

– Où avez-vous trouvé ce skate ? lui demanda Audrey.

– Euh, dit-il, il faisait partie des affaires de M. Trent.

– Il habite encore dans la rue ? voulut savoir Don Blaylock. C'était un voisin sympa. Jamais de problèmes avec lui.

– Il y habitait encore récemment, oui, répondit Bosch. Mais il est mort.

– Ah, mon Dieu ! s'exclama Audrey. Quel dommage ! Il n'était pas si vieux que ça.

– J'ai encore deux ou trois questions à vous poser, reprit Bosch. Johnny Stokes vous a-t-il jamais dit comment il avait eu cette planche ?

– Il m'a dit qu'il l'avait gagnée dans un concours à l'école, répondit Audrey.

– À l'école des Brethren ?

– C'est ça. C'est là qu'il allait. Il y allait quand il est venu chez nous la première fois et nous avons continué à l'y envoyer.

Bosch hocha la tête et consulta ses notes. Il avait tout ce qu'il lui fallait. Il referma son carnet, le glissa dans la poche de sa veste et se leva pour partir.

51

Bosch se gara devant le Lone Pine Diner. Toutes les places près des fenêtres étaient prises et presque tous ceux qui les occupaient regardèrent cette voiture du LAPD qui se trouvait à quelque trois cents kilomètres de chez elle.

Il mourait de faim, mais savait qu'il devait absolument parler à Edgar avant de faire quoi que ce soit. Il sortit son portable et l'appela. La première sonnerie n'avait pas fini de retentir lorsque Edgar décrocha.

– C'est moi, dit-il. Tu as lancé l'avis de recherche ?

– Oui, c'est fait. Mais c'est quand même un peu dur à faire quand on ne sait rien… collègue.

Il avait dit ce dernier mot comme on dirait « connard ». C'était la dernière affaire sur laquelle ils travaillaient ensemble et Bosch se sentait mal de devoir mettre un point final à leurs relations de cette manière. Il savait que c'était sa faute. Il lui avait coupé l'herbe sous le pied pour des raisons dont il n'était même pas tout à fait sûr.

– Tu as raison, dit-il. J'ai merdé. Je voulais juste que rien ne s'arrête et c'est ça qui m'a poussé à rouler toute la nuit.

– Mais j'y serais allé avec toi !

– Je sais, dit-il en mentant. Je n'y ai pas pensé. J'ai roulé, c'est tout. Mais je reviens tout de suite.

– Bon, et si tu reprenais du début, que je sois au moins au courant, bordel ! J'ai vraiment l'impression d'être un con, tu sais ? Lancer un avis de recherche sans même savoir pourquoi !

– Je te l'ai dit. C'est Stokes.

– Oui, je sais. C'est ça que tu m'as dit, mais comme tu ne m'as rien dit d'autre…

Bosch passa les dix minutes suivantes à regarder manger les clients du restaurant en lui racontant tout ce qu'il avait fait.

– Putain, et dire qu'on le tenait ! s'écria Edgar dès qu'il eut fini.

– Oui. Mais bon, ce n'est pas le moment de le regretter. Maintenant, il faut le retrouver.

– Et donc, ce que tu dis, c'est que quand le gamin s'est sauvé, c'est Stokes qu'il est allé voir. Et qu'après Stokes l'a emmené dans la colline pour le tuer ?

– En gros, oui.

– Mais pourquoi ?

– C'est ce qu'il va falloir lui demander. Mais j'ai ma petite idée.

– Quoi ? Pour lui piquer son skate ?

– Oui. Il le voulait.

– Il aurait tué un môme pour lui prendre sa planche à roulettes ?

– Toi et moi avons vu des gens tuer pour moins que ça et nous ne savons pas s'il avait l'intention de l'assassiner ou pas. N'oublions pas que la tombe n'était pas profonde et qu'elle avait été creusée à la main. Donc, rien de prémédité. Peut-être s'est-il contenté de le pousser pour le faire tomber dedans. Peut-être l'a-t-il frappé avec une pierre. Il n'est pas impossible qu'il y ait eu autre chose entre eux, quelque chose dont nous ne savons rien.

Edgar gardant longtemps le silence, Bosch se dit qu'ils en avaient peut-être fini et qu'il pouvait manger quelque chose.

– Et les parents nourriciers, reprit Edgar. Qu'est-ce qu'ils pensent de ta théorie ?

Bosch soupira.

– Je ne la leur ai pas vraiment dévoilée. Mais… disons qu'ils n'ont pas été très surpris que je commence à leur poser des questions sur Stokes.

– Tu sais quoi, Harry ? On n'a pas arrêté de pédaler dans la semoule dans cette histoire.

– Qu'est-ce que tu veux dire ?

– Dans tout ce truc. Parce que le résultat, c'est quoi ? Un gamin de treize ans qui en tue un autre de douze pour un putain de jouet ? Stokes était mineur quand ça s'est passé. Tu parles comme on va le poursuivre en justice maintenant !

Bosch réfléchit longuement.

– Ce n'est pas impossible. Tout dépendra de ce qu'on arrivera à lui soutirer quand on l'aura arrêté.

– Tu dis toi-même que rien n'indique la préméditation. Personne ne voudra le poursuivre en justice, je te dis. On a couru en rond pour rien. On peut clore le dossier, mais personne ne finira en taule.

Bosch hocha la tête. Il savait qu'Edgar avait probablement raison. À suivre la loi, il était rare que des adultes soient poursuivis pour des crimes qu'ils avaient commis alors qu'ils avaient à peine treize ans. Même s'ils arrivaient à soutirer des aveux à Stokes, il y avait toutes les chances pour que celui-ci s'en tire sans encombre.

– J'aurais dû la laisser l'abattre, marmonna Bosch.

– Qu'est-ce que tu dis, Harry ?

– Rien. Je vais bouffer un morceau et je reprends la route. Tu seras là ?

– Oui, oui, je ne bouge pas. Je t'avertis s'il y a du neuf.

– D'accord.

Bosch raccrocha et descendit de voiture en songeant au fait que Stokes avait de grandes chances de s'en tirer sans rien. Il entra dans le restaurant. Il y faisait chaud et ça sentait la graisse et le petit déjeuner, mais il s'aperçut soudain qu'il avait perdu tout son bel appétit.

52

Bosch sortait à peine du passage tortueux et passablement traître de l'autoroute appelé « les vrilles de la vigne » lorsque son portable sonna. C'était Edgar.

– Harry. J'ai essayé de t'appeler mais… Où es-tu ?

– Je sors de la montagne. Il me reste moins d'une heure de route. Qu'est-ce qu'il y a ?

– On a logé Stokes. Il squatte à l'Usher.

Bosch réfléchit. L'Usher était un hôtel des années trente situé à une rue de Hollywood Boulevard. Pendant des décennies entières, il avait servi d'asile de nuit à la semaine et de centre de prostitution jusqu'au jour où, la rénovation du boulevard finissant par l'atteindre, il était soudain devenu bien trop précieux pour qu'on le laisse à ceux qui traînent dans les rues. On l'avait vendu, fermé et préparé pour des travaux de restauration importants afin qu'il devienne un des joyaux du nouvel Hollywood. Mais le projet avait été remis à plus tard par les ingénieurs de l'urbanisme qui avaient le dernier mot en la matière. Ce retard était une aubaine pour tous les gens de la nuit.

En attendant de renaître, les treize étages de chambres étaient occupés par des squatters qui se faufilaient entre les barrières et les clôtures en planches pour y trouver refuge. Rien que ces deux derniers mois, Bosch s'était rendu pas moins de deux fois à l'Usher pour y chercher des suspects. Il n'y avait ni eau ni électricité, mais cela n'empêchait personne de se servir des toilettes et l'endroit puait comme un cloaque à ciel ouvert. Les chambres n'avaient ni portes ni mobilier. On y roulait les tapis pour dormir. Y aller enquêter tenait du cauchemar. Longer un couloir, c'était découvrir une enfilade de portes ouvertes, derrière lesquelles pouvaient se planquer des types armés. Gardait-on les yeux fixés sur les portes qu'on risquait de se planter une seringue dans le pied.

Bosch alluma les warnings et appuya à fond sur l'accélérateur.

— Comment sait-on qu'il est là ? demanda-t-il.

— Ça remonte à la semaine dernière, quand on lui filait déjà le train. Des types des Stups qui cherchaient des trucs dans l'hôtel avaient entendu dire qu'il squattait tout en haut, au treizième étage. Faut avoir drôlement la trouille de quelque chose pour aller se planquer là-haut quand il n'y a plus un seul ascenseur qui marche !

— Bon, d'accord. C'est quoi le plan ?

— On entre en force. Quatre équipes de la patrouille, moi et les mecs des Stups On attaque en bas et on monte dans les étages.

— Quand ?

— On va en causer après l'appel et on y va. On ne pourra pas t'attendre, Harry. Faut attraper ce type avant qu'il mette les bouts.

Bosch se demanda un instant si la hâte d'Edgar était légitime ou si celui-ci cherchait seulement à se venger d'avoir été tenu à l'écart à divers moments de l'enquête.

— Je sais, finit-il par dire. Vous aurez une radio avec vous ?

— Oui. Canal deux

— Bon. Je te retrouve là-bas. N'oublie pas de mettre ton gilet pare-balles.

Il avait dit ça moins par crainte que Stokes n'ait une arme que par peur du danger omniprésent pour un équipe de flics lourdement armés évoluant dans le espaces clos d'un hôtel sans lumière.

Il referma son téléphone et écrasa encore plus le champignon. Il franchit bientôt la limite nord de la ville et entra dans la Valley de San Fernando. C'était samedi, il n'y avait pas beaucoup de monde sur la route. Il changea deux fois de file et passa du col de Cahuenga dans Hollywood moins d'une demi-heure après avoir fini de parler avec Edgar. À peine arrivé dans Highland, il vit l'Usher se dresser quelques rues plus au sud. Les fenêtres en étaient uniformément noires et tous les rideaux arrachés en vue des travaux à venir.

Bosch n'avait pas de radio sur lui et avait oublié de demander à Edgar où se trouverait le poste de commandement de l'opération. Arriver devant l'hôtel dans sa voiture de flic aurait pu mettre celle-ci en danger. Il sortit son portable et appela le poste de garde. Ce fut Mankiewicz qui répondit.

— Mank, lui lança Bosch, tu ne prends donc jamais de congés ?

— Pas en janvier, non. Mes gosses fêtent la Noël et Hanoukka. J'ai besoin des heures sup.

— Tu me dis où se trouve le PC de l'opération sur l'Usher ?

— Oui. C'est le parking de l'église de Hollywood Presbyterian.

— OK. Merci.

Deux minutes plus tard, Bosch entrait dans le parking de l'église. Il y trouva cinq voitures de la brigade, plus une des Stups et une comme la sienne. Toutes étaient garées près de l'église pour qu'on ne puisse pas les voir des fenêtres de l'Usher qui se dressait haut dans le ciel de l'autre côté de l'église.

Deux officiers attendaient dans une voiture de patrouille. Bosch se gara, puis se dirigea vers la vitre du chauffeur. Le moteur tournait. Bosch savait que c'était le véhicule dans lequel on mettrait le prisonnier. Dès que Stokes serait capturé, un appel radio serait passé à la voiture pour que son chauffeur vienne le prendre.

– Où sont-ils ? demanda-t-il.

– Au douzième étage, lui répondit le chauffeur. Toujours rien pour l'instant.

– Je peux vous emprunter votre radio ?

Le flic la lui tendit par la fenêtre. Bosch appela Edgar sur le canal deux.

– Harry… tu es arrivé ?

– Oui. Je monte.

– On a presque fini.

– Je monte quand même.

Il rendit l'appareil au chauffeur et sortit du parking. Arrivé à la palissade qui entourait l'hôtel, il en gagna le côté nord, où, il le savait, se trouvait l'ouverture qu'empruntaient les squatters pour entrer dans le bâtiment. Celle-ci était en partie masquée par un panneau annonçant la construction prochaine d'appartements de luxe. Il poussa la palissade et se baissa pour entrer.

Il y avait deux départs d'escaliers, un à chaque extrémité du bâtiment. Bosch se dit qu'il y aurait sûrement une équipe de flics en tenue postée devant les deux, au cas où, Dieu sait comment, Stokes parviendrait à échapper à la fouille et tenterait de filer. Il sortit son badge et le tendit bien haut devant lui en ouvrant la porte de l'escalier est.

Il était à peine à l'entrée lorsqu'il fut accueilli par deux officiers qui avaient dégainé et tenaient leur arme à la jambe. Il les salua, les deux hommes lui renvoyant son hochement de tête. Bosch leur fit signe qu'il montait et s'engagea dans l'escalier.

458

Il essaya de trouver un rythme. De chaque étage partaient deux volées de marches séparées par un palier tournant. Soit vingt-quatre volées de marches à grimper. La puanteur des toilettes qui avaient débordé était étouffante et Bosch ne pensa bientôt plus qu'à Edgar lui disant un jour qu'il n'existait pas deux odeurs identiques. Parfois, la connaissance était une chose affligeante.

Les portes des couloirs avaient été arrachées, ainsi que les numéros d'étage. Quelqu'un s'était donné la peine de peindre des numéros sur les murs des étages inférieurs, mais en montant encore Bosch s'aperçut qu'eux aussi avaient disparu. Il perdit vite le compte et ne sut bientôt plus à quel étage il se trouvait.

Arrivé au neuvième ou au dixième, il s'arrêta pour reprendre son souffle. Il s'assit sur une marche raisonnablement propre et attendit que sa respiration se fasse plus régulière. L'air était déjà plus respirable à cette hauteur. Grimpette oblige, il y avait moins de squatters dans les derniers étages.

Il tendit l'oreille, mais n'entendit aucun bruit humain. Il comprit que les équipes devaient se trouver au dernier étage. Il se demanda si on ne leur avait pas fourni un tuyau crevé sur Stokes ou si le suspect avait réussi à filer.

Il finit par se redresser et reprit sa montée. Une minute plus tard, il s'aperçut qu'il avait mal compté – mais en sa faveur. Il posa le pied sur le dernier palier et trouva la porte de l'appartement en terrasse. Il était au treizième.

Il souffla fort et souriait presque en songeant qu'il n'avait plus à monter lorsqu'il entendit des cris dans le couloir.

– Là ! Là, là !

– Non, pas ça, Stokes ! Les mains en…

Soudain, deux violentes détonations retentirent et allèrent se perdre en échos dans les couloirs, assourdissant les voix. Bosch sortit son arme et courut à la porte. Il passait la tête de l'autre côté lorsqu'il entendit deux autres déflagrations et recula.

L'écho l'empêcha de savoir d'où les coups de feu étaient partis. Il repassa la tête à la porte et regarda dans le couloir. Il y faisait sombre, de la lumière y dessinant comme des claires-voies par les portes des chambres orientées à l'ouest. Il vit Edgar en position de tir, derrière deux officiers en tenue. Tous lui tournaient le dos et braquaient leurs armes sur les portes ouvertes. Ils se trouvaient à quinze mètres de lui.

– C'est bon ! lança une voix. La pièce est sûre.

Dans le couloir tout le monde leva son arme et s'approcha de l'embrasure de la porte.

– LAPD derrière ! cria Bosch, et il entra dans le couloir.

Edgar le regarda par-dessus son épaule avant de suivre les deux policiers en tenue dans la pièce.

Bosch longea le couloir en vitesse et s'apprêtait à entrer dans la chambre à son tour lorsqu'il dut reculer pour laisser passer un policier en tenue qui en ressortait. Celui-ci avait pris sa radio.

– Allô, Central… Envoyez une ambulance au 41, Highland Avenue, treizième étage. Suspect touché, blessures par balle.

Bosch entra dans la chambre et jeta un coup d'œil derrière lui. Le flic à la radio n'était autre qu'Edgewood. Leurs regards se croisèrent un bref instant, puis Edgewood disparut dans l'ombre du couloir. Bosch se retourna pour regarder la pièce.

Stokes était assis dans une penderie sans portes. Adossé au mur du fond, il avait posé les mains sur ses genoux, l'une d'elles serrée sur un petit calibre .25 de poche. Il portait un jean noir et un T-shirt sans manches

460

couvert de sang. Blessures à la poitrine et sous l'œil gauche, où les balles étaient entrées. Il avait les yeux ouverts, mais était à l'évidence mort.

Edgar s'agenouilla devant lui, sans le toucher. Il était inutile de chercher le pouls, et tout le monde le savait. L'odeur de cordite envahissant ses narines, Bosch fut très soulagé de ne plus sentir la puanteur du couloir.

Il se tourna pour découvrir toute la pièce. Il y avait bien trop de gens dans ce petit espace. Trois flics en tenue, Edgar et un policier en civil – un type des Stups, pensa-t-il –, ça faisait beaucoup trop. Deux des flics en tenue se serraient l'un contre l'autre près du mur du fond afin d'y examiner deux impacts de balle dans le plâtre. L'un d'eux leva un doigt, s'apprêtant à sonder l'un des trous.

– Bas les pattes ! aboya Bosch. On ne touche à rien. Tout le monde dehors et on attend l'équipe d'évaluation des tirs. Qui a tiré ?

– Edge, répondit le type des Stups. Ce mec nous attendait dans la penderie et on a…

– C'est quoi, votre nom ?

– Philips.

– OK, Philips, je ne veux pas entendre votre histoire. Vous la gardez pour l'évaluation. Allez me chercher Edgewood, redescendez au rez-de-chaussée et attendez. Excusez-vous auprès des ambulanciers quand ils arriveront. Épargnez-leur la montée.

Les flics sortirent de la pièce à regret, n'y laissant que Bosch et Edgar. Celui-ci se leva et s'approcha de la fenêtre. Bosch, lui, gagna le coin le plus éloigné de la penderie et se retourna pour regarder le corps. Puis il s'en approcha et s'agenouilla au même endroit qu'Edgar un peu plus tôt.

Il examina l'arme que Stokes tenait encore dans la main. Il songea que les experts de l'Évaluation y trouveraient un numéro de série brûlé à l'acide.

Puis il repensa aux déflagrations qu'il avait entendues alors qu'il était encore sur le palier. Il y en avait eu deux séries de deux. Il était difficile d'arriver à une conclusion en se référant à ses souvenirs, surtout à cause de l'endroit où il se trouvait à ce moment-là. Mais il lui semblait bien que les deux premières déflagrations avaient été nettement plus fortes que les deux autres. Si c'était le cas, cela signifiait que Stokes avait fait feu avec son pistolet à bouchon après qu'Edgewood avait tiré deux fois avec son arme de service. Stokes aurait donc tiré deux fois sur Edgewood après avoir été touché à la figure et à la poitrine... ces blessures paraissant immédiatement fatales ?

– Qu'est-ce que t'en penses ? lui demanda Edgar qui s'était planté derrière lui.

– Ce que j'en pense n'a guère d'importance. Il est mort. L'affaire est entre les mains de l'Évaluation.

– Non, collègue, elle est close. On n'aurait pas dû trop s'inquiéter de savoir si le district attorney allait poursuivre ou pas.

Bosch acquiesça d'un signe de tête. Il savait qu'il y aurait à boucler la paperasse, mais l'affaire était finie. Le dossier porterait la mention « résolu par d'autres moyens », ce qui voudrait dire ni jugement ni sentence, mais signifierait quand même qu'on avait trouvé la solution.

– Faut croire que non, dit-il.

Edgar lui donna une tape sur l'épaule.

– C'était notre dernière affaire ensemble, Harry. On s'en sort bien.

– Oui. Mais dis-moi un peu... à la distribution des tâches après l'appel, tu as parlé du district attorney et fait savoir à tout le monde que c'était un meurtre d'adolescent ?

Au bout d'un long moment, Edgar lui répondit.

– Oui, dit-il enfin, il est possible que j'aie dit quelque chose dans ce sens.

– Est-ce que tu leur as aussi dit qu'on avait pas mal « pédalé dans la semoule », pour reprendre ton expression de ce matin ? Est-ce que tu leur aurais dit que le district attorney ne se donnerait sans doute même pas la peine de poursuivre ?

– Oui, ce n'est pas impossible que j'aie dit un truc pareil. Pourquoi ?

Bosch ne répondit pas. Il se releva et regagna la fenêtre. Il vit l'immeuble de Capitol Records et, plus loin, l'inscription Hollywood en haut de la colline. Peinte sur le côté d'un bâtiment quelques rues plus loin se trouvait une publicité antitabac sur laquelle on voyait un cow-boy avec une cigarette avachie entre les lèvres, juste au-dessus d'un texte avertissant des dangers d'impuissance liés à la consommation de tabac.

Il se tourna vers Edgar.

– Tu tiens le fort jusqu'à l'arrivée de l'Évaluation ?

– Bien sûr. Ils vont être furieux de devoir se taper treize étages.

Bosch se dirigea vers la porte.

– Où vas-tu, Harry ? lui demanda Edgar.

Bosch sortit de la pièce sans rien dire. Il emprunta l'escalier à l'autre bout du couloir de façon à ne pas tomber sur les autres en descendant.

53

Les survivants de ce qui avait jadis constitué une famille se tenaient chacun à un sommet du petit triangle au centre duquel s'ouvrait la fosse. Le cimetière de Forest Lawn était en pente. Samuel Delacroix s'était planté d'un côté du cercueil, son ex-épouse en face de lui. Sheila Delacroix, elle, avait pris place à une extrémité du cercueil, le prêtre lui faisant face à l'autre bout. La mère et la fille avaient ouvert chacune un parapluie noir pour se protéger du léger crachin qui tombait depuis l'aube. Le père n'en avait pas. Il se faisait tremper, ni l'une ni l'autre des deux femmes ne faisant même seulement mine de vouloir l'aider.

Le bruit de la pluie et le chuintement de l'autoroute proche noyaient les paroles du prêtre requis pour l'occasion avant qu'elles n'arrivent à Bosch. Celui-ci n'avait pas de parapluie non plus. Il observait la scène de loin, à l'abri d'un chêne. Dieu sait pourquoi, il trouvait approprié que l'enfant soit enterré dans une colline sous la pluie.

Il avait appelé le bureau du légiste pour savoir quelle entreprise de pompes funèbres s'était chargée de l'enterrement et avait été dirigé sur le cimetière de Forest Lawn. Il avait alors appris que c'était la mère d'Arthur qui avait réclamé les ossements et organisé la cérémonie. C'était pour Arthur que Bosch était venu, mais aussi parce qu'il voulait revoir sa mère.

Le cercueil donnait l'impression d'avoir été fabriqué pour un adulte. Gris métallisé, il était munie de poignées chromées. Aussi superbe qu'un cercueil puisse l'être, il faisait songer à une voiture lustrée de frais. Les gouttes de pluie faisaient comme des perles à sa surface, puis glissaient dans la fosse en dessous. Mais ce cercueil n'en était pas moins bien trop grand pour ce qu'il restait d'Arthur Delacroix et Bosch en était gêné. Il avait l'impression de voir un enfant vêtu d'habits qui lui allaient mal – d'habits manifestement d'occasion. Qui disaient quelque chose sur cet enfant. Que ce n'était pas assez. Que tout était de seconde main.

Lorsque la pluie se mit à tomber plus fort, le prêtre ouvrit un parapluie qu'il avait à côté de lui et tint son livre de prières d'une main. Quelques-unes de ses paroles parvinrent à Bosch sans être déformées. Il parlait du grand royaume qui avait accueilli Arthur. Bosch pensa à Golliher et à sa croyance indéfectible en l'existence de ce royaume malgré toutes les horreurs qu'il avait à examiner et identifier jour après jour. Mais pour Bosch, le jury n'avait toujours pas été convoqué pour statuer sur celle-là. Pour lui, Arthur n'était toujours pas entré au grand royaume.

Bosch remarqua que personne de la famille ne se regardait. Dès que, le cercueil ayant été descendu dans la fosse, le prêtre eut fait le dernier signe de la croix, Sheila se détourna et commença à redescendre la pente vers l'allée. Pas une fois elle n'avait manifesté qu'elle voyait ses parents.

Samuel la suivit aussitôt. Dès qu'elle s'en aperçut, Sheila allongea le pas. Elle finit même par lâcher son parapluie et se mettre à courir. Elle parvint à rejoindre sa voiture et à partir avant que son père ait pu la rattraper.

Samuel regarda la voiture de Sheila s'éloigner dans le cimetière et disparaître à l'entrée. Il revint alors sur ses pas et ramassa le parapluie. Il emporta ce dernier jusqu'à sa voiture et partit à son tour.

Bosch se retourna vers le lieu de l'inhumation. Le prêtre l'avait déjà quitté. Bosch jeta un coup d'œil aux alentours et aperçut le haut d'un parapluie noir qui disparaissait derrière la colline. Il ne savait pas vers où l'homme se dirigeait. Peut-être l'attendait-on pour un autre enterrement de l'autre côté de la colline.

Seule Christine Waters était restée près de la tombe Bosch la regarda prier en silence, puis s'approcher des deux dernières voitures garées au bord de la route en dessous. Bosch choisit un endroit où la croiser et s'y dirigea. Lorsqu'il arriva près d'elle, elle le regarda calmement.

– Inspecteur Bosch, dit-elle, je suis étonnée de vous voir ici.

– Pourquoi ?

– Les inspecteurs ne seraient pas censés garder leurs distances et ne pas se laisser envahir par leurs émotions ? Se montrer à un enterrement ne serait-il pas le signe d'un certain investissement émotionnel ? Surtout quand il se déroule sous la pluie.

Il marcha à son rythme et elle lui offrit la protection de son parapluie.

– Pourquoi avez-vous réclamé les ossements ? Pourquoi avez-vous fait ça ? lui demanda-t-il en lui montrant d'un geste la tombe dans la colline.

– Je me doutais que personne d'autre ne le ferait.

Ils arrivèrent sur la route Bosch avait garé sa voiture devant la sienne.

– Au revoir, inspecteur, dit Sally en s'éloignant.

Elle passa entre les deux véhicules et gagna sa portière.

– J'ai quelque chose pour vous, lui dit-il.

Elle ouvrit sa portière et se tourna vers lui.

– Quoi ?

Il ouvrit sa portière et débloqua sa malle arrière. Puis il passa entre les deux véhicules à son tour. Elle referma son parapluie, le jeta dans sa voiture et s'approcha.

– Un jour, quelqu'un m'a dit qu'on ne cherchait jamais qu'une chose dans la vie. La rédemption.

– La rédemption pour quoi ?

– Pour tout. Nous voulons tous être pardonnés.

Il ouvrit son coffre, en sortit une boîte en carton et la lui tendit.

– Prenez bien soin de ces enfants, dit-il.

Elle ne prit pas la boîte. Elle en souleva seulement le couvercle pour regarder à l'intérieur. Des tas d'enveloppes s'y empilaient, maintenus par des élastiques. Plus quelques photos en vrac. Dont celle du petit Kosovar au regard creux. Elle plongea la main dans la boîte.

– D'où viennent ces enfants ? lui demanda-t-elle en sortant une enveloppe.

– Ça n'a pas d'importance. Il faut que quelqu'un s'en occupe.

Elle acquiesça d'un signe de tête et remit précautionneusement le couvercle sur la boîte et emporta cette dernière jusqu'à sa voiture. Elle la posa sur sa banquette arrière et regagna sa portière.

Et regarda Bosch avant de monter. Elle paraissait sur le point de lui dire quelque chose, mais s'arrêta. Elle remonta dans sa voiture et s'éloigna.

Bosch referma le coffre de sa voiture et la regarda partir.

54

Une fois de plus l'édit du chef de la police avait été bafoué. Bosch alluma les lumières de la salle des inspecteurs, gagna sa place à la table des Homicides et y posa deux cartons vides.

C'était dimanche soir, tard. Il avait décidé d'aller débarrasser son bureau quand il n'y aurait personne pour le voir. Il devait encore une journée de travail au commissariat de Hollywood Division et n'avait aucune envie de la passer à faire des cartons en échangeant des adieux hypocrites avec tout le monde. Il avait prévu d'avoir rangé son bureau dès le début de son service et de terminer celui-ci par un gueuleton de trois heures chez Musso & Frank. Il se contenterait de dire au revoir à deux ou trois personnes qui comptaient pour lui et aurait filé par la porte du fond avant même qu'on s'en aperçoive. Il ne voyait pas d'autre manière de procéder.

Il commença par son meuble de rangement, d'où il sortit les dossiers des affaires non résolues qui l'empêchaient encore de dormir. Pas question de renoncer. Il y travaillerait pendant les heures creuses à la brigade des Vols et Homicides. Ou alors tout seul chez lui.

Il avait déjà rempli un carton lorsqu'il se tourna vers son bureau et se mit à en vider les tiroirs. Et tomba sur son bocal de douilles et s'arrêta. Il n'y avait toujours pas déposé celle qu'il avait ramassée à l'enterrement de

Julia. Celle-là, il l'avait posée sur une étagère chez lui. À côté de la photo du requin qu'il avait décidé de garder afin de ne jamais oublier les dangers qu'on court à sortir de sa cage de sécurité. Le père de Julia l'avait autorisé à la conserver.

Il déposa soigneusement le bocal dans un coin de la seconde caisse et s'assura qu'il était bien calé par le reste des objets. Alors seulement il ouvrit le tiroir du milieu et commença à en sortir tous ses stylos, blocs-notes et autres fournitures de bureau.

De vieux messages et d'anciennes cartes de visite professionnelles traînaient un peu partout dans le tiroir. Il les vérifia tous un à un avant de décider s'il fallait ou non les jeter à la corbeille. Il en garda une pile, qu'il entoura d'un élastique avant de la ranger dans son carton.

Le tiroir était presque entièrement débarrassé lorsqu'il tomba sur une feuille de papier pliée en deux. Il l'ouvrit et y trouva un message.

Où es-tu, gros dur ?

Il le regarda longtemps. Bientôt il repensa à tout ce qui s'était passé depuis que, à peine treize jours plus tôt, il avait arrêté sa voiture dans Wonderland Avenue. Puis il songea à ce qu'il faisait et à l'endroit où il allait. Et aussi à Trent, à Stokes et, plus que tout, à Arthur Delacroix et à Julia Brasher. À ce que disait Golliher en examinant des ossements de victimes vieilles de plusieurs milliers d'années. Enfin il eut la réponse à la question écrite sur la feuille de papier.

– Nulle part, dit-il tout haut.

Il replia la feuille et la glissa dans le carton. Puis il regarda ses mains et contempla les cicatrices qu'il avait aux phalanges. Il fit courir les doigts d'une main sur les marques de l'autre et pensa à toutes les blessures invisibles qu'il s'était faites en se battant contre des murs qu'il ne voyait pas.

Il savait depuis toujours que sans son travail, sans son badge et sa mission, il serait perdu – il sentit à cet instant que perdu, il pouvait aussi l'être avec. De fait, il se pouvait même qu'il le soit à cause de ça. Que ce soit ce dont il croyait avoir le plus besoin qui lui fasse le plus éprouver le sentiment de futilité des choses.

Il prit une décision.

Il glissa sa main dans sa poche revolver et en sortit l'étui de son badge. Il retira la carte d'identification derrière le plastique et dégagea sa plaque. Il passa ensuite son pouce sur les lettres du mot INSPECTEUR estampé en relief. Il eut l'impression d'effleurer les cicatrices sur ses phalanges.

Il posa son badge et sa carte d'identification dans le tiroir. Puis il sortit son arme de son étui, la regarda longuement et la remit, elle aussi, dans le tiroir. Et le ferma à clé.

Il se leva et traversa la salle pour gagner le bureau de Billets. La porte n'en était pas fermée à clé. Il posa la clé de son tiroir de bureau et celle de sa voiture de fonction sur son sous-main. Il était sûr qu'elle serait intriguée en ne le voyant pas le lendemain matin et qu'elle irait voir dans son bureau. Alors elle comprendrait qu'il ne reviendrait plus. Ni au commissariat de Hollywood Division ni aux Vols et Homicides. Il rendait son badge. Il passait en code 7. Il en avait terminé.

En retraversant la salle des inspecteurs, Bosch regarda autour de lui et sentit que quelque chose prenait définitivement fin en lui. Mais il n'hésita pas. Il attrapa les deux caisses posées sur son bureau et les porta dans le couloir. En laissant allumé derrière lui. Il passa devant la réception et ouvrit la porte d'entrée d'un grand coup de reins. Puis il appela l'officier assis derrière le comptoir.

– Dites, lança-t-il, vous pourriez me rendre service et m'appeler un taxi ?

– Tout de suite. Sauf qu'avec le temps qu'il fait, ça risque d'être long. Si vous voulez attendre à l'inté…

Déjà la porte s'était refermée. Bosch n'entendit pas le reste de la phrase. Il gagna le bord du trottoir. L'air était froid et humide. Il n'y avait pas la moindre trace de lune derrière la couverture nuageuse. Il serra les caisses contre sa poitrine et se mit à attendre sous la pluie.

Note de l'auteur

En 1914, les restes d'une femme assassinée furent exhumés des Fosses à bitume de La Brea. Vieux de 9 000 ans, ils faisaient d'elle la première victime de meurtre connue dans la zone de Los Angeles. Les Fosses à bitume ne cessent de baratter le passé et de faire remonter des ossements à la surface. La découverte d'une deuxième victime dont je parle dans ce livre est, elle, pure fiction – comme cet écrit.

Réalisation : Paris PhotoComposition
Impression : S.N. Firmin-Didot au Mesnil-sur-l'Estrée
Dépôt légal : mars 2003 - N° 59077 (62193)
Imprimé en France

Collection Points

SÉRIE POLICIERS